ET VOUS PASSEREZ COMME DES VENTS FOUS

"Domaine français"

DU MÊME AUTEUR

SUR LES CHEMINS DE CHINE, Gaïa, 2010 ; Kayak, 2018.
L'ORAGE, Gaïa, 2015.
AU DÉTOUR DU CAUCASE, Gaïa, 2017.
LA VERTICALE DU FLEUVE, Actes Sud, 2021 ; Babel n° 1887.

Le vers qui compose le titre est extrait du poème "Impromptu"
de Hovhannès Chiraz, dans la traduction de Jacques Gaucheron
(*Anthologie de la poésie arménienne*, dir. Rouben Mélik,
Les Éditeurs français réunis, 1973).
Des extraits de ce poème sont également cités en exergue p. 9, 121 et 279,
et ce dernier est reproduit intégralement p. 373.

L'autrice remercie le CNL pour la bourse d'aide à la création
dont a bénéficié cet ouvrage.

ISBN 978-2-330-18225-0

CLARA ARNAUD

Et vous passerez comme des vents fous

roman

ACTES SUD

51. – Eleveurs d'Ours des Pyrénées

Fauré et ses Fils, phot.-éditeurs, St-Girons-Foix (Propriété exclusive, Reproduction interdite)

Mais toutes ces ressemblances grossières avec l'homme ne rendent l'ours que plus difforme et ne lui donnent aucune supériorité sur les autres animaux.

BUFFON, *Histoire naturelle.*

I

REMONTER

“Nous étions en paix comme nos montagnes
Vous êtes venus comme des vents fous.
[…]”

1

Elle s'éloigne lentement, de ce pas suspendu, quelque peu léthargique de la sortie d'hibernation. Malgré les restrictions alimentaires et la perte de poids qu'impose le demi-sommeil hivernal, elle lui semble toujours aussi grande, aussi puissante que la première fois qu'il l'a vue, un an plus tôt, sa grosse tête balançant au rythme de ses pas, du mouvement de ses épaules ourlées de fourrure. Les premières semaines de printemps, ils sont encore faibles, peu réactifs, lui a expliqué Marcel, c'est le bon moment pour s'en approcher sans risque – et des ours, il en a chassé, il a l'habitude, le vieux. Elle dégage pourtant déjà une impression de grande force.

Et maintenant, Jules retient sa respiration, se concentre pour rester immobile, et il prie avec ardeur pour que son odeur soit suffisamment camouflée par celle de la terre, l'humus dans lequel il baigne, qu'elle ne le sente pas, il prie pour que tout se déroule comme dans ses plans, ses rêves. Il suffirait d'un souffle de vent mal orienté. Elle a disparu de son champ de vision, soudain. Il attend quelques minutes, seuls les oiseaux et une brise dans les feuilles, le craquement des branches sous son torse, à chacune de ses respirations, perturbent le silence.

Il attend, attend encore un peu, imaginant l'ourse s'éloigner nonchalamment, gratter le tronc d'un arbre mort, se plonger dans la dégustation de larves d'insectes avec délectation.

Puis vient le moment, il le sent. Il se redresse doucement, déplie son corps centimètre par centimètre, regarde de droite à gauche, et s'avance vers l'entrée de la tanière, comme si une force extérieure, un instinct l'y guidaient plus qu'une décision raisonnée. Il s'est imaginé tant de fois la scène, il lui semble qu'il l'a déjà vécue dans une existence antérieure et ne fait que la rejouer.

Une peur primitive l'étreint en entendant les feuilles crisser sous ses pas, et le chuintement du reste de neige molle dont les prémices du printemps ne sont pas encore venues à bout. Il a l'impression que chaque son se répercute à travers les bois, y retentit et va gagner l'oreille de l'ourse. Mais il ne faut pas trop réfléchir, agir plutôt, faire ce qu'il a maintes fois répété dans sa tête.

Il se trouve à l'entrée de la tanière, l'ourse en est sortie, c'est le moment, son moment, maintenant, ou jamais.

Allez, un peu de courage. Comme un grand vide dans le ventre soudain, le pouls qui s'emballe, les mains qui tremblent. Il respire à pleins poumons et il glisse d'un coup dans le goulot d'étranglement qui sert de couloir à l'animal, il rampe, le plus vite possible, s'aidant de ses coudes. Le souffle court, la conscience aiguë du danger. Et une excitation qu'il n'a jamais ressentie auparavant. Si elle revient trop vite, il est mort. Si elle revient. Il respire fort, se concentre. Quelques mètres à peine le séparent de la chambre de l'ourse, qui lui paraissent interminables.

Sa chemise s'est déchirée, sa veste ouverte frotte, il sent la terre contre son ventre, les racines que l'animal a sectionnées pour ouvrir ce souterrain. Sa peau écorchée, la terre, l'odeur fauve, et lui, rampant comme la bête. Sauf qu'elle connaît l'intimité des lieux, lui a plongé dans l'inconnu. Son souffle s'accélère. Il n'entend plus que la friction de ses vêtements, son corps, contre ce boyau qui l'enserre et dans lequel il ne voit rien.

Aveugle et sourd au monde extérieur. La pénombre est presque absolue, les bruits du dehors, les oiseaux, le vent dans les feuilles, abolis : il est dans le ventre de la montagne, dans la tanière. Ou bien est-ce un rêve. Mais non – la terre, la peur, la sueur qui perle au front –, tout ça est bien réel.

Et soudain s'ouvre la cavité, il porte la main au-dessus de sa tête, tâtonnant, se redresse à moitié, touche ce qui serait un plafond, à sa droite, un mur, car c'est bien une demeure, dans laquelle il vient d'entrer. En voleur. Il tremble. Encore inspirer, expirer, il tente de reprendre ses esprits. Se concentrer. C'est le moment de sortir la bougie. La main fouille dans la besace attachée à son flanc gauche, miracle, elle ne s'est pas perdue durant la traversée du goulot. La petite boîte d'allumettes, voilà, il lutte encore un peu pour en extirper une, à l'aveugle, la perd, en reprend une autre. Son corps ne répond pas bien. La peur, inspirer, expirer, c'est son moment, il ne faut pas se rater.

Il entend de petits grognements, juste à côté de lui : les oursons sont là, tout proches. Ils sont là. Vraiment. L'excitation le gagne. Il fait tiède dans l'antre, voilà la bougie. Et si elle revenait ? Non. Ne pas y songer. Craquer l'allumette, s'y reprendre, encore, les gestes qui font défaut, et allumer la mèche. À la lueur mordorée de la petite flamme, il distingue enfin les contours lisses des murs, striés d'entailles profondes, la marque du travail d'artisan de l'ourse. Elle a bâti tout ça de ses mains, songe-t-il, de ses griffes, cette alcôve, ce refuge. Elle y a somnolé, rêvé, attendu que s'altère le manteau neigeux, elle y a mis bas.

Tout va très vite mais il a l'impression d'avoir quitté l'air libre depuis des lustres. Et sous ses yeux, dans un écrin de paille et de feuilles : un nid et deux oursons, enlacés, qui frémissent à sa vue. Il retient un cri d'émotion. Son ourson est là ! C'est maintenant, vite, il faut agir, avant qu'elle ne revienne, agir, poser la bougie au sol, sans l'éteindre, prendre le sac, chaque geste, il l'a pensé, répété, comme Marcel lui a dit de faire, et tout s'enchaîne.

Les deux oursons le fixent, le plus gros se redresse, et il émet une sorte de feulement, ses poils hérissés. Et un, deux, trois, Jules fond sur lui, le recouvre du large sac de toile et, dans un bref corps à corps, le referme sur le petit animal qui ne pèse pas bien lourd. Quelques grognements, il n'y prête pas attention. L'autre ourson s'est recroquevillé.

Il s'extirpe de la tanière en hâte, la créature se démène dans le sac de toile qu'il tient contre son corps, elle gronde avec verve. Il a pris le plus gros des deux, et voilà qu'il a dans sa besace un ourson, vivant, chaud, qui crie et se débat de toutes les forces que le lait gras de sa mère lui a insufflées durant ses premiers mois de vie sous la terre. La sortie est brutale, mais bientôt, il aura un foyer humain. Cet ourson-là vient, sans le savoir, de quitter le règne animal.

Au moment de se saisir du petit, la lueur ténue de la flamme éclairait le regard de l'autre ourson, un regard d'absolue terreur, qu'il a soutenu. Puis vite, il s'est alors tiré hors de la tanière, le captif contre son torse. L'odeur puissante de la famille de plantigrades, la pénombre, les griffes de l'ourson contre son bras gauche, duquel gouttait un peu de sang. Son cœur bat à tout rompre, si elle vient, maintenant, si elle entend les cris de son petit, elle le tuera. Il serre la lame contre sa cuisse droite, dans l'étui de cuir élimé. Ou lui la tuera.

En cas d'attaque, tu laisses l'ours se dresser et aller jusqu'à toi, lui a expliqué le vieux Marcel, qui en a connu, des fauves. Avec force gestes, levant les yeux au ciel. Tu gardes la lame au niveau de ta poitrine, dirigée vers lui, il va t'enserrer. Jules s'imaginait alors l'embrassade spectaculaire et il frissonnait. Là, tu mets bien la tête contre son corps, qu'il ne puisse pas te mordre le visage et la pointe perpendiculaire, elle va s'enfoncer dans la bête. Disant cela, il mimait le geste sec du poignard pénétrant le cœur. Et surtout, ne lui porte jamais de coup à distance, sinon, il sera blessé, fou de colère et il te tuera. La lame, ça s'utilise au corps à corps, avait précisé le vieux borgne, au visage marqué par une vie de braconnage et de bagarres.

Jules n'a jamais su si Marcel a réellement vécu cette lutte avec l'ours, cette étreinte mortelle, mais il se raccroche à ce scénario. Il se prépare mentalement, si la mère arrive, à battre en retraite, puis s'il n'a d'autre choix, à riposter avec la *gavinetta*, cette longue lame effilée des chasseurs d'ours, que lui a léguée le vieux et qu'il tient pour un trésor.

La sueur lui coule le long des tempes malgré la fraîcheur matinale. Il se dirige vers le sentier en contrebas à toute allure, les branches lui fouettent le visage. La lame frôle sa cuisse droite, la petite créature s'agite contre son flanc gauche, grogne et gémit de plus belle dans le sac. Il tremble. La mère ne doit pas être si loin, et puis les animaux ont les sens si aiguisés.

Une fois sur le sentier, il cavale à toute allure, il tente de limiter l'impact de ses pieds sur le sol, afin de ne pas trop secouer l'ourson, mais ne peut s'empêcher de filer, l'ourse pourrait encore venir jusqu'ici chercher son petit. Et si elle vient, ce sera sanglant. Mais il ne faut pas y penser. Non, se concentrer, descendre plus vite.

Il arrive bientôt à la limite des pâturages, le chemin sera court, lui et la mère vivent dans le dernier hameau avant le territoire des ours, le plus haut de la vallée, Arpiet, dont les habitants voisinent les cimes gracieuses du pic des Trois Reines. Il contourne les vergers du père Claude, dépasse la maison de Monique, arrive devant la porte de la sienne, s'engouffre dans la cuisine, toujours sombre en dépit du soleil qui inonde la vallée en ce matin d'avril. Les fenêtres et les portes étroites les protègent du froid mordant l'hiver, elles leur volent la lumière du printemps.

Le sac ne bouge plus, pourtant l'ourson s'y trouve. Il l'en sort à la hâte, peut-être qu'il a manqué d'air, qu'il est en train de s'étouffer ? Il est si près du but. Avoir un ours, son ours. Il se figure avec horreur une dépouille inerte. Il saisit la petite créature et l'extirpe de sa prison de tissu par la peau du cou, elle est encore si vulnérable.

Il l'observe – son nez pointu, les yeux ardents, les oreilles qui complètent le triangle de son visage, et la peau nue, noire, de ses plantes de pieds, puis son ventre. Il laisse glisser son regard vers le bas pour déterminer le sexe de l'animal. Une femelle, c'est une femelle ! Il n'aurait jamais cru que le plus gros des deux oursons soit du côté du féminin, mais c'est sans importance. Elle lui paraît solide, exagérément grande pour son âge, entre trois et quatre mois, dotée d'une fourrure dense, soyeuse, dans laquelle il passe ses doigts tout en veillant à bien la tenir. Elle s'agite soudain, dans un sursaut de rage, de panique, Jules ne sait pas, elle respire fort, mais elle respire. À l'exception de la large tache sur son poitrail et de son collier plus clair, sa robe est charbon, un noir qui diffère des nuances chocolat des autres oursons qu'il a pu voir. Elle est magnifique, bien sûr, c'est son ourse ! Enfin.

Il ressent une joie et une tendresse immenses pour la petite bête qui s'agite dans ses bras, il l'enserre, elle résiste, mais elle comprendra vite que leur destin est lié, elle s'accoutumera. Elle n'aura d'autre choix. Parce que toi, je te lâche plus des yeux, et quand tu seras grande, nous deux, on ira en Amérique chercher la belle vie.

Depuis l'enfance, il fréquente les montreurs d'ours de la vallée, leur rend visite à chaque capture, les suppliant de le laisser voir, toucher, porter les oursons. Et eux, amusés par l'enfant à la vocation de saltimbanque, lui ont déjà permis de tenir des petits dans ses bras, surtout le vieux Marcel. Ils lui ont enseigné comment les manipuler, les nourrir, les prélever en tanière. Son tour est venu, il a le sien, son protégé, son serviteur.

Les anciens lui ont raconté, leurs virées à travers le pays, au-delà, de l'autre côté de l'océan, il a vu des jeunes partir. Parfois, une missive parvient au village, que l'heureux destinataire s'empresse de faire lire aux uns et aux autres, relatant les aventures des montreurs d'ours dans ces lointaines contrées. Il a toujours écouté ces récits les yeux brillants, voulu en être aussi. Durant des années, le père a martelé que c'était trop tôt, qu'il fallait attendre d'avoir "du poil aux joues" et la majorité, qu'un gamin, ça part pas courir le monde avec un fauve, mais qu'un jour, pourquoi pas, après tout, si ça lui disait au gamin de vadrouiller, pourquoi pas. Mais qu'il se fasse pas trop de rêve, hein, qu'il soit colporteur, postier, un vrai métier… Comme le mari de Monique, qui vit sur les routes avec ses alambics et ses liqueurs. Depuis, le père est mort, Jules a grandi, quelques poils ont constellé son visage émacié. La mère, elle, ne dit trop rien, elle a fini par accepter. De toute façon, ici, y a pas assez pour tous, il en faut qui partent, c'est pauvre ici, elle dit souvent, fataliste.

Lui attend son heure. Il les voit défiler devant la maison, ceux qui, chaque année, au printemps passent le col, accompagnés de leurs bêtes. Ils ont fière allure, les types et leur Martin – ainsi nomment-ils leurs ours, lui trouvera un nom plus original, surtout pour une femelle. Ils font une tournée en Espagne, remontent quelques mois plus tard. D'autres prennent la route du nord dès la fonte des neiges et reviennent lorsque la forêt roussit. Ceux-là se contentent de la France, de l'Europe, c'est déjà l'aventure, bien sûr, mais ils ne sont pas admirés comme les grands montreurs, ceux qui ont franchi l'Atlantique.

Ah, oui, l'Amérique. C'est loin, c'est grand, c'est tout ce qu'il sait. Il veut y aller. Lui et l'ourse, car elle sera magnifique. Plus il observe sa constitution solide, les petites pattes déjà larges pour une créature si jeune, plus il songe qu'il a eu du nez, de trouver cette tanière, de la prendre elle, oui.

Il avait repéré la mère ourse l'année précédente, à la fin de l'été, elle traînait dans les couloirs à avalanche. Avec Pierre, ils l'avaient parfois vue en menant paître les vaches. Elle ne leur accordait pas la moindre attention, arpentait les hauteurs inaccessibles aux hommes, puis elle s'enfonçait dans la forêt. Le plus difficile avait été de localiser la tanière, dans ce recoin dense où elle plongeait. L'automne dernier, il avait arpenté les bois en pente, en était revenu maintes fois, à la nuit tombée, le visage griffé par les broussailles et les ronces.

C'est comme chercher une aiguille dans une botte de foin, disait la mère, peu convaincue, elle qui s'était habituée depuis la mort du père à ce que la vie soit rythmée par des drames ordinaires – des hivers difficiles, la perte d'une vache, le mildiou. Elle n'y croyait pas à son projet, au gamin, mais elle le laissait tenter. Elle avait accepté qu'il passe des journées entières en montagne, au détriment des tâches domestiques et agricoles, les bocaux à faire, le bois, si important pour tenir les hivers, les deux vaches à soigner, et la maison – il y avait toujours quelque chose à rafistoler dans cette bicoque sombre. Te fais pas trop de rêves, elle disait, quand il partait traîner autour de la tanière dans l'espoir fou, un jour, d'être là au bon moment pour s'emparer d'un des oursons.

Te fais pas trop de rêves.

Il avait identifié l'emplacement de la tanière juste avant l'hiver, par une espèce de miracle. Un jour de novembre, à l'aube. À force d'attention, il avait aperçu l'ourse qui vaquait à ses occupations dans le petit bois. Elle était énorme, le corps lesté de la graisse qui lui permettrait de tenir l'hiver, mettre bas, puis attendre le printemps, sans plus s'alimenter. Elle semblait sereine, ne prêtait aucune attention à Jules, qui la suivait. Sa démarche était souple et silencieuse, nonchalante mais déterminée. Elle s'était soudain immobilisée, puis, se dressant sur ses pattes arrière, elle s'était saisie des fruits d'un frêne. C'était une créature spectaculaire. Au bout d'un moment, elle s'était retournée et son corps massif s'était enfoncé dans les entrailles de la forêt. Elle venait d'entrer dans sa tanière sous ses yeux.

À partir de ce jour, il n'a cessé de penser avec émoi au printemps à venir, ce serait son année, l'opportunité inespérée d'une capture. Et dès la fonte des neiges, il a débuté les affûts. Capturer un ourson sans tuer la mère était une entreprise hasardeuse, à laquelle bien des *orsalhers* préféraient l'option de la chasse. Mais tuer un ours était inconcevable pour Jules tant il vénérait cette créature. Et puis, il n'aurait pas su faire. Le vol d'ourson impliquait d'attendre que la mère s'absente brièvement de la tanière, à la fin de l'hibernation. Et saisir l'opportunité d'une de ces sorties pour dérober le petit – au risque d'être surpris et tué. C'est la manière noble, disait Marcel, qui avait usé des deux dans sa longue vie.

À même le sol, lors des affûts, il a rêvé de l'Amérique, sans trop savoir ce qui se nichait derrière ce mot, cette terre plus vaste, plus riche, qui l'aimantait. Ce qu'il y avait au-delà de ses montagnes natales, il n'en connaissait rien. Il s'est assoupi, parfois, lorsqu'un rayon de soleil venait lui caresser le dos et le réchauffer, il a frémi de froid sous les pluies printanières. Certains jours, il se concentrait sur le va-et-vient des insectes qui passaient sous son nez, s'enivrait de l'odeur de l'humus, dont il espérait qu'elle couvre la sienne ; il oubliait parfois la course des heures, espérant se confondre si bien avec le sol et les bois qu'il en deviendrait invisible. Il a passé des jours, des nuits, des semaines d'attente, dans les forêts là-haut, pour se trouver aujourd'hui, au bon endroit, au bon moment.

L'ourson s'agite toujours, les yeux révulsés. Il la tient fermement d'une main par la peau du cou, l'autre main sous son postérieur. Elle se contorsionne, cherchant à fuir, poussant des petits cris, respirant trop fort et trop vite. Il la colle contre son torse. Elle se débat plus encore. Et dans ses yeux, la terreur, il la lit. Tu as peur mais tout ira bien, tout ira bien, répète-t-il. Il veut y croire. À l'Amérique, à la gloire. Et sa fourrure est douce et chaude, épaisse. La capture a été brutale. Et maintenant, il va falloir prendre soin de la petite créature, afin qu'elle survive, grandisse, forcisse. Les vieux lui ont dit : au début, du lait de vache, que du lait, au biberon, l'ourson doit dormir au chaud, près du feu. Et après, quand il grandit un peu, se renforce, tu commences à lui donner des fruits, du pain en bouillie, du maïs. Mais pas de viande, jamais, ça leur donne le goût du sang.

Alors il dépose l'ourse dans la besace, elle grogne. Et il se lève pour aller chercher un peu de lait, il plonge son doigt dans la jarre, puis le porte vers la bouche de la petite créature qui se débat. T'en veux pas ? Elle refuse, pour l'instant. Il se vexe, insiste, l'ourse grommelle. Elle ne sait pas encore qu'elle ne reverra plus sa tanière. Elle finira par manger, pense Jules. Il abdique. Ils s'habituent vite à la main qui les nourrit, ont dit les vieux. Elle s'est recroquevillée, comme résignée. Son ourse, il voudrait qu'elle le connaisse déjà, qu'elle danse au claquement de ses mains et se dresse à ses côtés. Il voudrait les applaudissements et les regards envieux des voisins. Bientôt. Déjà, la surprise de sa mère quand elle rentrera du village. Elle verra la petite ourse, son pelage sombre, dans ses bras. Elle sera fière, la mère, fière et impressionnée par son fils. L'Amérique, ce n'est pas un rêve, c'est son destin, Jules le sait depuis longtemps. Et ce jour de printemps 1883, à Arpiet, inaugure la vie saltimbanque.

2

Gaspard quitta Arpiet, laissant la maison endormie. Les montagnes luisaient des pluies d'avril, nues, noires, embrumées encore. La neige avait fondu, dévoilant les parois – camaïeu terre et mordoré, vrac de roches –, mais bientôt, le printemps imposerait sa fulgurance chlorophylle. Puis ce serait l'estive, la saison de montagne. La cinquième depuis son retour. Et certains matins, la verticalité de ce monde l'étouffait, son isolement. Ces vallées étroites, enforestées, où les montagnes, s'élevaient comme des remparts, enfermaient autant qu'elles protégeaient. Le refuge pouvait en un instant se convertir en prison.

Il s'engagea vers les hauteurs, suivant d'étroits chemins vicinaux, raides, corsetés de murs de pierres agencées une à une, résistant aux assauts du temps. Tout au long de la sente, des ruines de bergeries, de charbonniers et d'anciens parcs à vaches, les mêmes pierres encore jonchant le sol, couvertes de mousse. Les hommes avaient peuplé ces flancs, les avaient désertés, la forêt avait tout recolonisé. Les traces de la présence des bêtes et des humains se mêlaient désormais sans distinction, un enchâssement de signes qu'il fallait savoir lire pour comprendre l'histoire des lieux. Il accéléra le pas alors que le soleil faisait une percée dans la vallée. Marcher l'apaisait. La chienne trottait dans son sillage. Quand la densité du couvert végétal le permettait, il regardait en contrebas. Arpiet, Salausc, les hameaux semblaient avoir été engloutis par les bois, et plus bas, du bourg d'Arbat, niché dans l'un des rares replats qu'offrait la vallée, il ne distingua bientôt plus que le clocher de l'église.

Remonter. Les années précédentes, il avait enclenché le compte à rebours dès janvier, février, euphorique à l'idée d'être là-haut, de repartir. La peur s'invitait désormais. Gaspard soupira. Quelque chose s'était effrité. Il avait traversé l'hiver comme un désert. Les angoisses de jour, de nuit, l'avaient harcelé. Et maintenant, il se sentait essoré. Il titubait, hagard comme après un KO. Il faudrait renouer avec la vie en cabane, et retrouver le sentiment d'évidence. Berger, il faut un caractère, disait Jean. Et moi, est-ce que j'ai la trempe ? Est-ce que je l'ai encore ? Ce *caractère*. Et là-haut, se montrer solide, éloigner les démons qui l'avaient étreint cet hiver, pris à la gorge si fort par moments, qu'il se réveillait en sueur, haletant, expurgeant des râles, battant des bras et des jambes comme une bête qu'on égorge, en repensant à l'accident. Lucie, assise au coin du lit, lui avait dit : tu me fais peur. Parfois, il était allé s'asseoir dans la cuisine au cœur de la nuit, et songeant à ce qui était advenu, il avait laissé des gouttes lourdes et salées couler le long de ses joues, de son menton. Mais il fallait tenir bon, pour Lucie, pour ses filles.

Il bruinait désormais, un rayon tentait de percer l'épais nuage noir stationnaire. La montagne en avait bien besoin. Ici, l'exubérance du végétal faisait illusion, mais année après année, les sources tarissaient, les températures montaient, la canicule devenait la norme. Et les anciens lui avaient raconté les rivières surabondantes inexorablement converties en ruisseaux, l'herbe qui se raréfiait là-haut. Les brebis s'en tiraient encore lors des sécheresses. Elles tenaient sans boire ou presque, s'hydratant de rosée dans l'herbe aurorale. Mais les vaches, les chevaux, les humains ? Ils en étaient incapables. Alors, qu'il pleuve !

Il ferma son épaisse veste polaire – en avril, le froid pouvait vous cueillir, il lui faudrait deux bonnes heures pour s'extirper des bois denses et gagner les hauteurs. Il se sentait faible. Regarde-toi, disait Lucie, tu serais une brebis on dirait que t'es pas en état ! Et elle passait délicatement la main le long de sa colonne saillante. Il s'arrêta un instant pour refaire son lacet, puis regarda alentour, le monde obtus, les crêtes auxquelles il avait accroché ses rêves quelques années plus tôt, leur verticalité suscitait toujours en lui un désir viscéral, mais la possibilité de la chute était désormais ancrée dans son corps, cicatrice aux coutures épaisses. Il avait réchappé au drame, s'était réincarné en berger une seconde fois, mais un berger pris de vertige. Suis-je encore capable de protéger les bêtes ? Et le troupeau, aura-t-il la mémoire de cette nuit ? Il progressait lentement en ressassant d'insolubles questions.

Puis il fallut encore traverser des forêts anciennes, de denses hêtraies, la lumière pénétrait les sous-bois par des trouées dans la futaie, éclairant soudain d'or le sol tapissé de feuilles mortes, le vert hypnotique d'une pelouse jeune. Autour, des hêtres bicentenaires, nombreux, quelques frênes, ormes, bouleaux, au pied desquels proliféraient jacinthes, jonquilles, orchidées, un déferlement de printemps. Et ce vieux chêne noueux, omnipotent, captant soudain tout l'espace et marquant la moitié de l'ascension. Partout les arbres débourraient, exposés au risque de gelées. Le long des rus jaillissaient des buissons mauves, des touffes de lathrées clandestines qui apparaissaient d'un jour sur l'autre. Elles sont à poil, sans feuille, songea Gaspard, qui s'agenouilla pour les observer. Des plantes parasites, disait-on, qui s'alimentaient par un réseau de rhizomes enserrant les racines de l'arbre hôte. Il s'éloigna, laissant les butineurs précoces reprendre leur vol autour des coussinets violets.

Et il cavale encore, le sol spongieux couine sous ses pieds, il accélère, trébuche, retrouve son équilibre, les mousses de part et d'autre du chemin de plus en plus grandes, filandreuses, sombres, le passage rétrécit, les ronces accrochent ses vêtements, les branches l'agrippent, tout le retient. Peut-être que je pourrais me perdre ici… La forêt n'a plus de contours, elle est vivante, se dilate, respire, il court presque.

En chemin, il prépara dans sa tête le petit rapport qu'il ferait aux autres en vue de la transhumance : au clos du Lac, un hêtre en travers du sentier à couper, passage du raidillon des ruines, débroussailler un peu, encombrements qui risquent de déranger les chevaux.

Au lac Vert, le ciel se laissa voir d'un coup. Pause. Il fuma une cigarette. Partout, à la surface de l'étendue d'eau, on les apercevait nageant au ras. Des crapauds épineux en harde, l'un gêné par une minuscule grenouille accrochée à sa patte, dans une tentative désespérée d'accouplement interespèce. Ça copulait en tous sens, s'en donnait à cœur joie. Avril, la promesse du vert, de la lumière, de la chaleur, mais les dernières traces de l'hiver, encore, ces névés persistants qui lui barraient le chemin et le thermomètre qui jouait avec les nerfs. Puis il fallut repartir, allez, Luna ! Et bientôt, il fut à découvert, franchit un dernier col, le soleil était haut, et enfin les pâturages, les vastes langues verdoyantes, et tout autour, les montagnes dressées hermétiquement, leurs parois sombres constellées de neige, les blancheurs sommitales, le vertige des arêtes qui perçaient les nuages. Il laissa l'air frais emplir son diaphragme, ses poumons. Plus qu'une heure. Il longeait maintenant les limites orientales de l'estive, la clôture qui la bornait empêchait les vaches et les chevaux du groupement pastoral voisin de faire trop d'incursions. Beaucoup de poteaux à remonter, il faudrait prévenir Patrick le vacher.

Gaspard arriva à la cabane avant midi. GP Escobas – cabane d'estive privée. La porte était pourtant toujours ouverte, une marotte de Jean. Les choses risquaient de changer, maintenant que le vieux avait passé la main du groupement pastoral composé de quatre éleveurs. Il avait pris cette décision quand les autres avaient renoncé à la transhumance de trois jours, une fantasque caravane de brebis, chevaux, mules et chiens, le long d'une quarantaine de kilomètres, à travers les villages, sur des sentiers escarpés. L'épopée rituelle avait été écourtée, les éleveurs menaient désormais les bêtes en camion jusqu'à un parking, au bout d'une piste forestière, d'où il suffisait de marcher cinq ou six bonnes heures pour gagner l'estive. Le trajet était fait dans la journée.

Jean s'était battu contre cette décision. Les autres – Yves, Marco et Kevin – avaient invoqué les autorisations de traversée de village pénibles à obtenir, les risques encourus pour les bêtes en chemin, on en perdait toujours une ou deux, un périple inutile. Puisqu'on a des camions, maintenant, on va pas se priver, avait lancé Yves. Jean avait riposté : un vrai berger monte ses bêtes à pied, sur plusieurs jours. Elles ont besoin de sentir le voyage, on va pas à l'estive avec un moteur ! En vain. Jean avait mis des semaines à digérer. On ne partage pas la même vision du monde, avait-il dit à Gaspard. Moi, je ne suis pas chasseur de primes de la PAC. Je suis berger, veilleur de troupeau. Gaspard n'avait pas eu son mot à dire, il n'était qu'employé. Pourtant, il avait adoré ces épopées, les soirées où l'alcool coulait à flots, la lente ascension, ces trois jours suspendus qui redonnaient au métier son âme nomade. Mais même ramenée à une journée, la montée à l'estive revêtait une saveur rituelle. Il s'agissait de s'arracher à la maison d'Arpiet, pour entamer sa deuxième existence, libre. Une liberté relative cependant. Les bêtes vous enchaînaient à leur manière. Et aucune montagne n'était un ermitage ici. Jean l'en avait averti dès leur première rencontre : crois pas que tu prendras des maîtresses à l'estive, mon gars. Ta femme le saurait tout de suite ! Là-haut, tu te crois seul, mais tout se sait, combien tu bois de pinard, qui passe te voir, qu'un de tes agneaux est mort quand t'as pas encore trouvé le corps ! Y a toujours quelqu'un à jumeler depuis une crête.

Gaspard poussa la porte et entra pour jeter un œil. La cabane était spartiate, des couchages, une cuisine sommaire, un poêle à bois, une table solide, quelques chaises, de vieux livres posés sur une étagère décorée de plumes de rapaces. Et par la fenêtre, les montagnes en majesté, cet horizon-là, la dentelle des crêtes valaient tout le confort. Des visiteurs cet hiver, visiblement. Ils ont pas remis de bois, les cons. À moins qu'ils se soient abrités en urgence. Va savoir. Une mince couche de poussière avait tout recouvert. Les araignées et les musaraignes s'étaient fait plaisir. Un paquet de riz oublié avait été éventré, il n'en restait pas un grain. Au moins, elles ne gâchent pas ! Les couvertures étaient constellées de crottes de souris. Il soupira, le grand ménage attendrait. Il ouvrit l'une des deux malles. D'abord, l'inventaire de la bouffe et des produits véros restants, puis aller faire un peu de bois, ça de moins à gérer quand il monterait avec les bêtes. L'un des carreaux de la fenêtre était fêlé. Prendre les dimensions pour acheter de quoi le changer. Se retrouver en pleine tempête avec un carreau qui te pète à la gueule et passer des nuits à te geler, meilleur moyen de vivre un sale moment. L'estive recelait sa part d'imprévus, tout ce qui pouvait être anticipé était bon à prendre.

Quand il ressortit, le soleil était au plus haut. Son organisme maintenait sa température d'effort après les mille et quelques mètres de dénivelé avalés, suivis d'une heure à s'agiter dans la cabane, remettre quelques clous, compter, trier. Il suait à grosses gouttes. Le goût de sel dans sa bouche éveilla son appétit. Son ventre émit un étrange borborygme. Il n'avait rien mangé depuis l'aube, mais d'abord, un bain glacé ! Il se dévêtit, puis il descendit vers le torrent. Les chardons et les pierres molestaient ses pieds attendris par l'hiver. À l'estive, il marchait souvent pieds nus, le soir, et se constituait, mois après mois, une épaisse corne – que Lucie s'échinait à vouloir anéantir à coups de râpe lorsqu'il revenait à l'automne, lui, renâclant contre ce retour forcé à la civilisation. Il gagna le ruisseau en contrebas, largement nourri par la fonte des dernières neiges sommitales.

Il s'allonge maintenant dans le ruisseau, nu contre les pierres. Le froid le saisit aussitôt, il sent son épiderme se rétracter, une douleur lui enserre la tête, son cul, son buste ; il regarde son sexe, recroquevillé par l'eau glacée, qui flotte dans le bouillon. Il laisse encore un peu le torrent le pétrifier, le froid le rend clairvoyant – ou bien c'est d'être revenu ici, dans cette estive où il a connu les plus grandes joies et l'effroi le plus absolu. Est-ce qu'il arrivera de nouveau à la peupler sans elle, à ôter son visage de sa tête ? L'eau engourdit ses pieds, ses jambes. Et remonter en crête ? Tenir le quartier d'août sans être harcelé par les souvenirs ? Est-ce qu'on se relève de ça ? Le froid lui serre le ventre, le flux du torrent masse ses épaules. Il n'a cessé de penser à elle tout l'hiver – à en devenir fou, en crever de chagrin. Il sort, le froid n'est plus soutenable. Il a mal, mais c'est bon pourtant, se sentir vivant. Il s'ébroue comme un chien. À toi, Lunita ! Et la chienne se jette à l'eau, en ressort en hâte, ébroue son corps, et se met à courir en cercle, jappant hystériquement. Il court lui aussi, et gueule soudain, c'est un cri immense, la voix se heurte aux parois rocailleuses du cirque au-dessus. Puis il éclate de rire, le corps rougi, gelé, empli de l'énergie insufflée par ce bain, le premier de l'année dans le torrent.

Il se posa sur le banc devant la cabane, à droite de la porte en bois, pour manger un morceau de pain et du fromage, contemplant le panorama. Autour de la cabane, les campagnols avaient profité de son absence pour creuser des galeries à foison. C'était leur royaume aussi, le partager impliquait une rigoureuse organisation. Il s'agissait de consigner les denrées alimentaires dans des boîtes hermétiques. Il ne se résignait à l'usage de pièges qu'en cas d'invasion avérée, pour imposer à cette société de rongeurs de renoncer aux festins faciles. Il repensa au chemin, à peine quelques troncs à dégager, la transhumance pourrait se faire sans trop d'encombre. Encore deux ou trois heures de jour, il fallait finir l'inventaire, puis il dormirait ici. L'envie de montagne montait en lui, il sourit et fit glisser ses doigts dans les poils soyeux de Lunita. Il fallait que cette saison se passe bien, il le fallait à tout prix. Il serait en bonne compagnie, avec Lunita et la Rousse.

Le vieux acceptait de lui confier sa dernière chienne labrit. Elle allait sur ses dix ans et n'avait plus l'endurance exceptionnelle de ses jeunes années, mais elle tenait bon. Prends la Rousse avec toi cette saison, lui avait dit Jean un soir de mars. Tu ne vas quand même pas monter avec un seul chien de conduite ! C'est sûr que tu pourras pas la pousser trop fort. Mais tu as Lunita. Gaspard avait opiné en souriant. La Rousse était à l'image du vieux : vive et bornée. Les labrits, je les préfère aux borders, avait renchéri Jean. Ils sont têtus, c'est pas des machines. Vos chiens maintenant, ils bossent comme des algorithmes… Le labrit, tu mets des années à l'avoir à ta main, il te surprend toujours. Moi je suis peut-être le dernier d'un monde lent !

En confiant la Rousse à Gaspard, il poursuivait la transmission entamée quatre ans plus tôt, quand il avait décidé de ne plus remonter. À la fin de cette saison ensemble, il avait dit : je l'ai tenue trente-quatre ans, cette montagne, elle est à toi. Moi, je passerai te voir, mais courir au cul des bêtes, c'est fini ! Ma montagne, il n'a jamais été question de la laisser à n'importe qui ! Tu comprends ? Tu as un truc, tu te débrouilleras. Ce jour-là, Gaspard avait chialé en remontant à Arpiet en voiture. Il avait dû s'arrêter pour reprendre une contenance avant de rentrer chez lui. Et au bord du torrent, alors que la vieille Citroën ronflait, sa carcasse au bord de la dislocation, il avait mesuré sa chance. Le vieux lui avait confié ses bêtes, qu'il garderait désormais, les clés de la cabane, les secrets de sa montagne, et puis sa dernière chienne. Et Jean avait beau être d'un monde bourru où on ne dit pas que l'on s'aime, leurs vies étaient liées.

Au milieu de la nuit, ça le reprit, l'angoisse. La sensation d'un bras autour de la gorge. Sueur, tremblement. Soudain, il n'y eut plus de pensées, juste la peur archaïque de la nuit. Il sortit, manqua trébucher sur la chienne. Me regarde pas comme si j'étais barge. Ouste ! Il respira le plus lentement possible, emplissant chacune des alvéoles de ses poumons. Calme. Il leva la tête vers le ciel. Et la lune lui apparut grosse, ronde, d'un rouge profond. L'éclipse totale. Un type docte l'avait annoncée à la radio, mentionnant au passage la date de la prochaine : décembre 2029. À chaque respiration, il sentait les cauchemars s'éloigner. Elle serait sensationnelle, avait déclaré l'astrophysicien, on aura bientôt la chance de la voir. Bientôt… Décembre 2029… Pour un homme capable de se figurer ce qu'était une année-lumière, sept années ne représentaient rien. Pour lui, c'était l'éternité. Il respirait plus régulièrement. Une goutte de sueur coula le long de son front, froide. Il frissonna. Le ciel donnait l'illusion d'être à portée de doigts, vaste toile sombre, et pourtant rien de plus impalpable que le cosmos, une immensité de matière, de vide, de temps. Il observa encore l'astre incandescent, la silhouette irréelle des montagnes dans sa lueur rouge. Qu'il se fût réveillé par hasard au moment précis où la Lune se trouvait dans l'ombre de la Terre l'interpella. Il ne savait pas si l'ardeur de l'astre lui signalait que la montagne l'accueillait, ou s'il s'agissait d'une menace. Il resta assis devant la porte de la cabane, se roula un joint et fuma dans le frimas printanier, sous la lune éclipsée.

3

Alma parcourut l'avenue le long de la rivière, slalomant entre les badauds agglomérés, les vieilles armées de cabas à roulettes, les chevelus, les loqueteux, les élégants, tout le peuple des montagnes qui descend au bourg le jour du marché, s'amusa-t-elle, car partout autour, ça s'embrassait, s'étreignait, se serrait les pognes, et les chiens par dizaines, indifférents aux humains, vaquaient à leur vie et leur sociabilité canine. Elle saluait d'un hochement de menton les visages connus, se faufilait dans les bruissements de la foule et les allées étroites. Chacun semblait danser d'un pied sur l'autre pour conjurer le froid, faisant la queue pour les légumes, le pain de seigle de Tom. Le meilleur de la région, lui avait-on dit, et il fallait le reconnaître, la miche dense, sombre, odorante, se mangeait comme de la brioche et tenait dix jours en montagne. Elle s'arrêta devant le petit étal de fromage de chèvre de Léonora. Mets-moi deux cendrés s'il te plaît. Tiens, les plus faits, comme tu aimes. Merci Léo. Ça va les bêtes ? Ça va… Alma frissonna, le marché était encore plongé dans l'ombre du cirque glaciaire qui surplombait la vallée adjacente. Ce n'était pas tant le froid qui la saisissait, mais l'humidité, que retenaient les denses hêtraies sapinières. Elle la trouvait plutôt rassurante, dans un monde où tout séchait, brûlait, où les rivières tarissaient et les forêts s'amenuisaient. Un jour, ces montagnes enclavées, le vert des pentes abruptes, seraient des refuges convoités.

Elle poursuivit. Au sol, on vendait tout ce qui poussait ou se produisait ici. Outre les produits maraîchers, fromages et fruits, on trouvait quantité d'herbes aromatiques, champignons, plantes sauvages, cueillis par une faune d'individus qui avaient un jour pris le large pour se réfugier sur les hauteurs, puis des baies, des tisanes séchées et autres produits issus de décoction, pression, séchage, cueillette, fermentation. On travaillait à la main. Alma avait vite compris que plus qu'un argument commercial, il s'agissait d'un mot d'ordre politique, presque une position poétique. Elle regardait désormais avec moins d'ironie les tenues pour bébé que certains confectionnaient au crochet, car cet "à la main" charriait avec lui une utopie en marche. Et avec amour ! ajouta Andy en lui remettant son panier de légumes frais. Elle lui rendit son sourire. Oui, sans doute y avait-il dans ces légumes bien plus que du travail, et elle repartit, le cabas débordant de carottes et panais, de patates, batavias et raves d'amour. De quoi se retaper après les excès de l'hiver, songea-t-elle. Les deux premiers mois de l'année appelaient les orgies de chocolat. Quand, au plus gris de l'hiver, les sorties en montagne se raréfiaient, les accès de mélancolie ne trouvaient leur remède que dans le sucre.

Alma poussa la porte du café de la Place après avoir joué des coudes, posa le lourd cabas à ses pieds et s'installa au comptoir, le lieu le plus stratégique. Elle y venait régulièrement, elle savait que son intégration passerait aussi par ce café trop vaste et désuet, son vieux flipper, sa décoration hétérogène, mélange d'objets glanés à différentes époques, qui prenaient la poussière et que personne n'aurait osé déloger, cette agora où tous se retrouvaient, vieux, jeunes, femmes, hommes, natifs, néo, voyageurs de passage. Elle était encore une étrangère pour les gens du coin, ne s'en défendait même plus. Un soir, Max le serveur l'avait taclée :

— Et au fait, t'es d'où toi ?

— C'est compliqué…

— Ça m'aurait étonné !

— Bon, je te résume, mon père était français, ma mère est espagnole, j'ai grandi à l'étranger, vécu à Paris, en Alaska, en Espagne… En ce moment, je suis d'ici…

— D'ici, pfff, il s'était esclaffé, mais ma belle ! D'ici, tu le seras jamais… Et même tes enfants, il avait ri encore. Tu sais ce qu'il disait, mon vieux ? Que t'es d'ici quand t'as trois générations avant toi dans la tombe… Voilà ! Mais nous, on les aime bien ceux d'ailleurs, enfin, certains…

— Je me vois comme nomade en réalité, avait-elle rétorqué, piquée au vif.

— Nomade ! Pourquoi pas gitane ? Quoique tu pourrais avec ton teint basané ! Hein Flavio, elle est basanée ou pas, l'intello ? Mais je te charrie, t'es belle… Flavio, je t'en remets un ?

Et l'autre d'acquiescer, enquillant verre après verre, consumant sa soirée et sa vie les coudes plantés dans le zinc, comme fossilisé.

— Ouais, et mets-en un à la gitane !

Alma s'était retenue de contre-argumenter, d'expliquer pourquoi ces identités figées avaient quelque chose de simplificateur. Elle était docteure en biologie comportementale, parlait le langage des scientifiques ; elle avait écumé les septentrions du monde, du Kamtchatka à l'Alaska, pour observer des ours. Flavio n'avait pas tort, elle n'était pas d'ici, cela ne se résumait pas à une question de généalogie. Le fossé était plus grand encore. Cet échange avait ravivé une question qui la traversait souvent, celle de sa place. Elle ne s'était jamais sentie appartenir à un lieu, elle s'adaptait. Une enfance ballottée, une jeunesse mobile pour les besoins de ses terrains, elle avait eu des ports d'attache aux quatre coins du globe, desquels elle s'était toujours arrachée, créant une toile de lieux familiers en des endroits antagonistes. Elle avait été chez elle dans le 20e arrondissement de Paris, autant qu'à la base scientifique de la réserve McNeil, Alaska, ou dans certains villages de la cordillère Cantabrique. Et au fil des ans, des mondes qui se superposaient dans ses souvenirs, des gens aimés, perdus de vue, il lui semblait que sa colonne vertébrale, son ancrage, reposait ailleurs qu'en un lieu, dans une manière de se mouvoir dans le monde, l'observer, s'y fondre.

Quand tu fais partie du décor quelque part, c'est que tu as gagné le pari, avait-elle expliqué à un ami qui lui demandait comment elle se pliait à ces incessants changements de lieu de vie. Depuis son installation à Arbat deux mois plus tôt, elle s'adonnait donc à la fréquentation assidue du café. Elle y venait de bon matin enchaîner les expressos serrés, le soir pour une bière ou en journée, pour écrire, dans un coin de la salle, près du poêle à bois. Elle poussait la porte, jetait son sac sur les banquettes de cuir caramel, traînait aussi au comptoir, l'oreille tendue. On y balançait sur tel ou tel, commentait les derniers ragots, les nouvelles du coin – celles de France aussi, au-delà non, ou de manière si vague qu'il lui semblait que le reste du monde n'était pour beaucoup qu'un vaste magma, un espace aux contours indistincts. À peine la guerre en Ukraine avait-elle fait l'objet de quelques échanges, lorsque ses répercussions sur le prix des grains avaient touché la vallée.

Et, conversation après conversation, Alma le constatait, tous ici étaient viscéralement attachés à leur vallée, qu'ils y soient nés ou qu'ils l'aient adoptée. Ces montagnes semblaient avoir une telle force d'attraction que bien des voyageurs y jetaient l'ancre. Certains natifs prenaient un malin plaisir à cracher sur tout ce qui venait de la ville, de Toulouse, de Paris, de plus loin encore, sur les décisions qu'on leur imposait du dehors, et ces écolos débarqués des métropoles qui voulaient leur apprendre la vie. Les nouveaux venus se targuaient d'avoir trouvé dans la montagne un espace de liberté épargné par les logiques marchandes, de s'épanouir dans les dernières zones grises où l'hyperconnexion n'était pas la norme : la fibre n'était jamais arrivée au pied des forêts à ours. Derrière ces oppositions de façade, il existait une infinité de manières d'habiter ce pays, et malgré la comédie de la discorde entre locaux et néo, la plupart des gens partageaient un esprit d'insoumission. Alma y était sensible. Pourrait-elle aussi, un jour, s'installer dans ce bout de terre enclavé ? Et connaître chaque morceau de roche, les méandres des forêts, les coins à champignons, les sentiers effacés des cartes, les sources et les tanières à ours, savoir les légendes et les histoires des vieux, et la toponymie de chaque col, de la moindre arête sommitale. Mais l'envie de prendre le large se rappelait à elle régulièrement.

— Eh beauté, je te sers un café ? Ça va ?

Max l'extirpa de sa rêverie. Max était si doux que même ce "beauté" un peu appuyé passa. Rien ne les liait au-delà du comptoir, mais elle l'aimait bien.

— Un allongé, s'il te plaît. Enfin non, un crème, un grand crème, on est dimanche ! Et puis un croissant aussi…

— Parfait, t'as besoin de te remplumer un peu, toi, à force de crapahuter, reste plus grand-chose. Pas étonnant qu'ils te touchent pas, les ours !

Et la contournant, un plateau dans une main, il lui passa l'autre sur l'épaule, lui frôlant la nuque. Ses gestes avec elle étaient toujours à la lisière de l'acceptable, elle se laissait faire, jusqu'à un certain endroit. Un soir, à la fermeture du café, alors qu'elle avait bu, il lui avait pris la main, elle s'était doucement écartée.

À côté d'elle, deux paysans bavardaient, l'un était éleveur de vaches. Ils avaient déjà parlé ours. Comme la plupart des gens d'ici, ils disaient n'avoir rien contre, mais… Car, il y avait toujours un "mais", dans lequel se nichait toute l'ambivalence des réactions que soulevait le fauve, ce mélange de fascination et de peur archaïque, que l'épuisement pouvait faire basculer du côté de la haine. Un "mais" qui cristallisait les tensions, les affects sombres qui pouvaient surgir avec la brutalité d'un éboulement, faisant basculer une conversation banale dans la vindicte, éructer le plus bonhomme des éleveurs – et l'antique mémoire du sang, de la faim, de la terreur qu'avaient connue ceux des montagnes se réveillait alors. Alma savait, elle marchait sur des œufs. Les ours avaient disparu de la région durant plusieurs décennies, on avait désappris à vivre à leurs côtés. Et tandis que des injonctions toujours plus contradictoires pesaient sur les agriculteurs, que la PAC les écrasait de son arsenal de normes sanitaires et sécuritaires, ils s'étaient forgés contre une autre adversité : la bureaucratie. Ils avaient oublié comment faire avec l'ours.

— Alors demoiselle, toujours à cavaler derrière tes bestioles ?

— Oh oui, je repars pour une saison de relevés.

— T'es payée à te balader en montagne, à ce qu'on dit !

Ils s'esclaffèrent, Max venait de repasser derrière le comptoir.

— Je vous mets deux petits blancs, les gars, ou vous êtes encore au café ?

Il avait déjà commencé à emplir les verres, nerveux. Le service des jours de marché était un marathon, il carburait au café serré, la cadence de ses gestes s'en ressentait.

— Vas-y, balance, il est bientôt midi, non ? confirma l'un des hommes, un certain Christian.

Contrairement à celui de son acolyte, Alma avait retenu son nom. Un soir, planté face à elle, il avait répété, l'oppressant de son haleine éthylique : Christian, moi c'est Christian et toi ?

— Je participe au suivi des ours sur la zone, pour le Centre national pour la biodiversité, vous voyez ?

— Le CNB ? Un peu qu'on voit... Les mecs lâchent des ours dans la nature, pis viennent faire les constats quand ils te bouffent les bêtes... Merci les gars, merci !

— C'est pas qu'on est anti, nous, à la base, poursuivit son collègue dont la longue barbe ondoyait, mais faut voir qu'on est déjà noyés. C'était un nuisible, l'ours, les anciens le butaient... Et d'un coup, faudrait lui dérouler le tapis rouge ! Mais on n'en veut pas, nous !

— Sauf qu'ils sont là... tempéra Alma.

Elle but une grande gorgée de café tiédi. Ses voisins de zinc avaient largement entamé leur second verre. Le barbu fit claquer sa main sur le comptoir.

— Bah ouais, mais y avait des raisons si on les a butés, on a appris à vivre sans, on s'en portait très bien ! Qu'on vienne pas nous faire chier avec des discours écolos. Ils sont écolos à Paris ? Qui vit toute l'année avec les bêtes ? Qui se tape les nouvelles normes d'élevage tous les quinze jours ? On est fatigués, nous.

Le barbu avait élevé la voix. Personne ne prêtait attention à eux, les conversations étaient toujours bruyantes au comptoir.

— On en a marre d'être pris pour des cons, ajouta Christian.

— Je cherche pas à vous convaincre, dit Alma, mon job c'est de produire des données qui aident à mieux cohabiter... Je bosse aussi à votre service, croyez-le ou non. Là, je fais un suivi particulier sur une estive où ça s'est mal passé...

— Escobas... murmura le barbu.

— Oui. Pas mal de prédations l'an dernier, une femelle surtout...

— Ah, mais c'est la putain de bestiole qui a fait dérocher les brebis ? Celle de l'accident ? s'exclama soudain Christian.

— On ne sait pas exactement ce qui s'est passé cette nuit-là, répondit prudemment Alma. On essaye de comprendre ses déplacements pour limiter les risques…

Elle s'était aventurée malgré elle en terrain dangereux avec cette conversation, parce que de l'accident, justement, ici personne ne parlait frontalement. Tout le monde savait pourtant à quoi on faisait référence.

— Tu parles, limiter les risques ! s'exclama Christian. Ce serait un humain, il serait au trou, c'est un ours, on paye pour comprendre ses déplacements ! Ça va trop loin, ces histoires. Il but une grande rasade. Le berger s'en est pas remis. Le mec a zoné tout l'hiver.

— Je l'ai croisé, oui. On a pas mal parlé. Il a l'air triste.

— Triste ? Mais bordel, on n'est pas triste après un truc pareil, on est démoli ! Paraît qu'il remonte quand même. Il a du cran… Traîner là-haut avec un fauve, alors qu'il a deux gamines et une petite femme à la maison. Je te l'ai dit, moi les ours, je suis pas contre, mais quand ils viennent t'agresser, y a des coups de feu qui se perdent, tu comprends ? Moi, s'ils tapent mes vaches, j'me défends !

Alma ne renchérit pas. La tragédie de l'été dernier avait rebattu les cartes, il n'y avait plus de dialogue possible. Aucune chance de convaincre ces deux-là de quoi que ce soit. C'était le genre de conversation qui pouvait finir à grands cris. Surtout à partir du troisième verre de blanc. Elle acheva son café. Même le dimanche, au marché, elle ne pouvait pas enlever la casquette “ours”. Elle se protégeait comme elle pouvait, évitait certains sujets, comme les possibles réintroductions d’individus en provenance de l’Est, nécessaires à la diversité génétique. Elle savait combien les lâchers d’ours précédents avaient été polémiques, créant des remous dans tout le pays. L’ours charriait avec lui des siècles de mythologie, convoquait des terreurs archaïques. Le débat dépassait l’enjeu de sa présence, il s’agissait du rapport de la société au monde sauvage, à ce qui échappait au champ du prévisible. Tout cela ne pouvait se régler sur le zinc. Elle savait aussi avec quel mépris, quelle méconnaissance du contexte, la politique de l’ours avait été conduite ici. Certains ne l’avaient jamais digérée, ils s’arc-boutaient contre un nouvel état des choses, le retour durable de l’ours dans leurs montagnes.

Le trou de l’Ours, la vallée des Montreurs d’Ours, le port des Ours, la toponymie des lieux était pourtant ici marquée par leur présence. L’ours était là, il était un voisin, il appartenait à ces vallées, se disait souvent Alma. Elle savait que sa fascination pour cet animal avait quelque chose de facile. Protéger Teddy Bear, bravo, tu t’es pas foulée, ma grande, c’est plus audacieux de se passionner pour un scarabée ou un rongeur, ou pour les méduses. Les plantigrades ne méritaient pas plus d’être défendus que n’importe quelle autre espèce en sursis, mais, les protégeant, c’était tout un écosystème qu’il s’agissait de conserver. L’ours prenait place dans une chaîne d’interdépendances, impliquant quantité de plantes, d’oiseaux, de mammifères, d’amphibiens, mais aussi les hommes et leur bétail. Alma ne pouvait pas lancer ce genre de démonstration ou de débat au comptoir, où les conversations ne supportaient pas la nuance, alors elle se tut et repensa aux montagnes.

Hier encore, elle avait marché tout le jour. Au fil des ans, à force de glisser ses pas dans ceux des ours, son regard sur la montagne avait changé – les roches qui la constituaient, les arbres où elle cherchait les poils indiquant qu'un plantigrade s'y était gratté, le sol sur lequel elle glanait les traces d'un passage, les buissons où chaque branche cassée pouvait appeler à l'interprétation, les déjections et, plus rare, l'empreinte d'un nid douillet ayant abrité l'un d'entre eux le temps d'une nuit, et l'espoir de découvrir une tanière. Au-delà du regard, elle se mouvait différemment. Elle avait cessé de cavaler en ligne droite toujours plus haut, plus vite, poussée par cette ivresse des cimes qui était son moteur à vingt ans. Elle ne lorgnait plus incessamment vers les crêtes et les espaces sommitaux, elle furetait plutôt, à petits pas, les sens en éveil, dans les denses sous-bois. Elle se glissait dans les futaies, au travers des buissons, dans le sillage des ours, cherchant à déchiffrer les traces de leur passage, à identifier dans des signes infinitésimaux la manière singulière de chaque individu de peupler le territoire. Souvent, durant les longues journées d'affût et de pistage, le monde alentour résonnait. Les montagnes s'étaient rehaussées d'une présence qui rendait les forêts plus denses, leur vert plus profond, restituait aux arbres et aux rivières leur chant. Il lui semblait alors percevoir avec plus d'acuité les variations de couleur des roches, des fleurs, du ciel, selon la lumière. Et hier matin, elle l'avait senti, l'ourse était proche.

Elle l'avait rencontrée à plusieurs reprises la saison précédente. La première rencontre avait eu lieu au printemps, elle traînait au pied des éboulis et des couloirs d'avalanche où, une fois sortis de leurs tanières, les ours allaient chercher les charognes libérées de leur gangue de neige, une nourriture consistante qui les aiderait à récupérer le poids perdu durant l'hivernation. Ce demi-sommeil fascinait les scientifiques : les ours perdaient plusieurs degrés de température corporelle, se mettaient en pause, ne s'alimentant et ne buvant plus, recyclant leurs urines et consommant leurs graisses. Le retour du printemps signalait la reprise d'un métabolisme actif et la sortie de tanière des oursons, comme une seconde naissance. Les plantigrades affamés étaient alors plus faciles à observer, cherchant de quoi se sustenter dans la végétation encore éparse. Depuis quelques années, certains hivers étaient si doux que les ours conservaient une activité, bien que très ralentie, tout au long de l'année.

Le jour de leur rencontre, Alma s'était assise contre un arbre, elle avait ôté ses chaussures de marche, posé les jumelles ; elle grignotait un morceau de chocolat, s'apprêtant à repartir bredouille – il fallait savoir renoncer –, quand elle avait entendu une pierre tomber. Un isard ? Elle avait levé les yeux et, juste au-dessus d'elle, à quelques centaines de mètres, l'ourse jouait les équilibristes dans les éboulis. Indifférente à sa présence, l'animale retournait d'énormes pierres pour trouver insectes et charognes. Derrière elle, deux oursons duveteux, encore frêles, cavalaient, au risque de dévaler la pente à tout moment, entraînés par l'un des blocs que leur mère balançait sans ménagement. Le souffle court, Alma avait saisi sa paire de jumelles, incroyable de les voir comme ça. Son pouls s'était emballé, rester calme surtout, mais le bang bang se répercutait dans sa cage thoracique, et il lui semblait qu'on pouvait entendre son cœur battre dans toute la vallée, alors qu'elle braquait son attention sur l'ourse. Stature exceptionnelle, fourrure noire et ce collier de poils argent, c'était bien la doyenne, celle que l'on appelait parfois la Negra dans l'équipe. L'ourse avait jeté encore quelques pierres qui, dévalant, l'avaient fait sursauter. Puis l'animale l'avait fixée, et c'est comme si, à ce moment précis, Alma prenait la mesure de sa puissance, les cent kilos de muscles et de fourrure de l'ourse affamée par la diète hivernale, de la largeur de ses paumes, t'inquiète ma belle, je sais que je suis chez toi. L'ourse l'avait toisée de son promontoire, se dressant sur ses pattes arrière pour jauger une éventuelle menace grâce à son flair, avant de s'éloigner, sans hâte, escortée des deux petits, son corps épais se mouvant avec une exceptionnelle dextérité.

Elle avait noté dans son carnet : 12 avril 2021. 13 h 07-13 h 24. Sur face nord mont Calme, combe d'Escabèche. Observation ours femelle adulte et deux oursons. Oursons, jeux et courses. Ourse en recherche d'alimentation dans les éboulis. Échange de regards, ourse dressée, fuite au calme vers col de Bellevue. Marques caractéristiques : un petit, étoile blanche au poitrail/autre solide, foncé, probablement un mâle/femelle de très grande stature, fourrure sombre.

Elle avait beau y être préparée, dans un secteur où les traces laissées par la femelle abondaient, poils et crottes notamment, dont l'expertise ADN permettait de définir l'appartenance, l'émotion avait été immense. Peut-être était-ce la prestance de cette ourse, plus grande et sombre que toutes les autres femelles qu'elle avait observées en Europe, sa réputation. Elle tenait son surnom la Negra des naturalistes espagnols, elle avait grandi du côté ibérique des montagnes, avant de s'implanter ici : les ours n'avaient que faire des frontières. Elle en imposait. Elle la reverrait à deux reprises le même été, alors qu'elle avait mis à rude épreuve les bergers, victimes de ses incursions, comme les naturalistes, impuissants à la suivre, jusqu'à la catastrophe d'août. Mais malgré les tensions que sa présence cristallisait, Alma ne pouvait s'empêcher d'être fascinée par cette ourse magnifique, immense, qui semblait avoir toujours un coup d'avance sur les humains, mettant à mal leur volonté de contrôle. Et chaque fois qu'elle arpentait la montagne, une pensée inavouable au comptoir du café lui venait : cette ourse était une reine, elle aimait l'idée de vivre sous son règne.

4

Il ouvrit l'œil en sursaut. Le réveil affichait 8 h 46. Le soleil inondait la vallée, les filles devaient être à l'école. Il avait d'ordinaire le sommeil précaire. La nuit était une pieuvre qui l'attirait dans ses tréfonds, des abysses sombres. Cette fois-ci, il avait dormi profondément. Elles ont pris leur petit-déjeuner sans même me réveiller ? Il déplia ses membres. Par la fenêtre, un regard, le cirque glaciaire, les dernières neiges qui ourlaient les crêtes. Le soleil n'avait pas encore achevé son ascension, il devait être à mi-chemin, puis il passerait par-dessus bord, la vallée changerait soudain de visage, la lumière l'inonderait, des millions de photons colorant chaque chose. Le torrent ronflait en dessous. Il passa la tête dehors, l'air était frais, chargé d'effluves de lilas et de terre humide.

Bientôt, les bourgeons des hêtres jailliraient des tiges nues, d'un vert obsédant, ils annonceraient le temps de la transhumance. Et celui de quitter Arpiet, ses ruelles étroites et maisons de pierre aux murs massifs, comme incrustées dans le paysage, ainsi que les ruines, éparpillées partout, envahies par les bois, vestiges d'une époque où la vallée grouillait d'humains. Mais d'abord, une tasse de café, deux, trois… Il lui fallait sa dose. Bien sûr, il y avait les calendriers, mais ici, le quotidien était aussi régi selon les préceptes que Jean lui avait inculqués. Les savoirs empiriques des anciens, transmis au fil des générations, sédimentés dans un ensemble d'histoires, de gestes et de règles de vie. Gaspard en avait fait son catéchisme. La transhumance se décrétait en fonction de la date d'éclosion des bourgeons de hêtre, le programme de la journée s'accordait aux variations météorologiques que renseignait le ciel. Elles étaient si fines en montagne, selon une combinaison de paramètres – exposition au soleil et au vent, déclivité, altitude, densité du couvert végétal. Le vivant ne se laissait pas circonscrire dans d'inamovibles agendas. Gaspard aimait cette vie accordée à l'état du ciel et de la terre. Jean lui avait d'ailleurs raconté qu'en vertu de cette connaissance archaïque des montagnes, des bêtes et des hommes, les bergers avaient longtemps été écoutés comme des oracles.

C'en était fini, Gaspard n'était pas dupe, le monde avait changé et le métier avec. Les bergers étaient désormais des employés, ils passaient d'une estive à l'autre. Plus grand monde ne pouvait revendiquer connaître un territoire sur plusieurs décennies. Les troupeaux avaient grossi pour faire face à la concurrence du mouton néo-zélandais, les brebis étaient devenues des numéros. Il s'estimait bien loti en travaillant pour le GP d'Escobas, auquel Jean appartenait. Avec ses quatre-vingts brebis, ce dernier y était minoritaire. Son troupeau dénotait par ses nombreuses brebis noires. On les voit mieux sur les flancs ferrugineux là-haut, disait-il. Gaspard le soupçonnait de ne rien vouloir faire comme les autres, par principe. Ses tarasconnaises étaient vives, rustiques, dotées de belles cornes. L'ensemble du GP totalisait un peu plus de huit cents bêtes, peu en comparaison de certains troupeaux qui pouvaient en totaliser jusqu'à trois mille.

Gaspard s'habilla en hâte. Il se sentait fébrile. Le compte à rebours était lancé. Boucler les cartons de provisions, préparer la malle vétérinaire, acheter les croquettes. La liste des choses à faire avant le départ évoluait chaque jour. Et bientôt ses montagnes, son estive, sa cabane – s'éloigner du tumulte d'en bas. Cinquième saison, murmura-t-il. Il en faut dix, et sur la même montagne, avait dit Jean, pour faire un berger. La première était celle de la découverte, l'exaltation, les grandes galères qu'on survolait, porté par la griserie des débuts. La deuxième, celle des remises en question, des premiers incidents. Au cours de la troisième, arrivait un moment où l'on croyait avoir tout compris, comment donner le biais, faire les soins, organiser ses journées, conduire les brebis. Mais il suffisait d'un accident, un virus qui décimait le troupeau, un conflit avec un éleveur, l'attaque d'un prédateur, pour se remettre en question. La quatrième saison était celle du doute, elle l'avait mis à terre. Il comptait sur celle-ci pour recoller les bouts épars de lui-même.

Et souvent, depuis qu'il était remonté à la cabane trois semaines plus tôt, il se demandait : est-ce que j'aurai le courage ? La montagne éprouvait, elle faisait le tri entre ceux qui ne faisaient qu'y passer et ceux qu'elle accueillait, dont tout l'être, le corps se pliaient à ses caprices. Ce pouvaient être les longues traversées du brouillard glaçant qui couvrait tout pendant dix jours, transformant chaque falaise, chaque dévers, en un danger mortel, remodelant les sons comme la topographie – il était arrivé à Gaspard de tourner en rond pendant des heures sans plus de repère, sur un versant qu'il connaissait pourtant comme sa poche. C'étaient les pluies intempestives, qui condamnaient les bêtes aux assauts des champignons et bactéries, et le troupeau toussant, exsangue. Ou encore les attaques répétées d'un chien errant, d'un ours, et les nuits sans sommeil, à se lever chaque matin avant l'aube en se demandant combien de bêtes, cette fois-ci ? Alors malgré son expérience, Gaspard se savait encore en apprentissage et plus fragile que jamais. Il ne voulait plus penser au drame, mais la même rengaine, la nuit, le jour, des images et des sons, revenaient jusqu'au vertige.

Dans la cuisine, Lucie buvait un café en pianotant sur son téléphone. Elle leva la tête et lui sourit. Ses yeux clairs s'ornaient de cernes perpétuels, elle affichait cet air fragile mais déterminé qui la résumait bien. Elle lui tendit une tasse.

— Les filles sont à l'école, on t'a laissé dormir, tu en avais besoin !

— Je ne sais pas ce qui m'a pris.

Il noya son café de lait. Le soleil inondait la cuisine. Si la température continuait de monter comme ça, les éleveurs allaient devoir tondre les bêtes plus tôt que prévu. Sauf Jean, qui disait toujours : je les défroque pas tant que la dernière neige n'est pas passée… On en a vu en juin, de la neige. Et Gaspard n'osait pas lui rétorquer que les neiges de juin étaient peut-être révolues.

— Tu te sens comment à l'idée de remonter ?

Lucie avait l'air grave.

— Ça va aller.

Il s'approcha et l'embrassa dans le cou. Ils s'étaient éloignés durant l'hiver. Lucie avait lutté contre le gouffre dans lequel il l'avait aspirée, il s'en voulait.

— Tu ne veux vraiment pas prendre un stagiaire ? Lulu m'a dit qu'un jeune d'Orlu cherchait une place. Ou que je vienne plus souvent là-haut ?

— Lucie, je n'ai pas l'énergie de former quelqu'un, je préfère encore me débrouiller. Et puis toi, tu as les filles…

— Je peux demander à ma mère de venir tout le mois de juin, s'il faut.

— Non, franchement.

Elle fit la moue, attristée. Il esquissa un sourire qui se voulait rassurant.

— Tu sais bien que ce n'est pas contre toi, que j'ai besoin de ces mois là-haut, seul avec les bêtes. C'est comme ça qu'on travaille, en se dévouant à elles.

Lucie avait plaidé tout l'hiver pour qu'il arrête le métier, la rejoigne au cabinet. Il voulait en finir avec cette conversation. Ils n'abordaient plus le sujet de l'accident depuis des mois, mais c'était là, toujours entre eux, une ombre pesante, l'effluve nauséabond de la mort et ce silence qui ne résolvait rien. Gaspard savait qu'il aurait fallu crever l'abcès et dire à Lucie la peur qui le rongeait, de remonter après ça. L'envie malgré tout de le faire. Mais il n'y parvenait pas, les phrases tournaient dans sa tête mais se heurtaient à un mur à l'orée de ses lèvres. Lucie ne comprendrait jamais vraiment son choix. Elle l'admettait, mais quand il parlait de se dévouer, elle pensait aux filles. Pour elle, il y avait un conflit de loyauté entre les bêtes et la famille. En regardant le visage soudain fermé de Lucie, les plis qui se formaient sur son front, ses lèvres qui frémissaient, les larmes retenues au bord des paupières, il se dit qu'elle avait dû espérer jusqu'au bout qu'il renonce.

— Lucie, je vais transhumer dans un mois. Je n'ai jamais envisagé sérieusement d'arrêter, tu le sais. Je ne veux pas que tu t'inquiètes.

— Quand tu es revenu en octobre dernier à la maison, tu étais un fantôme, tu répétais en boucle que tu ne pourrais plus garder, tu te réveillais la nuit en sueur…

— J'étais sous le choc ! Il se tut et lui prit la main. Écoute, on a traversé un hiver de merde, mais je vais faire une belle saison. Vous n'aurez qu'à passer une semaine à la cabane toutes les trois ?

— Si tu le veux, bien sûr qu'on viendra, les filles seraient contentes.

— Ça sera bien, elles sont assez grandes maintenant. Tu sais combien Maëlle aime être là-haut. Et Alice pourra apporter son matériel de peinture.

Elle s'était découvert une passion pour le dessin, que Lucie encourageait. Elle reprochait souvent à Gaspard de ne pas assez s'intéresser au talent de sa fille aînée. Tu n'en as que pour Maëlle, son don avec les bêtes, Alice aussi a besoin de sentir que tu l'admires, avait-elle un jour lâché.

— Je vais passer chez Marco, l'aider à péguer les brebis. Jean sera là aussi.

— Fais-leur la bise pour moi.

Gaspard finit sa tasse de café et se dirigea vers la porte, après avoir embrassé Lucie. Il sortit, Luna sur ses talons, et une fois dans la voiture, alors que la vallée défilait de part et d'autre, il songea au chemin parcouru depuis qu'il avait quitté l'université et s'était installé avec Lucie. Entre eux, tout était allé vite. Ils s'étaient connus étudiants à Paris, installés ensemble dans un deux-pièces. Alice était née, puis Maëlle, les replongeant dans une séquence de nuits trop courtes. Mais la joie, aussi, d'être témoins de chaque évolution minuscule, dans l'appartement exigu. Fatigués, mais on est heureux, non ? disait Gaspard pour masquer le mal-être qui s'insinuait. À vingt-huit ans, il s'ennuyait déjà ferme dans un cabinet d'aménagement paysager. Son corps avait lancé l'alerte lorsque, de retour d'une des rituelles cuites entre potes du vendredi soir, il avait fait un malaise et qu'au matin, dans une errance vaseuse, il avait lancé à Lucie qui le regardait avec un mélange de ressentiment et d'inquiétude : on va s'installer dans mes montagnes, je veux y retourner, que mes filles y grandissent.

Il avait donc renoué avec les Pyrénées centrales dix ans après les avoir quittées, bac en poche, jurant de faire sa vie ailleurs. Ils avaient déniché une vieille maison de pierre au toit d'ardoise dans le hameau d'Arpiet. La route s'arrêtait là. Plus bas, le torrent. Au-dessus, un cirque glaciaire et la voûte céleste. On disait qu'un montreur d'ours connu avait habité cette maison, bâtie en 1823, avant de partir pour les États-Unis. Il faudrait retracer son histoire, s'étaient-ils dit en s'installant. Mais bientôt, le passé de la maison avait été enseveli sous les cris et les rires. Les filles s'y étaient attachées, ainsi qu'aux chevaux voisins. Lucie déplorait l'isolement mais appréciait l'orientation sud de la vallée et la vasque d'eau claire en contrebas. Gaspard ne se lassait pas de lorgner les sommets du massif des Trois Reines depuis sa chambre. Et malgré cet hiver difficile, il ne renoncerait pas à voir grandir ses filles parmi les montagnes et les bêtes.

Il arriva chez Marco, dont la petite exploitation se trouvait un peu plus bas dans la vallée. Son apprenti, Eddy, un jeune gars svelte, ainsi que Jean, étaient déjà réunis autour du parc dans lequel les brebis étaient rassemblées. Jean tenait un calepin et un stylo, Eddy un poinçon, orné de l'étoile de fer qui distinguerait les brebis de Marco. Au sol reposait un pot de peinture pour laine rouge primaire.

— On attendait plus que toi, il nous faut de la jeunesse pour manipuler les bêtes ! Le gamin va péguer, on va voir s'il a un talent d'artiste !

— Moi, je suis le scribe ! s'amusa Jean, goguenard, son stylo à la main. Les vieux, on leur file la documentation, comme si je pouvais plus choper une bête !

— On démarre !

Gaspard avait à peine débarqué que Marco libéra une à une les brebis, entassées derrière les barrières métalliques. En passant la porte du parc, qui donnait sur une prairie, le jeune apprenti les saisissait par un postérieur, puis il s'agissait de les contenir – la tâche lui incombait – dans une immobilité relative, le temps qu'Eddy puisse tremper le poinçon dans la peinture et l'appliquer sur le flanc de la bête. Elles étaient couvertes d'une épaisse laine, souillée par les nuits en bergerie. En les chevauchant pour les maintenir immobiles, dans un corps à corps musclé, Gaspard s'imprégnait de leur odeur, et se sentait vivant, soudain.

— 45007… 42048… énonçait Jean, commentant au passage l'état des bêtes marquées. 43002… pas mal celle-là…

— C'est une de mes meilleures reproductrices, elle va sur les huit ans. Elle me fait toujours des paires d'agneaux, celle-là… Et tu verrais comme elle les défend !

— 12003… manque d'état, franchement.

— Encore une qu'on a nourrie au biberon, on peut faire ce qu'on veut, elles sont toujours vilaines… Mais j'ai pas le cœur à les sacrifier.

Les bêtes marquées sortaient comme des furies dans la pâture adjacente, l'herbe jeune les aimantait, et une fois la tête dedans, elles paissaient, tandis que séchait l'étoile rouge sur leur flanc arrière.

— C'est de l'art abstrait, ça, mon gars, dit Jean, hilare, alors qu'Eddy venait de rater son marquage, lâchant dans la prairie une brebis ornée d'une balafre rouge.

— Pas fait exprès, marmonna le jeune.

Gaspard ne pouvait s'empêcher de regarder Jean à l'œuvre. Le vieux avait l'œil acéré, savait lire l'état d'une brebis, son âge, son pedigree. Il connaissait chacune des siennes, et nombre de celles de Marco. Gaspard avait commencé aide-berger à ses côtés peu après leur arrivée à Arpiet. La rencontre avec Jean était advenue par hasard, après qu'il avait remué ciel et terre pour trouver un poste. Son profil de diplômé en quête d'une reconversion inquiétait les éleveurs. Il avait pourtant grandi non loin d'ici, entre ses huit et dix-huit ans. Mais il avait beau raconter aux potentiels employeurs les sorties en hiver, les bivouacs et les ascensions qui l'avaient forgé, son passage par Paris l'avait transformé à leurs yeux en citadin. Jean s'était trouvé sur sa route. Une conversation autour d'un verre au bar d'Arbat et il l'avait embauché. J't'aime bien. T'as pas l'air de t'y croire trop, avait été le seul commentaire de Jean. Il lui avait tout appris.

Jean avait embrassé la vie bergère à seize ans comme on rentre dans les ordres. Poète, drôle parfois, rugueux souvent – sa façon de manger, de jurer, d'enlever ses godasses même trahissait une existence parmi les bêtes –, Jean se méfiait de ce qu'il appelait la civilisation. Le vieux partageait sa vie entre l'estive et ses quartiers d'hiver, une maison rustique, accessible seulement à pied. Au cœur de l'hiver, on le voyait peu. Quand il descendait au village, il ne le quittait que lesté de provisions et bourré. Il cultivait sa réputation de sauvage avec les randonneurs. Ces gens n'ont pas compris qu'un berger, c'est un animal, ça s'apprivoise ! Eux, ils arrivent comme des fleurs, à te demander leur chemin ! Il continuait souvent sur sa lancée quelques bonnes minutes. Et puis de la randonnée ! Je t'en foutrais moi ! Je suis bien content de m'en tenir à distance, de leur civilisation. Il lâchait ce dernier mot avec un mépris rageur. Gaspard riait à ses vitupérations, sauf quand elles le visaient. P'tain, j't'avais dit pas au-delà de cette pelouse, le troupeau, et merde, y en a sur la crête, là, et regarde comment tu m'attrapes l'agneau, tu vas l'esquinter ! Mais vas-y, coupe-moi ça plus court, hurlait-il encore, alors que Gaspard taillait un ongle atteint par le piétin. J'm'en fous qu'ça pisse le sang, bordel ! Dans ces moments, le timbre de sa voix se déformait, son visage s'empourprait et il n'était plus que cris et gestes désarticulés, une créature furieuse. Il lui arrivait de se calmer aussi vite qu'il s'était emporté, ou de rester plusieurs jours mutique, ne s'adressant à Gaspard que pour donner quelques indications sommaires de garde.

La plupart des aides-bergers qui l'avaient côtoyé avaient rapidement jeté l'éponge. Gaspard, lui, s'était accroché. Il n'avait jamais autant appris. Jean savait tout des baies, fleurs, oiseaux, il pouvait disserter sur les propriétés d'un champignon, connaissait chaque arbre, chaque source, chaque roche de sa montagne. Et tout le monde s'accordait à le dire : il ne gardait pas les brebis, il était brebis. Le voir à l'œuvre était fascinant. Gaspard avait compris que la qualité de berger de Jean résidait dans son rapport intime à chaque bête. Il assurait le suivi de la boiterie d'une telle, sachant anticiper le risque qu'une casse-cou ferait prendre au troupeau, s'attachant à prévenir un mouvement de panique. Et Jean avait le sens de la conduite, il faisait prendre aux brebis des biais avec une précision d'horloger, les amenant à l'exact endroit où il savait que l'équilibre de la pâture était le meilleur.

Il travaillait en symbiose avec Mila, sa dernière chienne, qu'il appelait la Rousse, en raison de son pelage feu. Une bonne journée, c'est quand tu n'as même pas à envoyer les chiens, disait-il à Gaspard. À peine entrouvrait-il la bouche pour lui indiquer la marche à suivre à coups de stooop – pouuusse – gauuuche – droiiite, qu'il scandait toujours d'un c'esssttt bieeennn sonore, la chienne s'exécutait. Il semblait même à Gaspard qu'elle anticipait souvent les directives de Jean, grâce à d'imperceptibles signaux : l'orientation de son buste, une émotion sur son visage, le tempo de son pas. Il ne s'agissait pas juste d'ordres donnés à un animal qui s'exécute, mais d'une chorégraphie entre le binôme homme-chien et le troupeau.

La nuit, les chiens de protection le suppléaient, des patous gigantesques dotés d'une fourrure blanche abondante, qui se confondaient avec le troupeau. Jean en avait trois, dont un grand mâle, souverain, qui ne dormait que d'un œil, posté sur un promontoire. Un bon patou devait être attaché à ses brebis au point de les défendre corps et âme. Ces géants placides, un mètre au garrot, grandissaient dans la bergerie l'hiver, ils considéraient les ovidés comme leurs protégés. Jean avait élevé ces chiens bien avant le retour de l'ours. Rien que les renards, les chiens errants, ils me tiraient trop d'agneaux, expliquait-il, et puis, un bon patou, ça te tient aussi le touriste à distance, et il riait de sa provocation. Il avait souvent dit à Gaspard qu'il ne s'agissait pas d'être pour ou contre les prédateurs. On n'est pas contre l'orage, que je sache ? Et pourtant, moi, la foudre m'a déjà conduit trente bêtes d'un coup dans un ravin, trente ! Il refusait de prendre part aux débats qui agitaient la société, il composait avec la montagne comme elle se présentait à lui, s'adaptait.

— Eh mec, t'es avec nous ? lança Marco alors que Gaspard venait de lâcher une brebis qui n'avait pas encore été marquée.

— P'tain, faut que j'aille la récupérer maintenant, s'agaça Eddy.

— Gaspard le poète, s'amusa Jean.

— Désolé, je cogitais…

Bientôt, les brebis furent toutes marquées d'une étoile, tête dans l'herbe, accaparées par le festin.

— On va se prendre un café, proposa Marco.

— Je dois rentrer, j'ai quelques courses, répondit Gaspard, et, saluant tout le monde, il reprit la route, chargé de l'odeur du suint des moutons, les mains noires, le dos fourbu : la saison venait déjà de commencer.

Plus tard, installé dans la grange adjacente à la maison, il prépara ses colis alimentaires pour la saison. Il fallait tout empaqueter. Rien ne pouvait être laissé au hasard, ni les quantités de sel et de médicaments pour les bêtes, ni les stocks de nourriture pour lui et les chiens. Sardines à l'huile, à la tomate, au citron, et des maquereaux, allez, pour changer. Des bancs de poissons y étaient passés… Puis riz, pâtes et lentilles, le trio gagnant. Quinoa, il fallait bien varier… Quelques boîtes de petits pois carottes, pour le jus sucré. Maïs, une douzaine de boîtes, pour agrémenter l'ordinaire ! Jean aurait hurlé, lui qui ne jurait que par la combinaison pain-fromage-saucisson. Et miel, fruits secs, compotes, confitures, du sucre. Lucie passa une tête. J'y vais, amour, bon empaquetage !

Gaspard repensa à la première saison avec Jean. Les journées étaient éreintantes, à tenter de contenir les brebis, apprendre à les conduire, leur faire les soins. Et Gaspard avait peu à peu compris qu'être berger n'était pas réductible à un métier, il s'agissait d'une façon de vivre qui mobilisait des connaissances botaniques, topographiques, météorologiques, vétérinaires et un moral à toute épreuve. Jean incarnait une sorte d'homme complet, un danseur qui crapahutait à flanc, un philosophe distillant entre deux jurons des vérités brutes, un marcheur infatigable. Quand il enclenchait son pas leste dans les dévers, Gaspard ne parvenait à le suivre qu'en cavalant. Jean pouvait passer des heures dans un dense brouillard sans ciller, comme insensible à l'humidité qui rongeait les os. Et Gaspard songeait que le vieux devait être un peu animal, lui aussi, pour y résister aussi stoïquement que ses brebis.

L'estive offrait toute la palette des expériences sensorielles. On pouvait se retrouver à patauger dans la merde pour attraper une brebis victime d'un retournement de vagin, traîner le cadavre d'une agnelle éventrée, en achever une autre, le cerveau bouffé par les œstres, et le soir même être témoin d'un crépuscule flamboyant sur les crêtes, et, embrassant du regard une mer de nuages percée par les pics granitiques du sommet de l'Infierno, être étourdi de joie. Puis il fallait revenir sur terre, auprès des bêtes, rentrer à la cabane sale et fourbu. Et il aimait ces contrastes, les naissances, les morts, l'intensité de l'estive. À la fin de la première saison, Jean l'avait gratifié d'une tape dans le dos. Tu m'as eu, garçon, je pensais que tu ferais pas long feu, t'as le potentiel pour cette vie-là ! Dès le retour au village, Gaspard était allé chercher un chiot. En le voyant la boule de poils dans ses bras, un border au pelage noir appelé Luna, Lucie avait râlé : c'est pas sérieux ! Mais au sourire radieux qu'il affichait en racontant les tempêtes et les brebis égarées, elle avait compris.

Maintenant, il fallait s'accrocher à ces souvenirs-là pour déjouer les craintes. Il sourit, se concentra sur la liste, huile, biscottes, levure et farine pour les jours de fête, des crêpes quand viendraient les filles, et quatre tommes fraîches qu'il affinerait sur place – des brebis, bien sûr. Il passa encore en revue les épices, sauce soja à foison, ne pas oublier le piment, le curry, huile d'olive en bidon… Le vin. Des cubis et quelques bouteilles… Et les croquettes, cinq kilos fois cent vingt jours… Disons cent quarante pour compter large. On était pas loin de la tonne... Année après année, sa liste s'affinait. Mais il se sentait fébrile, à l'égal d'un matelot prenant la mer. Redescendre une fois là-haut pouvait être lourd de conséquences pour les bêtes. Et puis l'estive était comme une bulle, un espace-temps parallèle qu'il ne fallait pas faire éclater au contact du monde. En recensant son trésor, des images des hauteurs défilaient dans sa tête. Il regarda les cartons empilés, manquait le chocolat. Et une bouteille de rhum. Il y avait des soirs à avoir envie d'alcool fort. Il n'avait jamais préparé aussi scrupuleusement les effets. Comme si après le drame de l'an dernier, ranger, trier, empaqueter lui redonnait le contrôle sur le cours des choses. Tout est en ordre, se répéta-t-il comme une pensée magique. Il passa une tête dehors, le soleil était camouflé par d'épais nuages, la montagne semblait prête à fondre sur eux.

5

Alma ouvrait la marche, Marius lui emboîtait le pas. Tu verras, on croit que ces sorties sont monotones, mais il se passe toujours quelque chose. Faut jamais baisser la garde, avait-elle prévenu. Alma était routinière des itinéraires de prospection. On s'enfonçait dans les bois par d'anciens sentiers qui n'apparaissaient plus sur aucune carte, vestiges d'un temps où les villageois allaient glaner bois, champignons, baies. Ces veines dans les forêts denses, qui ne devaient leur persistance qu'au passage des animaux, serpentaient sur des parois abruptes, les conduisaient à travers des prairies marécageuses, des bois sombres, jusqu'à gagner les landes et les estives dégagées de la sylve. Tu balaies bien du regard, d'abord le sol pour choper des traces, puis la forêt pour capter s'il y a mouvement, tu dois être totalement concentré… Il faut que tes yeux scannent tout. Et faire le moins de bruit possible, apprendre à marcher comme les bêtes… Marius acquiesça. Il peinait à la suivre. Elle infléchit à peine le rythme. Il y a des signes faciles à repérer : quand t'as une branche cassée, tu regardes s'il n'y a pas du poil coincé… Ceux d'ours, c'est facile, ils sont clairs, fins, frisés, surtout le poil de bourre. Ils s'engagèrent sur un sentier plus large. Et puis les pierres retournées, y a que lui qui te démonte un rocher pour aller chercher deux larves ! Les carcasses, les crottes – l'ours est discret, mais il laisse des traces. Le plus dur ce n'est pas de les repérer mais de les lire. Dès qu'on met les pieds dans la montagne, on est en veille. La cime du Valat, bien visible d'ordinaire, était noyée dans la brume.

Les protocoles imposaient de suivre les mêmes trajets, et pourtant, la montagne se montrait chaque fois sous un jour neuf. La semaine précédente, en dépassant la mare au début de son ascension dans la forêt, Alma avait observé quantité d'amphibiens affairés à la copulation, mêlant leurs peaux visqueuses dans l'eau, elle avait croisé un renard en chasse, échangé un long regard avec un cerf, un huit cors de toute beauté. Mais en ce matin de mai, la brume était si compacte qu'ils avaient l'impression de frayer chemin dans une matière solide, le sol retenait leurs pas dans un chuintement, ils progressaient avec difficulté. Ils débouchèrent enfin sur un replat. Marius reprit son souffle, tu cavales ! Alma sourit. Elle se savait rapide en montée. C'est l'habitude, à la fin de ton stage tu auras la caisse ! Ils suivirent le sentier qu'empruntaient l'été les vaches, direction le col. N'oublie pas, vigilance totale, le graal, c'est de tomber sur des laissées… On est avant tout des chasseurs de crottes ! Alma sourit, elle se souvint d'un vieux photographe animalier, rencontré dans les Vosges. Un amoureux du grand tétras, qui collectait les crottes du rarissime oiseau-forêt et les entreposait sur le radiateur du salon de sa bicoque. Elles ressemblent à des cendres de cigarettes et sentent le sapin une fois séchées, disait-il…

Les excréments permettaient non seulement d'identifier l'ADN de leur propriétaire, mais de connaître avec précision son régime alimentaire, son état de santé, ils constituaient une mine d'informations.

Alma s'arrêta soudain, son regard venait de buter sur une trace de patte arrière. La paume allongée, les cinq doigts, il s'agissait bien de celle d'un ours, intacte en dépit de la pluie drue. Elle s'avança, contempla la marque des pattes antérieures : l'ours était passé il y a peu, tranquillement, comme l'indiquait la disposition des empreintes, la paume était venue s'enfoncer dans la boue de tout le poids du fauve. Regarde, vu l'écartement ongulaire, on est sur un mâle, ou bien une très grosse femelle. La première hypothèse est la plus plausible, sur ce secteur. Marius s'accroupit au chevet de la trace. Sors-moi le matos, on va la mesurer, tu t'amuseras à retrouver à qui elle appartient dans la base ! Pour moi, il est passé il y a moins d'une heure, vu la netteté et la météo… Il a dû se balader un moment sur ce sentier à flanc, là, avant de traverser la rivière et de rejoindre les sous-bois. Elle se leva et suivit les traces nettes, qui s'y interrompaient. Viens ! Marius accourut. Tu vois, les pierres retournées, là ? Bah, il s'est fait un festin de larves, notre monsieur ! Il doit pas être loin. Le jeune homme la fixa avec un grand sourire. Ils se déplacent pas tant que ça à cette époque, ils économisent leurs forces le temps de reprendre du poids, ils ingurgitent un max de baies, larves, charognes, tout ce qu'ils peuvent se mettre sous la dent !

L'ours pouvait être proche. Alma savait qu'ils étaient capables de côtoyer les hommes sans se donner à voir. Ils empruntaient les mêmes chemins que les promeneurs, nichaient non loin des estives, ils peuplaient les montagnes arpentées par les bergers, les chasseurs, les touristes, s'aventuraient à la lisière des villages, en catimini, observaient les bipèdes. Bon, on repart, on voit si on trouve autre chose ? Ils se remirent en chemin, le bruit spongieux de leurs pas perçant le silence. La forêt dégoulinait, les arbres frissonnaient – branches confuses, agitées par le vent. Ils avaient beau prendre de l'altitude, parcourir ces forêts-cathédrales, c'était comme gagner les profondeurs. La visibilité y était réduite, la pluie tomba de nouveau, drue, froide. On va pas être beaux à voir, lâcha Alma. Marius rit. Leurs chaussettes baignaient dans un jus boueux, les pantalons collaient aux cuisses, leurs cheveux plaqués sous les capuches. On ressemble à des chiens mouillés ! Mais la joie de trouver la trace d'une présence déjà évaporée suffisait à faire oublier l'inconfort du moment à Alma. Elle reconstituait en imagination la trajectoire de l'ours, l'ondulation de son corps souple, sa progression nonchalante.

Elle s'arrêta près d'un sapin. Tu vois cet arbre ? Eh bien, ça fait partie de nos stations de prélèvement sur cet itinéraire. On sait qu'ils s'y frottent, alors on a mis une caméra juste-là, derrière, fais ton plus beau sourire ! Elle rit, Marius avait les traits tirés par le réveil matinal, ses vêtements ruisselaient. Tiens, regarde. Un fil barbelé avait été placé autour du tronc. On met un peu de goudron de Norvège sur l'arbre, l'odeur les attire. L'ours vient se gratter là, c'est notre piège à poils ! Regarde, il y en a des touffes, là ! Peut-être notre gars de tout à l'heure ? Marius se pencha, des poils fins et ondulés étaient accrochés à l'écorce, au niveau de sa tête. L'ours avait dû se dresser sur ses pattes arrière pour se frotter les fesses, exécutant ce déhanchement que les pièges photographiques permettaient parfois de capter. Mais ça ne le blesse pas ? Avec la fourrure qu'ils ont, non, on écourte la pointe des barbelés, ça les gratte juste ! Un pic noir lâcha une ribambelle de vocalises, il devait les regarder patauger. Alma perçut une ironie dans son timbre. C'est un chant de pluie, ça ! Tiens, tu vas prélever, puis on va faire un test ADN. C'est comme ça qu'on étoffe la banque de données, qu'on connaît l'étendue du territoire de chaque individu. Avec les crottes, les poils, les traces qu'ils laissent derrière eux. C'est un peu comme mener une enquête… Marius ouvrit la mallette. Alors tu mets bien les gants, je veux pas ton ADN partout, puis tu prélèves, tu conditionnes, tu étiquettes et on est bon ! Marius acquiesça, il achevait un cursus en biologie, était familier de ce type de protocole. Il s'exécuta, appliqué, pince à épiler en main, accroupi au ras du sol.

À ses débuts, Alma avait trouvé déroutant que la science puisse se faire de manière si artisanale. On était loin de l'image du savant en blouse blanche. On bâtissait aussi des savoirs en pataugeant dans la boue.

Elle sortit de son sac un petit chalumeau, ça c'est mon truc à moi. Les autres le font au briquet, mais on se crame les doigts… Tu vois, on brûle bien les poils qui restent. Qu'ils soient pas pris en compte une seconde fois par quelqu'un d'autre de l'équipe… Et puis comme ça, si un autre ours passe, ça évite que les ADN se mélangent… Allez, on boucle le tout et on rentre, il caille. La pluie avait repris. La brume les enserrait toujours. Alma sourit. L'hiver avait été sec et doux, les nappes phréatiques n'avaient jamais été si basses, ces pluies de mai, c'était un espoir.

Ils descendirent en silence, Alma songeait aux données récupérées dans les pièges photographiques. La perspective de les visionner lui faisait presser le pas. Même s'il s'agissait d'un travail fastidieux, le traitement de ces images la passionnait. Les caméras captaient des instants de vie sauvage hors de toute interférence avec l'humain, fixaient ce qui se jouait à l'abri des regards. Et c'était toute une société secrète dont l'intimité se trouvait alors dévoilée : sangliers, martres, musaraignes, genettes, biches et ours. Alma songeait souvent à ceux qui arpentaient ces montagnes sans se douter de ce qui s'y tramait. Ces captations constituaient un matériau précieux, elles offraient parfois des moments de grâce, comme cette séquence de jeux entre trois oursons, dans l'indifférence de leur mère – affairée à éplucher le tronc d'un arbre pour se repaître des insectes nichés sous l'écorce. Ils exprimaient toute la fougue de l'enfance, s'envoyant de brutaux coups de patte, roulant au sol. Quelque temps plus tard, l'ourse était revenue dans le secteur, elle n'était plus accompagnée que de deux petits. Le troisième avait dû chuter ou être dévoré par un mâle. Une fois la fascination passée, il s'agissait de renseigner et d'interpréter les comportements que dévoilaient ces séquences volées.

À force d'images compilées sur les mêmes itinéraires, Alma connaissait l'intimité de certains ours. Elle savait leurs préférences alimentaires, leur chronobiologie, leur manière de se mouvoir : chaque ours avait sa propre chorégraphie. Elle les identifiait aux marques caractéristiques – leur physionomie, il y avait des robustes et des longilignes, la densité et l'éclat de leur pelage, sa couleur –, à des signes distinctifs, comme ces colliers de poils qu'arboraient certaines femelles, un garrot noir, un épi. C'était son cheval de bataille : forger un savoir individualisé. Le rôle d'une institution comme le CNB était avant tout d'identifier combien d'ours étaient présents, à quels endroits du territoire, et comment ces deux paramètres évoluaient dans le temps : on parlait aire de répartition, dynamiques de populations. La connaissance des comportements des individus, de leurs interactions, des mécanismes de transmission culturelle au sein d'un groupe, était embryonnaire.

Ils arrivèrent au bureau deux heures plus tard, après un bref trajet en voiture. Marius s'ébroua, je vais aller me changer avant de manipuler les échantillons. Oui, moi aussi, on a le temps, l'essentiel c'est d'être rigoureux. Marius avait la trempe pour le travail de terrain, il l'avait suivie sans broncher. Une douzaine d'années les séparaient, c'était un gouffre. Elle se souvint de ses débuts. Elle aussi avait été stagiaire du CNB durant ses études, puis vacataire l'an dernier, avant d'être deux mois plus tôt affectée de manière permanente à l'équipe Ours. Son CV avait séduit, sacré parcours, avait dit François le directeur en la recevant en entretien d'embauche. En plus de sa thèse en écologie, elle avait accumulé nombre de missions de terrain et trois années de travail en Alaska. Sa vacation dans les Pyrénées avait achevé de convaincre tout le monde. Quand un poste s'était libéré, sa candidature avait été étudiée en priorité et le contenu de ses missions adapté à ses compétences d'éthologue. Elle devait apporter un regard différent sur les comportements des ours. Un poste sur mesure, tu t'emmerdes pas, ma vieille ! Toujours le don pour les bons plans, la thèse en Alaska, les jobs de rêve, avait lancé Boris, un ami de l'université. Pendant ce temps, moi, je patauge dans la Loire ! Lui s'était spécialisé sur l'aire de répartition du saumon et l'impact de la pollution sur ce grand migrateur. C'était un garçon aquatique, Alma une fille de la terre, mais ils avaient en commun la passion du terrain. La biologie n'était pas pour eux qu'une science de laboratoire, elle se pratiquait au contact. Il s'agissait d'observer, enquêter, au moyen d'outils et de protocoles bien rodés, mais aussi d'un engagement physique constant, d'intuitions.

Alma défendait cette approche sensible dont certains se méfiaient. Comme si la bonne science impliquait de ne jamais se salir les mains. Nous, on fait de la science qui tache ! clamait-elle. Elle s'était spécialisée en éthologie pour cette raison précise. Au sein des sciences du vivant, sa discipline souffrait encore d'un certain discrédit. C'est une discipline qui ne réfute pas la part de subjectivité intrinsèque à toute observation et à la production des données qui s'ensuit, disait son directeur de thèse, le vieux James Spencer, l'enjeu est d'être le plus rigoureux possible, en acceptant qu'à tous les niveaux, à commencer par le choix du sujet, on arrive avec un bagage personnel, que celui-ci influence nos interprétations du réel. Qu'il n'y a pas de science pure, en somme. Nous les éthologues, nous méfions de la pureté comme de la peste ! Avec lui, elle avait défendu une thèse intitulée : “Impact de la pression anthropique sur l'écologie de l'ours brun *(Ursus arctos)*. Étude comparée de la réserve McNeil (Alaska) et du parc national de Somiedo (Espagne)”. Elle avait étudié l'influence des activités pastorales, touristiques, sur la chronobiologie des ours, leurs schémas reproductifs, leur organisation territoriale. En Alaska, les ours étaient en leur royaume, la présence humaine rare et ponctuelle. En Espagne, ils vivaient au contraire parmi les hommes. Elle avait pu démontrer que de ces deux configurations opposées découlaient différents *patterns* comportementaux, qu'il s'agisse de l'usage de l'espace, des interactions entre ours, ou avec l'humain. Sa thèse avait été jugée avant-gardiste pour sa dernière partie : une monographie de deux familles d'ours. Dans un chapitre sur la transmission culturelle entre la mère et les oursons, elle analysait, à partir d'observations directes et d'images vidéo, la manière dont, selon les contextes, les femelles éduquaient leur progéniture. Vous avez fait quelque chose d'inédit, avait salué son directeur, certains vous décrieront, mais c'est comme ça qu'on fait bouger les lignes… Son doctorat en poche, elle avait été recrutée à la réserve McNeil, elle y était promise à une belle carrière.

La suite avait déjoué ses plans, une rupture amoureuse, le besoin de fuir, elle était revenue aux sources, avait décidé de mettre un temps son expertise au service de la réintroduction des ursidés dans les Pyrénées.

Au CNB, elle avait intégré une équipe composite en charge du programme Ours – bien d'autres espèces étaient suivies, mais le plantigrade faisait l'objet d'une attention particulière –, des vieux qui avaient roulé leur bosse et des jeunes fraîchement débarqués des masters en écologie qui fleurissaient. Et bien que la discipline ait évolué, que les outils de suivi de la faune se soient sophistiqués, caméras thermiques, collier ou implant VHF – abdominal, intrusif mais qui fournissait des données de grande précision –, la mission de l'équipe reposait surtout sur le recensement et la cartographie, à partir d'indices récoltés manuellement. C'était un travail d'orpailleur. Il fallait inlassablement parcourir les mêmes itinéraires, chercher des traces, crottes, poils, récolter les images. Toutes ces données, c'est un peu le journal intime de la vie des ours, disait François quand il présentait leur travail, ça nous permet de reconstituer leur régime alimentaire, leurs trajets, de connaître leur état de santé, et surtout, de produire un savoir relatif à la population, l'aire de répartition. Chaque ours avait désormais sa carte d'identité ADN dans une base de données.

Alma avait découvert une équipe de huit personnes, supervisant le travail de terrain d'une trentaine d'autres, qui manquait cruellement de moyens, y palliait par des dispositifs ingénieux. Le programme Ours du CNB comptait sur tout un réseau de bénévoles passionnés qui consacraient leur temps libre à la collecte d'indices. La plupart d'entre eux ne rencontreraient jamais l'ours. Les face-à-face étaient rares, des siècles de chasse acharnée avaient inscrit dans la mémoire des plantigrades le genre humain comme un danger. Ils s'étaient adaptés, vivant la nuit, se repliant le jour dans des vallons escarpés, des couloirs à avalanche, partout où les êtres humains étaient encombrés par leurs corps malhabiles, pris de vertige. L'ours, lui, dansait sur les crêtes, sinuait dans les forêts épaisses, au mépris des épineux qui s'accrochaient à son cuir épais. Tu l'as déjà vu, toi ? avait demandé Alma à Paul, l'un des plus fidèles, sur le terrain par tous les temps depuis quatre ans. Jamais, mais je suis passé tout proche, les traces étaient fraîches. Mais ça ne te lasse pas ? J'aime qu'il m'échappe je crois, avait-il répondu avec un sourire. Alma comprenait l'ivresse de la traque. Le paysage changeait, gagnait en épaisseur, lorsque l'on pistait les animaux. Il n'était plus un décor, mais un monde de signes, auquel chaque être vivant participait. Les renards, laissant des traces sur les bords des chemins, les biches qui créaient des trouées dans la futaie, les ours, les humains, tous passant et repassant dans les pas les uns des autres.

Elle sortit de la douche, le bâtiment comptait des vestiaires sommaires, carrelage gris et froid, néon au plafond qui habillait de blafard les corps fatigués, mais ils avaient le mérite d'exister. Le couloir qui distribuait les bureaux était orné d'affiches représentant les personnages qui occupaient toutes les conversations : desman, gypaète, ours, martre, salamandre, bouquetin ibérique. François arrivait de l'extrémité du bâtiment où se trouvaient les services administratifs. Il dirigeait le programme Ours, dont les quelques bureaux étaient rassemblés côté ouest.

— Alors, bonne sortie ? Tu passes prendre un café, j'ai une nouvelle pour toi, lança-t-il sans attendre de réponse à sa première question.

— Maintenant ?

— Si tu veux, je suis dispo. Je vais nous chercher des cafés.

Elle le rejoignit dans son bureau quelques minutes plus tard. Il portait toujours le même pantalon kaki à poches, un pull noir de laine, Alma le situait quelque part entre Indiana Jones et un pasteur anglican. Au mur, était épinglée la carte sur laquelle chaque ours était figuré par une punaise. Ils se concentraient au centre de la chaîne, contrairement aux prédictions d'étalement de la population réalisées lors des premières réintroductions. François prit la parole.

— C'est fou de se dire que quand je suis arrivé, ils n'étaient que cinq.

— Et maintenant presque cent…

— Oui, on avance. Bon, alors voilà. J'ai ferraillé auprès de mon N+2 pour obtenir une enveloppe pour ton projet expérimental. Ils n'étaient pas convaincus, ils m'ont dit que notre mission initiale, c'est le suivi des populations, pas de la recherche fondamentale.

— Mais ce n'est pas…

— Je sais, je sais, Alma, l'interrompit François, j'ai repris tous tes éléments de langage ! Qu'une meilleure connaissance de l'éthologie des ours permettrait d'avoir des réponses plus adaptées, notamment face à la prédation.

— C'est ça, murmura Alma.

Elle connaissait les réticences de certains tenants de l'écologie de la conservation à l'éthologie, les interfaces entre les disciplines étaient pourtant évidentes, elle l'avait plaidé.

— Et donc, bon, sur le secteur du mont Calme, vu les tensions après l'accident de l'an passé, ils sont prêts à mettre quelques billes, à essayer des choses nouvelles.

— Bien.

— Ils vont financer le projet, au moins une période d'essai de trois mois, ça ne nous mène pas à la fin de la saison, mais on pourra reconduire sans souci, je pense.

— Trois mois ?

Son visage s'assombrit, on parlait de temps long et on leur donnait trois mois de budget, douze malheureuses semaines.

— Ne fais pas cette tête. C'est une première tranche, ça me permet de te dégager un mi-temps, d'équiper le territoire en caméras, et payer tes heures sup de nuit. Tu es tranquille jusqu'à fin août et d'ici là, tu auras démontré la légitimité de ta démarche ?

François se tenait droit, avec cet air toujours un peu rigide, la mâchoire qui ne se décrispait jamais vraiment, même quand un sourire lui faisait remonter brièvement les zygomatiques. Alma acquiesça, il fallait prendre ce qu'on lui donnait, on était loin des grandes réserves d'Alaska, de leurs moyens colossaux.

— Merci, François. On va enfin mieux comprendre ce qui se joue sur cette estive, ce sera profitable à la cohabitation, tu verrais dans les monts Cantabriques…

— Je sais, je sais, les Espagnols sont fabuleux, s'agaça légèrement François.

Alma ne rétorqua pas. Quand elle avait intégré l'équipe pour la vacation l'an dernier, on lui avait parlé de cette ourse qui mettait en péril la concorde avec les autres usagers des montagnes, ainsi le langage technocratique décrivait-il les apiculteurs, randonneurs et bergers. La Negra avait eu des comportements qualifiés de "perturbateurs". Elle avait perdu ses deux oursons au cours de l'été, puis attaqué de manière répétée un troupeau, épuisant les chiens et les bergers, jusqu'au jour fatidique d'août. La présence de l'ourse sur la montagne cette nuit-là, sa responsabilité dans la tragédie que personne n'osait évoquer frontalement, n'étaient que supposées. Les chutes mortelles advenaient en montagne. Mais l'affaire avait fait grand bruit, des associations s'étaient mobilisées pour demander la capture de l'ourse, d'autres avaient exigé qu'on la laissât en paix, une vidéo avait circulé, figurant un commando cagoulé qui se promettait de faire péter la cervelle de l'ourse tueuse… Alma s'était servie de ce cas pour plaider l'intégration d'une approche éthologique au travail de suivi. François avait cédé. Alma l'avait aidé à monter un dossier pour proposer une approche pilote adaptée, impliquant des temps d'observation directe des ours et un dispositif de pièges photos plus dense.

— Tu commences la semaine prochaine, on nous a donné le feu vert, tu organiseras ton temps comme tu veux mais je veux des rapports hebdos, même télégraphiques !

— Bien, ce sera fait.

Alma sentit l'impatience la gagner, elle allait enfin pouvoir mener un travail plus approfondi, retrouver le goût des observations directes, de la confrontation. Alors qu'elle se levait de sa chaise, François ajouta :

— Alma, je ne veux pas te mettre la pression, mais c'est une vraie responsabilité. On ne peut pas se permettre d'avoir un incident de plus cette année… Ta mission, elle doit nous donner des clés pour agir…

Elle était debout désormais, avec cet air farouche qui lui valait, petite, d'être appelé sauvageonne par sa mère.

— Ça s'annonce passionnant.

— Oui, physique aussi, tu vas être affûtée à la fin de la saison !

— Tant mieux.

— À toi de jouer… Cette ourse, je veux que tu la suives, la pistes, jusqu'à comprendre comment elle vit, à quoi elle pense, elle rêve !

Alma sourit, elle allait se glisser dans les pas de l'ourse, dans sa peau, un projet rêvé pour une naturaliste, et devenir animale.

6

De l'existence de bête, l'ourse s'éloigne de jour en jour, car tétant la première gorgée au biberon, elle a conclu malgré elle un pacte avec l'humain, le domestiqué. Déjà, elle a beaucoup grandi et forci, nourrie au lait et au pain que Jules agrémente de fruits tombés des arbres dans les vergers, d'un peu de pommes de terre parfois, et la mère se récrie alors, et nous, nos réserves pour l'hiver ? Depuis le mildiou, beaucoup de patates sont corrompues, noires, désespérément vides de chair sous une peau galeuse, et la mère lui rappelle comment, dans sa jeunesse, la famine avait touché toute la vallée, comment son père avait dû partir travailler dans les basses terres, de quelle odieuse façon il était mort de tuberculose. Et il est vrai que la faim est encore bien présente, les repas parfois spartiates, la viande rare, alors une bouche de plus à nourrir, gémit souvent la mère – et pas n'importe laquelle, une gueule de fauve – et Jules n'ose rien rétorquer, car il le sait, que la bête a bon appétit.

Ton père n'aurait pas laissé faire ! Mais il n'est plus là, pense Jules, alors… Et si elle n'est bonne à rien, l'ourse ? Je te jure, je te donne un an pour en tirer quelque chose, sinon elle finira en peau et en saucisson, et puis on vendra la graisse au pharmacien, et la tête, eh bien on la mettra au mur, là, tu vois, rien ne se perd dans l'ours… Si au moins tu avais tué la mère au moment de la capture, ça nous aurait fait un pécule ! Si au moins. Elle s'emporte, puis elle se calme. Elle n'est jamais fâchée longtemps, mais elle a la vie triste depuis la mort du père. Et la peur de la faim, les tracas, comme elle dit.

Alors Jules la laisse parler, parler encore, même si la perspective de voir son ourse en pièces détachées, en chair à pâté, provoque en lui effroi et colère, elle s'inquiète, c'est bien naturel. Il la rassure en améliorant le quotidien, va chercher champignons, baies et bois en forêt, travaille le potager et leurs lopins, minuscules pièces de terre éparpillées dans le territoire, veille les poules et la vache ; il lui arrive aussi de vendre sa force aux villageois. Il n'a pas grand-chose d'autre à proposer qu'une carrure encore adolescente, mais pour les menus travaux des champs, cela suffit et il ne ménage pas sa peine. On l'envoie aussi comme pâtre, en remplacement, mais il n'aime pas garder les vaches, au fond de lui, il en est convaincu : cette existence villageoise, il la laissera un jour derrière. Il y a l'ourse désormais, ensemble, ils feront le grand voyage et il ne sera plus question de compter les centimes et batailler pour la pitance du soir, de cette petite vie.

Les voisins aussi parlent. Le p'tiot, avec son ourse là, il se fait des rêves, des grands rêves, mais il aurait mieux valu la tuer, la mère, et vendre la peau, et la graisse, et le gigot, et les dents. Tout est bon, dans l'ours, ils disent eux aussi. Ça aurait bien aidé la famille ! Ils parlent, mais Jules s'en moque, ils verront bien, avec leurs bouches à ragots, ils verront ! Et puis, mieux vaut la jalousie et les médisances que l'indifférence ; avec l'ourse, il est devenu quelqu'un, il attire les regards, les rues bruissent derrière lui de jacasseries. Chacun a son avis. Sur sa perte annoncée, sa lubie, sa sale bête, ou sur les promesses qui s'offrent à lui. Et puis l'ourse impressionne, elle fait peur, mais ne laisse pas insensible. Un jour, il se fera bouffer, dit le mari de Monique. Il est jaloux, c'est tout, songe Jules.

Au second printemps d'après la capture, l'ourse a bien grandi, son poil noir est épais et soyeux, sauf au niveau du collier, plus clair, les pattes sont solides, il ne se lasse pas de la caresser, et la mère dit : elle va être pourrie, pourrie gâtée, cette ourse, et tu ne pourras rien en tirer si tu continues à la chérir comme ça… Et toujours Jules la laisse parler, hochant la tête, il n'écoute rien. Passé l'hébétude ayant suivi la capture, l'ourse s'est accoutumée à sa nouvelle vie, elle s'ébat tout le jour dans le jardin avec le chien – une bête de ferme, épaisse, sale, bruyante – et la nuit, dort encore près du feu.

Longtemps Jules a joué avec elle comme un petit chiot, mais il faut réprimer les élans à mesure que, grandissant, sa force augmente. Elle a dépassé l'âge fatidique de deux ans, mais Jules repousse l'échéance. Le vieux Marcel passe, de temps en temps, et il dit : fais-la descendre chez le forgeron. Et voyant la bête dans le jardin : un ours à cet âge-là, ça s'attache, elle va te dominer, elle deviendra dangereuse et tu n'auras d'autre choix que de l'envoyer au boucher ! Il s'étonne de la trouver forte : elle ferait presque la taille d'un mâle, c'est une grande ourse.

Et ce pelage sombre… sauf l'encolure, cette fourrure ! Et Jules boit ses paroles.

Quand l'ourse se met debout, elle lui arrive au menton et semble le narguer de sa stature, les yeux dans les yeux, il lui trouve un regard presque humain. Pourtant, le curé l'a dit encore l'autre jour à sa mère : méfiez-vous, on dit que votre fils s'acoquine avec une ourse… Cet animal est du côté du diable. Et la mère a exigé que la bête soit laissée dehors désormais, la nuit, qu'on lui passe l'anneau dans le nez, qu'elle reste à sa place d'animal, c'est tout. Un soir, elle tempête si fort, rappelant les paroles de Marcel – car lui, il sait, il en a élevé, des ours, alors tu as beau avoir une tête de bois, tu vas l'écouter un peu, et moi aussi, tu vas m'écouter ! Ton père serait là… Elle est si fâchée que Jules se résout à aller, le prochain jour de marché, chez le forgeron. Rendez-vous est pris pour la ferrade.

Le samedi suivant, un jour d'avril 1885, il passe à l'ourse le collier de cuir, qu'il faudra élargir, trou après trou, à mesure que son poitrail et son cou puissant s'étofferont, et il se rend au village. L'ourse n'y est jamais descendue, et s'il l'a accoutumée à le suivre sur quelques centaines de mètres dans le hameau, sur les conseils de Marcel, la mener jusqu'à la place est bien plus compliqué que prévu. L'animal se rebiffe, cherche à se dégager, le traînant de gauche à droite, comme si elle pressentait le drame qui l'attend, et au terme d'un calvaire de sept kilomètres, il arrive à Arbat, éreinté, la sueur perlant sur son front, feignant de maîtriser l'ourson devenu un fauve, jusqu'à l'atelier du forgeron.

L'homme l'attend, moustache en berne, tablier noué autour d'un corps volumineux, campé sur des jambes solides, un marteau à la main : tout en lui – mains, nez, tronc – est épais. Deux chevaux également massifs attendent qu'on renouvelle leur ferrure, attachés devant la forge dans une odeur de corne brûlée. L'enclume repose au milieu de l'atelier, au fond, un immense soufflet permet de maintenir la chaleur du foyer et, suspendu contre le mur, un attirail impressionnant de pinces, limes, étampes, tenailles et marteaux. Jules est souvent venu mais n'a jamais prêté attention aux outils de l'artisan, et maintenant que l'ourse va passer entre ses mains, il les lorgne comme autant d'instruments de torture, un bric-à-brac de ferraille pouvant broyer, percer, déchirer, brûler n'importe quoi. L'ourse doit sentir sa crainte, ou peut-être est-ce la vue et l'odeur du feu ardent, mais elle se débat avec fureur, et il faut le recours du forgeron et de son apprenti, un replet garçon, pour l'immobiliser.

— On va pas y passer la nuit, lance l'homme.

— Je fais quoi ? demande Jules, soudain inquiet.

— Eh bien, viens là, qu'on l'attache, ta bête, c'est une femelle ! Dieu qu'elle est grande, et sombre, mate-moi ça, Jeannot, la taille de cette bestiole, elle va faire forte impression, celle-là… Tu l'as dégotée où ?

— En tanière, s'enorgueillit Jules.

— Ah mais oui, le vieux Marcel m'a parlé de toi, le petit gosse et la grosse ourse… Bah, vous faites une sacrée paire, hein ! Jeannot, attache-moi ça, et il désigne du menton l'animal.

Le gros garçon se jette sur elle, puis tout va très vite. Les deux hommes garrottent l'ourse au chêne qui trône devant l'atelier, elle se contorsionne, tentant de se dégager de l'étreinte de l'arbre. Elle lance des grognements de fureur que Jules ne lui a jamais connus, ses yeux roulent en tous sens, son corps convulse, tout en elle exprime la terreur. Tandis que le forgeron furète dans l'atelier, son apprenti reste près de l'ourse et, riant, il lui administre des coups de pied dans les pattes arrière. L'ourse se contorsionne, poussant des cris rauques, et Jules se retient d'intervenir, il ne faut pas faire montre de sensiblerie devant les artisans. Il a envie d'égorger le petit gros.

Bientôt, le forgeron est sur la bête, l'apprenti lui maintient la tête étirée vers les ramures de l'arbre et, à l'aide d'un poinçon de fer rougi, il perfore la cloison nasale de l'animale d'un geste sec et précis. L'odeur de chair brûlée transperce le cœur de Jules, comme s'il subissait lui-même la torture, et, de douleur, l'ourse reste sidérée. Une foule s'est massée autour d'eux pour regarder le spectacle. Le sang coule le long du pelage, qui vient souiller le sol, se mêlant aux flaques de boue, qu'un chien galeux et maigre lape, déjà, et les spectateurs applaudissent, ce n'est pas tous les jours qu'on assiste à une ferrade. Et la rue de terre battue sent la tripe et le sang, la pisse et la putréfaction, effluves nauséabonds qui pénètrent dans le nez mutilé de l'ourse. Jules voit la terreur dans son regard. La même que le jour de la capture. Soudain, elle est sauvage, de nouveau. Et, de tout son corps, résiste. Le forgeron insère dans la cloison nasale de l'ourse une tige de fer recourbée, qu'il ferme d'un rivet. Jules voit les muscles des avant-bras de l'homme, qui a retroussé les manches de son chemisier, se contracter. Les gestes sont rapides, précis, brutaux. L'ourse se débat de nouveau, luttant contre la douleur qui imprime dans son corps une trace indélébile.

Et clac, c'est terminé, le destin d'esclave de la bête scellé par un bout de ferraille. Une simple petite pièce métallique. En deux ou trois mouvements.

Bon, bah, vu que c'est une femelle, on n'a pas besoin de les lui couper ! s'esclaffe le forgeron. Pour les ours mâles, castration et ferrade s'effectuent le même jour. Reste la bête, prostrée, face à son arbre, dont le sang goutte de la face blessée. Et Jules a peur, tout à coup, il le sait, certains ours ne survivent pas à ces mutilations, ils se vident de leur sang ou, les plaies s'infectant, sont condamnés à de lentes morts. Marcel lui a raconté comment, lors d'une de ces scènes primales, il a perdu le plus bel ourson qu'il avait jamais capturé, et Jules craint pour sa protégée, qu'il a nourrie au biberon, veillée, cajolée. Sa seule promesse. Les rires et les cris alentour sont assourdissants. Et ça pue, dans cette rue étroite et sale, emplie de visages grimaçants qui l'agressent lui aussi. Vite, rentrer à la maison, ramener la bête au calme.

En arrivant à Arpiet, suivi de l'ourse qui marche à contrecœur, s'immobilisant intempestivement, il souffle. L'animale se roule en boule dans un coin de la cour, où Jules l'attache par l'anneau à une chaîne, comme le veut la pratique. Après la ferrade, les ours ne doivent plus vaquer. De son museau sanguinolent semblent s'échapper des soupirs. Elle demeure prostrée deux jours, sans boire ni manger, il croit l'avoir perdue. Mais au troisième, elle se lève – et voilà, elle a fini ses caprices, lance la mère. Au huitième jour, l'ourse retrouve de l'entrain, et quand Marcel passe le mois suivant, il dit à Jules que le temps est venu de commencer à la dresser.

7

En grimpant, Alma suait à grosses gouttes, Marius avait beau la trouver véloce, elle se sentait pesante. La montagne ne pardonnait pas. Il fallait de nouveau s'y frotter pour se forger un corps qui ne craignait ni les variations thermiques, ni l'humidité, ni les efforts lents des ascensions, ni les courses folles en descente. C'est ce qui lui plaisait ici, la confrontation avec la matière. Et une fois là-haut, sur une crête, un sommet ou un promontoire maintes fois dérobé, la joie inouïe d'embrasser l'horizon. Les courbes de niveau des cartes topographiques échouaient à représenter la déclivité, il fallait éprouver la pente, sentir la gravité dans sa chair. À la montée, la lourdeur des pas, les muscles au travail, la chaleur d'un coup, la sueur le long des tempes et les cheveux collés au front, le visage empourpré. En descente, les articulations qui grincent, l'équilibre incertain d'un corps malhabile entraîné vers le bas. La possibilité de la chute. Il suffisait d'un caillou, d'une racine, d'une foulée mal ajustée, ou du rythme qui s'emballait, pour opérer un vol plané. En hiver, elle bougeait moins, mangeait plus, elle hivernait à sa manière, tout en elle semblait ralenti, amolli. Et chaque année, elle regagnait en masse musculaire au fil du printemps, son corps se densifiait et séchait, elle opérait sa mue. Sa peau brûlait d'abord, pelait, dorait et lorsque l'automne arrivait, elle était svelte et hâlée, gonflée de la sève des montagnes.

Bientôt, elle arriva dans la partie la plus élevée du bois du Tars, le long du Lazus, là où les ours venaient boire et se baigner dans une vasque claire, profonde. Voilà le spot de ma première caméra. Elle posa en soufflant fort le lourd sac au sol. Elle avait reçu la semaine passée les équipements nécessaires au programme pilote dont elle avait la charge, Éthologie de l'ours sur le secteur sud du mont Calme et l'estive d'Escobas. Moins de deux semaines après sa conversation avec François, la mission était déjà lancée. Mais le marathon ne faisait que commencer. Son territoire comptait deux estives, il intégrait les bois, les espaces sommitaux. Une vraie équipe aurait été nécessaire pour mener un travail d'observation comportementale d'une telle envergure. Mais il fallait bien se lancer, faire la démonstration qu'une meilleure connaissance de l'éthologie des ours était nécessaire à la cohabitation. Au CNB, la recherche se devait d'être appliquée. Elle n'aurait pas le luxe, comme en Alaska ou en Espagne, de se pencher longuement sur les mécanismes de la transmission mère-ourson… Entre avril et juin 2018, dans le parc de Somiedo, elle avait ainsi suivi, durant une cinquantaine de jours de terrain, le quotidien d'une mère et deux oursons de l'année. Sa longue-vue fixée sur l'entrée d'une tanière, elle pouvait contempler du matin au soir les temps d'alimentation, de jeux, de repos, de tétée, les interactions entre les jeunes oursons et avec leur environnement, comprendre comment la mère parvenait à se nourrir sans lâcher d'un œil sa turbulente progéniture, tout en l'éduquant. En trois mois, elle avait rempli des centaines de fiches de terrain, épuisé des carnets de notes ; elle avait eu l'impression d'être l'hôte discrète de la famille. En Alaska, elle avait pu décortiquer les images des premiers mois de vie d'oursons en tanière avec leur mère, une caméra installée dans l'antre avait ouvert une fenêtre exceptionnelle sur leur intimité. Ici, le travail serait beaucoup plus superficiel. Elle ne connaissait pas assez bien le terrain, manquait de moyens techniques et humains. Car elle n'avait pas été déchargée de ses fonctions sur le suivi quantitatif, on lui avait accordé un mi-temps pour tester son protocole.

Elle rayonnerait autour de l'estive qui avait subi le plus de prédations l'an passé, avec un dense dispositif de pièges photographiques. Les séances d'affût permettraient de noter tout ce qui se passait sous ses yeux – échantillonnage ad libitum. Les temps d'observation seraient soumis au hasard des rencontres. Les caméras captaient quant à elles des images de manière plus systématique sur les zones de présence des ours. Mais ces captations étaient longues à décortiquer et ne valaient pas l'observation directe des animaux. L'image enregistrée était toujours parcellaire, elle ménageait des hors-champs, elle ne permettait pas de sentir les vibrations, d'être plongé dans le milieu comme des affûts. Et cette immersion dans la montagne était nécessaire à une compréhension fine des comportements. Alma comptait donc sur le croisement de ces deux méthodes pour dresser un premier panorama de l'usage du territoire par les deux ourses qui le fréquentaient. Elle se concentrerait en effet sur les femelles, plus faciles à repérer quand elles étaient suitées. Elles avaient une activité diurne plus soutenue et, contraintes par leurs oursons, étaient moins mobiles. Les mâles, de toute façon, finissaient toujours par converger vers les femelles : suivre ces dernières, c'était l'opportunité de croiser toute la population d'ursidés de la zone.

Elle acheva de fixer la caméra sur l'arbre, un modèle haut de gamme. Qualité Hollywood, s'amusait-elle à dire, parce qu'on a des vraies stars au générique ! Il avait fallu batailler avec François pour avoir ce matériel, le même que celui des parcs américains. On ne peut pas travailler avec des images floues quand on analyse des comportements, il faut voir les mouvements des yeux, des oreilles, ce que fait l'individu avec ses pattes, il ne s'agit pas juste de l'identifier. Elle avait eu gain de cause. Elle reprit la marche, elle avait treize appareils à poser dans ce secteur. Pour définir les sites de fixation des caméras, elle s'était reposée sur les données concernant la fréquentation du secteur, avait extrapolé les trajets que les ours pratiquaient. Ils avaient l'habitude, comme tous les mammifères, d'emprunter les passages et les cols qui leur demandaient le moins d'effort. Il n'était pas rare de les voir suivre les mêmes sentiers que les randonneurs, tout en évitant de les croiser. Ils pouvaient être là à tout moment, cachés dans des dévers rocheux, Alma savait leur aptitude à se fondre dans le milieu, être là, comme confondus au minéral, à observer les hommes sans être vus malgré leurs imposantes statures.

Elle repartit d'un bon pas. La journée serait longue. La forêt paraissait se déployer à l'infini, déjà chaude malgré l'heure matinale. Elle s'y était perdue, une fois, dans la brume, et il lui avait semblé soudain que les arbres s'accroissaient, se resserraient autour d'elle, que les pentes étaient plus raides qu'à l'accoutumée, comme si le monde entier basculait, et elle se souvenait du grand vertige qui l'avait saisie, avant qu'elle ne se reprenne, trouve son chemin, cherchant rationnellement une issue en remontant le long d'une coulée pierreuse, jusqu'à la limite des premiers pâturages – une zone déforestée, vite, de la lumière, ouf, presque à bout de souffle. Elle avait beau fréquenter le sauvage avec assiduité, quelque chose lui échapperait toujours, elle le savait, et c'est cette part d'irréductible mystère qui l'intéressait dans la fréquentation de ces espaces, où l'homme n'était qu'un surcroît. La possibilité de s'y perdre.

Elle repensa à son protocole, à l'assurance feinte qu'elle avait dû afficher auprès de l'équipe en lui présentant le projet. Elle ne cessait pourtant de douter de chacune de ses hypothèses. Contrairement à ses collègues issus de la biologie de la conservation, qui posaient un regard plutôt quantitatif sur les choses et s'intéressaient aux dynamiques de populations, au recensement des actes de prédation, elle travaillait une matière mouvante : le comportement individuel. Et toutes les méthodes du monde, visant à objectiver ses analyses, n'aboliraient pas la subjectivité consubstantielle à la démarche éthologique. À ce stade, il n'y avait que des hypothèses, des questions et une batterie d'outils auxquels se raccrocher : les caméras, la mallette pour les prélèvements, les arbres grattoirs pour les relevés ADN, et surtout les éthogrammes sur mesure qu'elle avait élaborés. Elle s'immobilisa, elle venait d'arriver à un autre point de fixation, face à des bois tombés, une tempête sans doute, un vrai placard à larves et à insectes ! Les ours doivent y passer du temps, ça fera de chouettes images. Elle arrima la caméra sur un vieux hêtre, ça me paraît être un bon angle, oui, enfin, peut-être un peu plus par là si je veux les voir débarquer depuis le sentier. Pour trouver le point de vue idéal, il fallait se mettre dans la peau de l'ours, anticiper sa trajectoire.

Et soudain, dans la forêt, elle ne peut s'empêcher de penser à l'Alaska, à Sam, à ce qu'elle lui doit. Elle finit d'installer le boîtier, tentant de le chasser de ses pensées, puis fait route vers la première cabane d'estive. Elle s'engage dans un raidillon, où les arbres ont poussé comme ils pouvaient, serrés, courbés, leurs troncs s'enlaçant en d'étranges arabesques. Mais ça la submerge, ces mois où elle débarquait chez Sam dans la zone cœur de la réserve McNeil. Et où ensemble, ils passaient de longues journées à poser les caméras, puis relever les captations, les découvrir avec toujours la même excitation. Sam pistait les loups, il les connaissait un à un. Il était loup lui aussi, capable de longues échappées solitaires, puis, de retour en société, il faisait meute avec une bande d'amis naturalistes. Il avait développé de nouveaux éthogrammes, révolutionnant l'approche de l'étude du comportement du canidé. Les outils prêts à l'emploi, ça ne va pas. Il faut faire du sur-mesure pour chaque biotope. Un loup ici n'a pas la même culture qu'un loup de Sibérie ! Et moi, mon regard sur eux compte, aussi. Sam assumait sa relation passionnelle avec les loups. C'est pas la peine de faire comme si on les observait sans affect, expliquait-il. C'est l'amour que j'ai pour eux qui me permet de tenir tant d'heures dans le froid, de décortiquer les comportements en autant d'unités bien plus fines que celles d'autres chercheurs… Il avait appris à Alma à construire un protocole d'observation, à travailler sur le fil étroit où passion et science, rigueur et intuition se rejoignaient.

Et puis, c'était arrivé malgré elle, elle s'était laissé envahir par Sam. Il y avait eu cette première nuit qui avait inauguré quelque chose – elle ne savait s'il fallait le nommer relation, liaison, aventure, tant leur façon d'être pleinement l'un à l'autre, quand ils se voyaient, contrastait avec l'absence de contact qui succédait. Et semaine après semaine, elle ne pouvait s'empêcher d'attendre, de crever de désir pour lui, pour ces corps à corps, leurs peaux mêlées, les heures gracieuses, sachant déjà l'intranquillité et le doute qui s'ensuivraient. Elle l'avait désiré sans répit, lui se dérobait. Il vivait dans un autre monde, il était à ses loups, au froid, au silence. Il n'y avait avec lui pas de projets hors de McNeil. Et elle s'y revoit, à attendre encore, jusqu'à devenir folle. Son contrat de trois ans achevé, on lui avait proposé de rejoindre l'équipe coordonnée par Sam. Elle avait refusé de continuer à vivre cette passion dissymétrique. Elle avait quitté l'Alaska pour le mettre à distance, sauver sa peau… Et c'est la première fois depuis cette fuite qu'elle remet en œuvre un protocole d'observation comportementale. Elle sourit, elle sait ce qu'elle lui doit. La caméra est bien posée, trop visible peut-être, elle la camoufle avec un peu de terre… Espérons que ces cons d'anti-ours ne viennent pas me saboter tout ça. Elle se reprend, il faut faire sortir de sa tête le grand gaillard, ses yeux rieurs cerclés de petites rides en étoile, les pommettes cramées par la vie au-dehors. Ne jamais regarder en arrière. Être toute aux ours.

Elle arriva en milieu d'après-midi dans le vallon où l'ancienne cabane d'estive servait désormais de logement à celui que tous nommaient l'Ermite, seul habitant permanent à cette altitude. Les bergers s'installeraient un peu plus haut dans deux semaines environ. Ils avaient abandonné cette ancienne estive, trop enclavée et mal exposée, désormais cernée de toutes parts par la forêt, croissant au fil des décennies : la vue y était superbe sur les Trois Reines et le mont Calme, mais l'ombre persistante une bonne partie de l'année rendait rugueuse la vie sur ce versant. Lui tenait bon, pourtant, elle était curieuse de voir de quel bois il était fait. Et puis sa cabane se trouvait pratiquement à équidistance de chacune des extrémités du territoire en forme de losange qu'elle serait amenée à explorer, elle en était, en quelque sorte, le centre de gravité géographique. Elle frappa à la porte, sans réponse. Peut-être n'était-il pas là ? Elle tenta encore une fois, s'apprêtant à repartir, puis il apparut soudain dans l'entrebâillement, surpris. Il était long, sec, une crinière en bataille, grise, épaisse, et ces yeux sombres qui la fixaient avec effarement. Il devait avoir une cinquantaine d'années, peut-être plus.

— Bonjour, je vous dérange ?

— Non, enfin…

Il détourna le regard, il semblait ailleurs, comme réveillé d'un songe.

— Je passais, je voulais vous saluer. Je vais travailler beaucoup dans le secteur, je suis chercheuse au

Centre national pour la biodiversité, je suis affectée sur le programme Ours.

— Je vois… Je les connais un peu.

— On m'a dit que vous étiez un fin naturaliste, que vous connaissiez l'ours.

— Il vient ici parfois… Surtout une grande femelle.

Il fit silence, Alma était suspendue à son récit.

— Elle a un pelage très sombre, elle est vraiment grande ?

— En tout cas elle est solide. Je ne l'ai jamais vue s'affoler. Elle a même déjà tapé dans mes ruches sous mes yeux ! Depuis, j'ai fait des aménagements.

Il indiqua le mur concentrique de deux mètres environ.

— Oh, comme font les gens en Asturies !

— Il paraît, c'est un Espagnol qui m'a donné l'idée, on a bâti ça un été, avec les pierres des ruines du coin. Avant, ici, c'était un hameau d'été, maintenant, il n'y a plus que moi et la forêt partout…

— C'est vous qui jouez de la musique ?

— Ça m'arrive, de la viole, c'était mon autre vie…

Elle sentit qu'il s'était refermé.

— Bon, je voulais juste vous prévenir que pas mal de pièges photographiques ont été posés dans le secteur, je fais un travail de recherche un peu approfondi pour aider à pacifier les choses avec l'ours.

— Je vois, même dans la montagne, maintenant, on est fliqué…

— J'imagine que ça ne vous réjouit pas, mais aucune caméra n'est braquée sur votre terrain. Alors s'il vous plaît, si vous voyez les autres, n'y touchez pas.

— Le sabotage, c'est pas mon genre. Mais le sauvage administré par vidéosurveillance, ça me donne la gerbe. Son ton était devenu sec. Je suis désolé, on pense qu'on va échapper un peu au monde, ici, mais il s'infiltre, partout. Il nous rattrape toujours…

Alma prit congé rapidement. Elle se doutait qu'il n'apprécierait pas ce genre de dispositif. On lui avait parlé de l'homme dès son arrivée l'an dernier comme d'une curiosité locale. Elle était passée devant la cabane à plusieurs reprises, sans l'y croiser. L'ancienne bergerie retapée se situait à deux heures de marche d'Arpiet et quatre d'Arbat, où se trouvait le premier commerce. Aucun sentier de randonnée à proximité. Hormis quelques chasseurs, les bergers et les biologistes, pas grand monde ne s'aventurait sur ce versant peu facile. On disait que l'Ermite avait débarqué un été, quinze ans plus tôt, avec son air un peu perché et le projet d'investir une cabane. Tout le monde avait prédit qu'il ne tiendrait pas l'hiver. Un vieux du coin lui avait néanmoins donné les clés d'une ruine en lisière du bois du Tars et sa bénédiction pour l'occuper. La tradition voulait qu'on laisse toujours les arrivants faire leur expérience. La montagne faisait le tri, elle choisissait ceux qui méritaient de l'habiter. Il n'y fera pas long feu, avait dit le vieux.

— Mais il s'est trompé, on s'est tous trompés. Il est toujours là, avait raconté Florence, la vieille épicière d'Arbat, alors qu'Alma faisait des courses quelques jours plus tôt. Et même, il y a trois ans, quand on a eu des mètres de neige durant un mois, eh bien il est resté là-haut. Vous devriez passer, il la connaît, votre ourse…

— Pourquoi pas, avait répondu Alma en rangeant ses provisions dans un grand sac de randonnée.

Elle ne s'était pas étonnée que Florence connaisse la nature de sa mission. L'épicière était douée d'une mémoire phénoménale, si bien que la moindre bribe de conversation lâchée dans son échoppe restait gravée dans le marbre. Alma s'en était rendu compte à plusieurs reprises.

— C'est un type étrange. Pas trop le genre de ceux qui vivent là-haut. Il joue de la viole, un genre de violoncelle, avait précisé Florence.

Alma aimait cette femme joviale, bavarde, les plis de son visage, son sourire inamovible. Florence était la radio du village, elle colportait les nouvelles locales, connaissait les amours et les déboires de chacun. Il n'y avait rien chez elle du commérage aigri, une malice, plutôt, à raconter les histoires des uns et des autres. Il était difficile de lui donner un âge, elle semblait accepter avec bonhomie les décennies imprimées sur ses traits. Aucun subterfuge pour cacher les cheveux blancs, la peau tachetée, les mollesses du corps, mais un chignon impeccable, un peu de rouge aux lèvres, un foulard noué.

Alma acheva de poser les dernières caméras avant de s'engager sur la route du retour. Il faudrait également aller présenter le projet aux GP. Ils avaient reçu un courrier officiel leur expliquant le déploiement de moyens supplémentaires de suivi, mais un échange de vive voix permettrait d'arrondir les angles, d'en faire des alliés et non des obstacles, du moins l'espérait-elle. Elle ne voulait pas prendre part à la guerre de l'ours qui agitait les estives. C'était un contexte nouveau pour elle. En Alaska, les ours étaient rois. À Somiedo, en Espagne, ils faisaient la fierté des vallées et avaient leur musée. Ici, elle devait travailler presque en catimini. L'évocation même du plantigrade suscitait des réactions virulentes. Sa mission pourrait lui valoir des menaces. En cavalant, elle énuméra les informations à faire figurer dans son rapport : pose de treize caméras sur secteur sud mont Calme, vallon, bois du Tars, secteur bas estive jusqu'au clos des Lauzes. À compléter semaine prochaine. Observation d'isard en lisière de crête au-dessus de l'estive, sept individus, scène de jeux collectifs. Vu un couple de gypaètes barbus – vol concentrique puis pose nid, vautours percnoptères. Traces d'ours relevées au niveau caméra 13-43, écartement latéral confirmant passage récent d'un mâle. Prélèvement de poils sur arbres. Elle y adjoindrait la carte sur laquelle elle avait fait figurer l'exacte position de chacune des caméras, ainsi que leurs coordonnées. Elle accéléra le pas, voyant le soleil décliner, et plongea de nouveau dans le bois.

Partout les chants d'oiseaux résonnaient, ils semblaient s'interpeller et se répondre, mais ses connaissances ornithologiques incomplètes ne permettaient pas à Alma de comprendre leur conversation. Bien sûr, elle pouvait distinguer le roitelet de l'alouette, le pic noir du pic-vert, mais elle n'avait jamais acquis cette intimité avec eux qu'ont les ornithologues, distinguant l'âge, le sexe, l'humeur de l'individu derrière les modulations de la voix. Seuls les ours avaient provoqué chez elle une obsession si puissante qu'elle se sentait investie de la mission de décrypter leur langage. Elle était partie en début d'après-midi. Il fallait maintenant entamer une rude descente dans la forêt, dense, noire, verticale, où le soleil ne faisait que percer, pour gagner la vallée du Lazus. S'y alignaient des villages presque abandonnés, où les maisons suintaient, quand elles n'étaient pas écroulées. Plus haut, quelques hameaux mieux exposés, murs de pierre, toits d'ardoise, donnaient l'impression d'un paysage inchangé. Et pourtant, un siècle plus tôt, les parois de la vallée étaient intensément exploitées par une population nombreuse. Puis la montagne avait été désertée, la forêt avait tout recouvert, les rares habitants se faisaient discrets. Ils avaient réhabilité d'anciennes bâtisses agricoles, séduits par ce qui en aurait fait fuir beaucoup : l'enclavement de la vallée, sa distance avec les villes, routes, zones industrielles, toutes ces infrastructures qui mitaient ailleurs le territoire. On était ici aux marges d'un monde et au début d'un autre, que ne gouvernaient pas seulement les lois humaines. Ceux qui le peuplaient étaient des êtres de lisière.

8

— Allez, allez, belles filles, allez, répétait Marco de sa voix douce et rocailleuse, tandis que les brebis entraient une à une dans le parc.

Et quatre, et cinq, et six, et sept, et huit, neuf, soixante-dix, et un et deux…

— On en a combien cette année ? demanda Kevin.

— Normalement huit cent quarante…

— Et sept, et huit…

Yves et Gaspard comptaient les bêtes, qui s'engouffraient avec précipitation, se heurtant parfois aux barreaux du parc dans leur entrain. L'appel de l'herbe.

— Cent vingt…

— Bah, le Marco, il a augmenté son cheptel, s'amusa Kevin.

— Pourquoi tu viens armé, toi, d'ailleurs ? rétorqua Marco.

Kevin, vêtu d'un treillis, arborait un fusil de chasse en bandoulière dans le dos.

— On sait jamais, j'aime pas être désarmé…

— T'aimes pas "être désarmé" ? Mais tu sais que la saison de chasse est passée, mon gars ? Et on n'est pas dans une série américaine ici…

— Et la légitime défense ?

— Et trois, et quatre, et cinq, six, sept… continua Gaspard plus fort pour couvrir les voix des autres, neuf, et cent vingt…

— Tu déconnes, Kevin, soupira Marco. Yves, tu veux pas raisonner ton neveu, des fois ? On part pas à la guerre ou en battue là, on transhume !

Gaspard acheva le comptage du dernier lot de bêtes quelques minutes plus tard, d'un saut leste, il se jeta dans le parc mobile installé la veille.

— Kevin, merde, tu m'as encore amené tes bêtes avec des pieds pourris !

— Oh, tu te calmes, toi, les pieds, ils se font dans la montagne !

— Mais ils se font pas du tout, *je* les fais dans la montagne, parce que chaque année on dit en réunion de GP qu'il faut parer les pieds *avant* l'estive si on veut éviter le piétin et les boiteries… Et chaque année, tout le monde le fait sauf toi.

— Ça va, ça va… Me parle pas sur ce ton, c'est ton taf, les soins.

— Bah ouais, ça va pour toi, mais si y a du piétin, tes brebis elles contaminent tout le monde… Mon taf, c'est pas de retaper des bêtes. Donc je vais me faire des heures sup encore à les parer.

— À mon époque, on parlait pas d'heures sup, on les comptait pas, les heures, l'interrompit Yves, réactivant l'éternelle querelle des anciens et des modernes.

— Ouais, mais on n'y est plus, à ton époque… Regardez-moi ça, les brebis de Kevin, je les reconnais à cent mètres aux pieds tellement ils sont pourris !

— Bon les mecs, vous prenez pas la tête, lança Marco, on va repartir sur des bonnes bases… Gaspard, c'est trop tard là, on décolle, on te filera un coup de main ce soir pour parer si on a le temps. On s'y met à trois et on se le fait, hein, Kevin ?

— Hum…

Le jeune homme détourna le regard.

Ils achevèrent l'inspection des brebis, pansèrent quelques plaies. Une fois libres, les bêtes seraient plus difficiles à manier, grisées par les hauteurs. Gaspard nota dans son carnet les brebis à suivre, la 30567 avait du piétin, toutes celles de Kevin à parer au plus vite, plaie sur la 45600, une noire à l'oreille entamée, et puis probable grossesse non prévue de la 23005, surveiller une mise bas en altitude. Leur rythme naturel, c'est d'agneler au printemps, mais si on les laisse faire ça, on a cinquante pour cent d'agneaux perdus là-haut… Alors on les fait mettre bas à l'automne, même si c'est contre-nature, lui avait expliqué Jean la première année. Les jeunes agneaux auraient été des casse-croûte bien trop faciles pour les prédateurs. Le compromis faisait toujours partie de l'équation, dans l'élevage de montagne, Gaspard l'apprenait année après année.

Et en ce matin de départ, un 11 juin – la date avait été fixée par Jean –, tous, bêtes et hommes, trépignaient. Partout dans les vallées depuis quelques semaines, la perspective de la transhumance avait agité les esprits. Les brebis, les vaches et les chevaux, tout un peuple animal essentiellement féminin s'apprêtait à prendre le large pour quatre mois, escorté de quelques humains et canidés. Le matériel et les réserves alimentaires préparés par Gaspard avaient été chargés dans les caisses de bât que porteraient les mules – le GP d'Escobas était l'un des derniers à refuser l'héliportage. Là-dessus, Jean ne céderait jamais. L'estive, c'était le lieu de l'autonomie, hors de question de compter sur l'hélico, sauf s'il s'agissait de sauver une vie. Les brebis étaient rassemblées depuis la veille au soir au point de départ dans un parc mobile. Les éleveurs étaient tous là, Jean et les quatre-vingts bêtes qui lui restaient, Marco qui en possédait cent vingt, Yves, cinq cents brebis et enfin cent quarante têtes pour Kevin, le neveu d'Yves. Et ils avaient beau être réunis dans un même groupement pastoral, c'était un choc des mondes.

Marco était arrivé dans la région vingt-cinq ans plus tôt, après une première vie de musicien. Il possédait des bêtes superbes, grasses et fières. Il avait le rire contagieux et aimait provoquer, lançant que l'ours, après tout, leur offrait matière à rêver et frissonner. Yves se récriait alors, il est trop con ce mec, sortez-le-moi du GP ; il devenait rouge, et suait, et ses joues semblaient se gonfler exagérément, son poing s'abattait sur la table, la panoplie de la colère imprimait tout son corps, non mais franchement, hein ! Dire des conneries pareilles ? Alors que la bestiole qu'ils nous ont collée, les putains de Parisiens, elle nous empêche de bosser ! Et Kevin surenchérissait que les ours réintroduits n'étaient pas de souche française, que tout de même, ces ours étrangers foutaient la merde, des brutasses auxquelles on ferait bien de coller du plomb ! Il maintenait qu'ils étaient dangereux, des bouffeurs de barbaque qui, un jour ou l'autre, ne se contenteraient pas des brebis, et on verrait, alors, à quoi ça conduit ces saloperies de nounours dans les montagnes. Et pour quoi, hein, pour amuser les touristes et les écolos !

Mais depuis l'accident de l'été dernier, Marco avait cessé les provocations. Vingt-trois bêtes au tapis, on ne plaisantait pas avec ça, et la disparition d'Ilia…

Ils n'en parlaient jamais ouvertement, tout juste évoquaient-ils, parfois, la perte des brebis, et chacun savait qu'il s'agissait aussi d'elle, surtout d'elle. La taire ne permettait pas de l'oublier, elle était là, elle peuplait les silences. L'ours avait été relégué au rang de tabou absolu. Et pourtant, on y faisait sans cesse allusion, il était au cœur des préoccupations et de l'organisation de l'estive. Alors, Marco n'osait plus plaisanter. Gaspard appréciait ce grand type aux cheveux fous, il avait aussi de l'affection pour Yves. Ce n'était pas un mauvais gars, le genre à ne penser que la moitié des conneries qu'il balançait. Il maintenait son cheptel en état, considérait les bêtes comme un patrimoine, sans affect. En apparence, car Gaspard l'avait vu verser une larme en mettant à mort un agneau, lors d'une fête. Yves se défendait comme il pouvait face à l'inéluctable cours des choses, il appartenait à un monde qui avait trépassé, n'admettait pas que tout ne soit pas comme avant. La présence de l'ours impliquait des changements profonds contre lesquels il s'arc-boutait. Gaspard pouvait comprendre son désarroi, les réactions épidermiques qu'il suscitait.

En revanche, il ne supportait pas Kevin qu'il tenait pour un jeune facho, fou de chasse, qui ne manifestait aucune disposition à la remise en question. Mais ce qui le mettait surtout hors de lui était l'état des bêtes du jeune éleveur, qui chaque année tentait d'envoyer à la montagne des brebis qui auraient calanché en un rien de temps. Et chaque année, Gaspard en refusait certaines. Et il ne pouvait s'empêcher de se demander pourquoi il s'infligeait ça. Avoir tout plaqué pour garder les bêtes dans le trou du cul du monde et se retrouver à bosser pour des gens avec qui il avait si peu en commun ? Yves, et surtout Kevin, comment pouvait-il à la fois partager avec eux la conduite de l'estive et être aussi désaccordé pour le reste ? Puis il se reprenait, c'était ça, peut-être, le sel du métier, faire ensemble, malgré tout. Il formait alors le vœu pieux de les comprendre, mais constatait régulièrement le gouffre qui les séparait.

Et au matin de la transhumance, en dépit de leurs convictions antipodiques, tous étaient réunis avec les quelques amis qui les escorteraient jusqu'à l'estive. Gaspard songea avec un pincement au cœur aux filles, elles avaient insisté pour venir mais il ne voulait pas d'effusion en public, il leur avait dit au revoir à la maison. Les quatre éleveurs avaient ouvert la marche à ses côtés, et quand le troupeau s'était ébranlé, ils s'étaient empoignés par le cou et les bras, partageant la joie du départ. La colonne de mules, chargée chacune de cent kilos de ravitaillement, cinq belles bêtes conduites par Francis, précédait le troupeau. Elles chemineraient plus vite et réaliseraient un second voyage le lendemain. Chance, la vieille jument de Jean, fermait le cortège, stoïque. Chaque estive pouvait être sa dernière. Mais année après année, elle manifestait à l'arrivée du printemps une impatience à remonter. Et son vieux corps, de plus en plus décharné, se hissait avec constance vers les hauteurs. Tant qu'elle peut, laissons-la monter, avait dit Jean, elle y restera. Comme moi ! Le vieux lui avait expliqué qu'il choisirait le jour de sa mort. Il avait déjà identifié le lieu et la manière, un grand saut dans le vide, un vol plané que rien ni personne ne l'empêcherait d'exécuter.

Et j'attendrai pas d'être impotent pour prendre la décision, disait-il, parce qu'il faudra que j'y monte seul. Alors la jument et moi, qu'on nous laisse libres de vivre et crever comme on veut !

Les huit cent quarante bêtes suivaient, dans une marche d'abord frénétique, galvanisées par l'appel du haut, de l'herbe, des grands espaces. La Rousse et Lunita poussaient derrière sans ménagement, Gaspard avait passé les deux premières heures à gueuler, pour les canaliser, qu'elles ne foutent pas le troupeau dans le précipice, ou qu'elles ne les envoient pas dans les sous-bois ! Les quatre patous de Marco et Jean avançaient avec les bêtes, se confondant au troupeau. Yves et Kevin n'en possédaient pas, ils étaient contre, par principe. Avoir des chiens de protection, ça revient à cautionner la présence de l'ours, disaient-ils. Et avec ce qu'ils nous coûtent en croquettes, un bon fusil serait plus efficace ! Yves avait longtemps maintenu mordicus que les patous ne servaient à rien – y a qu'à les voir, ils pioncent le jour, et la nuit y branlent rien, ils n'empêchent pas l'ours de venir ! Marco leur avait expliqué maintes fois que, pour une brebis dévorée par l'ours, il y avait peut-être eu cinq, dix tentatives avortées grâce à la meute. Les patous étaient des travailleurs de l'ombre, ils dissuadaient l'ours d'attaquer dans bien des cas. Mais leur présence n'évitait pas toujours les drames, il n'y avait pas de risque zéro. Mais depuis l'accident, Yves s'était adouci sur le sujet, il n'osait plus fustiger les patous, tous les moyens étaient bons contre l'ours. S'il s'approche cette année, je lui pète la cervelle, répétait-il. Et Marco ne rétorquait plus par une diatribe sur la cohabitation. Le traumatisme les avait soudés, chacun avait mis de l'eau dans son vin. Une absente avait malgré elle scellé la concorde : Ilia.

En arrivant au col, qui annonçait déjà l'estive, Jean et Gaspard qui ouvraient la marche s'arrêtèrent un instant, les brebis déboulaient par grappes de l'étroit sentier et se ruaient sur l'herbe d'altitude. Elles avaient été tondues récemment, leur laine courte laissant apparaître les flancs amaigris par l'hiver.

— Elles sont toujours un peu ridicules à poil, dit Gaspard en les regardant. Mais elles vont vite se remplumer !

— Ce qui est ridicule, c'est leur étiquette jaune, à l'oreille, leur numéro. Les miennes, tant que je serai en vie, elles auront aussi des noms. Un jour, elles te reviendront. Et la seule chose que je te demande, c'est de garder leur nom, les appeler par leur nom.

— Je le ferai, répondit Gaspard, surpris de l'émotion qui étreignait Jean.

— Qu'il ne puisse pas retenir cinq cents noms, je le comprends, mais alors pourquoi il a cinq cents bêtes ? lâcha encore Jean, en regardant Yves qui marchait en contrebas sur le sentier, en queue de troupeau.

— Tu sais bien qu'on les pousse à faire du chiffre…

— Oui, mais voilà le résultat, regarde-moi ça, tu as une bête sur deux qui est à peine valable… Tu as vu ces cornes, et celle-là, elle est courtaude, non ? Nous, avant, on sélectionnait plus, on avait des bêtes typées !

Le changement d'échelle des troupeaux, sous l'impulsion des politiques agricoles, mettait Jean hors de lui. Il défendait le fait de posséder peu de bêtes, de mieux les valoriser, les connaître et les nommer. Et pour lui, il ne s'agissait pas juste de noms qui s'effaçaient, de Roquette, Blanche, Tâche, Vaillante, d'une affaire sentimentale, c'était un monde pastoral qui périclitait sous ses yeux, avec sa poésie, ses légendes, la gnole à la goulée, les fêtes de village et son patois. C'était toute sa vie, qui se dissolvait avec ces noms oubliés, une vie de frugalité, de pluie, de soleil et de vent. La brebis 04507 n'avait pas simplement remplacé Blanche, ou Prune, ou Comète, elle incarnait, avec son étiquette de plastique à l'oreille, un nouveau monde qu'il conspuait. Sa vie de berger était finie, il emporterait avec lui une foule d'histoires. Il lui arrivait parfois de ressentir une intense frustration, il montait alors à l'estive, hissant ses quatre-vingts printemps par les chemins secrets. Il était hors de question pour lui de se mêler aux randonneurs qui peuplaient les montagnes l'été, avec leurs pas lourds, leurs conversations bruyantes, leurs tenues fluos et ces insupportables effluves de crème solaire dans leur sillage.

Gaspard savait tout ça, il passa sa main sur l'épaule de Jean, siffla Lunita et la Rousse, et ils entamèrent le dernier tronçon.

Les brebis avançaient d'un pas leste, grappillant tout ce qu'elles pouvaient en chemin, faisant des bonds de joie. Ils dépassèrent la prairie à la lisière de laquelle vivait celui que les gens appelaient l'Ermite. Gaspard le croisait parfois, il n'avait jamais échangé avec lui plus de quelques phrases. Le gars avait débarqué quinze ans plus tôt. On disait qu'il avait été musicien, il produisait désormais du miel, que l'épicière d'Arbat vendait. Un miel roux, puissant, aux notes caramel et sapin. Tous avaient prédit qu'il ne passerait pas le premier hiver, mais année après année, il était là, son potager se déployait sur les pentes, ses ruches étaient attenantes, et parfois sa silhouette délicate glissait dans le paysage comme celle d'un animal sauvage. Gaspard respectait sa manière d'habiter la montagne. C'était un être du silence. Ils se hissèrent au-dessus de la forêt, franchirent le clos des Renards, et bientôt, ils furent à l'estive. Les brebis avaient plongé la tête dans l'herbe du printemps, tandis que les mules, une fois débâtées, se roulaient dans un recoin terreux. Les chiens s'étaient affalés, éreintés par l'excitation de ce voyage qui scandait le temps de la montagne. Tout le monde était arrivé à bon port.

Au matin suivant, tous étaient partis avant l'aube, les cadavres de bouteille avaient été embarqués avec les mules, effaçant les excès de la veille. Tout était calme et serein, comme s'il n'y avait pas eu ces journées folles d'avant la transhumance, le grand départ, la fête, que l'inévitable gueule de bois lui rappelait malgré tout. Gaspard fumait sur le pas de la porte, le soleil n'était pas encore levé. Les brebis broutaient déjà, vu tout ce qu'il y a à se mettre sous la dent, la garde des prochains jours va être tranquille, songea Gaspard. L'occasion de prendre ses marques, faire les quelques retapes nécessaires, un morceau de tôle à fixer sur le toit, un banc à réparer. L'hiver éprouvait la matière comme les corps, et chaque année, il fallait colmater, rafistoler, ressouder la cabane, qui tenait bon comme un radeau dans la tempête. Une fois que les filles auraient nettoyé les environs, il les mènerait plus loin. D'année en année, il devenait plus attentif aux moindres variations du couvert végétal, au débit des rivières, au niveau de la neige en avril, à la pluviométrie d'août, il affûtait son regard sur la montagne, et des éléments neufs lui apparaissaient, un tronc noueux, dont il n'avait jamais encore détaillé la courbure, un nid qu'il découvrait dans l'anfractuosité de la falaise, une nouvelle perspective. Il songeait alors qu'on pouvait ainsi sonder une estive, comme un monde en soi, en posant un regard toujours plus minutieux sur chaque chose. Cela avait été pour Jean l'affaire d'une vie.

À l'horizon, le vert dominait, mais il suffisait de regarder à ses pieds pour découvrir une myriade de taches multicolores, les fleurs constellaient les pelouses printanières, le violet des gentianes, le jaune des boutons-d'or, puis le bleu du ciel, le noir des roches, une palette chromatique qui évoluerait au fil des jours. La cabane se trouvait juste au-dessus du Lazus, qui prenait sa source plus haut, poursuivait, allègre, dans le lac, avant de continuer dans les bois, puis vers les prés de fauche, les villages, grossissant jusqu'à sa traversée d'Arbat. Les Trois Reines dominaient le territoire, leurs cimes aux contours doux esquissant une ligne brisée, derrière laquelle, depuis certains pans de montagne, apparaissait la silhouette imposante du mont Calme. Il tutoyait les trois mille mètres, marquant l'invisible frontière avec l'Espagne, mais plus que sa hauteur, c'était le parfait triangle qu'il constituait, ses parois est et ouest symétriquement obtuses, qui lui donnait cette allure noble, celle d'une montagne majuscule. Et en ce petit matin, plus loin encore, le pic de l'Infierno se détachait dans le ciel limpide, ses arêtes sombres, dressées, presque narquoises, que le bouquetin ibérique arpentait au mépris du vertige.

L'estive occupait un large périmètre, de part et d'autre du lac de Beltame. Au niveau de la cabane se déployaient de vastes landes à rhododendrons, genévriers, callunes, puis, au-dessus encore, des prairies d'altitude où les brebis se gaveraient de fétuques et de réglisses. C'était un territoire complexe, dont l'utilisation dépendait de la topographie, du couvert végétal, de la météo, auxquels il fallait ajouter la présence de l'ours depuis dix ans. Avant son retour dans la zone, les vieux du coin avaient pris l'habitude de garder à l'escabot. Ils laissaient les bêtes seules en montagne s'organiser en petits lots et se contentaient de passer une fois par semaine. Et puis, il était revenu, c'en était fini du libre pâturage. Les éleveurs avaient alors embauché de nouveau des bergers. Dans certains quartiers où le risque de prédation était avéré, il fallait désormais garder les brebis serrées, selon des virées précises, les conduire le soir aux couchades choisies ou aux parcs et se faire assister par des chiens de protection. Toute la relation aux bêtes, à l'estive, avait été chamboulée.

La perception de la montagne avait changé aussi, le prédateur était là, il profitait de la géographie escarpée des lieux pour attaquer. Certaines zones lui étaient abandonnées. Les bêtes risquaient d'y être attaquées ou de dérocher en fuyant l'ours, ses assauts les stressaient, provoquaient fausses couches et amaigrissement chez certaines. L'organisation de la garde avait été repensée pour assurer la sécurité des brebis, tout en leur permettant d'accéder aux meilleurs quartiers. La nuit était le moment de tous les dangers, certains choisissaient de mettre les bêtes en parc au crépuscule. Gaspard, lui, les rassemblait, mais ne se résolvait pas à les enfermer. Les parcs étaient difficiles à installer dans certaines zones, ils pouvaient se révéler contre-productifs si l'ours y pénétrait, semant le chaos. Et puis, les brebis aimaient être actives le matin tôt, il leur arrivait même de se goinfrer lors des nuits de pleine lune. Gaspard tenait à leur laisser cette liberté. Et il s'agaçait de ceux qui vendaient aux bergers des solutions miracles. S'il suffisait d'avoir quelques chiens et d'enfermer les brebis la nuit dans les parcs pour faire cesser toute prédation, l'ours n'aurait pas fait tant débat. En réalité, le fauve mettait les bergers à rude épreuve. La saison était longue, le rythme difficile, il fallait s'adapter en permanence, à la météo, à l'état de l'herbe, aux comportements des brebis, aux agressions des ours, chiens, parasites. Il y avait quantité de variables à l'équation fragile du maintien en état du troupeau. La topographie était exigeante, les surfaces ouvertes maigres en comparaison des combes et trouées où des lots entiers pouvaient se soustraire à la surveillance. Il fallait arbitrer entre les avantages et les risques liés à l'utilisation de chaque espace, au fil de l'été.

En juin, Gaspard contenait les brebis dans les quartiers mitoyens du lac, où la visibilité était bonne. Elles dormaient près de la cabane, restaient à bouffer l'herbe surabondante sans lever la tête ou presque, sauf quelques anciennes qui déjà lorgnaient vers les hauteurs, et certaines jeunes, audacieuses, qui s'engouffraient dans les cheminées, prenaient d'impossibles travers. À cette saison, les bêtes chaumaient souvent au Tuc des Auzias les fins de matinée, il y avait peu de risque, tant qu'elles n'allaient pas s'égarer dans les pierriers, ou chercher le frais au bois du Tars. Avec l'ours, c'était désormais un territoire incertain, qui pouvait se refermer comme un piège sur une brebis égarée. Les bêtes s'étalaient peu à peu en juillet, il fallait se lever très tôt pour parcourir de plus grandes distances vers les nouvelles couchades, et, une fois l'herbe rasée, leur venaient d'irrépressibles envies d'altitude. Gaspard investissait alors les quartiers hauts, s'installait quelques semaines dans la cabane d'appoint. Sur un replat, juste sous une crête rocheuse, une modeste cabane mobile avait été héliportée. C'était une structure en bois triangulaire, six mètres carrés de confort sommaire où Gaspard tenait à peine avec ses deux chiennes. Les journées là-haut requéraient de la vigilance. Il se méfiait surtout des mouvements du troupeau dans le trou de l'Ours, un cirque escarpé dont la crête ouest était marquée par la tragédie de l'an dernier. Dans ces altitudes, il fallait garder serré et savoir flairer les orages à temps. Mais les efforts consentis durant ces semaines perchées étaient récompensés, les brebis se gavaient si bien des pelouses des crêtes qu'elles resplendissaient, leurs panses prêtes à éclater. Elles finissaient par se lasser du festin, et dès l'arrivée des premiers migrateurs, elles sentaient les prémices de l'automne, savaient la neige qui menaçait et la transhumance à venir. Elles semblaient peu à peu être aspirées vers les bas quartiers. C'est dans la quiétude apparente de l'été indien qu'il ne fallait rien lâcher. Les ours se préparaient à l'hibernation, attaquant avec plus de détermination et trouvant face à eux chiens et bergers rincés.

Alors cette saison à venir, ce matin, Gaspard l'appréhendait avec un mélange d'exaltation et de crainte. Il avait douté tout l'hiver, mais renoncer à l'expérience était impossible. Monter, c'était s'adonner à une vie de solitude et de frugalité. On ne s'embarrassait de rien, là-haut : de quoi manger, dormir au chaud, du sel pour les brebis, des croquettes pour les chiens et quelques produits vétérinaires. On y était vite ramené à sa place, un corps parmi la roche, les bêtes, les cieux, les champignons et les bactéries. La vie de cabane relevait presque d'un manifeste politique. La communauté des pâtres comptait d'ailleurs nombre de marginaux, d'anarchistes, de rêveurs que le refus de la sédentarité, une réticence à la dictature de la consommation avaient poussés à prendre la montagne comme on prend la route. Gaspard considérait d'ailleurs que la seule expérience dans sa vie antérieure qui l'ait préparé à être berger était celle du voyage. Cet exercice de mise à nu, qui imposait d'engager son corps autant que sa tête, la route et l'estive vous l'imposaient.

La vie pastorale n'était pas l'existence romantique que les gens projetaient, Gaspard s'exaspérait des journaux qui titraient : "Il change de vie, il va élever des brebis". Le type, un ancien cadre supérieur ou consultant repenti, avait soudain décidé de tout plaquer et menait auprès des bêtes une existence champêtre. À l'image d'Épinal du vieux à chapeau et à barbe, le berger d'antan, s'était superposée celle de ce néo-berger épanoui. Gaspard savait que l'estive ne résolvait rien, ni les doutes, ni les névroses. La vie de berger était tout autre chose que ce récit digne d'un mauvais manuel de développement personnel. Elle était âpre, elle surmenait le corps. Mais elle réservait des moments de grâce qui justifiaient les angoisses et les doutes lorsque, embrassant l'horizon du regard, il ne faisait plus qu'un avec la montagne, les brebis. Car elles choisissaient toujours de se reposer en surplomb. Et Gaspard aimait à croire qu'elles ne se contentaient pas de satisfaire un instinct de survie, mais qu'elles aussi trouvaient dans l'horizon une nourriture esthétique.

Il lorgna les bêtes en achevant sa cigarette. Les patous s'étaient répartis dans le troupeau. Pour qu'une meute soit capable de tenir l'ours en respect, les chiens devaient se faire confiance, savoir qui jouait quel rôle. Gaspard s'étonnait toujours quand certains éleveurs jetaient dans un troupeau de mille ou deux mille bêtes des chiens mal sociabilisés. Lui pouvait compter sur une meute fiable, déjà constituée, qui faisait corps. Lunita regardait avec attention le théâtre de ses futures interventions. Elle trépignait chaque fois que le troupeau esquissait un déplacement. Patience, fille, dit Gaspard en riant. Il passa la main dans son pelage encore épais. T'es encore couverte, grosse ! Il a pourtant fait chaud ! Des records de température avaient été battus fin mai. Gaspard avait vu le thermomètre grimper à trente degrés à mille mètres d'altitude avec effarement. En estive, il était aux avant-postes des réalités climatiques, et il songeait souvent que même sa montagne deviendrait bientôt invivable. On était entré dans cette ère où l'on crèverait de chaud. Et il y avait fait naître deux filles. Il faudrait leur enseigner les choses essentielles, la connaissance des montagnes et des bêtes. C'est pour cela, peut-être, qu'il était remonté. Il regarda encore les brebis, certaines manquaient d'état, elles reprendraient bientôt du gras. Au soir, après une garde facile et quelques travaux, il étrenna le carnet d'estive de l'année, un verre de vin en main. Il n'était jamais très loquace.

12 juin (2e jour)

Beau temps, chaleur. Démarrage à 6 h 05.

Les brebis réclament du sel. Garde tranquille autour de la cabane.

18 heures : un lot s'échappe sur la coume de l'Isard. Je ramasse.

Soin à la 20543, gros pied, brebis pas en état, à suivre. Injection de pénicilline.

56007 infestée de parasites, traitement, mise en parc de soin. Si pas d'amélioration rapide demander à Kevin de venir la récupérer.

Couchade à 22 h 32 RAS.

9

À partir du jour où le forgeron a passé l'anneau au nez de l'ourse, elle reste à l'attache dans la cour, les yeux vides. À mesure qu'elle grandit, sa liberté s'amenuise. Et bien que Jules ne puisse en parler à personne – on ne manifeste pas ses affects dans ce monde rugueux –, il ressent de la nostalgie en pensant à la première année avec son ourse, qu'il a veillée, caressée et choyée comme une enfant. Elle a été amie, sœur, camarade de jeu et de bagarres adolescentes, il faut maintenant lui imposer une discipline de fer, singer l'autorité qu'implique le statut de montreur. Alors, à la nuit tombée, il lui arrive de se glisser encore dans l'étable – tais-toi, le chien, chuchote-t-il, et le vieux chien de ferme à moitié sourd consent à le laisser entrer sans réveiller le hameau – et de s'allonger contre la fourrure de l'animale, qui le dépasse déjà en poids et se laisse faire, inerte, appréciant ce contact serein. Car désormais, il faut s'entraîner, et souvent le bâton s'abat sur le corps de l'ourse, qui réapprend la peur de l'homme. Et souvent, il gueule, et l'animale aplatit ses oreilles, agressée par ses cris. Faut pas qu'ils aient trop la confiance, sinon ils sont dangereux, lui a dit Marcel. Mais faut pas non plus qu'ils aient la haine, sinon ils peuvent se venger, c'est un juste dosage.

Jules le cherche, ce dosage, il tâtonne, sent que les coups sont tantôt trop forts, tantôt trop doux. Que sa voix parfois déraille, s'emballe ou s'égare. Il apprend la posture, l'intonation, le juste geste.

Et ce matin de juillet, Marcel vient encore à la maison, la mère lui fait un café, elle le couvre de remerciements, comme chaque fois, vous ne savez pas ce qu'on vous doit, et Marcel s'éternise à reprendre encore un peu de café, mais ce n'est rien, c'est un plaisir de passer du temps ici. C'est un bon gamin le Jules. Et il sourit à la mère, d'un air ravi, et souvent, Jules se demande si c'est cette dernière, veuve, ou l'ourse, qui motive le vieux à passer si souvent. Qu'importe, il dispense ses savoirs avec prodigalité. L'ourse est entrée dans sa troisième année, elle doit être formée avant d'être trop puissante. Avant le départ. Car les formalités sont en cours pour l'obtention du carnet de saltimbanque.

Durant les séances de travail, l'ourse porte la muselière de cuir, confectionnée sur mesure. On ne sait jamais comment ils réagissent à l'effort, même le plus doux des ours peut devenir brutal si tu y vas un peu fort, explique Marcel. Les premiers temps, il enseigne à Jules comment faire dresser l'ourse sur ses pattes arrière, lui faire tenir le *bastoun* de berger, et au coup de clairon exécuter des figures. Il s'agit de la faire monter sur un tabouret, puis un tonneau, et danser quelques pas sous la menace d'un pic. Marcel n'est pas coutumier de la manière forte, la façon tzigane de dresser les ours, qui consiste à mater leur volonté. D'abord en leur cassant les dents afin de rendre leur morsure inoffensive, puis en les rouant de coups lors des séances répétées de travail. Lui, prône d'agir selon le bon vieux précepte de la carotte et du bâton, les meilleurs ours dansants sont ceux qui trouvent du plaisir à exercer leur art, dit-il. Il récompense l'ourse à renfort de biscuits et de caresses quand elle s'exécute sans broncher, lui administre des coups lorsqu'elle s'avère récalcitrante. Comme ça, elle comprend vite que son intérêt est d'obéir !

Et ce matin, dans le petit champ surplombant la maison, ils travaillent le tour de la bicyclette. Ton ourse, elle est fort douée, il faut en profiter, a dit Marcel l'autre jour. Jules sait que c'est un exercice difficile pour l'animale, il est concentré, son bâton en main. Marcel lui a prêté sa bicyclette le temps de la formation – tu en achèteras une quand tu auras des cachets. Alleeeeez, monte, alleeeeeez, demande Jules, et l'ourse s'exécute, elle enfourche le petit vélo. Elle doit bien faire mon poids, dit Marcel. Alloooooons, en rouuuuuute, lance Jules, et, titillant la patte de l'ourse du bâton, tenant la chaîne de l'autre main, qui lui permet d'agir directement sur le museau de l'animale, il exerce quelques pressions. Allloooons. Action, réaction, Marcel gueule. Allez Jules, réaction ! L'ourse rechigne, elle ne bouge pas. Et bam, premier coup de bâton sur le flanc. L'animale se raidit, grogne. Allloooonnssss. Bam, deuxième coup. Plus fort ! Si tu veux pas avoir à la taper, elle doit connaître la saveur du bâton ! Et bam et bam, cette fois-ci elle tressaille. Jules aussi. Il n'y est pas allé de main morte. Et elle se met en branle, quelques coups de pédales incertains. Récompense, récompense tout de suite, hurle

Marcel. C'est biiiiieeeeeennnn, ânonne Jules en courant à côté de la bicyclette qui zigzague sur le sol irrégulier, la chaîne dans une main, le bâton dans l'autre. Mais la bicyclette tressaille, l'ourse bascule sur le côté, telle une quille, reste prostrée au sol, comme si elle attendait un coup de plus. Jules se précipite, lui donne un biscuit. Elle renifle, l'avale goulûment, soudain, elle aime le sucre, il rit. Voilà ! Quelle bête ! s'exclame Marcel, il y en a très peu, des ours qui savent faire ça. Et encore les exercices, debout, assis, bicyclette, monter sur le tabouret. Sur une branche de pommier, un grand corbeau noir les observe. Soudainement, Marcel sonne le glas. Allez, c'est bon, faut savoir s'arrêter. L'ourse s'est immobilisée, le corbeau lâche deux cris stridents, comme s'il la narguait depuis sa branche.

Ils rejoignent la maison, escortés de l'animale qui marche pesamment derrière Jules. Depuis la ferrade, elle a perdu sa joie, elle ne réclame plus de jouer, quelque chose en elle s'est éteint. Mais Jules veut croire qu'il faut en passer par là, c'est le dressage. Et il oublie le regard triste de l'animale, il boit les paroles admiratives de Marcel. Avec elle, mon garçon, tu pourras aller loin, très loin ! Déjà, elle a une carrure incroyable, un vrai bonhomme, et cette fourrure ! Et puis, elle comprend tout, ce n'est pas n'importe qui, ton ourse, n'oublie jamais que tu as affaire à une bête très intelligente, et n'oublie jamais la part sauvage en elle ! Et Jules, sans plus prendre garde à ce qui sonne comme un avertissement, voit miroiter l'Amérique, la vie grande.

À partir de ce jour, chaque soir, avant d'aller dîner, Jules va dans l'étable, détache l'ourse et la fait s'exercer encore – à la bicyclette surtout, il ne faut plus qu'elle tombe – jusqu'à ce que, épuisée, l'animale commence à rechigner à la tâche. Il tire alors d'un coup sec sur la chaîne reliée à l'anneau dans son nez, et à la mémoire de la douleur, la scène indélébile de la ferrade, gravée dans sa chair, l'ourse s'exécute.

— Pour les forger, il faut doser, lui a expliqué Marcel. Qu'ils répètent, encore et encore, même avec la fatigue, qu'ils se posent pas de question, qu'ils sachent que le maître, c'est toi ! Mais il ne faut pas non plus les dégoûter.

— Et si elle ne veut plus travailler ?

— À toi de voir jusqu'où tu peux la pousser, faut qu'elle te respecte, mais qu'elle garde l'envie. Les ours, si tu les mates trop, ils font les tours mécaniquement, y a plus de magie…

— Alors comment on leur fait garder l'envie ?

— Les caresses, le pain, le maïs, mais aussi des pommes, du lait, et puis il faut changer les exercices, lui apprendre de nouvelles choses… Avec celle-là encore plus, elle est intelligente.

Et Jules acquiesce, il n'a jamais connu d'autre ours, il croit Marcel, quand celui-ci dit que sa bête est exceptionnelle, il ne se lasse pas de la contempler, caresser son poil soyeux. Et parfois, la joie l'envahit, il se sent investi d'un destin plus grand que lui, qui se concrétisera avec et par cet animal, son double miraculeux. Bientôt, c'est pour bientôt.

Car déjà, il s'est affermi, il a gagné en corpulence en même temps que son ourse, t'es presque un homme mon fils, dit sa mère parfois. Et il ne sait pas si dans sa voix résonne la fierté ou la nostalgie, un peu des deux peut-être, car bientôt, il la laissera seule. Il dira au revoir, mais on ne sait jamais l'issue des voyages. En attendant, Jules trépigne, et chaque jour, il promène l'ourse après son entraînement. Et lorsqu'il arpente les rues avec le fauve à sa suite, il sent l'admiration, la jalousie, la crainte de ceux qui ont cessé de le voir comme un pauvre gamin. Certains vieux montreurs viennent lui raconter leurs histoires de tournées à travers le monde – complices, désormais –, tu verras, Liverpool, il y a un bar fantastique bourré d'Ariégeois. Gaffe aux Turcs à Boston, des voleurs d'ours, les Bulgares aussi… des sauvages ! Et leurs ours, pareil ! Il lui semble désormais que tout le village bruit du récit de ces hommes qui, grâce à leurs bêtes, courent le monde.

À force d'entraînement, Jules finit par être prêt, ce n'est qu'une question de mois, il accomplira bientôt son destin. C'est ainsi qu'un an plus tard, au début de l'été 1887, armé du sésame, un carnet de saltimbanque lui permettant de se produire à travers la France, vêtu d'une tenue toute neuve et du gilet de son père – pour tenir chaud la nuit –, de souliers cirés, un baluchon sur le dos, Jules prend la route du Piémont avec l'ourse dansante, prêt à éblouir les spectateurs de France et d'ailleurs. L'ourse est dans sa cinquième année, elle approche des quatre-vingts kilos et nul n'oserait la provoquer. Jules prend une dernière fois sa mère, pâle, maigre, dans ses bras qui ont forci, sois prudent mon fils, elle implore, puis il serre la main de Marcel, qui s'est peu à peu installé au domicile familial, caresse le vieux chien cachectique et, suivi de l'ourse, se met en marche sans se retourner. Il ne sait pas, alors, que plus jamais il ne reverra les sommets des Trois Reines et la maison de pierre d'Arpiet, sa mère, Marcel.

II

LA PART SAUVAGE

“[…]
Nous avons fait front comme nos montagnes
Vous avez hurlé comme les vents fous.
[…]”

1

Les jours passent et il faut qu'il s'y résolve, il n'appréhende plus la montagne comme avant, il sait qu'elle peut dévorer. Et quand il regarde la crête escarpée, à l'ouest du trou de l'Ours, il la voit, ses dents, le rire qui les découvrait avec impudeur, les lèvres prune qu'il avait eu envie de saisir de sa bouche – il aurait suffi qu'elle fasse un geste vers lui – et ce regard broussailleux, la chevelure également sauvage, les épaules trop musclées. Ilia, qui courait les montagnes, qui dansait les cimes, Ilia dans les nuages au petit matin, de retour du quartier du Lazus, la crinière chien-mouillé après l'orage. Ses bravades, les pétards qu'elle roulait le soir, ou le cubi de rouge sur lequel elle tirait un peu trop, mais chaque matin levée aux aurores, lancée d'un pas volontaire. Ilia, fille indomptable, bien trop puissante pour être jolie, pas exactement belle, qu'il avait tant désirée. Ilia, qui avait traversé sa vie comme une tornade. Après elle le déluge.

La crête d'Ilia, la chienne s'est engagée dans cette direction, il regarde. C'est là où elle a basculé, rejoint le grand vide, comme les bêtes parfois dérochent, passent par-dessus bord. Lunita, reviens, merde ! Et de fixer encore l'exact endroit d'où elle est tombée…

Comme un poids sur l'estomac, un mal de tête lancinant, la douleur jamais ne tarit, l'effroi est intact, il y pense chaque seconde. Et malgré les antidépresseurs, ses filles et Lucie qui le soutiennent, malgré les mois qui passent, il ne cesse de racler le passé. Ilia, encore, toujours, qui se rappelle à lui. C'est la nuit, la nuit que c'est le plus dur, qu'un double maléfique vient lui taper sur l'épaule et lui dire, souviens-toi, souviens-toi d'elle, et elle lui parle, elle danse sur la crête, elle rit, elle boit, elle fume, elle court, elle pègue les brebis, elle panse, elle cautérise, elle cavale, elle gueule sur le chien, elle lui jette un regard noir, elle chantonne, elle dort, elle ronfle, elle sourit, elle agite le bâton, elle pleure, elle vibre. Et tout lui rappelle son absence.

La montagne en face le nargue, la pente, qu'il fixe comme pour en neutraliser le pouvoir mortifère. La chienne partie kamikaze dans les éboulis, elle chasse. Ça lui prend parfois, et les pierres de rouler, retentir, de grands bang. Lunita, il appelle encore, il lève les yeux vers la crête pour chercher l'animal, mais c'est elle qu'il voit. Comme s'il l'avait fixée ce matin même, son visage lui apparaît avec une netteté effrayante. Ilia fille-comète. Est-ce bien une estive ou son tombeau ? Et il se demande : pourquoi suis-je remonté ? Pour conjurer le sort, veiller les morts ? Se remémorer les jours heureux, à la regarder flirter avec les nuages, faire danser les brebis ? C'est comme si elle s'était sédimentée dans cette montagne, en était désormais la matière même. Elle est partout, il la sent. Alors ? Pourquoi ? Il ne sait pas, il est sur la lisière. C'est trop grand, trop beau, trop dur aussi. On l'avait prévenu. Tu veux vraiment remonter ? Il s'est obstiné, oui, j'irai, comme s'il n'avait pas d'autre choix possible. J'irai. Il y est, il faut tenir bon, il lui semble que c'est au-dessus de ses forces. Mais les brebis sont là, les chiens, il faut avancer. La vie l'exige, il s'y plie alors qu'en lui tout s'effrite. La chienne est revenue, il la sermonne, faut redescendre. Elle lui lèche la main, et même la langue râpeuse ne le console pas. Et ils cavalent dans la forêt qui se déplie, s'étire, vivante, sans contours. Il a le souffle court, et il pleure, il marche, il renifle, il se demande : les vivants sont-ils condamnés à devenir les fantômes des morts ?

Et bientôt, ils sont à la cabane, les rituels du soir s'enchaînent, puis il s'assoit sur le pas de la porte, dans le frais, et quelque chose opère encore, malgré les larmes qu'il ne peut retenir. Parce qu'ici vie et mort, joie et peine, intensité et lenteur, hommes et bêtes, lumière et néant, ciel et terre, douceur et violence se côtoient ; parce qu'il s'y fond et s'y efface, s'y sent si vivant, il s'accroche à ce bout de montagne. Les bêtes dorment, corps indistincts collés les uns aux autres, le ciel coule, l'herbe ploie sous la brise, partout s'élève l'odeur des excréments d'ovins qui parfument l'estive. Et Chance ronfle, allongée devant la cabane, son vieux flanc chevalin se soulève au rythme de ses respirations. Dans son sommeil, Lunita poursuit des brebis imaginaires. Une autre nuit fond sur l'estive.

2

Quarante et un ans, tu vois, que je suis là, moi ! Je fais mes oignons, mes salades, ça me rapporte de quoi payer le loyer. Je veux pas d'aides, moi, rien ! Avant, la montagne là-haut, à mille mètres, c'était différent, l'hiver j'avais un mètre, parfois deux mètres de neige, tous les ans… Maintenant y a plus grand-chose. Faudrait que je revienne au marché d'Arbat le dimanche, les gens, y me demandent… C'est que mes légumes, y a rien de rien dedans. Dans le coin, j'avais un jardin, tout était bouffé par une espèce de ver jaune, j'fais plus de salade, mais je traite jamais ! La nature, faut faire avec… Et tu vois le torrent, avant, il était au niveau de la route, là. Maintenant, y a des petits arbres, regarde, sont pas vieux, c'est parce que l'eau, y en a presque plus, et dans quinze ans max, y aura plus rien. Ils l'ont dit, les scientifiques. C'est comme les oiseaux.

Alma laissa le silence s'installer, la voiture filait le long de la rivière, elle lorgna d'un œil, le torrent paraissait exsangue. Il reprit.

Mes salades, les gens sont contents avec, ouais, je vais revenir… Moi, un jour, je suis arrivé pour bosser sur un chantier, je me suis dit, c'est beau ce pays… Je suis jamais reparti… Sur cette route avant, au printemps les grenouilles elles traversaient en masse… Impossible de pas en écraser… Et quand je voyais le carnage, ça me faisait mal au cœur, toutes ces bêtes écrabouillées.

Il soupira, parut soudain absorbé dans ses pensées. Drôle de type, il y avait quelque chose de touchant dans son débit mitraillette, ses histoires de salades et d'amphibiens. Elle acquiesçait depuis une demi-heure, tandis que lui monologuait. Le silence dans l'habitacle fut une respiration. La sueur perlait sur son front, ses cheveux dénoués collaient le long de son dos. Impossible d'oublier les errements climatiques. Elle aimait converser avec les autostoppeurs, les gens avaient des théories sur tout – un type avait tenté de la convaincre de la disparition progressive du soleil derrière un écran de fumée, résultat d'après lui d'une conspiration mondiale des puissants. D'autres racontaient les amours déçues, les enfants, des bribes de vie. Ils étaient nombreux à lever le pouce, au bord de cette route encaissée, dans l'abrupte vallée du Lazus, perpétuellement plongée dans l'ombre, qui reliait Arbat au reste du monde. L'hiver, quand le col de Rose et celui du pas de l'Ours étaient fermés, il n'y avait aucun autre moyen de quitter le territoire, d'en sortir, comme on disait ici. Et si ces espaces sauvages – vallées profondes, immensités de forêts bleues et de parois granitiques – étaient des refuges, ils pouvaient aussi asphyxier. C'était un monde forclos, où les gens se connaissaient trop bien, s'aimaient et se jalousaient. Alma avait régulièrement besoin de se heurter à l'étrangeté, le familier la prenait sinon à la gorge.

— Ouais, bah merci hein, pour la course, si tu veux des salades, bah tu passes…

— Noté !

— J'allais au marché avant leur truc, la grippette, là… Je me suis pas vacciné, moi, mettent des puces dans les vaccins. Mais passe, je te dois des salades !

— Merci et à la prochaine, répondit Alma en souriant.

— Au fait, Mario, mon nom c'est Mario, lança-t-il en ouvrant la portière.

— Moi, c'est Alma…

— Ouais, la fille-aux-ours ! Je sais !

Le temps qu'elle réagisse, il avait sorti sa grande dégaine cabossée hors de l'habitacle et pris congé, embarquant son cabas plein à craquer. Alma songea que pour beaucoup, il devait être le Mario-aux-salades, comme elle était la fille-aux-ours. Impossible de démêler sa vie désormais de l'écheveau de représentations qui environnaient l'animal. L'ours était ici un totem qui cristallisait les tensions, polarisait les gens, un marqueur identitaire. On affirmait sa position dans le monde, son camp, en se rangeant du côté des pro ou des anti. Elle essayait de ne pas se mêler à la controverse mais n'y échappait pas. Elle aurait travaillé au suivi des isards, des renards, des grands tétras du desman – cet étrange rongeur endémique au museau-trompe –, personne ne l'aurait classée avec véhémence dans tel ou tel camp. Elle songea encore à la conversation avec Mario. Il était à l'image de nombre de gens de la vallée, un poète précaire, un peu perché.

Elle redémarra vers le col de Rose, où elle laisserait la voiture. Se concentrer. L'affût se préparait. Elle avait réuni le matériel et les vivres, tout scrupuleusement passé en revue, il s'agissait maintenant de se mettre dans le bain. Ce serait son premier affût long depuis le lancement du programme pilote. François avait donné le feu vert, elle resterait sur le terrain le temps nécessaire pour mener des observations directes. Elle s'installerait sur le flanc ouest du mont Calme, dans la combe d'Ourdouas, frontière entre les estives d'Escobas et de Puguères. Bergers et troupeaux y avaient pris leurs quartiers trois semaines plus tôt. Et depuis, elle avait collecté des indices de la présence de la Negra, ainsi qu'une vidéo, qui renseignait le secteur où elle se trouvait sans doute encore avec deux jeunes oursons. Quelques mois après leur sortie de tanière, ils étaient peu mobiles. Les conditions se prêtaient à l'observation, pas un nuage à l'horizon pour les jours à venir. La probabilité d'une rencontre était élevée. Il s'agirait d'être au bon endroit au bon moment, le fameux facteur chance.

Sam lui disait toujours *there is no such thing as chance, call it concentration*, il ne jurait que par la qualité d'attention qu'on prête à son environnement. Si on savait poser son regard, les animaux étaient visibles partout, même les plus furtifs, affirmait-il. Et nombre de fois, elle avait été saisie par la manière dont il détectait à l'œil nu d'infinitésimaux mouvements au loin, captant une présence. Un hiver, elle l'avait accompagné pour un affût au cœur de la réserve McNeil. Sam cherchait une meute de jeunes loups, convaincu qu'ils fréquentaient ce secteur où ils n'avaient jamais été répertoriés. Ils avaient passé des jours et des nuits dans une planque sommaire – une simple structure de bois mort où se camoufler, une bâche au sol. Le froid était dantesque, une nuit, le mercure avait affiché moins quarante-trois, et elle se souvenait de ses joues brûlées et des engelures aux pieds, l'impossibilité de dormir ou si peu, les heures qui coulaient, hypnotiques, et la sensation d'être anesthésiée, comme si le corps plongeait dans un état semi-comateux. Jusqu'à l'apparition de la meute. Une aube, dans le blanc, les silhouettes d'abord irréelles, bientôt si proches, graciles, s'étaient immobilisées à quelques mètres d'eux, et Sam avait échangé un long regard avec les jeunes loups, murmurant dans un sanglot, *I've been waiting for you so long*, comme si toute sa vie était concentrée dans cet instant. Elle avait senti qu'à cet exact moment, elle n'existait plus, le monde humain n'existait plus, qu'il était tout à fait loup, et c'est son émotion à lui – les cils congelés qui battaient, sa bouche qui tremblait, ses larmes de glace – qui l'avait le plus bouleversée.

Elle arriva au parking et s'empara de son sac, il faisait déjà si chaud malgré l'heure matinale. Foutue canicule, quatre semaines que, jour après jour, les records de température étaient battus. Et ce polo floqué du logo du CNB, vert en coton trop épais. Elle avait pris de quoi bivouaquer, mais sans doute dormirait-elle à la belle étoile. Elle mangerait froid, afin de ne pas alerter les ours avec des odeurs de cuisson. Tout juste s'autoriserait-elle un petit café lyophilisé le matin. On dormait peu à l'affût, mais finissait toujours par plonger dans les rêves au creux de la nuit. L'aurore venait alors vous cueillir, c'était là que se jouaient souvent les plus belles rencontres. Enfin, les observations directes allaient pouvoir commencer. Elle se glisserait quelques jours dans les pas de l'ourse, avec le plus de discrétion possible. Il avait fallu encore convaincre la hiérarchie qu'il s'agissait du moment opportun. Toujours faire ses preuves. Elle ne savait pas si cela tenait à son statut de nouvelle venue, d'éthologue parmi les écologues, ou à sa position de seule femme dans l'équipe, mais elle se sentait sommée d'argumenter plus que les autres. Elle s'était toujours battue contre l'image de jolie fille. L'épithète l'exaspérait, il enfermait. Elle aurait préféré qu'on loue son énergie et son professionnalisme. Alors naturaliste, éthologue, experte du programme Ours, oui – mais pas jolie fille. Mais elle le sentait, ici comme en Alaska auparavant, il faudrait éternellement se montrer plus compétente pour gagner sa place.

Deux bonnes heures de marche l'attendaient, une formalité si le soleil n'avait pas été si vif. Le sac n'était pas lourd, heureusement. Elle traversa la forêt sans peine, croisant quelques chevreuils qui détalèrent à sa vue, puis arriva dans la lande d'altitude, constellée du jaune et du rose des joncs et rhododendrons. Elle coupa une tige et ficha les fleurs d'un rose soutenu à son chapeau. Elle avait beau porter d'imposantes chaussures de marche, une tenue de montagne usée jusqu'à la corde, elle ne quittait jamais l'élégant chapeau de paille, orné d'une bande de tissu chocolat, que lui avait offert un *paisa* du nord de la Colombie. Le paysan ne sortait jamais sans le sien, un devoir d'élégance à l'égard des montagnes, avait-il expliqué. Elle aimait cette idée, la perpétuait. Elle marcha à vive allure, plongeant de nouveau dans une hêtraie sapinière, le repaire de l'ourse, avant d'arriver en lisière de pâturage. Un gros bourdon percuta son torse, elle s'étonna de l'impact que provoquait un si petit insecte. La sueur formait des gouttelettes entre ses seins, et bientôt, une tache constella son tee-shirt, qui s'élargissait à mesure qu'elle s'élevait. Ses cheveux étaient trempés sous son chapeau. Elle aimait sentir son corps au travail.

En chemin, elle s'arrêta pour identifier des indices du passage de l'ourse dans une zone de tourbière, elle se savait sur son territoire. À proximité, un piège photo immortalisait les visiteurs du point d'eau, carrefour de rencontres animales. Et dans l'entremêlement des traces d'ongulés, de renards, de martres et de genettes, elle distingua d'imposantes marques, les paumes d'un ours. L'une d'entre elles, nettement imprimée dans la boue noire, ne laissait pas de place au doute. Elle était sur la bonne piste. Elle prit quelques photos. Elle observa un droséra. Ces petites plantes insectivores, ornées de filaments cramoisis, semblaient appartenir à une autre planète. Elles exsudaient une substance sucrée pour attirer moucherons et moustiques, avant de les prendre dans un piège fatal – les pattes des insectes adhérant au miel – pour les ingurgiter ensuite au moyen d'un puissant suc digestif. À Boris, qui l'avait un jour accusée de faire de l'écologie de la peluche en choisissant de se spécialiser sur une espèce charismatique, elle avait rétorqué que lors des affûts, elle passait plus de temps à observer les limaces, les plantes, les mousses, les oiseaux et les moucherons qu'à voir des ours. Ils n'étaient qu'un prétexte pour arpenter les plis sauvages du monde.

Plus tard, elle posa ses affaires entre les rochers, au pied d'un dévers rocailleux fréquenté par l'ourse et ses petits, un des corridors comportementaux qu'elle avait identifiés. Un dernier névé survivait parmi les éboulis siliceux dans la combe d'en face, parsemés de renoncules des glaciers – délicats pétales blancs, pistils d'or, la fleur était rare. D'ici, Alma pouvait voir de part et d'autre sans être vue. Bien sûr, son odeur, ses mouvements, elle laissait partout des traces, mais les ours étaient accoutumés au passage des randonneurs, s'approchaient des villages ; ils ne cherchaient pas la compagnie des humains mais ne s'effarouchaient pas de leur proximité. Elle installa la longue-vue. La rencontre pouvait avoir lieu à tout moment. Si l'ours surgissait, il serait trop tard pour monter le matériel. Elle scruta la montagne à la jumelle tout l'après-midi. Les heures chaudes furent calmes, les animaux se protégeaient de l'intensité anormale du soleil. Les bêtes semblaient en avoir pris acte, même les oiseaux s'étaient tus dans la boursouflure de l'après-midi.

Vers la fin de journée, elle observa un renard, absorbé par la chasse au campagnol, en contrebas. Elle suivit du regard sa course irrégulière, son corps bondissant de gauche à droite pour tenter d'attraper une proie. Quelques isards passèrent par les crêtes, leurs silhouettes se découpant dans le couchant, la montagne devenue un théâtre d'ombres chinoises. Au crépuscule, un grand cerf rejoignit sa harde. L'ourse n'apparut pas, le suspense était intact. Elle aurait pu se pointer au moins cinq minutes, juste passer, pour me donner du courage… Lasse, elle consigna les quelques rencontres dans son carnet, puis elle s'endormit tôt après avoir grignoté une pâte d'amande, recroquevillée entre deux rochers, dans son duvet. Les fiches comportement étaient vierges. La longue-vue resta en place, elle avait gardé à portée de main les jumelles thermiques, qui lui permettraient de voir de nuit si quelque chose se présentait.

La journée qui suivit fut paisible, peu de visites. Le ciel était voilé mais l'air lourd, l'ennui guettait. Elle se concentrait sur les teintes des pentes adjacentes pour le déjouer. Selon la manière dont elle fixait la montagne, il lui semblait parfois ne voir que le vert halluciné des plantes, puis seul le minéral fixait son regard, les infinies nuances grises des pierriers. La montagne était pourtant faite de ces deux humeurs, du vert et du gris, du tendre et du dur, du végétal et de la roche. Elle songea à sa mère, qui vivait dans un monde de formes et de couleurs, elle lui avait appris à décrire la palette chromatique des choses. Son père avait l'œil du scientifique qui classe, nomme. Son regard sur le monde était également marqué par ces deux influences. Parfois, Sam se rappelait à son souvenir, sa manière instinctive d'aborder l'affût. Puis elle était tout à l'observation des vautours dans le ciel, sur les parois rocheuses où ils nichaient. Et soudain, dans la falaise, un tichodrome échelette. Elle ne lâcha pas l'oiseau-papillon de sa longue-vue. Avec son bec long et fin, il cherchait des insectes dans les anfractuosités de la roche, s'y accrochant de ses pattes. Il s'envola subitement, découvrant l'intérieur de ses ailes arrondies, d'un rose explosif.

L'oiseau miracle était passé mais l'ourse se faisait toujours attendre, la seconde journée d'affût s'achevait. Ses genoux tiraient à force de postures inconfortables, elle répondit laconiquement à François : tout va bien, ours RAS, affût prolongé. Il aurait fallu ne pas soumettre l'affût à l'injonction de résultat, mais son poste l'imposait. J'ai gagné en endurance, songea-t-elle en se roulant en boule pour sommeiller. Plus jeune, elle aurait été incapable de faire face à ces journées de silence et d'immobilité et de disparaître ainsi dans la roche.

À l'aube du troisième jour, l'humidité la réveilla avant que le soleil n'ait chauffé l'atmosphère. À son point d'orgue, il serait brûlant, et il faudrait lutter contre la torpeur, une serviette humide sur la tête, foutue canicule. Elle sortit de son duvet, s'étira à peine, remua chacune de ses articulations, puis se saisit de ses jumelles. Les premières lueurs du jour étaient propices à l'observation. D'abord, elle ne vit rien d'autre que la combe plongée dans l'ombre, les crêtes désertées, les prairies, les landes, et plus bas l'orange des tourbières. Elle fit de nouveau le point sur la paroi rocailleuse en face, le genre d'endroit où les ours aimaient traîner, se déplaçant avec agilité malgré leur carrure. Les petits y aiguisaient leur équilibre, les mères cherchaient les charognes libérées par la fonte des neiges. Un circaète entra dans son champ de vision et réalisa sous ses yeux un vol stationnaire. Bientôt, il fut juste au-dessus, elle retint son souffle. Alma n'avait jamais observé d'aussi près l'ondulation des plumes blanches du mangeur de couleuvres. Encore quelques instants, peut-être tenterait-il un piqué. Il disparut bientôt, reprenant sa chasse.

Le premier rayon de soleil vint chatouiller son bras, elle n'avait pas cessé de jumeler. Elle sentait la faim la gagner. Elle s'apprêtait à baisser le regard quand elle aperçut deux formes rondes derrière un rocher, sur le flanc d'en face. Enfin, son pouls s'emballa. Elle respira un grand coup, fit la mise au point, la tête d'un ours apparut, avant de disparaître de nouveau derrière la roche. Il était là, elle en était certaine. Peut-être occupé à fouiner à la recherche d'insectes, manger une charogne ? L'animal sortit alors de sa cachette, serein, conséquent, faisant rouler ses épaules ; sa toison presque noire et sa carrure ne laissaient pas de doute sur son identité. Alma la reconnut, même à distance, cette prestance. On n'oubliait pas une ourse pareille. À sa suite, deux oursons déboulèrent, déjà vigoureux. Parfait, venez là, dans mon champ de vision et restez-y... Elle eut chaud tout à coup, son travail d'approche avait payé, elle se trouvait aux premières loges. Elle fixait les oursons, leur allure gauche sous un pelage moelleux, contrastant avec l'habileté qu'ils démontraient dans les dévers. À ce stade de leur croissance, ils étaient encore fragiles, pouvaient chuter, être la proie d'ours mâles. L'infanticide permettait à ces derniers de provoquer les chaleurs de la femelle pour s'accoupler avec elle. Ce phénomène brutal avait été largement étudié à Somiedo. Mais les deux oursons semblaient ignorer ces menaces, ils caracolaient.

Le rapport des ours à la mort, à l'infanticide, passionnait Alma. La recherche sur les sentiments animaux connaissait une vraie révolution. On savait désormais que certains vertébrés avaient des rites funéraires élaborés, des primates perdaient l'appétit durant les jours qui suivaient le décès d'un proche, les oiseaux pouvaient se laisser mourir après avoir perdu un conjoint, les éléphants honoraient leurs défunts. Et cette ourse, avait-elle vécu le sentiment de la perte après la disparition de ses oursons l'an dernier ?

Et maintenant, elle est en position d'observation, à la distance idéale, suffisamment loin pour ne pas être remarquée, assez proche pour voir à la longue-vue chaque interaction. Le vent ne semble pas avoir porté son odeur sur l'autre flanc, les ours furètent, indifférents à sa présence. Elle ne les lâche plus des yeux. Elle a noté : 7 h 46 identification mère et deux oursons, alimentation et déplacement. Les oursons fouinent sous des pierres, en font dévaler quelques-unes le long de la pente, puis, suivant leur mère, ils s'élèvent de quelques mètres et se postent sur un replat. L'un des deux se jette soudain sur le second, engage une rixe qui dure quelques minutes. 7 h 53 jeux et simulation de combat des oursons. Ils bondissent, tournoient autour de la mère, se dressant de temps à autre pour frapper l'adversaire de leurs pattes avant. La mère, insensible à leur furie, broute les plantes qui parsèment le lit rocheux. Les oursons se joignent à elle. Temps d'alimentation, apprentissage par imitation. L'un d'eux gratte la terre, se saisit d'une grosse larve de sa patte, la fourre dans sa bouche.

Pendue à ses jumelles, Alma ne perd pas une miette du spectacle, l'ourse dégage force et souplesse, sa colonne ploie lorsqu'elle se penche pour laper une minuscule flaque d'eau au creux d'un rocher. Elle semble épouser les lignes de la montagne, où elle progresse avec nonchalance, disparaît parfois, sa robe sombre se confondant avec les roches ferrugineuses. Et autour, le mouvement brouillon des oursons, leur fougue, les éclats de roche qui volent, une cavalcade désordonnée, cette insouciance juvénile. À cet âge, l'existence des oursons tient pourtant encore à un fil. Il leur faudra survivre à l'été, atteindre le poids fatidique d'une vingtaine de kilos avant l'entrée en tanière. Les créatures nues et glabres écloses dans la pénombre du nid douillet, trois cents grammes à peine, se seront transformées en oursons solides. D'ici là, il leur faut tout apprendre, à se nourrir, surtout. À l'issue d'une première hivernation, ils s'émanciperont de leur mère progressivement. Attitude d'alerte soudain, ils regardent au loin. Quelque chose les a interpellés, petits et mère. Puis retour aux jeux et aux cavalcades.

À 8 h 24, les ours disparurent dans un repli enforesté. Elle resta pendue à ses jumelles, guettant leur retour, intimement convaincue qu'elle ne les reverrait pas ce matin. Elle acheva de compléter ses notes. Repos, soin personnel, état d'alerte, jeux avec les compagnons, repos avec contact, tétée, jeux, menace, fuite. Elle avait consigné les comportements de chacun des ours selon les catégories définies par son éthogramme. Durant quelques dizaines de minutes, suspendue à sa longue-vue et aux jumelles, elle avait eu la sensation d'être au plus près d'eux. Et maintenant, elle sentait l'excitation retomber, la faim la tirailla de nouveau. Elle était crasseuse de ses trois jours d'affût, devait sentir la sueur, ses cheveux collaient, elle sentait son visage calciné de soleil et empoussiéré, le nez un peu brûlé. Elle sourit en songeant à la tête que feraient les villageois si elle débarquait au café. Pas étonnant qu'ils m'appellent la fille-aux-ours, songea-t-elle en se remémorant la conversation avec l'autostoppeur.

En côtoyant le plantigrade elle devenait elle-même objet de fantasme, éveillant les vieilles légendes. Fais attention à pas finir comme la folle de Vicdessos, lui avait un jour lancé un paysan au bar. On lui avait souvent parlé de cette femme, retrouvée nue dans la montagne au début du XIXe siècle. Elle y aurait vécu parmi les ours, fuyant le règne des hommes, alimentant les racontars. Son existence était avérée, elle était morte après avoir été internée en hôpital psychiatrique. Alma avait souvent songé que, loin d'être folle, elle avait dû être extraordinairement puissante. Et si cela ne valait plus l'internement, elle constatait que, deux siècles après sa mort, les choses n'avaient pas tout à fait changé. Les hommes du coin chassaient, s'adonnaient à la battue, plongeant dans la forêt des jours durant, se confrontant avec l'animal sans éveiller de méfiance, mais une femme seule, hors des sentiers de randonnée, une femme frayant avec le sauvage, dérangeait. Sa connaissance des ours ne faisait qu'aggraver son cas. Car même ceux qui prétendaient vouloir leur faire péter la cervelle en parlaient avec fascination. L'ours était l'ennemi majuscule, après avoir été le trophée suprême. L'éleveur avait poursuivi, si l'ours, il te chope, faudra pas pleurer… Il avait haussé le ton. C'est pas des peluches, crois-moi ! Moi si je le croise, je le descends ! Du temps des anciens, on pouvait se défendre… Je ne m'inquiète pas, avait-elle répondu. Ah oui, et la fille qui est morte l'an dernier ? Alma n'avait pas rétorqué. Personne ne connaissait les circonstances exactes du dérochement d'une vingtaine de brebis l'an passé, ni de la chute mortelle de la bergère qui s'était ensuivie. La présence de l'ours avait été confirmée dans le secteur, sa responsabilité non. L'animal était l'éternel bouc émissaire.

Le lendemain matin, elle plia bagage et prit le chemin de la vallée. L'ourse et les deux petits étaient réapparus le soir, juste avant le coucher du soleil et elle avait encore pu les observer. Elle aurait voulu rester des jours encore. Elle remonterait, l'ourse reviendrait peut-être un moment dans le secteur. Elle cavala dans la pente, transpirant à mesure que, gagnant la vallée, l'air s'alourdissait. Elle quittait le monde de la Negra pour revenir à celui des humains, s'extirpait toujours de ces espaces avec un pincement au cœur. Elle songea à son père, océanographe et féru d'alpinisme, que la montagne et la mer avaient si souvent tenu loin de la maison. Elle lui en avait longtemps voulu de leur infliger, à sa mère et elle, ses absences. À quoi bon vivre aux États-Unis pour suivre un père qui passe plus de temps dans l'Arctique ou en Himalaya ? s'était-elle demandé, quand le mal du pays se faisait ressentir avec force.

Sa mère encaissait sereinement. Fille d'immigrés espagnols qui avaient fui la guerre, elle avait l'exil chevillé au corps, elle en avait fait la matière même de sa création, elle peignait. Elle n'en voulait pas à son mari d'être plus appelé par la montagne que par la vie de famille. Lorsqu'il rentrait de ses terrains ou de ses conférences au bout du monde, il rapportait à Alma des fioles de sable ou des coquillages qu'elle consignait dans ce qui était devenu au fil des ans un petit musée océanique, et se convertirait en mausolée, une mallette emplie de ces vestiges des mers du monde. Il était intensément présent, joyeux, puis il repartait dans les plus hauts massifs du globe, dès que le moindre interstice dans son agenda le permettait. C'est quelque chose de plus grand, de plus beau qu'il va chercher là-haut, qu'on ne peut lui apporter. Et pourtant il nous aime, disait sa mère. Et Alma se sentait révoltée de se savoir secondaire pour ce père qu'elle admirait tant. Il l'avait emmenée une fois, en Himalaya. Elle avait été éblouie par ce voyage, le seul qu'ils feraient ensemble.

Un jour, il n'était pas revenu, la montagne l'avait gardé, comme dirait sa mère, quand elle évoquerait l'accident des années plus tard. La cordée avait dévissé, les quatre comparses étaient morts en tentant une première dans la chaîne du Pamir tadjik. La nouvelle les avait dévastées. Cela avait été le temps du retour en Europe et, pour Alma, des années étudiantes. Sa mère avait survécu au deuil en reprenant racine en Espagne, dans les monts Cantabriques, un pays à ours, s'était dit Alma. Longtemps, Alma avait remisé la douleur de la perte, elle avait composé sans son père. Mais depuis quelques semaines, elle pensait à lui avec apaisement. Elle comprenait, petit à petit, cette griserie des hauteurs, la difficulté à redescendre. Elle comprenait que ce pût passer avant tout, qu'on pût aimer la montagne à en mourir. Son père n'avait vécu dans le monde des hommes que par défaut, il vibrait pour la verticale des abysses et des montagnes. Et plongeant dans les pas de l'ours, s'immergeant des jours et des nuits dans son territoire, dormant contre la roche, il lui semblait enfin décoder l'énigme qu'avait été cet homme sans cesse dérobé.

L'ours l'avait ramenée à la montagne. Le plantigrade n'était pourtant pas montagnard par nature. Ce n'est qu'en raison des persécutions et des massacres qu'il avait peu à peu abandonné les plaines, s'était retranché dans les altitudes et les forêts les plus inaccessibles. Il n'occupait plus aujourd'hui que la portion congrue du monde sauvage qu'on lui laissait, où Alma aussi se sentait protégée. Elle s'interrompit à l'orée de la hêtraie sapinière, à quelques kilomètres de son lieu de bivouac. Au sol, de très larges traces de pattes. Un autre ours avait emprunté ce chemin. Elle s'arrêta pour évaluer la largeur de la paume, prendre quelques clichés et chercher d'éventuels poils. Un grand mâle, sans aucun doute. Elle sentit soudain une bouffée d'angoisse monter en elle. S'il traînait dans le secteur, les petits de l'ourse étaient en danger. Cette trace, c'était un mauvais présage. Elle se ravisa, il n'y avait rien à faire, intervenir n'était pas une option. Et elle poursuivit son chemin, taraudée par une inquiétude qu'elle ne parvint pas à dissiper.

3

Gaspard courait à toute allure, au risque de glisser sur les longues touffes d'herbe lisse. Putain de gispet ! Il maudissait cette graminée que les brebis ne touchaient qu'en ultime recours, qui piquait la peau, perçant la toile de son pantalon, l'empêchant de s'asseoir pour jumeler à l'horizon et chercher les bêtes grâce à ses yeux augmentés ; une herbe sur laquelle les appuis se dérobaient, surtout lancé à pleine vitesse derrière un lot de tarasconnaises. Celles de Marco étaient retorses, des merveilles d'adaptation à la verticale. Elles n'aimaient rien tant que longer les flancs vertigineux du trou de l'Ours, brouter à l'ombre des cheminées de pierre ; elles étaient éparpillées le plus clair du temps, se rassemblaient le soir pour pioncer sur leur belvédère. Elles faisaient bande à part, les maintenir avec le reste du troupeau était difficile. Il y renonçait parfois. Vingt-huitième jour d'estive et il était déjà à la peine. Avec les chaleurs exceptionnelles, les bêtes n'en faisaient qu'à leur tête, elles réclamaient de monter. Il accéléra, il fallait les rassembler pour les soins.

Il avait d'abord guidé Lunita à distance, à coups de gauche, droite, c'est bien, oui, non, gauche, ramène, oui. Stop Luna. Bien. Mais le troupeau n'avait de cesse de composer et se décomposer ; la masse compacte des bêtes pouvait se muer en un instant en une explosion de brebis bondissantes, qui évitaient de justesse l'humain et le chien, puis se ramassaient de nouveau les unes contre les autres, têtes basses, haletantes, disposées en étoile pour surveiller à trois cent soixante degrés leur environnement, se laissant guider quelques pas, presque dociles, à la limite de l'abdication – du moins le laissaient-elles croire à Gaspard, esquissant même une entrée dans le parc –, avant de bondir de nouveau en tous sens, mouflons plus que moutons, laissant la chienne hagarde, langue pendante. Il fallait alors tout recommencer. À en devenir fou. Et plus le temps passait, plus elles rechignaient à coopérer. Mais il y avait la noire, cette boiteuse, s'il ne faisait pas les soins, elle serait foutue. Il fallait les faire rentrer dans le parc. Gaspard cavalait désormais, prêtant main-forte à Lunita, échouant cent fois lui aussi, subissant les charges du troupeau, qui se dérobait toujours. C'était un jeu, entre elles et lui, elles étaient en train de le gagner. Et le soleil assassin, ces quelques degrés de plus que la normale, qui tabassait. Bon, on va faire les soins sans les rentrer, songea Gaspard. Il fallait prendre une décision, vite. Les brebis s'étaient immobilisées, attendant un nouvel assaut pour le déjouer, il ne les contiendrait pas aujourd'hui, mais il y avait une autre manière.

Allez Luna, droite ! Droite Luna, droite ! Doucement… La chienne se met en mouvement, elle a compris, l'attitude d'un prédateur soudain, elle cercle le troupeau qui se resserre. Gaspard s'approche des brebis, entassées, il faut aller vite, la boiteuse en premier. Noire, maigre, lente, elle sera facile à neutraliser, ne pas se rater surtout. La première tentative doit être la bonne. Il est dans le troupeau maintenant, Luna tourne autour, dessinant de son corps une limite dans laquelle les brebis se tiennent. Et voilà, la 43005, il la regarde, prend son élan, un pas, deux, trois, se jette dans la masse de laine mouvante, tourbillon des bêtes en cercle, et la chienne à contresens, il vise, la cachade s'abat. Je l'ai chopée ! Il se jette, la saisit au jarret, voilà, doucement, il tire, être juste, précis, rapide surtout. Chétive mais vigoureuse, il la retourne, une gerbe de sueur gicle de son front, putain de soleil… Il l'assoit entre ses jambes, la brebis le regarde farouchement, le cul au sol, ses pattes boxent l'air brûlant. Va, ça va aller, il répète, parler pour lui transmettre du calme, c'est ce que faisait Jean, ça va, et pourtant, rien n'est moins sûr quand on voit, de près, la grosseur du pied, un panaris… Et l'odeur. L'odeur ! Merde, t'as pas du piétin en plus ? Eh si. L'ongle est bouffé du dedans par la bactérie anaérobie, pourri. Doublé gagnant. Panaris plus piétin. La banane autour de sa taille contient le nécessaire. Gaspard enfile d'un geste les gants – c'est contagieux cette merde, faudrait pas la refiler à tout le troupeau. Calme-toi, fille, tenant la brebis assise entre ses jambes, la panse gonflée, offerte au soleil, la tête contre sa cuisse, et hop, en quelques minutes, injection de pénicilline, curetage de l'ongle malade, désinfection de la plaie à vif, on croise les doigts pour qu'elle récupère. Et il relâche la bête, elle se redresse, secoue la tête, hagarde, puis file en claudiquant. La chienne cercle toujours le troupeau, qui n'a cessé de graviter autour de lui. Gaspard se relève, la tête lui tourne, trop chaud. Allez, Luna, il faut qu'elle les tienne encore un peu, pour voir s'il n'y a pas une autre urgence. Mais soudain, l'étau autour des bêtes se relâche, elles tentent des percées, qu'est ce qui se passe ? La chienne qui ralentit, allez, Luna, mais elle marche au lieu de courir, qu'est-ce qu'elle branle ?

Luna cessa tout d'un coup de répondre, comme si le fil qui les reliait venait d'être rompu. Elle se tenait prostrée, titubante. Gaspard la fixa et sut tout de suite ce qui était en train de se passer. Un coup de chaud, non, sa chienne était en train de lui faire un coup de chaud… Les brebis s'étaient regroupées, étonnées que la partie s'achève si vite. Bah oui, bandes de connasses, regardez ce que vous avez fait, cria Gaspard. Il s'approcha de sa chienne, il fallait réagir vite. Elle haletait, les coussinets de ses pattes et son ventre étaient brûlants. Il avisa le rocher le plus proche et la miraculeuse petite tache d'ombre qu'il réservait, y porta la chienne. Il la mouilla, le contenu de la gourde y passa. Luna était plus qu'un animal, c'était sa partenaire de travail, son binôme, son alter ego. Le coup de chaud pouvait lui être fatal. Les chiens ne transpiraient pas, si leur température montait trop, ils pouvaient souffrir de dommages irréversibles, voire mourir. Gaspard le savait, il connaissait les symptômes. La chienne vomit, un jus jaunâtre sortit de sa bouche, confirmant le diagnostic. Coup de chaud, oui. Il fallait à tout prix que sa température baisse vite, mais avec ce soleil.

Pourquoi n'avait-il pas senti qu'il la poussait à bout ? Était-ce l'urgence à soigner les brebis ? Mais quelle urgence ! Aucune n'était en risque critique, et désormais, sa chienne, si. La fierté, l'orgueil mal placé, le foutu orgueil humain, hein ! Vouloir mater les bêtes de Marco au détriment de sa chienne ? La boiteuse aurait pu attendre un jour de plus, ou crever, mais pas sa chienne. Ici, toutes les vies ne se valaient pas, celle de Luna était en haut de sa hiérarchie. Ouais les filles, vous êtes bien des connasses. Et moi je suis une merde, songea-t-il en se reprenant. Après tout, les brebis n'avaient fait que jouer leur rôle, déployant l'antique partition des proies soumises à l'instinct de fuite, c'était à lui, le berger, de protéger sa chienne. Et ne pas passer deux heures à essayer de pousser les bêtes dans un parc, en plein cagnard. Aujourd'hui, il avait tout fait contre, contre le soleil, les bêtes, la chienne, contre l'intuition qui lui enjoignait de calmer le rythme. Ne pas écouter les corps pouvait conduire à l'erreur fatale, en montagne.

Il resta à l'ombre du rocher durant plusieurs heures, accroupi à côté de la chienne, qui se tenait prostrée, comme si son instinct lui dictait de ne plus consentir à aucun effort. Elle lui jetait des regards de détresse, qu'il avait du mal à soutenir. Si elle crève par ma faute, j'arrête tout. Il sortait de temps à autre de la planque pour aller remplir la gourde. Autour, les brebis chaumaient, les unes contre les autres, abruties par la chaleur qui rendait plus difficiles le repos et la rumination. Lunita avait repris son souffle, elle avait bu en abondance, mais elle se déplaçait toujours difficilement et semblait abattue. Elle esquissa quelques pas, vomit encore. Il ne l'avait jamais vue dans cet état. Il songea à la Rousse qui était restée au repos à la cabane. Il faudrait la prendre dans les jours à venir, pour laisser récupérer Lunita, si elle s'en remettait. Il se mordit la lèvre. Il s'en voulait terriblement. Il faudrait attendre le lendemain pour savoir si elle était tirée d'affaire, et à quelques minutes près, elle y serait passée.

En fin d'après-midi, au-dessus de leur tête, en vol circonflexe, un immense oiseau déploya ses ailes-voiles. À l'envergure du volatile, son col rouille, il sut qu'il s'agissait du gypaète barbu, ce charognard ultime qui se nourrissait d'os. Il se rappelait toujours la première fois où, lors d'une sortie avec Jean, quelques années plutôt, il avait vu l'ombre du barbu planer sur la montagne. C'est le seul oiseau qui te bouffe un tibia de brebis en moins de deux. Ce qu'il recherche, c'est la moelle. Il s'élève à soixante mètres de haut, lâche l'os qui s'éclate au sol, lui avait expliqué le vieux berger. J'ai assisté à ça un jour. Un cadavre de vache, les fauves et les percnoptères du secteur avaient fait le boulot, la chair, les viscères, tout y était passé en quelques jours, c'était un nuage de bestiaux dans le ciel. Et puis lui est arrivé, et il a liquidé le reste. Jean avait les yeux qui brillaient encore en évoquant ce spectacle. Le gypaète réalisa deux ou trois cercles de plus autour d'eux, volant bas, puis il passa de l'autre côté de la crête. Qu'est-ce qu'il foutait par là ? Les vautours avaient aussi été très présents tout l'après-midi. Il faudrait revenir demain dans le secteur pour voir s'il n'y avait pas une bête crevée. Ça pouvait être un mouflon comme une brebis. Peut-être le bélier galeux que Roger laissait divaguer ? C'était un des éleveurs de l'estive voisine, malgré les signalements répétés, il n'était jamais venu récupérer son bélier malade qui baguenaudait entre les deux estives. L'animal semblait si mal en point que Gaspard redoutait la contamination de son troupeau. Il pestait souvent, retrouvant avec ses brebis le bestiau rouvieux, efflanqué, son poil pelé. Mais il ne pouvait s'empêcher de ressentir aussi de la compassion pour ce grand mâle qui gardait le port haut malgré la déchéance physique, sa fierté, son ardeur à survivre.

Gaspard tenait en haine les éleveurs qui rompaient le contrat domestique avec les bêtes, renonçant à les veiller, les soigner, les achever si nécessaire. L'élevage n'était à ses yeux respectable que s'il reposait sur le contrat domestique conclu entre les ovidés et les humains. Marco lui en avait beaucoup appris sur l'histoire de la domestication. Il avait ce talent pour vulgariser, lui qui lisait énormément, aussi bien de la poésie persane que des manuels de botanique. Il le revoyait, avec ce regard toujours un peu halluciné, prendre des airs de conteur. *Ovis aries*, le mouton, on le trouvait sept, huit mille ans plus tôt, au Proche-Orient, à l'état sauvage. Puis il a noué un pacte avec l'homme : je te donne ma laine, ma chaleur, mon lait, ma chair, je te donne tout ça, mais en échange, tu me protèges... Alors à partir de là, *Ovis*, il devient plus gras, plus laineux, il fait plus de lait, pour nous rendre service, mais il dépend de nous pour se défendre. On profite de lui depuis pas loin de dix mille ans, putain, dix mille ans de bons et loyaux services ! C'est un bon gars, le mouton ! Si on les protège pas, nos bêtes, tu vois, on rompt le pacte, c'est une trahison suprême.

Oui, peut-être le tour du bélier était-il venu faute de soin, mais ce pouvait aussi bien être l'une de ses bêtes... Gaspard n'avait pas le temps d'aller vérifier. L'estive imposait de nouvelles priorités chaque jour, Luna passait désormais avant tout. Elle semblait affaiblie, mais ses yeux avaient repris un peu d'éclat, elle tenait toujours sa queue repliée entre ses jambes. Le soleil déclinait, les brebis étaient éparpillées partout, ils avaient passé presque tout le jour au creux du rocher. La chienne parvenait à marcher, il fallait rentrer à la cabane pour qu'elle récupère. Je vais quand même pas te porter, grosse, murmura Gaspard en s'engageant sur une draille. Le soleil carbonisait le ciel alentour malgré l'heure. Un nuage étrange s'élevait. Il sentit que quelque chose ne tournait pas rond, il ne s'agissait pas seulement de sa chienne. Le pressentiment se confirma à mesure que, marchant, le nuage noir, carbonifère, déchargeait son odeur de grillé. Et une fois arrivé sur la crête, il comprit. Un incendie s'était déclaré sur le flanc ouest du mont Calme, quelque part entre la combe d'Ourdouas et les crêtes. Cette foutue journée n'en finirait jamais. Un de ses lots pouvait être dans le secteur.

Il sortit son téléphone. Sarah, la bergère de l'estive voisine, lui avait laissé un message laconique : feu sous contrôle sur la couchade du Taus, tes brebis ont fait demi-tour, les pompiers sont sur le coup. Il avait bien des bêtes là-haut, impossible de les contenir depuis une semaine. Il observa à la jumelle les flammes qui léchaient les pâturages, il n'avait jamais assisté à pareil spectacle. Il fallait leur faire confiance, les tarasconnaises en avaient vu d'autres, leur constitution vigoureuse et leur sauvagerie les rendaient aptes à faire face aux dangers. Il reprit la marche, la chienne sur ses talons, qui se déplaçait avec précaution. Il ne cessait de se retourner pour l'observer, traquant les signes de mal-être. Il faudrait peut-être la descendre chez le vétérinaire ; mais d'abord, rentrer, la mettre au frais, la laisser dormir, faire confiance au métabolisme animal.

En chemin, il songea aux signaux qui s'accumulaient. Tous les cycles du vivant semblaient déréglés par les épisodes de fortes chaleurs qui se succédaient avec une intensité et une fréquence jamais vues. Partout en ce début d'été, l'eau manquait, les zones marécageuses craquelaient sous un soleil de plomb, les mares étaient à sec, les rivières faméliques. Plus bas, les feuillus tiraient la gueule, ifs et genêts, pourtant robustes, semblaient mal en point. Les myrtilles étaient déjà mûres, la fétuque peinait à pousser, les chenilles avaient entamé un cycle d'éclosion prématurée. Sa chienne venait de passer à côté de la mort, pour quelques degrés de plus. Et à bien y songer, les brebis l'alertaient depuis le début de l'estive, presque un mois plus tôt. Elles lui avaient mené la vie dure. Les sources étaient taries et l'herbe trop sèche, tout les appelait vers des altitudes qu'ils n'atteignaient normalement qu'en août. Il avait pesté contre ces bestioles qui se divisaient en petits groupes, sans parler des aventurières qui partaient seules tutoyer le vide. Elles l'avaient fait cavaler, il avait eu toutes les peines du monde à s'adapter à leur rythme. Il s'était levé de plus en plus tôt, anticipant leur réveil pour leur donner les bons biais. Mais à plusieurs reprises, elles avaient déjà démarré, pour brouter à la fraîche, à l'exact opposé de l'endroit où il pensait les envoyer.

Une fois établies dans un quartier, les brebis aimaient brouter en réalisant des boucles autour d'un sommet, d'un cirque, faisant ainsi leur révolution quotidienne. Et il avait souvent songé que si l'on superposait le tracé de leurs déplacements sur toute une saison sur un calque, un dessin magnifique apparaîtrait alors, fait de voltes et d'arabesques.

Mais cette année, les brebis semblaient ne respecter aucune de leurs chorégraphies habituelles. Et leur empressement à monter, leur réveil précoce, l'irrégularité de leur comportement, tous ces indices corroboraient la gravité de la canicule. Si les bêtes ignoraient les causes et les dynamiques des bouleversements climatiques en cours, elles avaient une intelligence de situation, ajustant leurs rythmes, leurs trajets, aux ressources disponibles. Ainsi, depuis le début de la saison, Gaspard oscillait-il entre la joie d'être là-haut – ce temps suspendu qu'offre la vie en cabane – et la sidération face à ce désastre palpable. Même dans ces altitudes sanctuaires, la montagne était sèche, la vie en sursis.

Il arriva à la cabane, Chance les y attendait. Il lova sa tête au creux de son encolure, humant l'odeur poivrée de la bête, passa ses mains le long de son flanc, et le contact des poils lui laissa une couche de suint noir sur la pulpe des doigts. La jument aussi transpirait beaucoup. Il garda quelques secondes encore sa joue posée contre la ganache. Les chevaux avaient ce pouvoir de consolation. Puis il s'affala sur le banc de bois pour ôter ses lourdes chaussures. La Rousse lui fit sa fête habituelle, tortillant pour réclamer des caresses qu'il déposa sur sa tête, sans quitter des yeux Luna qui après avoir lapé la moitié du contenu de la gamelle d'eau, se lova sur son tapis. Il prit sa température, soupira de soulagement : 38,5 degrés. Pas de fièvre, il y avait de bonnes chances qu'elle récupère. Il songea au gars qui vivait plus bas dans sa cabane, du côté du versant qui brûlait. Aucun moyen de le contacter. Il aurait vu le feu avant lui, depuis sa forêt. Et puis, les flammes avaient tendance à évoluer en crête. Gaspard songea que le type saurait lire le trajet de l'incendie. Il s'était souvent dit qu'avec Sarah, l'Ermite et le vieux chasseur du coin – un surnommé Titi qui entreposait des affaires dans des boîtes métalliques cachées dans chacune des cabanes du secteur – ils composaient une petite société. Ils se côtoyaient de loin sans vraiment se connaître, liés par le même désir de retrait. Les rares fois où il avait croisé l'Ermite, quand il fallait ramasser les bêtes vers le bois du Tars, ils n'avaient échangé qu'un sourire, se reconnaissant l'un dans l'autre, unis par cette vie en marge.

Il se servit un verre de rouge, il en avait bien besoin, foutue journée, à se faire trimballer par les brebis, canarder la tronche au soleil, et à manquer de perdre sa chienne. Par la fenêtre, il entendit l'hélicoptère qui faisait des rotations pour juguler l'incendie. Combien de pâturages en moins demain ? Un autre message de Sarah se voulait rassurant. C'est sous contrôle, je garde un œil ! De son estive, elle pouvait surveiller la progression du désastre, il se sentait soulagé de ne pas avoir à ressortir. Combien d'animaux sacrifiés ? Où tout cela allait les mener ? Son téléphone sonna. Lucie. Il ne décrocha pas, il n'avait pas la force, de raconter ou d'écouter. Depuis trois semaines, ils avaient peu parlé, et il se sentait presque soulagé de ne plus avoir à négocier la concorde avec elle. Il l'aimait autant qu'elle l'étouffait.

Il avait rencontré Lucie peu après son retour d'un long voyage sur les routes d'Asie centrale. La rentrée avait été un choc, des murs autour de lui, le corps comme encagé, et ce ciel gris, ces visages gris, le bruit partout. Il s'était senti plus qu'à l'étroit dans les huit mètres carrés qu'il occupait non loin du Trocadéro. Il était hanté par le sentiment de n'y être pas à sa place, la nostalgie des estives, les *jaïloo*, la verdeur des pâturages des montagnes kirghizes. Et il lui avait fallu se rendre à l'évidence, dans la neurasthénie de l'hiver parisien, regardant le matin dans la glace le teint blafard qui avait remplacé son hâle brun : il n'était pas fait pour une existence sédentaire et urbaine. C'était là, dans le gris béton d'un hiver sans fin, qu'avait germé l'idée du retour dans les Pyrénées.

Mais ses études à l'Institut de géographie l'avaient éloigné des rêveries pastorales. Ou plutôt était-ce Lucie, une tige athlétique, un sourire accroché aux pommettes, des yeux vert d'eau. Gaspard aurait bouffé Lucie du matin au soir, se noyant dans tous les pores de sa peau, goûtant chaque interstice de sa chair, s'il ne s'était pas rendu sporadiquement en cours. Ils s'étaient installés ensemble diplômes en poche, avaient été embauchés dans le même cabinet d'aménagement paysager, au service de municipalités, d'entreprises qui voulaient se verdir. Mais les toits végétalisés, les bacs potagers pour urbains en mal de chlorophylle avaient vite lassé Gaspard. Il avait tenu quelques années à peine, le temps de voir naître leurs deux filles et convaincre Lucie de mettre les voiles.

Quand ils étaient revenus dans les Pyrénées cinq ans plus tôt, leur couple commençait déjà à s'essouffler. Mais Gaspard se persuadait qu'éviter la séparation était mieux pour ses filles. Quelque chose le liait encore à Lucie, le passé, l'habitude, mais aussi une tendresse immense. Et, Gaspard en était convaincu, seule l'estive les faisait encore tenir ensemble. Il avait cru y retrouver un monde familier, les paysages et les odeurs dans lesquels il avait vécu entre huit et dix-huit ans. Mais il se demandait si la montagne de l'enfance n'était pas qu'un songe, loin de l'écosystème malade qu'il appréhendait en berger, dont il voyait chaque jour les plaies à vif.

Le téléphone avait sonné à deux autres reprises, Lucie lui avait laissé un laconique message de demande de nouvelles, lasse du silence qu'il imposait. Il ne pouvait faire autrement, pas ce soir, il préférait se murer dans le silence. Ses yeux clignaient, il faut dormir, se répéta-t-il comme une injonction. La pénombre était le moment des ruminations, et l'enfant insomniaque qu'il avait été repoussait le temps du coucher. Mais ce soir, tout son corps implorait le repos. Il éteignit son téléphone, caressa les chiennes roulées en boule. Lunita respirait fort, elle n'entrouvrit même pas les yeux. Puis il se dévêtit et s'écroula, nu, sale, fiévreux d'émotion. Plus tard, son visage marqué par le soleil et la poussière, les rides soulignées par l'épuisement, se crispa plusieurs fois dans un rictus, alors qu'il cauchemardait l'incendie, et les flammes dévorant sa cabane, sa chienne, consumant tout, les derniers espoirs, les restes d'amour et les pans de sa montagne.

4

Gagner l'Amérique est une entreprise plus ardue qu'il ne l'imaginait. Non qu'il ait cru s'attaquer à un voyage de tout repos, mais Jules ignorait tout de ce qui l'attendait dans les plaines, les villes, le Nord, au-delà de la Manche, l'Angleterre, en Amérique. Quand il quitte le bercail, ni de Limoges, de Calais, des Causses ou de Liverpool Jules n'a jamais entendu parler, encore moins de Montevideo, Caracas ou Québec. Sa géographie mentale n'excède pas quelques vallées adjacentes à la sienne et là-haut, les landes, les forêts, les zones humides et les crêtes, les cimes, l'univers sauvage qui se déploie au-delà d'Arpiet. Il s'est jeté dans l'inconnu, une ourse à sa suite, avec l'inconscience que sa jeunesse autorise. Sa maigre connaissance du monde, il la tient des récits qui circulent de vallée en vallée, déformés par le bouche à oreille et par ses propres rêves. Le pays de l'or noir et des cabarets, de la vie abondante et de la démesure, de ce qu'en disent ceux qui y sont partis. Il n'en sait guère plus, ça lui suffit. L'Amérique !

Il faut d'abord traverser la France, suivre d'autres saltimbanques et colporteurs vers le nord. Souvent, il suffit de proposer aux gens de toucher la bête pour se payer le gîte et le couvert. On dit que les ours ont le pouvoir de guérir, qu'ils soignent les nerfs, l'épilepsie, le haut mal et bien d'autres affections. Et partout, on croit dur comme fer qu'en grandissant au cœur des entrailles de la terre, les oursons, nus et hideux à leur naissance, quelques centaines de grammes tenus à la mamelle de leur mère, s'imprègnent d'une force tellurique, cette force qui les convertit en de si puissantes créatures en quelques années. Alors défilent ceux affaiblis par les virus, la faim, la vie dure, par les bactéries et le poison du temps qui passe, rouille et cabosse les corps, espérant trouver remède au contact du corps épais.

Il arrive à Jules de promener des enfants à dos d'ourse, et les petits chevauchent l'énorme bête, arrimés à ses poils, balancés par l'amble souple de ses pas, et ils poussent des cris de peur et de joie mêlées. Et les mères pâles des passagers minuscules regardent la scène, éplorées, convaincues qu'en touchant l'ourse, l'enfant guérira d'un asthme, d'une carie, d'une otite aggravée, voire de débilité. Les vieux aussi, parfois, appliquent leurs mains, calleuses, arthritiques, déformées par une vie de labeur, des mains si fatiguées qu'elles se meuvent à regret sur la fourrure, fermant les yeux, au contact chaud de la bête, concentrés sur l'espoir d'une rémission, la fin des douleurs, un ulcère qui se résorberait. Et certains semblent repartir avec plus d'énergie, les yeux brillants, sans que l'on sache s'il s'agit de l'effet du contact de l'ourse, ou si l'espoir suffit à les ragaillardir.

Tout cela finit toujours, ou presque, par une place dans une grange, une cuisine, un bol de soupe pour tous les deux – l'animale est resservie plus souvent que Jules par les hôtes. Bah, ça mange, une bête comme ça, hein, faut pas l'affamer, sinon elle vous dévorerait ! L'ourse est son sésame vers la chaleur, la satiété, l'ivresse et l'hospitalité, et même si les journées de marche sont pénibles, leur issue incertaine, si l'argent vient à manquer parfois, s'il arrive que la panse reste vide, lors des nuits de déroute, à grelotter dans un recoin ; même si l'Amérique semble loin, il rêve souvent qu'il l'atteint. La route l'aimante, avancer, jour après jour, donne un sens à sa vie. Et le premier hiver a beau être rude sur les Causses désertiques et glacials, il y a de belles soirées au coin du feu, de l'alcool, des soupes revigorantes et des applaudissements lors de leurs présentations sur les places de village.

L'ourse est sa muse, sa sœur, sa fille. Elle est née une première fois dans la tanière, créature glabre tout juste sortie du ventre de sa mère, et, la capturant, il lui a offert une seconde naissance, à son monde, celui des hommes.

Mais la route est aussi semée d'embûches : de chiens de ferme qui leur courent au cul – des traces de crocs lui sont tatouées sur le mollet droit –, de flicaille qui rançonne en dépit du carnet de saltimbanque, de voleurs. Les escales dans les auberges, qu'il se paye parfois pour améliorer l'ordinaire, sont le lieu de beuveries qui dégénèrent – et les hommes ivres de se refaire le visage à coups de poing imprécis mais féroces. Souvent, il ne dort que d'un œil.

Un jour, l'ourse se prend le pied dans un piège à renard à l'orée d'un champ. C'est la boucherie, la bête râle et gronde et s'agite, il faut lui dégager le membre des mâchoires de fer. Ce qu'il reste d'un des doigts de la patte avant droite n'est plus que chair meurtrie. Un médecin de campagne accepte d'amputer le doigt en bouillie – rien à récupérer à ce stade, ça va gangrener si on tranche pas dedans – et de recoudre la bête contre quelques touchers d'ours à ses patients. Jules et la grande ourse séjournent quelques semaines chez le notable, les malades défilent, l'ourse renâcle aux visites, échaudée par la blessure. Mais Jules insiste, c'est le prix de la guérison – tu crois que j'ai les moyens de te payer un docteur ?

Un matin, une vieille femme cachectique entre dans l'étable où dorment l'ourse et Jules, soutenue de part et d'autre par deux adolescents malingres. Tous trois suintent la misère. C'est le docteur, il a dit que… il a dit… Que l'ours pouvait la guérir ? demande Jules, devançant le jeune garçon au visage tremblant. Oui, c'est ça. Que lui n'y pouvait plus rien. Mais l'ourse, peut-être… Qu'elle s'approche. Au sol, le purin s'est mêlé à la boue. L'hiver ici est long et gris, rien jamais ne blanchit. Et tout est plat, si plat, les champs, l'horizon, la lumière. Jules s'est aménagé un petit coin de paille pour lui et l'ourse. Y repose une couverture de laine et l'écuelle de la bête, dans laquelle il verse chaque soir un bouillon composé des restes de cuisine et de lait. Le médecin est riche, les repas abondants, même pour l'animale. Vous pourriez dormir au chaud, près du feu, là, avait dit la femme du docteur, le premier soir. Mais Jules veut être près de l'ourse, tout le temps. Alors lui aussi dort à l'étable la nuit, y reçoit des patients le jour.

— Avancez, madame…

— Et s'il veut me manger ?

— Elle, c'est une femelle. Elle ne mange jamais de viande, jamais, ça leur donne le goût du sang.

Seulement les légumes, le lait, le pain. Venez, n'ayez pas peur.

— Ah, je croyais qu'ils tuaient !

— Pas cette ourse, je l'ai nourrie de mes mains, elle est douce. Et elle guérit le mal, venez.

Et la vieille, titubant, accostée aux enfants, s'approche, à tout petits pas, sur des jambes que l'on distingue arquées malgré l'épaisseur de son jupon.

— Allez-y, touchez ici, son dos, doucement…

— Je n'aurais jamais osé si le médecin…

— Il vous a dit de venir ? C'est parce qu'il a vu se faire quelques miracles, avec cette ourse. Pourtant, au début, il n'y croyait pas vraiment…

— Oui, c'est ce qu'il m'a dit. Et c'est un bon médecin. Mais il ne peut plus grand-chose pour moi, il a essayé tous les remèdes, mais la tumeur grossit, encore, toujours, dans l'aine, la tumeur me dévore.

— Alors gardez la main longtemps sur l'ourse.

Et la vieille reste ainsi, cinq minutes, dix minutes, jusqu'à ce que ses jambes se mettent à trembler. Et ses petits-enfants de la soutenir au moment où elle s'apprête à défaillir. Il faut que je rentre me reposer. Et l'attelage bancal à six jambes quitte l'étable et disparaît dans la boue, la brume, le gris de l'hiver. Jules caresse l'ourse, examine sa patte, ça va mieux, rien ne suinte, la plaie est propre, oui, c'est un bon médecin, il n'y a qu'à être patient.

Et un matin, quand la plaie s'est refermée et que l'ourse, timidement, repose au sol ses quatre membres, Jules décrète la route, de nouveau. Il prend dans ses bras le docteur, sa femme, merci, grand merci, nous ne vous oublierons pas, et, suivi de l'ourse, poursuit vers le nord. Et tout l'hiver, l'ourse laisse dans les sols gras des traces profondes qui portent sa signature : cette patte à quatre doigts, imprimée dans la boue.

Puis l'arrivée à la capitale au printemps, crieurs, bateleurs, arracheurs de dents, vendeurs, écrivains publics, les chaussées couvertes d'un peuple gueulard, bradant ses services au ras du sol et à grand renfort de hurlements, tous également chargés d'un attirail tintinnabulant, accompagnés parfois d'un enfant maigrichon en guise d'assistant. Les chiens galeux partout, les chevaux martelant la chaussée de leurs fers, le bruit, l'odeur, la densité, des sensations qu'il n'a jamais connues. Il contourne la ville énorme par les faubourgs durant deux jours, et le dernier soir, gagnant enfin les campagnes, il contemple son ourse boiteuse d'avoir écumé les pavés, il songe qu'il faudrait éviter ces cités infâmes. Il s'y accoutumera pourtant.

Le premier été nomade s'installe, s'écoule, puis un second hiver, ils sont encore en France. L'Amérique, l'Amérique, il ne perd pourtant pas son cap. Après un pénible séjour à Calais, ils embarquent sur le *Lady Mary III* en mars 1889, avec de pauvres hères, leurs bêtes, quelques autres orsalhers, direction l'Angleterre. Un pas de plus franchi. En allant vers le nord, il a déjà fallu s'adapter à la langue, laisser derrière soi le patois, mais une fois traversée la Manche, à Liverpool, c'est une autre affaire. Il ne comprend plus un traître mot. Il faut s'en remettre au réseau des montagnards pour savoir où se loger, manger, comment héberger l'ourse, la nourrir elle aussi, et trouver un bateau pour l'Amérique, et puis apprendre quelques mots d'anglais, les balbutier, jusqu'à ce qu'une communication s'instaure dans ce nouveau pays. Ils y passent leur second été d'errance. Gagner l'Amérique coûte cher, il faut encore attendre, amasser, pièce après pièce, de quoi voguer.

Leur répertoire français comportait des numéros pyrénéens, l'ourse imitant le berger, coiffée d'un béret. Mais passé la Manche, il faut s'adapter, tout ça ne dit rien aux habitants d'ici et son anglais primitif ne permet pas de manier l'humour. Dans le Massif central, il était un Pyrénéen, ici il devient un "Frenchie". Et de nouvelles danses, de nouveaux tours enrichissent la palette de jeu de l'ourse. Elle a gagné en force, mais s'est assagie. La juvénile partie sur les routes est devenue une bête robuste, au pelage si sombre qu'il semble plus noir que brun. Autour du cou, un collier de poil clair chatoie au soleil. Ensemble, ils longent les côtes, Jules rêve de bateau en lorgnant l'Atlantique. L'ourse est bien nourrie, dans les ports, des restes de poissons et de patates. Et un peu de bière brune, trouble, que consomment les étranges voisins d'outre-Manche.

Les mois passent en Angleterre, Jules s'enhardit dans les pubs, il apprend à décrypter les Anglais, se familiarise avec la veulerie des bas-fonds des cités portuaires. Il y découvre les plaisirs de la chair – on monnaye des filles pâles et grasses dans l'arrière-salle des bars – au prix d'une chaude-pisse, et les excès d'alcool, les matins comateux, le porte-monnaie vide. Mais la mer, l'horizon, gris, changeant, le rappellent à l'ordre : il faut modérer ses élans s'il veut partir. Il décide de se calmer, travaille d'arrache-pied avec l'ourse et, en trois mois, se refait une santé et un pécule. Le temps de prendre le large de nouveau, pour le grand voyage, celui du non-retour.

Car un pressentiment ne le lâche plus désormais : il ne reverra jamais le pays natal.

Un jour, ils embarquent de nouveau. Les voici dans la cale d'un navire à la coque éraflée par les flots, en compagnie d'infortunés saltimbanques. Des hommes et leurs bêtes, qui s'entassent avec les stocks alimentaires dans le ventre du bateau, où la nuit, le jour, sans répit, on entend cogner les vagues contre les parois de bois. Et là-dedans, tout est humide et salé, tout suinte et pourrit. Les animaux entassés dans les cages, volailles pour consommer en route, mais aussi singes, lamas, et trois ours, larguent leurs déjections, qui tapissent le sol, et bientôt l'air est nauséabond dans le fond de cale. Les hommes épuisés par la fatigue, la nourriture insuffisante, ballottés par la mer grosse, vident leurs tripes dans la rigole noirâtre qui charrie la merde animale.

Un soir, l'ours d'un Roumain, une bête maigre aux dents à demi cassées qu'il nomme Honey, se jette sur la protégée de Jules et la boxe de ses pattes, lui mord l'oreille, en arrachant un morceau au passage. Et ils ne sont pas moins de cinq pour séparer les fauves. Toute la nuit, Jules veille l'ourse dont l'oreille saigne, jusqu'à ce que cautérise la plaie. Et il lui applique un peu de l'argile que lui a laissée le docteur l'hiver dernier. Elle gardera à l'oreille un poinçon de sang séché, jusqu'à la côte atlantique.

L'ourse, après la bagarre, reste prostrée. Elle mange à peine. Plus que quelques jours. Jules tente de lui donner au doigt un peu du poulet qu'on leur sert hebdomadairement, mais elle rechigne, goûte à peine. Pas de viande, ça leur donne le goût du sang, jamais de viande, avait dit Marcel. Et un jour, après la mer énorme, les roulis, l'horizon gris qui se dérobe, après les nuits de mauvais temps, les jours d'accalmie, après les maladies et la faim sur le navire surchargé, la peur et les rixes, l'ourse et Jules, tous deux pareillement amaigris, accostent sur l'île d'Ellis, où se presse déjà une foule nomade – colporteurs, gitans, aventuriers, exilés, crève-la-dalle – tout un peuple avide de ce pays neuf, son or noir, ses dancings, sa démesure. Et soudain, les années de route sont abolies, les galères effacées, le rêve est à sa portée, devenir un Américain.

Quand Jules descend du navire, il marche fièrement, son baluchon sur l'épaule, la chaîne de l'ourse en main, qui franchit la passerelle, debout elle aussi, comme si, bien qu'amaigrie et le poil pelé par la gale, son oreille blessée en berne, elle voulait arriver tête haute dans cette terre promise.

5

Deux semaines déjà depuis le jour miraculeux où elle avait observé l'ourse et ses petits, et l'espoir de les revoir ne la lâchait pas. Elle était remontée deux fois pour un affût, mais était revenue bredouille. Ne pas trouver les animaux que l'on pistait était le lot commun des naturalistes. S'engouffrer dans leurs traces, passer juste derrière eux, les manquer *in extremis*, être vu sans voir, c'était le jeu, bien sûr, elle l'acceptait, il l'excitait même, ce cache-cache auquel on s'adonnait sans en connaître l'issue, mais elle sentait le compte à rebours des douze semaines peser. Elle avait si peu de temps pour rendre les premiers résultats, espérant la reconduite de son projet, qu'elle ne parvenait à se détacher de l'exigence de résultat. Et elle le savait, plus elle s'impatientait, moins elle avait de chance de voir l'ourse. L'empressement transpirait désormais de ses gestes, du rythme de son souffle, de ses pas, agissait sur chacun des mouvements infinitésimaux de son corps, et ce léger infléchissement de son être, sa hâte, cet excédent d'influx nerveux, s'il était invisible aux yeux humains, les animaux le percevaient. Dans la montagne, son impatience la rendait tapageuse.

Et puis il y avait cette sourde inquiétude. Les images prélevées lui faisaient craindre le pire. Sur deux captations, on distinguait une ourse suitée d'un petit, de nuit ou à l'aube. On ne faisait que l'apercevoir, en haut de la combe d'Ourdouas, puis sur les images prises en lisière du Tars, juste sous l'estive d'Escobas. Dans les deux séquences qui manquaient de netteté, seul un ourson était visible. L'autre était-il hors champ ? Avait-il disparu, été tué par un mâle ? Alma avait un pressentiment. Et elle ne comprenait pas pourquoi l'ourse n'apparaissait plus à découvert dans sa zone de chalandise, entre la combe et les bois. À moins que la canicule ne l'ait poussée à rester planquée et à concentrer ses sorties dans le répit thermique qu'offrait l'obscurité des forêts la nuit ? Impossible de savoir si le paramètre climatique était prépondérant, ou la menace d'un autre ours. Mais ce pouvait aussi bien être la présence du berger dans des quartiers qu'il n'occupait pas d'ordinaire en cette saison ? Avec Marius, réalisant leur itinéraire de prospection hebdomadaire dans la zone, ils l'avaient croisé.

— C'est un désastre, on n'a presque plus d'eau dans le lac de Beltame, elle a un aspect verdâtre. D'après les vieux, la montagne n'a jamais connu une telle situation mi-juillet. Alors on traîne plus dans les bois, en hauteur… Il faut s'adapter.

Alma avait acquiescé.

— Et la Dolor ?

L'affluent du Lazus, un maigre ruisseau, alimentait normalement une seconde retenue d'eau, plus modeste que le lac, au-dessus.

— Oh, mais ça, c'est totalement à sec… Déjà l'an dernier c'était pas brillant, maintenant, la Dolor, c'est un tas de cailloux, point.

— Humm, ce n'est que ma deuxième saison ici, je vois bien que ça ne va pas. Les bêtes s'en sortent ?

— Les brebis tiennent avec la rosée, très peu d'eau, mais les vaches d'à côté, c'est compliqué. Ils pensent à les descendre. Mais s'ils font ça, elles vont bouffer l'herbe à foin, et ils ne tiendront pas l'hiver. Alors ils les gardent là-haut tant qu'ils peuvent, ils sont obligés de faire des bornes pour les emmener boire.

— Et vous ?

— Moi, je suis séché. Et mes chiennes galèrent, j'ai failli en perdre une... Un coup de chaud. L'horreur. Heureusement que pour l'instant, l'ourse traîne pas dans les parages.

Alma s'était gardée de lui dire qu'elle y traînait, justement, qu'elle frayait non loin dans les forêts, les éboulis, faisait profil bas. Nul besoin de l'inquiéter tant qu'elle n'avait pas de résultats probants. Les caméras placées à proximité de la cabane et des couchades ne donnaient rien, ou si peu. Le grand mâle du secteur était passé une fois dans le coin, sans tenter quoi que ce soit. On le voyait humer et lorgner en direction du troupeau, les chiens s'avançaient alors, alertés, puis le plantigrade repartait sans que les patous ne réagissent davantage. Des travaux menés dans les Alpes prouvaient que loups, chiens de protection et brebis interagissaient bien plus souvent qu'on ne le croyait, qu'il ne s'agissait pas seulement de méchants prédateurs dévorant de pauvres proies, mais de sociétés animales qui se côtoyaient, entretenaient un panel de relations complexes, allant de la prédation au jeu. Les brebis semblaient capables de distinguer un loup en chasse d'un autre ne présentant pas de danger ; les chiens savaient, eux, quand il fallait les défendre et quand on pouvait laisser le loup traîner. Aucun travail de cette envergure n'avait encore été mené avec l'ours dans les environs, Alma espérait d'ici la fin de la saison avoir quelques captations intéressantes sur l'estive. Si l'on pouvait démontrer que la présence de l'ours n'était pas systématiquement facteur de panique, que la prédation était ponctuelle, sans doute serait-il possible de désamorcer quelques-uns des mythes tenaces qui environnaient l'animal et entretenaient le conflit. Mais pour l'instant, Alma n'avait pas grand-chose à se mettre sous la dent.

Et ce matin, un lundi 16 juillet – la date était marquée d'une croix depuis des semaines –, elle se rendit en salle D, au bout du bâtiment. Elle s'était levée à l'aube, avait révisé ses notes en vue de la réunion d'information semestrielle qui se tenait au CNB. Les médias, les édiles politiques, des représentants de syndicats agricoles ainsi que les membres d'autres administrations territoriales et de certaines associations étaient conviés à la présentation du rapport Ours deux fois par an, François lui avait demandé à cette occasion de présenter son travail. On n'a pas encore eu trop de prédations dans le secteur, ton intervention montrera qu'on ne se tourne pas les pouces, qu'on essaye de faire avancer le savoir. Alors tâche d'être brève, claire, rassurante. Rien que ça, avait-elle pensé. Elle détestait ce genre d'exercice, où il fallait naviguer entre la communication scientifique et politique. Et puis, parler d'un travail en cours était délicat, elle ne serait pas en mesure d'apporter les réponses tranchées qu'on la sommerait de fournir, elle n'aurait pas de solution à tous les problèmes. Certains confondaient la recherche appliquée avec un baume miracle. Et elle serait sans doute prise à partie.

Elle s'était rongé les ongles toute la soirée la veille, ses doigts épaissis par une vie au-dehors faisaient figure de moignons lamentables. Elle avait enfilé une chemise blanche col mao, celle qu'elle mettait à tous les entretiens importants, sa tenue de camouflage de femme sérieuse. Elle s'était installée dans la salle en avance et buvait son quatrième café, consciente de la nervosité que le breuvage accroissait en elle. Elle se sentait comme une bête prise au piège de la salle aux murs jaunâtres, néons au plafond, qui ne ménageait aucune ouverture vers le dehors. Même respirer lui paraissait difficile. Et puis ils étaient entrés, puisqu'il ne s'agissait que d'hommes, à l'exception de la préfète, une femme blonde, au regard étroit et au corps anguleux. Elle reconnut les représentants des syndicats d'élevage aux bérets qu'ils arboraient comme des drapeaux, à leurs mines fermées, ceux avec lesquels elle buvait pourtant parfois des blancs au comptoir du café d'Arbat. Mais chacun était dans son rôle ce matin. Les défenseurs de l'environnement portaient les cheveux longs, les éleveurs la moustache, comme s'il fallait coller aux stéréotypes.

François était arrivé et il avait ouvert le bal. Après les politesses de rigueur, il avait déroulé sa présentation – débit serein, phrases concises. Il avait rappelé les méthodes de collecte de données, le fonctionnement du réseau, soucieux de pédagogie, puis avait égrené les chiffres. Commençons par les effectifs et les paramètres démographiques étudiés. La combinaison des données produites par les suivis systématiques et opportunistes nous indique une augmentation constante de la population d'ours, avec un effectif minimal détecté à soixante-douze individus à ce jour. L'effectif minimal retenu ne sera produit qu'en fin d'année, il prendra en compte les portées ayant survécu à l'été. On estime assez haute la probabilité qu'il y ait eu douze naissances, ce serait un record. Un murmure de réprobation se fit alors entendre. François continua, impavide. Alma sentait la sueur perler sur son front. Il présenta ensuite les indices qualitatifs, le typage des individus, leur répartition géographique. La carte affichait une forte concentration dans la chaîne centrale, comme chaque année. Voyez qu'ils restent tous chez nous ! On nous avait dit qu'ils s'étaleraient, le harangua un moustachu. Les questions à la fin, s'il vous plaît. Alma admirait le sang-froid de François. Mais la remarque faisait sens. Au moment des réintroductions, les autorités avaient affirmé que les ours se disperseraient dans la chaîne à mesure que la population croîtrait. Pour Alma, ce postulat était infondé. Le cas de Somiedo démontrait qu'une assez grande concentration d'ours pouvait cohabiter sur un même territoire tant que les ressources disponibles étaient suffisantes.

François aborda enfin le sujet le plus délicat, les attaques et dégâts répertoriés sont en légère hausse, comme vous le voyez, mais une hausse moindre que celle du nombre d'individus, ce qui est très positif. Le renforcement des mesures de dissuasion sur les estives porte ses fruits, continua-t-il au mépris du brouhaha qui s'était installé, alors que s'affichait sur l'écran au fond de la salle le tableau compilant les "dommages liés à l'ours", attaques de ruches et sur les cheptels domestiques. Nous travaillons à une amélioration constante de la connaissance des plantigrades sur notre territoire, afin de proposer des réponses toujours plus adaptées, conclut-il en regardant Alma.

Bientôt, ce fut à elle de parler, elle se souvint de son jury de thèse, d'avoir dû présenter sans ciller à des pontes les résultats de quatre années de travail. Quel était l'enjeu aujourd'hui, après tout ? Elle n'avait pas à convaincre, elle était là pour expliquer. Certains resteraient campés sur leurs positions quoi qu'on leur présente. Elle se lança. Nous avons décidé de mener de manière pilote un protocole de suivi en focalisant sur la biologie comportementale et l'éthologie. L'écologie systémique de l'ours, qui est l'approche du CNB actuellement, nous permet de décrire la dynamique de population et l'aire de répartition des ours. C'est le cœur de notre métier. On s'intéresse à combien d'animaux il y a, où, et à la façon dont ces paramètres évoluent. En revanche, on connaît mal les ours, on en sait peu sur leur vie, leurs interactions, comment ils occupent un territoire, pourquoi ils attaquent plus certaines estives. Elle sentait que ses mains s'agitaient exagérément, on lui avait déjà fait la remarque, à l'université de Fairbanks – les Américains étaient rompus à l'exercice de la présentation orale. Elle tâcha d'afficher plus de calme, resserrant ses bras contre son corps, visant le fond de la salle. Et le seul moyen de mieux les comprendre, c'est de croiser observation directe et analyse d'images vidéo pour décortiquer les comportements ordinaires – manger, se gratter, se déplacer – mais aussi ceux plus rares – les rencontres interindividuelles, la prédation, les infanticides, les combats, qui rythment aussi la vie des ours.

Voilà, c'est ce que nous avons entrepris. Quand elle acheva de présenter le protocole et les moyens mis en œuvre pour réaliser ce programme, elle jeta un œil à sa montre, elle avait à peine débordé de son quart d'heure. François avait l'air satisfait. Dans la salle, plusieurs mains s'étaient levées.

— Je propose un temps d'échange, annonça François.

— C'est bien gentil de nous expliquer la vie et les mœurs des ours, mais quand arrêtera-t-on de les laisser se comporter comme des enfants gâtés ? lança le représentant d'un des syndicats. On veut pas comprendre, on veut se défendre…

Toujours les mêmes discours, François répondit patiemment, Alma l'entendit égrener les caractéristiques du statut d'espèce protégée.

— Donc on ne se défend pas, on dissuade, vous savez ce que vous encourez avec les armes… conclut-il.

— Nous, à l'association Ours Ensemble, on salue l'initiative, mais les moyens paraissent un peu ridicules. Ne le prenez pas pour vous, mademoiselle, mais trois caméras et une jeune dame, ça va pas régler des décennies de conflit…

Alma rougit, "mademoiselle", "jeune dame", l'homme faussement décontracté la prenait de haut, elle détestait ça, elle lui aurait fait bouffer son foulard mauve.

— C'est un début prometteur et, évidemment, nous envisageons de déployer le dispositif sur tout le territoire. Ce que propose la docteure Alma Robinson, c'est un pilote pour une nouvelle manière d'aborder la connaissance des ours et d'apporter des réponses en faveur d'une cohabitation. Et c'est une petite révolution pour nous. Il s'agit désormais de donner à ces méthodes toute leur place dans nos dispositifs de suivi.

François la défendait, Alma respira. Au moins n'était-elle pas seule dans la fosse aux lions.

— Vous savez bien que les moyens seront prolongés si on a des résultats… Et uniquement si.

La phrase était sortie de la bouche d'un petit homme gras qu'Alma avait déjà vu quelque part, probablement un représentant du ministère au niveau régional.

— Vous en aurez, répondit François en lançant à Alma un regard appuyé.

Il ne lui laissait que peu de choix. Et pourtant, la matière qu'elle étudiait était sauvage par nature, les ours ne prévoyaient pas leurs déplacements en fonction du calendrier d'une étude les concernant.

Le soir, elle s'affala sur le canapé de son studio au deuxième étage d'une maison de ville du centre d'Arbat. Elle y vivait comme dans un camp provisoire, autour d'une table basse et d'un canapé-lit, n'avait investi dans aucun autre meuble. La cuisine était sommaire mais fonctionnelle. Elle avait posé à côté de son bureau une pile de livres, ses classiques d'écologie et nombre d'études imprimées et reliées qu'elle aimait annoter. Quelques ouvrages de poésie aussi, elle n'avait plus la force de lire des romans. *Le Pyromane adolescent* de James Noël reposait sur la table, cadeau de sa mère. Elle avait envie de tout faire cramer, après une journée pareille. La réunion avait duré toute la matinée, suivie d'un déjeuner où les agriculteurs l'avaient accablée, puis d'une autre réunion avec François et l'équipe pour définir la stratégie des mois à venir. Elle avait fait un point approfondi sur ses résultats à l'issue des six premières semaines de mise en place du protocole. Ils étaient maigres, elle se rendait bien compte de l'impossibilité de délivrer en un temps si bref des résultats probants. Elle se sentait prise au piège.

Elle ouvrit une bière et s'installa à son bureau, elle voulait retrouver le rapport des équipes de Somiedo sur l'infanticide chez l'ours. Car au-delà de cette journée désastreuse, elle était hantée par l'idée de la disparition d'un des oursons. Qu'était-il devenu ? Pourquoi les mâles tuaient-ils si fréquemment des petits, mettant en péril le développement de l'espèce ? Elle s'installa devant l'ordinateur, la bière à portée de main ainsi qu'un paquet de fruits secs. Voilà ce à quoi se résumait son alimentation ces derniers temps, comme les ours à l'automne. Sauf qu'elle ne faisait pas de graisse, elle maigrissait à vue d'œil. Florence le lui avait dit, alors qu'elle effectuait quelques courses de survie – fruits secs, bières, soupes en brique, riz. Ma belle, faut te reprendre, tu t'ensauvages ! Et elle n'avait pas tort, Alma ne voyait plus grand monde depuis que le protocole avait été lancé, elle pistait les ours obsessionnellement quand elle n'était pas en train, une fois de retour au bureau ou chez elle, de décrypter les informations qu'ils voulaient bien lui laisser. Elle n'avait pas pris le temps d'appeler ses amis depuis des lustres, encore moins de s'octroyer une vraie journée de repos. Alors oui, la pression, la chaleur – les températures ne cessaient de grimper, comme si le monde était en proie à une lente combustion –, les angoisses, tout conspirait à l'épuiser.

Et l'ourse, qui avait disparu de la circulation, était pourtant là, toute proche. Les résultats des derniers relevés ADN confirmaient sa présence. Mais impossible de la voir, comme si elle avait déjoué les pièges photographiques, passant et repassant, mais jamais dans l'axe de l'objectif. Pendant que l'ordinateur s'allumait, Alma regarda la carte au mur, elle y avait figuré le plan du territoire, les positions des caméras. Se pouvait-il qu'elle ait mal pensé le dispositif ? Elle avala une poignée de noix de cajou. Qu'avait-elle échoué à comprendre ? Sa bière était presque vide. Elle se leva pour s'en servir une seconde, au point où j'en suis, ça me fera peut-être dormir. Elle se sentait comme une enquêtrice cherchant le mobile d'un crime, hantée, convaincue que quelque chose lui échappait.

6

Tout autour était rincé, les brebis semblaient goûter le répit après les fortes chaleurs, puis les orages diluviens des jours passés. En vigie sur un promontoire, Gaspard attendait que démarrent ses filles, ainsi les appelait-il – il lui arrivait aussi de dire connasses, morues, putes, quand elles le faisaient trop courir. Elles ne semblaient pas pressées, par centaines enchâssées dans un corps à corps laineux. Le soleil poursuivait sa course, et bientôt, il colora de rose les bêtes, le granit, la pelouse rase, le monde étalé à leurs pieds. Et tout autour des horizons multiples, des lignes de fuite pourpres, autant de directions possibles. Des perspectives infinies, des mondes qui se déployaient, lui donnaient l'impression d'être un peu plus libre qu'en bas. Regarder au loin l'aidait à lutter contre l'étouffement qui le saisissait, parfois, quand il sentait le quotidien, la famille, les obligations serrer leur étau autour de lui.

Il songea au grand voyage de ses vingt et un ans. Il était parti juste après avoir empoché sa licence à la Sorbonne-Paris-IV. Il avait choisi la géographie par défaut, y avait retrouvé d'autres bacheliers refusant d'être définis par les cases qui distinguaient "scientifiques" et "littéraires". La géographie permettait de toucher à tout, disserter sur le concept de frontière ou d'espace, se plonger dans la pédologie ou la géomorphologie, dont le riche champ lexical nourrissait l'imaginaire. Les chevauchements, les langues, mamelons et écoulements de versants animèrent les coups du soir, au sortir de l'Institut de géographie, rue Saint-Jacques. On s'y adonnait à des joutes effrénées de géopornographie, maniant un humour aussi potache qu'initié ; et il ne fut plus possible, une fois cette nouvelle discipline instaurée, d'écouter, sans être pris de fous rires, les cours sur les dynamiques des mouvements de faille, dispensés le jeudi soir par un docte professeur. Durant trois années, Gaspard s'était plus dédié à la fête et la camaraderie qu'à réviser ses cours. Il se lia avec d'autres êtres en éclosion, en perdition – les deux se confondaient un peu à cet âge –, sortit trop et se plongea dans l'étude du russe, rêvant d'Orient. L'amphithéâtre, la salle de cours, la bibliothèque l'étouffaient, on y apprenait le monde, lui voulait s'y cogner.

Il avait trimé quelques semaines pour obtenir au rattrapage sa licence de géographie, avant de prendre une année sabbatique, au grand dam de son père, qui l'avait sermonné. Il prenait le risque de ne pas finir ses études, et à quoi bon alors les sacrifices et avoir la tête bien faite ? Son père les avait élevés seul, avec son petit frère, suite à la disparition de leur mère. Elle était partie faire des courses un matin, quittant le restaurant que ses parents tenaient dans le Piémont. Elle n'était pas revenue, on n'avait jamais su ce qui s'était passé, si elle avait fui, été assassinée, si elle menait ailleurs une existence neuve. En l'absence de signaux attestant d'une disparition inquiétante, l'affaire avait été classée sans suite. Gaspard avait six ans, il avait grandi en échafaudant des milliers de versions de l'histoire. Et puis le visage de la mère s'était dissipé, il n'en restait que les contours, l'éclat d'une voix, le grain d'une peau, comme une impression plus qu'une idée précise. Leur père ne s'en était jamais remis. C'était un homme taiseux, le chagrin avait sédimenté en lui et il semblait traîner un bloc de granit sur ses épaules prématurément voûtées. Deux ans après la disparition de sa femme, il avait repris la gérance d'un gîte de montagne, quittant le restaurant où elle ne reviendrait jamais.

Gaspard avait proposé de travailler une saison au gîte, afin de gagner de quoi boucler son budget de voyage. Son père avait accepté, mais il accueillait son projet de départ avec méfiance, il lui avait rappelé tout l'été les économies investies pour lui permettre de monter à Paris, lui donner des opportunités, pas lui financer une vie de gitan. Tu sais comment ils finissent, ceux qui sont partis à Katmandou ? Tout juste bons à fumer ! On en a eu plein ici, lançait le père, faisant allusion aux hippies. Gaspard s'était retenu de lui dire que c'étaient eux qui avaient repeuplé les vallées, fait revivre villages et prairies. Il n'avait pas non plus essayé de lui expliquer ce qui l'appelait en Orient, l'idée du voyage était étrangère à son père. Et tout au long de l'été, malgré les récriminations, Gaspard avait couru de table en table, dispensant des doubles rations de gratin, cajolant les marcheurs tannés par le soleil. Les sourires de ceux qui débarquaient rendus grincheux par l'hypoglycémie et les ampoules aux pieds et achevaient le repas comblés, les yeux lourds, l'avaient réconcilié avec la montagne, l'enfance, le gîte, réservoir de souvenirs en clair-obscur.

À la fin de l'été, son père s'était adouci et semblait heureux d'avoir partagé les coups de feu du soir et la préparation des petits-déjeuners aux aurores. Gaspard avait rassemblé le pécule nécessaire à ce qu'il avait estimé être les besoins vitaux d'un Européen en Asie centrale. Il se voyait déjà, mettant ses pas dans ceux des caravaniers, de Nicolas Bouvier, le long d'une portion de la route de la soie. Il rêvait de hauts plateaux, de tutoyer les cimes du Tian Shan, en parcourir les étendues rugueuses.

Il était parti à l'automne et avait traîné ses guêtres des mois durant dans les immensités steppiques du Kazakhstan, s'était frotté aux splendeurs de Boukhara et Samarkand. Il connut les estives kirghizes, les *jaïloo*, et la beauté sans égale du Pamir – ce plateau rouge, nu, cerné de cimes où l'oxygène raréfié alourdissait le corps. Il marcha des centaines de kilomètres, se fit arrêter par la police chinoise dans la région de Naryn. Il se nourrit de pain et de viande, but des quantités déraisonnables de vodka, se réveilla parfois en compagnie d'infortunés amis d'un soir ; il dormit dans des tentes, des yourtes, des garages, de wagons de trains soviétiques largués dans la steppe, dans le dortoir de trappeurs alcooliques, sur le siège passager de gros camions de fret chinois. Il songea ne jamais rentrer, disparaître comme les évaporés japonais, comme sa mère, se faire ermite en Sibérie et au bord d'un lac, vivre de pêche. Mais un jour de septembre, après une année d'errance, il avait pris le vol du retour depuis Bichkek, se jurant de revenir, et il avait atterri à Paris la veille de sa rentrée en master d'aménagement paysager.

Et depuis qu'il avait gagné le quartier le plus haut, il retrouvait un peu cet espace hors du temps, le flottement du voyage, son âpreté aussi.

Il avait pris la décision de monter prématurément le 25 juillet. Six semaines s'étaient écoulées depuis la transhumance sans apporter de pluie, le ciel semblait exsangue, l'herbe était chaque jour plus brûlée. Au quarante-huitième jour d'estive, il avait noté dans son carnet :

Sécheresse, démarrage à 6 h 45.

Toujours pas d'eau, montée par le Tuc des Auzias vers la crête, il faut déjà attaquer le quartier d'août. Garde sur versant de Coulsea.

Brebis qui se dispersent beaucoup, sources à sec.

Trouvé les dernières brebis étalées dans le trou de l'Ours.

Donné 14 bols de sel.

Soin 90203, plaie avec asticots sur jarret droit.

Tél. à Sarah, difficulté avec les vaches cause sécheresse.

Tout le monde rassemblé à 20 h 45. Nombreuses brebis qui perdent de l'état.

Alors Gaspard s'était résolu, il avait prévenu les éleveurs et réalisé le voyage vers les quartiers hauts, à trois heures de marche de sa cabane principale. Il avait chargé ses effets personnels dans son sac, les stocks de sel et de nourriture avaient déjà été montés avec les chevaux lors de la transhumance. Les brebis ne s'étaient pas fait prier, elles avaient filé avec entrain, heureuses à la perspective d'une herbe neuve. Et laissant le troupeau gambader vers les altitudes, vers le frais, il avait inauguré au cinquante-troisième jour d'estive la deuxième étape de l'été. Là-haut, il dormait dans l'abri d'urgence, une minuscule cabane arrimée à la paroi sur un maigre replat. Elle serait démontée à l'automne et rien ne subsisterait alors de la présence humaine.

Dans ce camp éphémère, tout était réduit à l'essentiel, une vie à l'os se déployait sous le soleil et les orages, en lisière du vide. Autour de lui, les cimes des Trois Reines, du mont Calme, du Valat, le pic de l'Infierno, d'autres sommets se découpaient – il en connaissait plus les formes que la toponymie. L'eau coulait en filet mince le long d'une paroi noire et lisse, qu'il collectait à la bouteille pour s'abreuver et se débarbouiller. Partout, la roche était friable, se disloquait, menaçait de déferler et d'emporter les bêtes. Ici, on se faufilait plus qu'on ne progressait. L'herbe était rase mais gorgée de sels minéraux, dispersée entre les éboulis, de petits morceaux de pelouse miraculeuse à flanc, que les brebis savaient gagner en funambules et dont elles exploitaient la moindre touffe. Et sur les crêtes, de larges replats ménageaient des couchades.

Il chuchotait désormais les ordres à Lunita, le moindre mouvement trop véhément de la chienne aurait pu faire dérocher une partie du troupeau. Le téléphone ne captait pas, les randonneurs étaient absents. Pour gagner ce secteur, il fallait emprunter les drailles des brebis le long d'un flanc vertigineux, Gaspard n'avait encore jamais vu personne s'y aventurer, hormis des membres du GP ou des équipes du CNB. Les nouvelles du monde semblaient lointaines, les informations dispensables, il n'y avait plus que cet environnement immédiat qu'il s'agissait de lire. Dans le creux des journées, il retrouvait le temps élastique du voyage, les heures qui s'étalent dans un ennui tiède, les jours qui coulent et le ciel pour seule boussole et horloge. Il devait ici s'en remettre à la trajectoire du soleil, aux nuages pour définir le biais à donner, l'heure du lever comme du coucher. L'estive, c'était retrouver l'instinct, redevenir bête, et écouter son estomac, manger jusqu'à plus faim, sentir son corps sécher. Il avait les côtes saillantes et douloureuses, il s'en était esquinté plusieurs dans une mauvaise chute. Il avait suffi d'un buisson de framboisiers – les fruits énormes qui l'appelaient – et il s'était penché, avait basculé de tout son poids sur une dalle. Plus de peur que de mal, mais des côtes cassées. On se faisait rarement mal héroïquement en montagne, les accidents étaient le fruit d'une somme de petites inattentions, de gestes malhabiles, trop hâtifs. Les côtes se ressoudaient d'elles-mêmes. Mais le tempo de son corps s'en trouvait ralenti, son souffle était court, certains mouvements douloureux. Il guidait le troupeau à l'économie, nul geste de trop, nulle inflexion exagérée du buste n'étaient plus permis désormais.

Ce matin, les brebis prenaient leur temps, le ciel était lavé des scories des orages des jours passés. Ça avait déferlé, sans prévenir, après la canicule de juillet. Et après que tout avait cramé, séché, l'eau s'était mise à ruisseler, le monde avait pris une consistance aqueuse. Les pierres se décrochaient des parois, dégoulinaient elles aussi, causant des éboulis ; l'herbe était si humide que l'eau semblait sourdre des entrailles de la terre autant que tomber du ciel, et la toison laineuse à l'ergonomie impeccable des brebis retenait en surface les gouttelettes. Quand ça avait tonné hier soir, Luna s'était lovée contre lui, tremblante, le cœur chamade, comme si sa dernière heure avait été scandée par les bang bang qui retournaient le ciel. Elle l'avait agrippé de ses pattes avant, gagnée par l'antique terreur de l'orage. La Rousse, elle, ronflait, sursautant à peine au plus fort du tonnerre. Et dans son abri de fortune, Gaspard avait écouté la pluie battre le toit de tôle, jetant par le hublot-fenêtre un œil à la montagne transformée en océan vertical, dans laquelle semblait nager le troupeau. Cela avait duré quatre jours – de brouillard, d'accalmie, d'orages théâtraux et du silence qui s'ensuivait.

Le répit était bienvenu. Les bêtes semblaient y goûter avant de repartir. Il but plusieurs cafés jusqu'à ce que le premier rayon d'or se pose sur une brebis. Une épidémie de réveil s'empara alors du troupeau, l'une leva la tête, la suivante se dressa, et une à une, elles se déplièrent, se hélèrent, tandis qu'il achevait un énième café, le thermos déjà vide à ses côtés. Les patous se redressèrent aussi, lentement, après avoir sommeillé parmi elles. Et dix, vingt, cent, huit cents corps se déroulaient, se mettaient en branle, lentement d'abord, direction le trou de l'Ours, qu'elles pourraient gagner en longeant la crête, avant d'y basculer par un petit col. Le troupeau accéléra d'un coup, Gaspard à sa suite. Il fallait s'assurer qu'elles ne s'étalent pas sur le flanc ouest du cirque, il redoutait ce territoire associé au drame. Il laissait les brebis l'avoisiner sans plus les autoriser à y pénétrer. Et quand un lot de rebelles s'y engageait, il sentait la sueur lui couler le long des tempes et la scène fatale se rejouait dans sa tête. Au début de la saison, les éleveurs lui avaient dit que s'il ne le sentait pas, il pourrait faire l'économie du haut quartier cette année. Mais la canicule avait tant carbonisé les pâturages, c'eût été inenvisageable. Et Gaspard savait bien que s'il ne remontait pas, il ne pourrait plus être berger, la peur aurait vaincu. Alors il avait feint l'assurance, bien sûr que si, j'irai là-haut. Vraiment, fais comme tu peux, Gaspard, avait ajouté Marco, on est déjà content que tu remontes, après ça.

Après ça. Parfois, c'était juste les larmes qui montaient en cascade, des hoquets qui secouaient tout son corps. Il s'y abandonnait, la chienne venait mettre sa tête contre sa jambe, sous son aisselle quand il s'asseyait pour reprendre son souffle. Il lui arrivait aussi de ressentir de puissants vertiges, comme si la pente l'appelait, qu'il fallait s'y laisser couler et la rejoindre. Ce mélange étrange de peur et d'attraction que provoque le vide, et son corps qui répondait à peine. Toute sa tête ramait alors à contre-courant pour lui faire mettre un pied devant l'autre, encore et encore.

Les bêtes accélèrent soudain, il presse le pas, faudrait pas qu'elles s'éclatent en tous sens, ici, il faut les garder serré. La masse animale est compacte, qui bascule sur un travers, se disperse de nouveau pour progresser en milieu escarpé, et chacune des bêtes grappillant au passage têtes de chardons, trèfles, feuilles de myrtilliers. Lunita gauche, doucement, il lance la chienne-fusée pour les contenir dans le bon biais, oui, avaaaaance, avaaance, Luna, bien ! Quelques brebis fusent, à droite, à gauche, l'une chute, se relève, plus de peur que de mal. Stop Luna. Gaspard s'immobilise, et sans crier gare, le paysage alentour lui saute au visage, putain que c'est beau, il pense. Il n'y a plus de vertige, plus de cauchemar, il est lancé avec les brebis, comme une brebis, sur ce travers somptueux, il domine la montagne et la vallée, et l'Espagne de l'autre côté.

Plus tard, alors que les brebis chaumaient, il regarda le ciel. Une cheminée de nuages esquissait des perspectives orageuses. Ça allait péter de nouveau. Le brouillard ne tarda pas à les envelopper dans l'après-midi, seules les sonnailles permettaient alors de localiser le troupeau qui tintinnabulait dans la ouate. Les contours des montagnes avaient disparu, l'horizon avait été avalé, il distinguait à peine le bout de ses chaussures, les bruits étaient assourdis, même la consistance du son avait changé. Il fallait se mouvoir avec la plus grande précaution, presque en aveugle, poser le pied en deux temps, éprouver le sol d'abord, avant d'y abattre tout son poids. Et Gaspard pouvait encore entendre la voix de Jean, qui répétait toujours qu'il y a deux preuves irréfutables de l'inexistence de Dieu : le piétin et le brouillard. Et comme il l'avait anticipé, faisant descendre les bêtes sur le replat, la pluie s'abattit de nouveau. L'orage se déplaçait à toute berzingue, les éclairs jouaient dans le ciel un spectacle pyrotechnique. Lunita et la Rousse se serrèrent toute la nuit contre Gaspard. Il dormit peu. Trois fois, les patous hurlèrent, trois fois, il se chaussa en hâte, sortit et contempla le troupeau sous le déluge. Il rentrait alors trempé, s'ébrouait, se séchait les cheveux et replongeait dans un sommeil intermittent dans son duvet chaque fois plus humide.

Au matin suivant, quand il descendit rejoindre le troupeau, les patous ne dormaient pas, ils étaient en vigie. La grosse Nala vint se faire caresser d'un pas lourd. Elle le regarda en biais, ses yeux tombants, qu'elle devait à une ascendance des Abruzzes, comme pour implorer le pardon. Les brebis étaient dispersées. Minus tournait autour du lot principal. Gaspard comprit tout de suite quel scenario s'était noué dans l'heure précédant le lever du jour, quand le sommeil profond l'avait enfin assommé. Il balaya du regard la crête, le troupeau éclaté, puis dans le ciel, le bal des charognards qui arrivaient. Elle était revenue, il le savait déjà. Il y avait eu des signaux ces derniers jours, les chiens qui s'affairaient la nuit, faisant rebrousser chemin à l'impudent, les quelques traces de pas trouvées plus bas, vers le ru, dont la boue imprimait les contours avec précision, et puis ce sentiment diffus d'une présence. Il savait, il sentait, en estive on gagnait en instinct ce que l'on perdait d'apparat social.

Les vautours percnoptères et fauves en procession lui indiquèrent le lieu du crime dans la matinée. À quelques centaines de mètres de la cabane, sous une petite barre rocheuse, il trouva le cadavre en suivant leur vol concentrique. Collier vert, sonnaille d'apparat, tête imposante, encore intacte à l'exception des yeux déjà gobés, il s'agissait de Kilo, un des deux béliers du troupeau. L'état de la dépouille ne laissait pas de doute sur le responsable. La panse était ouverte, emplie d'une herbe ruminée, le cœur et les poumons dévorés, ainsi que les testicules, que les ours affectionnaient. Un ours. Une ourse ? Elle était revenue, la trêve était finie. Elle avait pris Kilo, le plus beau mâle. Un soupir glacé l'envahit. La peur. De l'ours et des fantômes, de perdre des bêtes, des nuits à venir. Cette attaque, c'était revivre la séquence de l'an passé, car tout avait commencé ainsi, par un cadavre, puis un autre, jusqu'à la nuit fatidique. Il repoussa les pensées parasites. Il fallait agir, faire reconnaître le cadavre. Il prit quelques photos.

Après avoir donné le biais aux brebis, il entreprit l'ascension vers le piton, au pied du pas de l'Enfer, seul point ici duquel il captait. Sa cabine téléphonique panoramique. Kevin avait prévu de passer le soir ou le lendemain, monter un phare et quelques médicaments. Il le connaissait, le gaillard était du genre à procrastiner, mais avec la mort de Kilo, peut-être se bougerait-il ? Kevin s'était occupé de l'approvisionnement de la cabane du quartier haut, il avait dit, c'est bon, le ravito pour là-haut, je m'en charge. Évidemment, il avait oublié plein de choses : le phare pour effaroucher les prédateurs, des bandages, certains produits vétérinaires, une bonbonne de gaz d'appoint. Et Gaspard s'en voulait d'avoir accepté de déléguer ne fût-ce qu'une petite partie de l'organisation de l'estive à Kevin. Il faut qu'il se responsabilise, avait dit Marco, sinon il sera toujours à dépendre d'Yves. Et maintenant, c'est moi qui suis dans la merde, avec cette ourse dans le coin, pas de phare, pas de matos pour mes soins, rumina-t-il en se hissant péniblement, la roche polie par l'érosion glaciaire manquant le faire trébucher à chaque pas.

Kevin débarqua en début de soirée, ils étaient convenus de se retrouver dans l'après-midi à la cabane principale pour se partager le temps de marche. C'est pas trop tôt, gars, tu vas me faire remonter à la frontale, c'est casse-gueule. Gaspard avait laissé les brebis dans le travers, à mi-chemin, en espérant les retrouver à peu près groupées. Mais après l'attaque de la nuit, rien n'était moins sûr, quand les bêtes étaient stressées, elles pouvaient faire des bornes, se mettre dans des coins pas possibles. En arrivant à la cabane, où le lac de Beltame était au plus bas, Gaspard avait mesuré l'étendue des dégâts provoqués par la canicule de juillet. La montagne avait grillé, tout était jaune. Et les pluies torrentielles des derniers jours n'y feraient rien, l'herbe était morte, des brins cramés flottaient dans les flaques. À peine arrivé, Kevin s'affala sur le banc, il sortit un saucisson et une bouteille de pastis de son sac et leur servit un verre à chacun.

— L'estive a une bien sale gueule cette année, j'ai halluciné en montant.

— Je vous avais dit…

— Ouais, mais le voir de ses yeux… J'étais pas revenu depuis la transhu, moi…

— Tu pourrais passer voir tes bêtes, faire quelques soins…

— Allez, toujours la même rengaine, jamais tu débranches, toi ? Tu sais bien qu'on a toujours plein de trucs à régler en bas aussi.

Kevin but son pastis cul sec et s'en servit un autre, ainsi qu'à Gaspard.

— Alors comme ça, elle t'en a tiré une ?

— Oui, enfin, le bélier de Marco. Il était magnifique, ce bestiau, et gentil en plus. J'ai vraiment les boules pour Marco…

— Le bélier à Marco, non ! Moi, ce que j'en dis, il aurait fallu la dégommer l'an dernier, cette bestiole. Elle va encore nous pourrir la vie combien de temps ?

— Après, on sait pas quel ours a fait ça, mais ce qui est sûr, c'est que c'est pas un chien, j'ai vu les traces, j'ai pris des photos. Les mecs du CNB ont dit que l'indemnisation sera donnée sur simple déclaration, ils connaissent le secteur…

— Ouais, un voisin est allé à une de leurs réunions à la con, ils ont pris une meuf pour faire le suivi du coin… Comme si ça allait régler les choses !

— C'est Alma, je la connais, plutôt sympa, mais c'est pas elle qui va empêcher les brebis de se faire bouffer.

— Bon, au fait. Je t'ai amené de quoi gérer. Kevin indiqua le sac de randonnée au fond de la pièce. Je t'ai préparé les affaires comme on a dit, t'as le phare, un lot de dynamite, tout ce qu'il faut.

— La dynamite, là-haut je peux pas, ça risque de me faire paniquer les bêtes, mais le phare, c'est bien. Dès que les orages se calmeront je ferai des nuits avec le troupeau. Je vais être encore cramé à la fin de la saison.

— Mouais, écoute, si c'est trop dur pour toi, cette montagne…

— C'est pas ce que je dis.

— Ouais, enfin, si t'y arrives pas, y en a d'autres qui le prendraient, le poste.

Kevin s'était roulé un pétard, il se saisit à nouveau de la bouteille de pastis entamée, s'en servit une grande rasade. T'en veux encore ?

— Non merci, j'ai de la marche. Tu vois, Kevin, quand tu parles comme ça, tu me manques de respect…

— De respect ? Mais c'est toi, Gaspard, parce que t'as vécu à Paris, tout ça.

— Depuis le début, tu me prends pour un mec de la ville, mais j'ai grandi pas loin, vallée d'Orus, on t'a pas dit ça ?

— Je sais je sais, tranquille, je viens pas pour t'agresser, mais tu sais bien que c'est pas pareil. Toi, vous, les mecs qui revenez, tu sais bien que vous êtes différents de moi, des types qui sont pas sortis d'ici.

— Tu aurais pu, Kevin…

— Attention, j'me plains pas, oui j'aurais pu, mais tu vois, chez nous on est dans le mouton depuis toujours ! J'ai décidé d'y rester. Et pourtant, brebis égale montagne et moi la montagne, je l'aime pas. C'est raide, c'est sombre, c'est dangereux.

Gaspard se tut. Kevin avait les yeux vitreux, il continuait de boire. Gaspard se resservit finalement, il avait besoin de s'étourdir, dehors, le jour déclinait. Kevin reprit.

— Ici c'est pas facile. Moi, j'avais une petite meuf, et bah, elle s'est barrée… Les filles du coin, elles veulent pas d'un mec qui sent le bouc. Celles qui viennent d'ailleurs, bah, elles veulent des types comme toi, qui sentent le bouc mais qui ont bac plus cinq !

Il éclata de rire, mais c'était un rire triste.

— J'en suis pas si sûr…

— Mais si ! Alors moi, Gaspard, je t'aime bien. Seulement des fois tu me prends pour un con. Et ça j'aime pas. Avec les brebis, je fais comme je peux. On nous a poussés à avoir plus de bêtes. Et maintenant, faudrait s'occuper des ours en plus, c'est trop dur !

— Je suis bien placé pour savoir que c'est dur.

Gaspard but encore un verre, il voyait trouble. Il n'avait pas de colère envers Kevin, il se débattait comme il pouvait. Et il galérait. Mais entre eux, il y aurait toujours des désaccords irrémédiables.

— Écoute, il fait presque nuit, je vais aller crécher près des brebis, si elles sont encore au travers y a une petite grotte, je dormirai là. J'ai peur que l'ourse revienne. C'est la même que l'an dernier, je le sens. Et j'ai pas envie de compter les cadavres demain.

— Ouais, t'as raison. La voix de Kevin avait désormais un timbre pâteux. Vas-y, mon gars. Mais tu pars pas sans ça. Il se leva, sortit, et revint à la cabane en tenant son fusil. J'en ai d'autres à la maison, tu le prends, tu discutes pas, tu pourras au moins tirer en l'air si t'es dans la merde…

— Je t'ai déjà dit que j'en voulais pas.

— Mec, tu le prends, tu l'utiliseras pas, mais tu le prends.

Et sans réfléchir, Gaspard prit le fusil, l'accrocha à son sac, chargea le second sur son épaule, empli du matériel, puis il sortit de la cabane, chancelant à la lumière de sa frontale. Il marcha une bonne demi-heure dans la nuit, le brouillard était si épais qu'il semblait palpable, ses côtes tiraient avec ce chargement bancal qui le mettait à rude épreuve. Il n'aurait jamais la force d'aller tout là-haut, c'était déjà déraisonnable d'être parti de nuit avec tant d'alcool dans le sang, ce temps pourri, les côtes pétées, mais il voulait être près des brebis. L'idée des morts en cascade lui était insupportable. Il trouva tout le monde dans le travers, les bêtes étaient couchées, les patous lui firent la fête ainsi que Luna et la Rousse. La petite grotte, connue pour les quelques peintures pariétales qu'on y trouvait, était toute proche. Il y avait déjà passé des nuits, comme nombre d'hommes et de femmes depuis l'ère paléolithique. En plus d'être suffisamment haute pour s'y tenir assis, son toit était admirablement voûté, comme architecturé, le sol plat permettait de se coucher. Il se roula dans son manteau, à la manière des bergers du Caucase. Il tenait le phare à portée de main.

Dans la nuit, alors qu'il sombrait dans un sommeil précaire, les chiens jappèrent, des aboiements d'alerte. Il se leva, se cognant la tête contre la paroi, il avait la gueule de bois. Il se saisit du phare et du fusil qu'il plaça dans son dos, et sortit. Il pointa dans la pénombre la lumière puissante, les brebis s'étaient levées, elles étaient agitées, les chiens couraient de part et d'autre du troupeau, il ne distinguait que des formes, tant le brouillard était compact. La pluie avait repris de plus belle. Nuit de merde, on y voit rien. Il sentit son pouls s'accélérer, et il lui sembla soudain apercevoir une forme massive, sombre, passer derrière le renflement rocheux, puis glisser dans la combe adjacente et disparaître. Il l'éclaira, mais il n'y avait plus rien. La vision n'avait duré qu'un instant, qu'il tenta de se remémorer, ne sachant pas s'il s'agissait d'une hallucination, de l'ourse qui rôdait, de son cerveau qui réactivait des présences sous l'effet de l'alcool et de la fatigue. Il était incapable de juger du degré de réalité de ce qu'il venait de voir. Il sentit le fusil dans son dos, pourquoi l'avait-il accepté ? Que foutait-il armé sur une estive ? Il fallait être vraiment con. Adolescent, il avait quelquefois chassé le petit gibier avec son père, il avait détesté ça. Celui-ci ne tirait que des lapins, des perdrix : les plus gros animaux, s'ils te regardent dans les yeux, c'est plus possible de les tuer, disait-il. Plus tard, alors que les patous s'étaient calmés, il replongea dans la grotte. Le phare éclaira sur le mur du fond des représentations animales, des chevaux. Il pensa à Chance, restée dans le secteur du lac. Il grelottait, s'enroula de nouveau dans son manteau et attendit que le petit jour pointe en chantant pour conjurer les peurs.

7

Ce soir c'est trop dur, alors elle quitte le bureau en trombe, roule durant vingt minutes le long du torrent, musique à fond dans la vieille carlingue, cherchant à s'étourdir de rythmes caribéens, s'imaginer ailleurs, juste un moment, emportée par le mouvement. Elle accélère, pour percer cette brume capricieuse qui écrase tout depuis quelques jours, et s'infiltrer dans le paysage qui sans cesse se dérobe. Pourquoi faut-il que l'ourse ait disparu comme ça ? Des semaines qu'elle la piste, qu'elle trouve des poils, de l'ADN, l'entraperçoit sur des captations, que l'animale est là mais refuse de se laisser saisir. Parfois elle apparaît, mais la caméra n'est jamais tout à fait dans le bon angle, alors l'ourse échappe encore, s'agite à l'abri des regards, hors champ. Il n'y a que dans la partie inférieure de l'estive qu'elle est passée à découvert, mais jamais les jours de prédation. Et maintenant que le berger a changé de secteur, il va falloir défaire et refaire une partie du dispositif.

— Avec toutes les subventions qui partent en indemnisation des brebis, on pourrait se payer quelques caméras en plus, avait-elle lancé à François cet après-midi. Se donner les moyens…

— Les moyens ? Mais tu en as eu, Alma, et ton étude, elle patine. On est le 7 août ! Je fais quoi avec les hypothèses que tu poses ? Tes histoires d'infanticides qui perturbent l'ourse. Pour le moment, excuse-moi, mais c'est de la psychologie de comptoir…

— Les hypothèses seront étayées si on me laisse le temps…

— Et puis, tu sais bien que ce n'est pas comme ça que ça fonctionne, ici, on n'est pas une fondation financée par des mécènes. Tu t'étais engagée à du résultat.

— Ça va décoller…

— Alma, il nous reste quatre semaines pour convaincre la direction régionale de prolonger ton projet ! Je sais que tu bosses, mais je ne suis pas certain que tes méthodes soient adaptées ici… Quatre semaines !

— C'est peu, mais l'étau se resserre, je vais finir par avoir des éléments.

Alma avait ravalé ses récriminations. François ne comprenait pas, il n'admettait pas le temps incompressible qu'une démarche de recherche impliquait.

— Oui, l'étau se resserre, dans tous les sens du terme. On vient de déclencher le "protocole Ours à problème", pour la Negra…

— Mais quand ? Pourquoi je ne suis pas au courant ?

— Ça s'est fait sur la base des derniers constats de prédation, deux brebis il y a deux jours, on n'a pas la main sur ce genre de décision.

— C'est absurde, il n'y a rien d'anormal dans les comportements observés cette année. C'est une ourse qui vit proche du troupeau, qui prélève parfois.

— Alma, ne t'emballe pas, c'est aussi une décision politique. Il faut que je te rappelle ce qui s'est passé l'an dernier ? Cet accident a rebattu les cartes. Alors tu connais le principe, on entre d'abord en phase de conditionnement aversif, des effarouchements vont être mis en place.

— Mais c'est pas possible !

— J'administre des équipes, un territoire vaste, avec le programme Ours, il faut gérer les communes, les bergers, les associations… Ta recherche, ce n'est pas ma priorité. Et j'ai l'impression que tu es au bout du rouleau depuis quelque temps.

— Mais ça va perturber tout mon protocole, tu le sais !

— Tu l'adapteras. La priorité, c'est de tranquilliser les esprits. Ça s'excite de tous les côtés. Et puis, s'ils décident d'équiper l'ourse d'une balise, on aura les moyens de faire un suivi télémétrique. Ça servirait ton travail, non ? D'ici là, tu n'as qu'à mobiliser Marius pour avancer.

— Bien sûr, le stagiaire va avoir une révélation !

— On est tous des agents du CNB, il n'y a pas les grands chercheurs et les autres ici, je regrette, Alma, retourne en Alaska si tu veux du rêve.

Alma avait quitté le bureau de François en hâte, elle ne s'emportait jamais d'ordinaire, mais l'épuisement la rongeait. Son travail sur l'estive serait bouleversé par l'intrusion d'un nouvel acteur – armé, bruyant, agressif : l'équipe d'effarouchement. Cette présence changerait tout, le comportement des brebis, des chiens, de la faune, la réaction des ours. Il faudrait passer le plus de temps possible là-haut avant qu'ils montent. Et parvenir à faire quelques observations. À moins que les captations ne puissent l'aider ? Elle avait envisagé de traiter l'ensemble des images durant l'hiver, mais s'il fallait y consacrer quelques nuits pour avancer, elle le ferait. À défaut d'avoir assez de données en observation directe, au moins aurait-elle peut-être de quoi décrypter certaines interactions ourse-brebis en passant en revue les images. Ses pensées fusaient en tous sens, il fallait donner plus d'éléments à François, il ne lâcherait rien sinon. Elle en faisait une affaire personnelle. Elle ne s'était jamais considérée comme la grande chercheuse qui prend de haut ses collègues techniciens, mais merde, j'ai quand même passé cinq ans à faire une thèse, des années sur des terrains variés, j'ai des choses à apporter ! Un sursaut d'orgueil l'avait saisie.

Plus tard, dans l'après-midi, elle avait relu en diagonale le protocole Ours à problème. Le titre du document l'aurait amusée s'il n'avait raconté la tragédie du sauvage. Même aux marges du territoire, dans les replis des montagnes, on ne tolérait l'ours que s'il rentrait dans des *patterns* de comportement standard. Tous les individus hors norme étaient suspectés par principe, les vieilles peurs ancestrales rejaillissant à leur égard, même de la part d'administrations censées les protéger. “La tentative de conditionnement aversif a pour objectif essentiel de tenter de faire disparaître le comportement à problèmes de l'animal.” Le protocole prévoyait même la possibilité d'une “élimination directe”. Elle avait lu et relu avec effroi la dernière ligne du paragraphe : “Il faut envisager, en dernier recours, de retirer l'animal de la population.” On en était loin, mais après avoir subi des tirs d'effarouchement, l'animal pouvait dans un second temps être équipé d'une balise pour un suivi rapproché de ses allées et venues, avant d'être éliminé en cas de récidive des comportements considérés comme litigieux. Elle fulminait, pourquoi en temps qu'éthologue de l'équipe n'avait-elle pas été consultée ?

La voiture sortit soudain de la chape de brume, s'engagea dans une montée douce. Le village était désormais en vue, elle soupira, tout le monde lui mettait la pression. Elle se sentait acculée. Au bureau, les collègues ne lui demandaient plus comment son travail avançait. La curiosité des débuts s'était émoussée. Certains anciens, qui n'avaient jamais accepté son statut particulier, ne se gênaient pas pour le lui signifier. Les moyens donnés pour son étude avaient été perçus comme un traitement de faveur. Un matin, André, un écologue quinquagénaire qui travaillait sur la cartographie de l'aire de répartition des ours, lui avait lancé entre deux cafés : tu sais, Alma, on t'aime bien, mais tu as un peu tendance à croire que les choses te sont dues parce que tu débarques des États-Unis avec ta thèse. On a passé des années à faire les itinéraires de prospection, à bosser avec rien, pas même des pompes correctes, on a construit des choses lentement. Il n'y avait plus un seul ours ici, on a tout réappris à mesure qu'ils revenaient. Alors quand tu te pointes en réunion semestrielle et que tu dis qu'on sait rien sur l'ours, on n'aime pas trop. Elle avait rougi d'un coup. Elle comprenait André, elle avait pu paraître arrogante, mais une urgence l'habitait : apporter sa pierre à l'édifice. Ses manières avaient peut-être été trop brutales, volontaristes.

Elle se gara enfin sur la place, l'église lui parut encore plus massive qu'à l'accoutumée. Romane, puissante, elle portait la mémoire d'une époque où les hommes priaient Dieu et craignaient les montagnes. Où les vallées étaient surpeuplées et ne nourrissaient plus. D'une époque où l'Église avait fait de l'ours, déifié par les peuples païens des montagnes, un ennemi majuscule. Elle enleva sa veste du CNB, enfila un pull. Il faisait humide dès que le soleil déclinait. Il pleuvait encore à verse, elle traversa la place que seuls quelques chiens de berger patibulaires peuplaient comme des vigies, et s'engouffra dans l'antre du café. Après deux verres, elle rentra à l'appartement. Il fallait qu'elle travaille sur les captations. À force d'être en montagne, elle avait négligé les images – le monde palpable, rocailleux, humide, lui plaisait infiniment plus que celui que les écrans figuraient. C'est pas possible d'être partout à la fois, sur le terrain et derrière un ordi, avait-elle expliqué à Maxime, l'ébéniste du village avec lequel elle avait partagé un verre. Tu ferais mieux de te ménager, t'as pas très bonne mine pour quelqu'un qui vit dehors, lui avait-il dit, lui enjoignant de ne pas se servir de troisième verre. Va te reposer, Alma. Elle avait quitté le café en grommelant, manquerait plus qu'elle se taille une réputation d'alcoolique.

Et devant son écran, elle faisait désormais défiler les images, se concentrant sur celles prélevées par les caméras situées sur les points d'accès vers les nouvelles zones que pâturaient les brebis. Les isards fréquentaient ces altitudes, s'y adonnant à de drolatiques cabrioles. Elle était fascinée par la vélocité de ces créatures, capables d'avaler mille mètres de dénivelé en un quart d'heure, un cœur surpuissant les alimentant en montée. Elle vit encore passer sur l'écran quelques lièvres, un bouquetin ibérique

– jamais identifié avant dans la zone, il faudrait le signaler. L'ourse était passée le 2 août, sortant de la forêt par le haut de la combe et faisant route vers les prairies. On l'apercevait à peine, suivie de l'ourson solitaire. Alma se remémora la scène de jeux entre les deux petits un mois plus tôt. Sur la captation, la mère se grattait contre un hêtre, broutait un peu, puis s'engageait vers l'ouest, quittant le champ. Il faut que j'aille démonter les pièges du bois pour les installer entre la combe et la crête, songea-t-elle. Elle sentait ses yeux lourds, dormir aurait été raisonnable mais elle résistait, trop de choses à penser. Elle se saisit de la carte, tentant d'imaginer les planques à ours derrière les courbes de niveau, les zones vertes et grisées, la montagne mise à plat dont elle reconstituait d'un regard le relief.

Plus tard, elle reçut un message de François. Les effaroucheurs monteraient dès le lendemain et avaient besoin d'elle pour se placer au meilleur endroit, celui où l'ourse avait le plus de chance de passer. Elle s'étrangla. Le meilleur endroit ? Il lui demandait vraiment de contribuer à une campagne de tirs qui allait perturber l'ourse et tous les autres animaux ? D'assister aux effarouchements, et voir de ses yeux la bête se prendre une balle de plastique dans le postérieur ? Elle n'avait pourtant pas d'autre option. Elle fit son sac en hâte, elle se lèverait en dernière minute, y engouffra les affaires de pluie et quelques provisions, avant de sombrer dans un sommeil agité.

Au matin, elle sortit et traversa la place pour prendre un café au comptoir. Hey, t'es pas venu m'acheter mes salades ! Elle toisa le grand gaillard qui la hélait depuis le porche de l'église, reconnut l'auto-stoppeur qu'elle avait pris au printemps. Mais elle n'eut pas le temps de répondre, car soudain, ça lui sauta à la figure, ces lettres noires, haineuses, taguées sur sa voiture, la petite Saxo blanche ornée d'un énorme *Salope à ours !!!* Les points d'exclamations, trois, comme autant de coups de poing au visage. *Salope à ours !!!* Elle s'immobilisa, sentit le sang monter dans ses pommettes. Ah ouais, c'est moche, commenta le type. Elle respira un grand coup. C'était sans doute un de ces cons avec lesquels aucune discussion n'était possible, ceux qui prenaient en otage la vallée de leur violence. Il n'était pas question qu'elle se laisse déborder par l'émotion, pourtant c'était là, une rage froide, face à la voiture maculée. Bande de connards, murmura-t-elle, les lèvres serrées. Elle saurait, elle saurait qui avait fait ça, tout se savait, ici. Elle était pressée, pas le temps de s'appesantir, entra dans le café, s'assit sur un tabouret au comptoir.

— Un café.

— Hey, chica, c'est quoi ce visage-là, t'es mal lunée ?

— T'as vu ma caisse ?

Max se contorsionna et, regardant par la baie vitrée, il aperçut le véhicule stationné juste devant.

— Ah ouais, t'ont pas raté, les cons…

— Qui a fait ça ? Dis-moi. Me dis pas que tu l'avais pas vu en arrivant…

— Mais non, Alma ! Le matin quand j'ouvre, j'ai la tête dans le cul, j'avais même pas remarqué…

— C'est forcément un des mecs bourrés qui picolaient ici hier, ceux du fond là.

— Le groupe à Gégé… Ah non, sont tranquilles, eux, j'te jure ! C'est des grandes gueules mais ils auraient pas tagué une bagnole de nuit !

— Qui alors ?

Elle entendit sa voix dérailler. Elle était épuisée.

— Tranquille, Alma. Ils ont fait ça après la fermeture, sinon on les aurait vus. Et je suis pas flic… Écoute, je finis toujours par savoir ce qui se passe ici, les cons se vantent de leurs exploits.

— C'est dégueulasse…

Sa voix tremblait encore.

— C'est de la peinture, Alma. Et puis, j'vais me faire l'avocat du diable, mais tu cherches un peu, à bosser sur les ours, venir ici en causer. Moi, ça m'gêne pas, mais y a des gens qui parlent…

Elle ne rétorqua pas, voilà ce qu'il en coûtait ici de travailler sur la faune sauvage. Elle avisa *La Dépêche* du jour qui se trouvait sur le comptoir. "L'ours tueur est de retour", titrait le quotidien. En couverture, un gros plan sur le bélier tué la semaine passée, les énormes cornes enroulées, vestige de sa superbe. Pas étonnant, après, que je galère, soupira-t-elle. Les quelques premières lignes de l'article l'exaspérèrent, ours tueur, danger pour nos enfants et nos bêtes, bientôt des randonneurs agressés, elle avait l'impression de voir réactivées des mythologies du passé, convoquant des fauves féroces, mangeurs d'enfants, violeurs de femmes. Elle but son café à toute vitesse, il fallait monter, se remettre au travail, ne pas céder à la pression. En quittant le café, elle fit escale à l'épicerie adjacente pour acheter quelques fruits. Florence l'accueillit avec un sourire compatissant. Elle ne commenta pas la voiture taguée, les articles de *La Dépêche* dont elle vendait quelques exemplaires. Elle lui tendit son sac empli de bananes et d'oranges en souriant, et alors qu'Alma s'apprêtait à partir, elle lança : être une femme dans la montagne, ça a toujours été la lutte. Je sais de quoi je parle : j'étais la première bergère du secteur. Moi aussi, on m'a traité de salope. J'avais vingt ans. Alma regarda la vieille femme sereine. On leur a toujours fait peur, mais ça ira, ma belle, ils passeront à autre chose et toi tu es forte. Alma murmura un merci et quitta la boutique. Elle sentit un poids s'envoler de ses épaules, se répétant les paroles de Florence, tu es forte, tu es forte. Et, s'engouffrant dans le véhicule maculé, elle rejoignit l'équipe d'effarouchement qui l'attendait au parking de la Laus.

Le soir, les heures s'écoulèrent, pesantes, avec Éric et Franck, les deux effaroucheurs mandatés pour dissuader l'ourse de revenir sur l'estive. D'après le berger, elle y était venue de manière répétée ces derniers jours. Il y a des phases où elle passe pendant plusieurs jours d'affilée, enfin c'était comme ça l'an dernier, avait-il expliqué, l'air abattu. Alma l'avait rassuré : les effarouchements l'éloigneraient pour un moment. L'intervention consistait à s'approcher à une distance de trente à cinquante mètres de l'ours, lui tirer des balles en caoutchouc dans l'arrière-train, provoquant une intense douleur. Pour renforcer le caractère aversif de l'expérience, ces tirs étaient suivis, lors de la fuite de l'animal, de l'utilisation de cartouches à double détonation. La souffrance et le bruit, associés de manière répétée à la fréquentation du troupeau, devaient décourager l'ours de revenir. Les effarouchements s'avéraient probants dans certains cas, mais Alma savait que les dommages collatéraux étaient importants. Les tirs perturbaient la faune, ils pouvaient blesser l'ours et provoquaient un stress intense qui avait de lourdes conséquences, sur les oursons notamment. Et ils ne résoudraient pas le problème de fond, celui d'une cohabitation, sans moyens armés. Voulait-on des snipers sur toutes les estives de France ?

À près de deux mille mètres d'altitude, l'humidité lui pénétrait les os. Ils s'étaient placés un peu au-dessus de la couchade, Alma avait indiqué un poste d'observation judicieux. En contrebas, les brebis semblaient composer un corps unique dans leur sommeil. Franck ne disait mot, elle ne l'avait jamais entendu s'exprimer autrement que par des phrases brèves, circonstanciées, comme si la communication devait être réduite à la transmission d'informations, expurgée d'émotion. Éric, lui, pestait toutes les dix minutes de ne pas voir l'ourse, fait chier, pas envie de rester là des jours à faire le siège... Et ils avaient beau travailler pour la même institution, Alma ne ressentait pas d'accointance avec ce grand gaillard à la musculature excessive, dont elle soupçonnait un penchant pour la gâchette. Ça t'amuse de tirer un ours ? lança-t-elle au bout de quatre heures d'attente, après qu'il eut déploré l'absence de l'animale. Éric la regarda froidement, puis répondit que c'était son boulot, réintroduire des fauves, très bien, mais qu'il fallait les gérer après, et qu'il ne faisait qu'exécuter les ordres. Puis il ajouta : t'es pas du coin, ça se voit. Si t'écoutais un peu les anciens, tu saurais que l'ours, c'est pas un enfant de chœur ! Alors moi, je suis pas pour tous les buter, mais on peut pas les laisser se servir dans les troupeaux, sinon c'est open bar... Tu sais, y a des pays où on fait des prélèvements, quand y a trop de prédations. Protéger, c'est pas croire que la nature, c'est Disneyland. Alma ne rétorqua rien. Elle les accompagnait en observatrice, elle voulait voir la réaction de l'ourse aux tirs. Mais la bête ne pointa pas son nez de la nuit. Peut-être avait-elle fait une incursion discrète et avait-elle été dissuadée par les hommes armés ? Les ours étaient rompus à l'affût, à leur manière.

Au matin, elle quitta Franck et Éric, je vais redescendre par le bois du Tars, j'ai des données à collecter, des images, si ça se trouve l'ourse était pas loin cette nuit ! Les deux hommes disparurent sur le sentier tandis qu'elle s'enfonçait dans la forêt. Elle connaissait si bien le relief de ce flanc du mont Calme qu'elle s'orientait en y lisant des signes familiers, la courbure des vieux arbres, la déclivité de la pente, la forme d'un vallon. Elle découvrit une de ses caméras vandalisée. Quelle merde ! Déjà que j'en ai pas assez. Ça pouvait être n'importe qui, Titi, le vieux chasseur roublard du coin qui hantait les forêts et les cabanes d'altitude, un écolo radical – certains s'opposaient au suivi vidéo au motif de lutter contre la surveillance généralisée –, un éleveur malveillant. Il allait falloir déclarer la perte du matériel. Elle soupira. C'était la série noire, elle le sentait.

Plus tard, elle s'arrêta au niveau d'une vasque que ménageait le Lazus, encore vif et glacé aux prémices de sa course vers la mer. Elle se déchaussa, se dénuda, les vêtements nauséabonds gagnèrent la berge dans un vol plané. Elle descendit dans la piscine naturelle tapissée de larges pierres glissantes. Le bouillon gelé lui transperça le corps, mais bientôt, ce fut une sensation délicieuse. Elle fit rouler ses épaules, massa ses mollets courbaturés. Le niveau de l'eau était remonté, avec les pluies torrentielles des derniers jours, après avoir été au plus bas jusqu'à la fin juillet. L'épisode torride qui avait asséché les montagnes semblait s'éloigner. Les sorties étaient moins pénibles que durant la canicule mais la fatigue s'était accumulée. Un poisson vint pincer son pied, sans doute pour y arracher une peau morte, il l'extirpa de ses pensées. Elle ne sentait plus le froid, son corps flottait dans l'eau, ballotté par le courant. Elle se tenait arrimée à une grosse pierre ronde, le vent faisait chanter les branches. Elle sortit de l'eau, ramassa ses vêtements et se dirigea nue, la peau bleuie, vers une souche proche. Elle se laissa sécher lentement, le soleil matinal perçait la futaie et caressait sa peau.

Tout autour, elle sentait la forêt bouger, la montagne respirer, et elle comprit ce qu'elle avait trouvé ici : une solitude pleine. La solitude désirable que la langue anglaise distingue de la *loneliness*, subie, endurée. Un écart au monde, un pas de côté, un refuge. Sam aussi avait trouvé son endroit – dans les forêts d'Alaska. Et les hêtraies sapinières, la présence des arbres, des bêtes, cette sensation d'appartenir au milieu, tout ramenait Alma à son souvenir, comme si durant ses années américaines, son amour pour les ours, les forêts, les torrents et les rochers, pour toutes les autres bêtes, pour cet homme, s'était confondu. Souvent, quand elle arrivait au petit chalet que Sam occupait, il était assis devant, égaré dans ses songes. Parfois, il s'activait dans les ruches mitoyennes de la cabane. Dans ces instants où il semblait faire coïncider le déroulé de chaque geste et le mouvement de l'essaim, le déranger était inconcevable. Elle se contentait de l'observer à la dérobée. Il était comme ces animaux sauvages, au contact desquels il fallait respecter une distance, jauger lorsqu'il convenait d'interagir ou de s'effacer. Il évoluait avec une absolue délicatesse, comme si la moindre once d'énergie dépensée, la moindre accélération de sa pulsation cardiaque – traduite en de minuscules inflexions de l'épiderme, des muscles – pouvaient perturber la sérénité de l'essaim. C'est un orchestre, un essaim, disait-il, les abeilles ressentent tout, elles ont cette parfaite qualité d'écoute et d'interaction. Cette parfaite qualité de réponse, aussi, à l'énergie de l'autre.

Elle aimait le voir s'animer d'une lumière douce, car il lui arrivait aussi de plonger dans une mélancolie à la lisière de la pénombre. Il vivait sur le fil. Et lorsqu'il se refermait, il n'était pas question de l'interroger, il fallait le laisser à sa noirceur et à sa solitude. Elle l'avait accepté. Elle avait traversé son existence comme par effraction, car Sam avait érigé une barrière entre lui et le reste du monde. Il lui avait expliqué qu'il fallait beaucoup de vide pour être capable de recevoir la grâce. Et c'est ce qu'il était venu chercher dans la zone cœur de la réserve McNeil : le silence et la grâce. Une fois, l'apercevant absorbé sur son banc, elle avait fait demi-tour, de peur de l'effaroucher. Elle était revenue une heure plus tard, l'avait trouvé dans la cuisine, nettoyant des champignons. Il avait souri et l'avait enlacée, laissant dans son dos quelques traces terreuses. Quand elle redescendait après ces semaines ensemble, il n'y avait plus de contact possible. Il lui arrivait souvent de douter de l'existence même d'un lien entre eux, et pourtant, chaque fois que leurs corps s'approchaient de nouveau, fébriles, émus, elle savait qu'un amour immense les liait ; et qu'il fût tissé aussi de mystère, ne posait plus question.

Elle se rhabilla et gagna le parking de la Laus en tirant à travers la forêt, jouant les équilibristes dans la pente, se griffant les bras, galvanisée par l'eau glacée. Au bord de la route, elle trouva la Saxo ornée des lettres noires et à plat. Ils sont venus jusqu'ici me crever les pneus ? Les quatre ! Il lui fallut appeler François pour signaler l'incident et se faire envoyer un véhicule en renfort. Attendant qu'on vienne la dépanner, elle regarda la montagne qui se dressait en face, comme un mur. La situation lui échappait sur le terrain. Elle avait naïvement pensé qu'à force d'heures et de jours d'observation, elle serait en mesure d'analyser avec une certaine précision les comportements de l'ourse. Or, tout lui semblait confus, la façon que l'animale avait d'occuper le territoire, l'exacte limite de son domaine, les mobiles qui la guidaient. Plus elle la cherchait, moins elle la trouvait. Et maintenant, elle était la proie d'une bande d'idiots malintentionnés. Jusqu'où étaient-ils capables d'aller pour saboter son travail ? Elle sentit les larmes se cogner contre ses paupières, qu'elle retint, elle n'avait pas le choix, il fallait se blinder. Tenir, comme s'il s'agissait d'un siège et qu'il pouvait durer.

8

Petit papa, on pense à toi.
Ici il fait bien chaud, Lunita me manque.
Je fais des gâteaux avec maman. On t'aime.
N'aie pas peur. La montagne rêve.

Maëlle

Sa fille avait signé ce bref courrier, Alice y avait joint une aquarelle. Il tenait dans la main l'enveloppe que Marco lui avait remise en arrivant. Des jours qu'il n'avait pas réussi à leur parler. Monter au pied de la Dent de l'Enfer, seul point où le téléphone captait, était une entreprise périlleuse après les orages torrentiels qui avaient généré des éboulis. Les filles lui manquaient. Deux mois qu'il ne les avait pas vues depuis la transhumance, soixante-deux jours plus précisément, son cahier le lui rappelait – il refusait de prendre des congés au milieu de l'estive, ce serait comme quitter un bateau en mer. Leur venue approchait désormais, plus que deux semaines. Il songea à ce petit mot. N'aie pas peur, la montagne rêve, avait écrit Maëlle. Comme si elle sentait à distance l'angoisse qui s'était emparée de lui. Maëlle avait le don pour poser des questions profondes. Dès ses trois ou quatre ans, elle l'avait confronté. C'est quoi l'infini ? Et on va où quand on est mort ? C'était une enfant rêveuse, aux intuitions fulgurantes. Souvent, elle s'éveillait la nuit, taraudée par des interrogations existentielles qui laissaient Gaspard et Lucie perplexes. Ce penchant s'éroderait-il à l'âge adulte ? Gaspard était convaincu que non, il s'inquiétait parfois de tant d'acuité. Il arrivait aussi que Maëlle retrouve les atours d'une enfant de son âge, elle dessinait alors d'immenses fresques avec sa sœur, écrivait des histoires peuplées de monstres et d'animaux, bâtissait des arches de Noé en papier mâché ; elle se roulait dans l'herbe avec Lunita, riait à gorge déployée et n'était alors plus qu'insouciance et joie. La nuit d'après, elle pouvait se réveiller en hurlant, terrassée par des terreurs nocturnes. Il fallait alors lui tenir la main pour qu'elle s'abandonne au sommeil.

Cette lettre était si juste, il ne fallait pas avoir peur. Et pourtant, ça l'avait pris alors qu'elle était revenue cette nuit pour la troisième fois. Ce n'était pas n'importe quelle ourse. Elle était plus massive que les autres femelles du secteur, c'était ce qu'en disaient les gars de l'équipe de suivi du CNB. Pas loin de cent kilos de muscles et de fourrure, à en croire les spécialistes. Elle avait ce regard d'intelligence vive. Et Gaspard sentait qu'elle savait la peur des hommes, leur faiblesse, qu'elle connaissait les techniques d'intimidation des patous, les failles dans le cordon de sécurité qu'ils tentaient d'imposer autour du troupeau – Nala qui donnait de la voix, Louxor en surplomb, qui ne prenait jamais vraiment de risque, Minus qui tentait tout, les charges comme les morsures, avant de rebrousser chemin en geignant, et Loup, en vigie, souvent caché, qui pouvait faire montre d'accès de bravoure insensés, mais était aussi capable de semer le chaos parmi les brebis au lieu de les rassurer.

L'an dernier, elle était venue aussi bien en belligérante qu'en visiteuse. Elle avait pris goût à s'approcher et sa présence constante l'avait épuisé. Il lui arrivait souvent de passer, et tantôt feindre une charge sur les bêtes, alors gagnées par une peur tripale, tantôt repartir sans broncher, parfois en croquer une – Gaspard avait compris que les ours étaient des opportunistes. Et il avait beau être en alerte permanente, jour et nuit, elle parvenait à déjouer sa vigilance, frappait au moment où le profond sommeil le saisissait. Il intervenait toujours trop tard, pour voir, à la lueur de la torche, la bête traîner une de ses protégées dans la pénombre. Dans ces instants d'impuissance, il la haïssait. Il ressentait aussi de la fascination pour elle, sa manière de le jauger quand ils se croisaient sur l'estive. C'était arrivé quatre fois l'an dernier – cette lueur dans ses yeux, l'audace de ses bravades, sa puissance. Ce n'était pas n'importe qui, cette ourse. Elle les avait défiés jusqu'au drame.

À la fin du mois de juillet de la saison passée, suite aux attaques récurrentes, il avait été rejoint par une bergère d'appui. Démissionnaire d'une autre estive, où les choses se passaient mal, avait-elle expliqué sans préciser, Ilia avait été envoyée en renfort. Vous ne serez pas trop de deux, avaient dit les éleveurs. Gaspard avait d'abord bougonné : s'il s'agissait d'un double poste, autant le pourvoir, plutôt que de lui coller une nana dans les pattes en milieu de saison, l'estive, c'était la solitude. Ilia avait fait taire ses réticences. Dès les premiers jours, ils avaient travaillé ensemble en parfaite entente, jouant avec les brebis un ballet fluide, lorsqu'il fallait orienter le troupeau sur un travers périlleux. Et chaque soir, ils avaient parlé tard, des directions étranges que prennent parfois les vies, de bêtes et de montagnes, en buvant du rouge et des tisanes, jusqu'à ce que le sommeil les emporte.

Ilia avait eu une autre vie, comme la plupart des bergers, entre intérim et errance. À trente ans à peine, elle avait le visage d'une gamine, les cicatrices d'un vieux loup : son visage espiègle racontait les épreuves. Elle disait : l'ourse, elle a le droit de vivre, nous, on a le devoir de protéger les bêtes, c'est pas plus compliqué. Elle expliquait : les ours, je les vénère, mais en tant que bergère, je suspends mon jugement. Je ne peux pas les aimer quand ils tuent mes filles, mais je ne peux pas leur vouloir de mal, alors je fais comme les chiens, je défends nos troupes, quand j'en perds une, j'ai la rage ! Mais au fond, je crois que l'ours, c'est un peu l'esprit de la montagne. Et cette ourse-là, c'est une vieille âme, j'en suis sûre. Ilia adorait les patous et, lors de corps à corps dantesques, mêlait sa peau à leur fourrure. Elle s'allongeait dans l'herbe et les quatre énormes chiens venaient lui lécher le front, les bras, elle riait aux éclats, et même Minus, si farouche d'ordinaire, était à la fête. Mais lorsqu'il fallait se remettre au travail, les chiens obtempéraient en un instant. Il suffisait qu'elle se lève, s'ébroue, lâche un allez hop ferme mais doux, pour que tous regagnent leur poste, eux qui d'ordinaire n'en faisaient qu'à leur tête.

Ilia semblait ne craindre rien ni personne. Vous me faites marrer, moi je viens du pays des loups, des prédateurs organisés en meute, c'est autre chose que vos ours qui piochent dans le tas de temps en temps ! Il faut apprendre à travailler avec les chiens de protection, à sentir ce qui se passe, bougez-vous plutôt que de pleurer vos mères sur la présence des grosses bêtes ! Elle avait dit ça d'une traite, un jour, devant les éleveurs. Kevin s'était presque étranglé. Sa glotte avait fait trois allers-retours, il s'était empourpré. Puis elle avait enfoncé le clou, fais pas la gueule, je garde bien, avec moi, tu perdras presque pas de bêtes. Mais me demande pas de la boucler, ça je fais pas. Et Kevin n'avait rien rétorqué. Il n'avait pas pu. Coupé la chique. Gaspard, sidéré, avait pensé qu'elle était un peu fée, un peu sorcière. Avec elle, aucune perte n'avait été déplorée, jusqu'à la nuit du dérochement. Cette nuit où elle aussi avait basculé par-dessus bord.

Au plus fort des attaques, ils s'étaient organisés en ronde sur la couchade haute. L'un d'eux veillait, pendant que l'autre dormait. Le réveil sonnait à deux heures du matin, après le premier tour de sommeil, Gaspard prenait alors le relais d'Ilia, qui préférait la première partie de la nuit. Elle rentrait s'écrouler dans la cabane, mangeait toujours quelques carreaux de chocolat accompagnés d'une tisane avant de s'endormir. Parfois, elle fumait aussi, pour faire de beaux rêves, disait-elle en riant. Et elle se pelotonnait sur son matelas, son corps souple prenait d'étranges positions dans le sommeil. Il arrivait qu'elle marmonne. Gaspard attendait parfois quelques minutes qu'elle plonge dans les rêves avant de sortir. Il regardait alors chaque recoin de son visage, la forme de ses pommettes, le mouvement que faisait sa bouche lorsqu'elle dormait, la chevelure sauvage qui s'étalait sur ses épaules solides. Comme s'il voulait en imprimer de façon indélébile les moindres contours dans sa mémoire. Quand il avait fallu se rendre à l'évidence qu'il ne la reverrait jamais plus, au souvenir de ces moments dérobés dans la nuit, où il l'avait observée en silence, il rougissait. Avec Ilia, il n'y avait eu que ce mois furtif là-haut, des rêveries qui avaient basculé dans cent mètres de vide.

Et cette nuit, un an après le drame presque jour pour jour, l'ourse était encore revenue sur l'estive. Elle lui avait foutu la paix en juin et juillet, il avait cru à la possibilité d'un été serein. Mais elle était de retour et ne le lâchait plus : trois brebis y étaient passées, après le bélier de Marco, et encore une brebis cette fois-ci. Ce constat lui glaçait le sang, il savait ce que cela impliquait de sueurs froides en prévision. Il ne se sentait pas armé pour revivre les nuits hachées, les visites répétées. Revivre la peur, celle qui se calcifie dans l'estomac. Se repasser les images de la nuit fatale dans la tête, comme un cauchemar que l'on ressasse.

La veille, avant de se coucher, il avait laissé les brebis à la plus haute couchade avec les quatre patous, sur les contreforts du pic d'Ars. La nuit, elles se tenaient serrées, les chiens se répartissant de part et d'autre du troupeau pour les veiller. Quand l'aurore pointait, baignant les crêtes d'un éclat mordoré qui pouvait colorer de rose, d'orange, de jaune les parois granitiques, elles se réveillaient toutes ensemble, défaisant l'écheveau nocturne de corps entremêlés. L'hydre laineuse dotée de centaines de têtes faisait alors place à des individus avides de mouvement. Et une fois éveillées, ce n'étaient pas de grégaires brebis de plaine qu'il s'agissait de conduire, celles d'ici avaient leur caractère. Elles donnaient du fil à retordre aux chiens et aux bergers, mais s'adaptaient à leur milieu, capables de divaguer à flanc, de défier la gravité pour la saveur d'une fleur coincée entre deux éboulis. Avant de descendre à la cabane d'appoint, Gaspard les avait regardées se coucher une à une, scrutant raideurs, boiterie, cherchant le long des flancs les signes de la satiété ou une maigreur suspecte, observant les vagins, les naseaux, les pis et les yeux – veillant que rien ne suppure, coule, suinte. Il n'avait rien remarqué d'anormal. Elles étaient grasses, vives, malgré la sécheresse de juin et juillet. Il avait effectué un comptage approximatif – il s'agissait de dénombrer les brebis noires, le troupeau n'en comptait que vingt et une : pour chaque noire, il y avait statistiquement trente-neuf blanches, méthode de vieux berger.

Il était descendu à la nuit tombée, s'était contenté de quelques biscuits et couché. Les jours passés dans le brouillard, la difficulté de ce terrain l'avaient mis à rude épreuve. Luna s'était lovée contre son flanc. À Arpiet, Lucie imposait un strict contrôle des espaces où la chienne était tolérée ; à l'estive, après le travail, tout était permis. Luna savait faire la part des choses : sitôt qu'elle était avec les brebis, elle se mettait au travail avec application. Le soir, elle pouvait se montrer plus facétieuse, et il lui arrivait de venir s'affaler contre lui. La Rousse, elle, se tenait à distance : c'était une bête indépendante, qui avait la sagesse de l'âge. Les chiennes l'avaient réveillé, entendant les patous avant lui. Gaspard avait alors distingué avec clarté un son rauque, la voix enrouée de Nala. Les aboiements de la meute, d'abord espacés, s'étaient rapprochés, et bientôt, tous les chiens hurlaient, l'un après l'autre. Gaspard avait jeté un œil au réveil, 4 h 30, il avait sauté dans son pantalon pégueux, enfilé ses chaussures, une veste pour affronter le frimas nocturne, et, armé de son phare, il était sorti en hâte. Les aboiements se déplaçaient, ça remuait là-haut. Luna était agitée, elle qui comprenait le langage des patous. Il l'avait laissée dans la cabane – une rencontre avec l'ourse aurait pu lui être fatale –, et avait avalé les deux cents mètres de dénivelé qui le séparaient des brebis.

Il était arrivé trop tard, avait aperçu la silhouette lourde qui s'éloignait en traînant une bête. L'ourse s'était immobilisée, puis dressée sur ses pattes arrière, pour mieux le sentir. Les patous faisaient encore front entre le bipède à poils et le troupeau. Il crut voir un petit en contrebas, il fallait rester prudent, il rebroussa chemin. Les nuages encombraient encore le ciel, masquant la lune. Il ne distinguait que la masse du troupeau frémissant, les bêtes debout comme un seul être, les chiens en défense au-devant, la silhouette de l'ourse découpée devant les sommets, qui reprit bientôt sa station à quatre pattes. Tout, autour, était bleu, noir, gris. Une terreur glacée le saisit. Cette scène primitive, ce face-à-face entre l'ourse et le troupeau, il y avait déjà assisté. Ilia y avait assisté le jour de la chute. Et elle aussi, peut-être, était-elle restée quelques instants sidérée par sa beauté.

— Bon, gars, tu nous emmènes le voir, ce cadavre ?

Yves s'impatienta. Gaspard leva la tête du courrier de Maëlle, qu'il lisait pour la cinquième fois. Il regarda les éleveurs qui l'attendaient, bâtons de marche en main.

— Oui, bien sûr, il faut prendre le travers. L'équipe du CNB est déjà sur place, je pense, suivez-moi.

— On est à combien de perdues, là ?

— En tout treize, l'ours a tapé quatre brebis et le bélier, on a eu deux dérochements, trois disparues, une noyée, une mammite qui a dégénéré et une des boiteuses que j'ai dû achever – son pied était foutu, piétin pris trop tard… C'est ce que j'ai compté…

— Je pensais que c'était pire, marmonna Yves.

— Plus les deux ou trois qui sont en vadrouille.

Yves était monté avec Marco et Kevin pour voir l'état des bêtes, ce qu'ils faisaient toutes les trois ou quatre semaines. Malgré son ventre à bière, il s'était hissé jusqu'au dernier quartier, elle est dure cette montagne, hein, répétait-il en pestant contre la pente qui résistait à son corps épais. Putain de montagne, elle est dure ! Et Kevin fanfaronnait, car malgré la bouteille de pastis qu'il trimballait avec lui comme un fétiche, ne cherchant pas à escamoter l'alcoolisme qui le rongeait, son corps tenait bon. Encore quelques années à ce rythme et il serait une épave. Mais il crapahutait plutôt bien, pour quelqu'un d'imbibé. Marco, lui, avançait à pas régulier, sans faillir, en montagnard. Jean avait prétexté une obligation, il monterait dans la soirée. Gaspard le soupçonnait de préférer venir de son côté, pour ne pas avoir à affronter le binôme Yves-Kevin.

Jean n'était pas le genre à s'embarrasser, alors il évitait, en vieux roublard, de se frotter à ce qui l'ennuyait.

Gaspard s'engagea vers le pierrier où l'ourse avait tiré le cadavre. Elle avait prélevé organes vitaux et tripes, laissant une bonne partie des muscles et de la chair. Les deux agents du CNB s'étaient postés sur un replat juste au-dessus pour remplir leur constat. Les éleveurs jetèrent chacun un regard à la bête. Une vraie saloperie, lança Yves, vivement qu'ils en tirent certains, comme les loups dans d'autres coins ! Marco se taisait. Puis tous les quatre s'avancèrent. Gaspard reconnut Alma, la chercheuse qui enquêtait sur les attaques de l'ourse. Elle était venue quelques fois à la cabane, elle lui avait raconté avec force détails par quels moyens elle entendait investiguer sur son territoire. Elle disait que la cohabitation ne pouvait passer que par une meilleure connaissance du plantigrade. Gaspard voulait la croire malgré les difficultés. Elle était accompagnée d'un agent technique. Le jeune homme se pencha sur le corps mutilé de la brebis, à peine eut-il le temps de leur tourner le dos qu'il vomit.

— Ça s'arrange pas, les recrutements au CNB, lança Kevin, goguenard.

— Faut dire que ça pue déjà, lâcha Yves, à croire qu'elle était pourrie de l'intérieur, cette bestiole ! Ou bien elle est morte depuis plusieurs jours ?

— Non, c'est celle de la nuit, rétorqua Gaspard. Tu penses bien qu'elle aurait déjà été bouffée par les vautours, sinon. Et puis, j'ai vu l'ourse.

Le jeune technicien se rinça la bouche, se passa un mouchoir sur le visage et s'excusa, se retournant vers eux en tentant de faire bonne figure.

— Eh ouais, c'est pas beau à voir, hein, le travail de vos protégés, lança Kevin.

— J'avais pas signé pour passer mon temps à expertiser des cadavres, j'ai fait une thèse sur les euproctes.

Alma lui jeta un regard noir.

— Notre travail, c'est d'assurer la meilleure cohabitation possible. Expertiser les cadavres de brebis, ça en fait partie. Ce n'est pas le plus agréable, mais c'est comme ça qu'on déclenche votre indemnisation, lâcha-t-elle d'un ton tranchant.

— Encore heureux, s'écria Yves.

Alma s'était penchée sur le corps.

— Vous voyez, on a une marque de canine, là, dans l'abdomen, il n'y a pas trop de doute. Et puis, en arrivant, j'ai vu des traces. Elle fit quelques pas en retrait. Là, c'est un peu effacé, mais on distingue bien les doigts. Elle posa son index dans le renfoncement du sol, où la masse de l'ours avait imprimé son passage. Ce n'est pas le grand mâle du coin, c'est donc probablement elle… De toute façon je vais analyser les données vidéo et on verra, l'estive est sous surveillance.

— Sûr que c'est encore cette putain de bestiole ! La même depuis deux ans. À quel moment on va prendre des mesures plus strictes ? s'emporta Yves.

Il manqua de trébucher tant il s'agitait. Son visage avait viré au rouge.

— Les effaroucheurs vont remonter dès ce soir, répondit Alma. C'est pas une bonne nouvelle pour moi. Mais c'est la procédure.

Son visage était fermé, elle se tenait raide dans sa tenue kaki de circonstance. Tout en elle indiquait le respect qu'elle cherchait à imposer, jusqu'à son ton sec. En face, Kevin s'esclaffa d'un rire alcoolisé.

— Effa-rou-che-ment… Leur faire péter la cervelle, c'est tout ce qu'on peut faire avec ces bêtes, lâcha le jeune homme. Si vous croyez que des balles en plastoque dans le cul, ça les dissuade de se faire un steak !

Alma le fusilla du regard.

— Et concrètement ? demanda Yves, vous allez faire comment pour éviter qu'on perde encore des bêtes, des bergers ? Il faudra combien de morts ?

Sa voix avait pris des accents pathétiques, dont Gaspard ne savait s'il les surjouait ou si l'émotion le saisissait vraiment. La jeune biologiste ne se laissa pas démonter. Elle avait du cran, il fallait le reconnaître. Marco s'était éloigné, plus occupé à contrôler l'état de ses bêtes qu'à suivre la procédure.

— Si l'ourse se présente de nouveau sur l'estive ce soir, on procédera à des tirs d'effarouchement. L'idée, c'est que l'envie de revenir lui passe. Tant que l'équipe est là, tu pourras dormir, ajouta-t-elle à l'adresse de Gaspard.

— Ah bah, bien sûr, une gonzesse et un mec qui se vomit dessus, avec ça elles vont être protégées ! répondit Kevin.

— Ce soir, c'est l'équipe de Franck qui sera là, nous on redescend. Répondant, Alma fusilla Kevin du regard. Tandis qu'elle parlait, son collègue avait rempli le constat. Il reprit la parole, son visage était toujours contracté par le dégoût, des mouches volaient autour d'eux.

— Bon, attaque d'ours caractérisée, pour moi c'est OK, on peut y aller. On a les photos, les relevés, tout. Vous recevrez le constat.

Gaspard regarda Marco, qui semblait ailleurs, sans doute imaginait-il d'autres biais à donner, de nouvelles couchades, la réorganisation des quartiers dans ce contexte d'intempéries extrêmes et de prédation qui remettait en cause les plans du début de l'été. Entre les quartiers cramés par le soleil de juillet, ceux là-haut devenus trop périlleux, le bois déserté par les bergers depuis quelques années, le champ des possibles s'était réduit pour les troupeaux. L'équipe du CNB reprit le chemin de la vallée, le laissant avec les éleveurs.

Ce n'est qu'après les soins aux bêtes et les palabres que Gaspard se retrouva seul en fin de journée. Il avait fallu écouter le plaidoyer d'Alma, les sarcasmes de Kevin – dont le taux d'alcool dans le sang accroissait l'ineptie des propos –, les doléances d'Yves se complaisant dans une posture victimaire, chacun surjouant sa partition, à l'exception de Marco qui avait le talent de s'effacer. Bien que présent physiquement, il semblait ailleurs. Gaspard s'était souvent dit que ce pouvoir devait lui permettre de supporter la comédie sociale. Lui, l'avait subie toute la journée. Et soudain seul, face aux versants assombris par la lente descente du soleil, les bêtes alanguies sur la couchade sur laquelle il avait une vue plongeante, il se sentit envahi par une sérénité inattendue. Le crépuscule rosissait le ciel. C'est le moment que choisit Jean pour apparaître, tel un vieil animal sorti du bois. Gaspard se demanda s'il n'était pas resté en planque quelque part, à pioncer et mâchouiller des brins d'herbe, attendant l'instant opportun pour débarquer. Il en aurait été capable. À son approche, la Rousse fonça en direction de la caminole par laquelle il arrivait. Et à l'attitude de la chienne, Gaspard sut qui était le visiteur du soir avant même de le voir. Au contact des rares randonneurs qui s'aventuraient ici, les chiennes feignaient la défense du territoire, engageant charges et aboiements, jusqu'à ce que, parvenues aux pieds des envahisseurs, une fois fait le constat de leur innocuité, elles mendient des caresses. Le vieux était chargé d'un sac dans lequel Gaspard devinait la bouteille, la terrine de chevreuil et les fruits qu'il ne manquait jamais d'apporter.

— J'arrive après la foule, j'avais des obligations.

Un sourire ironique habillait son visage buriné.

— Je vois, dit Gaspard… En tout cas, tu t'es épargné le cirque de tes camarades. Et du CNB. Je ne les supporte plus, tous…

— Oh, moi à mon âge, je ne fais plus trop d'efforts, les gens me passent tout. Il éclata de rire. Et puis un berger a bien le droit d'être un peu sauvage, non ?

— L'ourse m'en a encore pris une, c'est une des tiennes, je suis désolé, Jean. Quatre en une semaine. À ce rythme, je vais revenir avec un troupeau décimé. Et devine laquelle ? Esperanza, la petite que j'avais nourrie au biberon l'an dernier.

— Tu l'as trouvée déjà morte, pas agonisante ?

— Oui, mais je suis pas là pour qu'elles se fassent bouffer sous mes yeux…

— Un berger, c'est quelqu'un qui résout sans cesse des problèmes impossibles, tu le sais bien ! On va voir comment limiter la casse.

— Limiter ? Je m'étais engagé à ramener tout le monde au bercail cette année !

La voix de Gaspard tremblait d'exaspération.

— Ça se décrète pas, ça, mon garçon… T'as eu un gros épisode de mauvais temps, ça tape toujours dans ces conditions.

— Dix jours sans voir le ciel…

— Moi non plus, je ne suis pas serein à l'idée d'avoir des brebis bouffées, Gaspard. Ça fait partie du métier. On fait au mieux mais il y aura toujours des pertes – les bactéries, les chiens, l'orage : chacun se sert. Cette brebis-là, c'est la part de l'ours.

— Ouais, c'est bien beau, mais on est payés à garder les brebis !

— Moi, mes bêtes, je les élevais, je les défendais mais j'étais l'employé de personne. Un berger, c'est pas juste un gardien de moutons salarié !

— Tu sais bien que les choses ont changé, Jean. Moi, je suis un employé… Et puis c'est l'accumulation, je crois. Depuis sa mort…

La conversation s'était légèrement tendue. Le vieux s'assit sur une grosse pierre à côté de Gaspard et il extirpa la bouteille de son sac.

— Tiens, va nous chercher deux verres, qu'on finisse de s'étriper avec un coup de rouge !

Gaspard s'exécuta et revint de la cabane avec deux verres de cantine ébréchés. Il les servit, puis poursuivit.

— Franchement, avec cette météo, le Sahara en juillet, la mousson en août, si en plus on est harcelés par l'ourse, on fait comment ?

— Elle a trouvé des brèches. Elle te connaît trop bien, cette bête…

Jean le poussait dans ses retranchements, il détestait les complaintes.

— Jean, tu sais bien que je n'ai pas d'opposition primaire à l'ours… Mais on ne garde pas les brebis pour qu'elles se fassent tuer comme ça ! Putain !

— Enfin, tu les gardes pour qu'elles finissent à l'abattoir ! Le vieux haussa le ton à son tour. Allez, mon gars ! T'as un mois et demi à tenir encore !

— Et si je n'y arrive pas ?

La voix de Gaspard s'étrangla.

— Tu ne vas pas jeter l'éponge, c'est ça le métier ! Ici, il y a du sang et des tripes, de la beauté, ça va ensemble ! Tu le sais !

Gaspard savait. Après le départ des éleveurs, il avait passé la fin de journée à enlever à la pince à épiler, un à un, les vers qui avaient largement dévoré l'oreille d'une brebis retrouvée à l'écart du troupeau, et il avait fallu découper au couteau ce qu'il restait de l'appendice, lambeaux de chairs putréfiées. Des myiases, le cauchemar des bergers, pourquoi n'avait-il pas retrouvé cette bête plus tôt ? À deux jours près, il sauvait son oreille. La brebis avait encaissé l'ablation à vif, seul moyen de lui éviter l'infection généralisée. Se faire bouffer vivant, quelle pire manière de finir ? avait-il pensé, les mains pleines de sang, de vers et de chair, et l'odeur de la mort, déjà, qui s'exhalait de la bête et lui collait à la peau depuis. Tout ici n'était qu'engendrement et dévoration, putréfaction et floraison, joie et douleur. Parfois, il se sentait si intégré à ce magma organique qu'il lui semblait participer de ces transformations en cascade, par lesquelles les plantes, les corps, les minéraux, étaient également décomposés, rendus à la terre, dans un même mouvement dont seules les échelles de temps variaient, de quelques jours à des millions d'années. Mais soudain, c'était trop, il s'était pris à rêver d'un monde tempéré, d'un en-bas aseptisé, d'un bureau, d'une routine. Il y a des jours où je me demande ce que je fous là, avait-il ajouté, mais Jean était déjà ailleurs.

Plus tard, une fois la bouteille achevée et le repas englouti, Jean s'écroula dans le lit adjacent au sien, dans la cabane. Les deux chiennes ronflaient au sol. Gaspard se remémora la séquence des jours passés, les attaques, la visite des éleveurs et la conversation du soir. Il connaissait par cœur toutes les théories de Jean. Avant de s'endormir, il avait encore développé sa métaphore préférée. L'ours, c'est l'enfant de la montagne, un enfant encombrant, mais sans lui, elle est incomplète. Alors bien sûr, parfois il nous fatigue, ce gosse turbulent, mais on a le devoir de vivre avec. Il agitait ses mains noueuses en parlant, qui dessinaient des circonvolutions. Il s'empourprait, faisant claquer les mots avec un accent chantant, filant d'autres métaphores. Et Gaspard l'écoutait, parce que c'était Jean, qu'il lui avait tout appris. Et souvent, il acquiesçait. Le vieux était du côté du temps long, il savait qu'on survit même au découragement. Il avait l'élégance de ne jamais sortir de formules toutes faites, d'éviter les "ce qui ne nous tue pas nous rend plus fort". Gaspard lui en était reconnaissant.

Il ne prétendait pas être insubmersible. La tragédie de l'été dernier l'avait mis à terre, il se sentait encore chancelant. Il avait repris le chemin de la montagne, conscient de devoir faire avec cette chose brisée en lui. Et ce soir, malgré la présence réconfortante du vieux berger, son ronflement profond et le ciel qui offrait une accalmie, malgré le sommeil serein des chiennes et la certitude que les effaroucheurs veillaient, il se sentait à bout. Il avait rêvé de s'intégrer à ces montagnes à l'égal de Jean, d'en comprendre la faune, la respecter tout en protégeant les brebis. Cherché un équilibre dans cet univers âpre. Pour le trouver, il était revenu au pays de l'enfance avec les filles et Lucie, mais quelque chose résistait. Il ne se sentait pas à la hauteur avec les bêtes, pensait parfois à déserter et la peur l'avait regagné – la montagne était peuplée de spectres. Les attaques des derniers jours avaient rouvert une brèche en lui, il avait la sensation d'être friable, sur le point de se décomposer à tout moment.

Il songea encore au mot de Maëlle. N'aie pas peur. La montagne rêve. Mais à quoi rêvait-elle, effacée dans la nuit ? Elle appartenait à d'autres échelles que les vies qui s'y jouaient, ses formes, les accidents, les plis, les surfaces lisses et celles abrasées résultaient du temps qui passe et érode ; elle était le temps même, matérialisé dans la roche, divaguait Gaspard. Il regarda Jean, dont le torse nu, noueux et bruni par le soleil se soulevait au rythme lent de sa respiration. Le vieux n'avait jamais froid, il pouvait endurer des vents glacials et des trombes d'eau et, dans la fraîcheur des nuits d'altitude, persévérait à dormir torse nu, sa peau-cuir exhibée, dont les stries, la patine disaient le grand âge. Gaspard sourit, il aimait voir les gens dans le sommeil, il lui semblait que les ronflements, les frémissements du corps, même les filets de bave s'échappant d'une bouche ouverte révélaient la vulnérabilité des êtres. Il se leva et sortit, escorté de Lunita. La chienne se colla à lui. Les nuages avaient de nouveau formé une nasse, le ciel était outrenoir, comme dans les toiles de Soulages, d'un noir plein de relief, qui révélait les contours, la matière même des choses. N'aie pas peur, la montagne rêve, se répéta-t-il encore, comme une formule magique venue de cette civilisation perdue qu'est l'enfance.

9

Ce matin, sans raison, il repense à l'enfance, sa maison pyrénéenne, Arpiet, et une boule de nostalgie lui serre le ventre. L'exil le porte encore, de pays en pays, janvier 1893 déjà, mais ici l'hiver n'existe pas, et les saisons lui manquent, qui ne viennent pas scander les années. Ou plutôt, pluie, sécheresse, seuls deux états alternent. Alors pour conjurer le manque, il faut se remplir de douceur. Il mange de bon cœur la portion de *torta pascualina* que lui a servie la matrone – c'est une épaisse tourte farcie de blettes, d'œufs et de fromage, un de ces mets roboratifs dont il se repaît depuis son arrivée à Montevideo. Allez, *chico*, elle l'encourage si bien chaque jour qu'il a pris un peu de ventre, à force de *tortas*, d'*empanadas* et autres plats solides, lui, si maigre d'ordinaire. Il sirote un maté, à petits coups, bruyamment, comme ceux d'ici, *los de aquí*. Il ne s'est pas encore fait à ce goût un peu amer, mais il aime se fondre dans le paysage en singeant les pratiques locales. Il l'a fait dans le Massif central, le Nord, à Liverpool, à Montréal puis à New York, mangeant le pudding des Anglais, goûtant la baguette, étrennant les porridges des travailleurs du Bronx. Alors il feint de prendre plaisir à siroter la boisson, qui aide à faire passer la *torta*.

Un poco más ! Et sans sommation, la matrone lui ressert une part, d'un mouvement décidé du poignet, elle a pitié de ce Français un peu frêle et pâle qui mange avec l'appétit d'un crève-la-dalle. Et puis, il donne spectacle tous les jours devant sa porte, lui ramène du monde à déjeuner : *gañar-gañar*. Fais-moi venir les clients et ton assiette sera toujours pleine, pacte scellé, dès leur première conversation.

La cantine est bruyante, au sol, une large couche de crasse s'accumule au fil des allées et venues des travailleurs, que la matrone récurera le soir. Et chaque matin, c'est l'éternel recommencement : un ballet de godillots crottés sur le sol immaculé, les morceaux de nourriture qui volent, les miettes ; bientôt la salissure et la vie se mêlent dans le vacarme et l'odeur de gras chaud. C'est un lieu simple, quelques tables, de larges gamelles qui s'y abattent, une ouverture sur la cuisine, la place comme une scène de théâtre, qui apparaît dans l'embrasure de la large porte, et derrière, un patio. L'ourse y est enchaînée, les restes de la veille l'attendent dans une écuelle – sa part. C'est qu'ils ont déjà leur rite, ici. Elle somnole, repue elle aussi. Et même si la chaleur ternit son poil, elle est sereine à Montevideo.

Les habitués savent qu'il ne faut pas trop la déranger. Mais ils lui jettent des regards curieux, certains demandent à la voir. Parfois, Jules leur permet de caresser l'ourse du plat de la main. Un jour, mêlant l'anglais à l'espagnol, il leur a raconté les pouvoirs de guérison de la bête, mimant un mourant revigoré après avoir touché son pelage, et l'assemblée de s'esbaudir face à ce récit de résurrection. Ici, les gens croient si fort qu'ils invoquent Dieu à longueur de journée. Et ponctuent leurs phrases de *bendición*.

Et, bien qu'ils n'aient pas compris l'exacte teneur de l'histoire de Jules, les habitués de ce *comedor* de coin de rue ont su, à partir de ce jour-là, que l'ourse possédait un pouvoir, qu'il s'agissait d'une créature d'entre-les-mondes ayant quitté celui des bêtes et n'appartenant pas tout à fait à celui des hommes. Et pour cela, pour sa grande stature et son pelage sombre paré de reflets argent sous le soleil du Sud, l'ourse a gagné leur respect. Tous s'adressent à elle comme à une très vieille personne dotée d'une très vieille âme. La *reina de Montevideo*, ils disent. Et Jules se réjouit de ce couronnement symbolique. Cette Amérique-là lui refait le teint et le moral. Il s'y sent accueilli. Et la matrone confirme. *Porque es tu casa aquí, chico*. C'est ta maison. Il n'est pas dupe, mais la *torta* a le goût d'un plat de l'enfance.

Souvent, en gagnant le *comedor* après son numéro du matin, Jules songe que les privations de la route sont loin. Le chemin du Sud a été âpre. D'abord, ce premier hiver à New York à cohabiter avec quelques garçons tout aussi faméliques et avides de succès que lui, le départ pour Québec avec le projet de passer la saison dans un cirque, un bon plan d'Eugène – un autre Pyrénéen. Ç'aurait pu être parfait, le cirque. Le chapiteau rouge et jaune, si grand, des artistes du monde entier, le public chaque soir, des applaudissements et l'assurance d'un salaire fixe, deux repas par jour et un coin de roulotte pour se coucher. Une cage pour les ours. La sécurité à peu de frais, vingt minutes sur scène chaque soir. Faire le show, comme on dit là-bas, empocher la mise, manger, dormir.

Mais il a fallu que les Bulgares les embrouillent. Deux dresseurs d'ours déjà installés, refusant qu'on leur vole la vedette, ont peu à peu montré les crocs. Ce furent d'abord les provocations, les insultes puis le sabotage du costume de scène d'Eugène. Et un soir, un passage à tabac, au motif qu'il aurait plagié l'un de leurs numéros. L'ours dansant, c'est tout le monde qui le fait ! avait hurlé Eugène, ployant sous les coups des deux épais personnages. Et Jules, terrifié, avait crié tant bien que mal, qu'on vienne leur porter secours, qu'ils allaient crever, il avait écopé de quelques beignes en essayant de s'interposer, jusqu'à l'arrivée de la bande des Chinois, des gymnastes si malingres que même à cinq, ils ne parvinrent qu'à grand-peine à canaliser les deux Slaves. Les molosses laissèrent Eugène tuméfié au sol, et durant la nuit, pour se venger du licenciement qui suivit la bagarre – le directeur du cirque ne voulait pas de "ce genre de spectacle" – les Bulgares s'en prirent à l'ours d'Eugène. Le jeune mâle fut retrouvé égorgé dans la cage où il cohabitait avec l'ourse de Jules, épargnée par miracle.

La rixe avec les Bulgares fit la une des journaux locaux. Le directeur finit par congédier Eugène et Jules, échaudé par la mauvaise publicité, au motif qu'un numéro avec un seul ours n'avait pas assez d'éclat pour un cirque international. Après la parenthèse Panzati, Eugène se fit embaucher à la plonge dans un restaurant français de Québec, n'ayant plus d'ours à faire danser. Sa carrière de saltimbanque s'arrêtait là. Pour Jules, il fallait repartir, encore, la route comme remède à la disgrâce, comme promesse. Avancer pour ne pas crever l'hiver prochain dans le froid furieux de ces terres.

Alors, un jour d'octobre, après quelques semaines de vaches maigres et de repas partagés avec l'ourse, dont les côtes saillaient sous le pelage toujours sombre mais moins brillant, Jules avait fini par négocier l'embarquement sur un bateau en direction de l'autre Amérique, celle du Sud, du soleil, des filles somptueuses, de la musique et la vie douce – on la lui avait vendue ainsi, y croire aveuglément lui convenait. Il n'avait rien à perdre, de toute façon, pas même un kilo : ses côtes à lui aussi se dessinaient sous la mince peau de son torse glabre. Ils embarquèrent sur le SS *Lake Nepigon*, un *screw steamer*, comme on disait en Amérique, trois mâts, cent mètres de long. Seul montreur d'ours à bord, il reprit des forces. Le capitaine l'avait à la bonne. D'habitude, on prend pas les ours, ni d'autres bestioles, consigne de l'armateur, mais tu fais tellement pitié, mon gars, lui dit-il de son accent chantant du Québec. Tu fais tellement pitié. Et Jules s'était dit maintes fois durant la navigation qu'il faudrait trouver un endroit où se retaper vraiment, grossir, forcir, se faire un nom, et ne plus jamais faire pitié. Ainsi avait-il débarqué à Montevideo deux mois plus tôt : ici, c'est pas New York ou Caracas, c'est la province, mais tu seras bien, avait lancé le capitaine.

Jules a tout de suite aimé la clémence de Montevideo, sa douceur et la vue sur le large, depuis la *bahia*. Il a fait envoyer une carte postale à sa mère, où l'on voit quelques navires, espérant qu'elle lui parvienne un jour. Puis il s'est remis en marche, la besace était vide, il avait faim. Et on le lui avait assez répété : tu fais pitié, gars. Alors au boulot, se faire connaître, vite.

Dans la ville, il a d'abord erré de place en place, étrennant ses tours, cherchant à alpaguer la foule avec les quelques mots d'espagnol agglomérés à ses rudiments d'anglais et son français. Venez voir *la Osa Grande, come on amigos* ! Après quelques échecs, la perplexité dans le regard des passants, la police qui l'a délogé à la matraque, il a atterri devant la terrasse de la matrone. C'est elle qui tout de suite a flairé le deal : attire la foule, divertis-la, je vous nourris toi et ton fauve. Bien vite, il est devenu son protégé. Et depuis, chaque jour, il donne spectacle avec l'ourse, les gens viennent de plus en plus nombreux, le restaurant est comble. Il s'est procuré une bicyclette, a renoué avec les tours appris avec Marcel, ses classiques. Ici, pas de concurrence, nul autre montreur d'ours, un rien impressionne la foule. La matrone est radieuse, elle négocie la paix avec la police, rassure les voisins, elle nourrit Jules et garde toujours la part de l'ourse.

Et Jules l'aime bien, c'est une présence rassurante. Une mère de substitution qui n'a rien à voir avec la sienne, maigre, maladive, inquiète, et dont l'image se brouille à mesure que les années passent. La grosse femme est joviale, lumineuse, elle porte toujours le même tablier, ceinturé autour d'une taille épaisse, son chignon impeccable, droit et haut sur son crâne à toute heure du jour. Elle affiche le plus souvent un large sourire, presque aussi hypnotique que ses deux énormes seins, dont Jules peine à ne pas fixer la masse mouvante quand elle se tient face à lui. Tout en elle est abondance, jusqu'à sa voix. Elle chante, souvent, en cuisinant. Et les portions qu'elle sert sont titanesques.

Et ce matin, alors qu'il a presque fini sa seconde part de *torta*, que l'ourse dort dans le patio, que le soleil chauffe la petite place dominée par une église blanche et jaune, il la voit. Elle est revenue. Il n'y croyait plus, certains jours… Mais elle est là, qui s'approche, la Chica de son nom de scène, une étrange fille de Caracas au corps élastique, qui parfois se joint à eux. Et tandis qu'elle marche, chaloupe plutôt vers le *comedor*, Jules la détaille, captivé. Rita de son vrai nom. Courte, souple, diablement belle. Quelque chose en lui s'emballe et ni les vendeurs ambulants ni les passants qui traversent son champ de vision n'ont plus d'existence. Il n'y a qu'elle – son visage, la courbe de ses hanches, son sourire narquois qui apparaît, s'efface, revient. Puis elle s'immobilise à quelques mètres de la porte, et d'une main lui fait signe, *venga*, *venga*. Elle sourit, puis son visage se referme l'instant d'après. Il se lève d'un coup. La matrone passe, d'un air sévère le fusille, *cómetelo*, indiquant la dernière bouchée de torta. Mais Jules n'a d'yeux que pour la fille, et la matrone râle, tous les mêmes, s'amuse-t-elle en ramassant l'assiette d'un geste brusque. Il ne finira pas, tant pis pour lui, l'amouraché avec son air nigaud.

Jules réveille l'ourse engourdie dans le patio et, traversant la salle à manger suivi du fauve qui n'a pas fini sa digestion et renâcle, il sort rejoindre Rita. Souvent, il a rêvé de la marier. Mais elle est insaisissable. Elle débarque de nulle part, vêtue de tissus chatoyants, se contorsionne et danse comme si elle était possédée – elle l'est souvent par l'alcool – puis s'évapore durant des jours. Où elle loge, de quoi est fait son ordinaire, il n'en sait rien. Mais quand elle vient, ils joignent leurs talents pour faire spectacle. Il se hâte, l'ourse traîne, il est sur la place, face à elle. Il la regarde d'un air béat. *Vamos, pue.* D'un ton enjoué, autoritaire. Elle ne demande pas, elle ordonne. Tous trois s'installent au centre de la place, sous un anacardier dont les larges feuilles les protègent un peu de la touffeur de la mi-journée. Folie que de donner une représentation sous le soleil. Folie après manger. Mais ainsi est Rita, elle n'est que folie.

Il sue déjà, exige de l'ourse la concentration. Les premiers passants se sont arrêtés, leur attention captée par cette étrange équipée – l'homme, la femme, la bête. L'animale est prostrée, elle n'a pas envie. Jules insiste, la fait asseoir. Rita se lance. Et la voilà qui remue, ondoie de chacune des parcelles de son corps. Et son visage, ses cheveux, la plante de ses pieds qu'elle a dénudés s'animent. Debout, encore, debout, exige Jules, et du *bastoun*, il indique le mouvement. L'ourse se dresse pesamment, Rita s'enroule autour de la bête, qui virevolte sur ses pattes arrière, dans une transe partagée, et ensemble, elles tournent. Elles tournent encore, les gens s'arrêtent pour regarder. Le soleil cogne. Depuis combien de secondes, de minutes ? Elles tournent. Une petite foule s'est massée. Encore, encore un tour. Et Jules ne voit plus que son ourse dressée, répétant à l'infini la rotation qu'il exige d'elle, et cette femme hypnotique, dont le corps réalise des révolutions autour de l'animale, jusqu'au vertige. Et lui, et elle, et l'ourse, tournent encore.

10

Alma progressait lentement, son sac l'écrasait, la pente était si raide qu'elle avait la sensation de grimper plus que de marcher, et souvent, elle mettait les mains, s'arrimait aux arbres, aux rochers, évitant de justesse la glissade ou la chute. Les myrtilliers et les rhododendrons lui barraient le chemin et il fallait les enjamber, les contourner, au risque de trébucher et dévier de sa trajectoire. Le brouillard était dense, la visibilité quasi nulle. Impossible de se laisser dériver, car une fois là-haut, elle n'aurait nul autre repère que son point d'amarrage estimé à la ligne de crête. Elle avait évalué, entamant l'éreintante montée au petit pont, qu'il faudrait serrer au plus près l'éboulis rocheux, le laissant sur sa gauche, monter droit face à la pente, et qu'ainsi, elle n'aurait plus qu'à suivre la crête pour rejoindre la cabane. Elle s'y protégerait des violents orages qui s'annonçaient encore pour le reste de la semaine. Si elle déviait, elle risquait d'errer longtemps là-haut. La pluie et le brouillard rendraient l'usage de la carte impossible et le téléphone ne captait pas. Mais elle n'était pas inquiète, elle se savait capable de passer la nuit en autonomie, et elle disposait d'un téléphone satellitaire pour les appels d'urgence. Vu ses derniers échanges avec François, elle ne l'utiliserait qu'en ultime recours. Hors de question de passer pour l'assistée de service de l'équipe.

Les relations avec François n'avaient cessé de se dégrader. Les orages et les attaques de l'ourse avaient réveillé les syndicats d'éleveurs, qui réclamaient des mesures de rétorsion contre la Negra. La presse locale en faisait les choux gras entre deux encarts sur les fêtes de fin d'été. C'est leur marronnier, tu verras, l'avait-on prévenue à son arrivée. Le vivre était autre chose. Suite à une dernière attaque sur l'estive d'Escobas, les effarouchements étaient jugés insuffisants. Alma savait que l'équipe n'avait pu procéder à aucun tir dissuasif sur l'ourse, elle avait l'intelligence de ne jamais se montrer quand les effaroucheurs étaient dans le secteur. Elle sait, elle sent, disait Alma à Marius qui opinait. Le jeune stagiaire était devenu son dernier soutien actif dans l'équipe, elle lui déléguait le traitement des heures d'images qu'il fallait écluser. Le stade 2 du protocole Ours à problème avait donc été validé la semaine passée. L'ourse serait appâtée par une carcasse, anesthésiée par balle et équipée d'un collier à balise télémétrique. On pourrait alors la pister nuit et jour.

Alma avait de nouveau appris la nouvelle par des bruits de couloir. Je ne suis jamais informée quand on prend des décisions qui rendent mon protocole caduc, je fais comment pour bosser ? avait-elle lancé à François. Il avait répondu d'un ton tranchant : ton boulot, c'était de nous donner les clés pour éviter ça. Tu nous as vendu l'approche éthologique, on t'a soutenue, il nous faut des résultats. Si on se prend un arrêté d'élimination pour cette ourse, on aura foiré. Imagine, la plus vieille ourse du secteur ! On aura les assos écolos sur le dos, en plus des anti-ours – la totale. Les premiers nous accuseront d'être des criminels, les seconds d'avoir laissé une bête sanguinaire dans la montagne. Il avait poursuivi, déversant ses angoisses. Moi, je prendrai cher, et toi, tu retourneras aux bonnes vieilles méthodes de suivi de traces et d'analyse stat, je ne serai plus en mesure de défendre tes projets. Elle s'était étranglée, il lui semblait que, comme tant d'autres, François craignait plus pour l'avancement de sa carrière. On parle de démarche expérimentale, il faut du temps long pour ça, c'est un chemin semé d'embûches, s'était-elle défendue, envahie par un profond sentiment d'échec. On lui avait donné sa chance, elle ne parvenait pas à transformer l'essai. François avait tranché, sans cacher son agacement : le CNB n'était ni un centre de recherche, ni une retraite pour poètes. Elle y avait été admise à condition que son travail alimente les pratiques des agents. Alors il te reste moins d'un mois avant le bilan, la balise t'aidera à identifier l'ourse, elle sera posée dans les jours à venir. Passe du temps sur le terrain, tu es dispensée de réunions de services, mais je veux un rapport fourni et surtout des propositions concrètes. Elle ne l'avait jamais vu s'emporter ainsi.

En quittant son bureau, elle avait senti qu'il ne s'agissait pas que d'elle, mais d'un échec plus collectif. L'équipe était prise dans la spirale d'un débat politique qui dépassait les enjeux liés à l'ours. L'animal était un bouc émissaire commode dans une guerre vaine qui opposait les ruraux et les urbains, ou plutôt différentes visions de la ruralité, ceux d'ici et les autres, les éleveurs et le reste du monde ; guerre dont personne ne sortirait gagnant, qui poussait chacun à devenir une caricature de lui-même. Et ce conflit tantôt larvé tantôt ouvert ne reflétait rien de la complexité des rapports que la plupart des gens entretenaient avec l'ours : chacun était sommé d'être "pour" ou "contre", le dialogue n'avait plus de place.

Le tonnerre grondait désormais de plus en plus fort. Le lourd sac empli de vivres pesait sur ses épaules. Elle respirait bruyamment, poussant, pas après pas, sur ses cuisses pour se hisser. Elle ressentit une lassitude immense l'envahir, ou plutôt était-ce le découragement qui annihilait ses forces. Cet été l'avait rincée. La canicule, les errements de son travail de terrain, la sécheresse puis les orages herculéens s'abattant désormais sur la terre, si cramée qu'elle ne parvenait pas à absorber tant d'eau. Elle n'avait pas de prise, elle avait beau modifier les protocoles, bouger les caméras, essayer de s'adapter, l'ourse toujours lui échappait. Les délais impartis pour l'étude étaient trop courts, son ami Boris avait raison ; elle leur avait vendu du rêve, on ne produisait pas de connaissances sur le comportement animal à marche forcée. Et si elle avait réalisé de belles observations directes au début de l'été, cela faisait un moment qu'elle n'avait pu observer les ours du secteur autrement qu'à la dérobée ou sur des captations. Partout, ils laissaient pourtant des traces de leurs passages – empreintes de pieds, cadavres en rade à demi consommés, crottes dont on avait fait plusieurs fois expertiser l'ADN. La Negra était bien par là, encore suitée d'un ourson, mais ses comportements demeuraient mystérieux.

En analysant les images des caméras thermiques aux abords de la couchade, Alma ne parvenait ni à définir les configurations types qui précédaient les épisodes de prédation, ni même à décrypter les intentions de l'ourse quand elle rôdait à proximité du troupeau, le plus souvent sans passer à l'acte. Les patous, eux, sentaient la différence entre ses visites de courtoisie et les repérages en vue du gueuleton. Car si l'ourse, aux yeux d'un humain, affectait la même nonchalance, la même démarche pesante et pourtant leste, les chiens semblaient anxieux quand elle préparait une agression. Et ce qu'eux voyaient, sentaient – l'infinitésimale variation de son comportement, sa trajectoire, une manière de regarder les brebis, un influx nerveux particulier, le tempo de ses pas qui s'infléchissait –, tout cela Alma l'imaginait sans le percevoir, sinon en regardant les patous se déployer en mode défensif autour et au sein du troupeau. Mais sans eux, sans leur réponse à ces signaux, ils auraient été invisibles à ses yeux.

Depuis qu'elle avait assisté au constat de décès d'une brebis dix jours plus tôt, sur l'estive, en présence des éleveurs, son nom avait été repris dans un article et elle avait reçu quantité de messages de menaces. Des mauvaises ondes, des mots mal orthographiés, agressifs, comme tombés du ciel. Sa voiture avait été taguée de nouveau d'un *Non aux ours et aux salopes*, variation sur le même thème que la première fois. Savoir que les auteurs étaient dans les parages, qu'elle les croisait sans doute au café, dans les rues d'Arbat, l'incommodait. Car si elle refusait de prendre au sérieux ces missives, elle se sentait indésirable, et ce sentiment renforçait son impression d'échec ; les élans vitaux du début de l'été lui semblaient lointains. Salope. Ça la hantait, ce mot sans visage qu'on avait inscrit par deux fois sur la voiture, qu'elle avait fait repeindre. Qu'en pensaient les autres ? Que c'était mérité ? Qu'elle n'avait qu'à partir ? Que prendre parti pour l'ours justifiait bien quelques insultes ? Elle se sentait exposée dans cet univers où l'anonymat n'existait pas. Et souvent, l'envie de larguer les amarres, ce geste du départ qu'elle avait tant de fois réitéré, la taraudait. Prendre la fuite encore, pourquoi pas ? Elle avait quitté les États-Unis une première fois pour étudier en Espagne quand son père était mort, une seconde fois pour s'éloigner de Sam. Peut-être faudrait-il aussi s'échapper de ces montagnes, de cette vallée qui l'étranglait peu à peu.

Elle se hissa bientôt au-dessus de la lande et chemina dans des prairies, la pente se faisait moins raide à mesure qu'elle approchait de la crête. Le tonnerre retentit, le ciel fulminait, et une pluie drue, puis la grêle, s'abattirent. Arrimée à son bâton, un radeau de fortune, elle se concentrait sur le profil topographique de la crête pour se diriger vers son refuge. Les grêlons s'intensifiaient à mesure qu'elle progressait et elle se demanda à partir de quelle circonférence ils pourraient la blesser. Ils atteignaient la taille de grosses billes quand elle arriva à la cabane. La porte était ouverte, le bois sec et les provisions laissées lors de son dernier passage étaient intacts. Pas de mauvaise surprise. Elle s'ébroua, se débarrassa des couches de vêtements accumulées. Elle se déchaussa et poussa un soupir de soulagement. Voilà un bon camp de base pour les semaines à venir. Elle ne descendrait que si nécessaire. D'ici, il fallait bien une heure trente de marche pour rejoindre l'estive, c'était beaucoup, mais au moins serait-elle mieux installée que dans un bivouac de fortune pour continuer son travail d'observation. L'affût nécessitait plus que de la concentration, un lâcher-prise total. Il fallait se fondre, arrêter de penser, c'était son objectif pour les deux semaines à venir. Cette cabane d'altitude ouverte, située à l'écart des sentiers de randonnée, n'était fréquentée que par quelques fins connaisseurs de la montagne, elle y serait au calme. Elle prépara un thé, y déposa une grosse cuillerée de miel, sans parvenir à faire cesser le processus de rumination à l'œuvre.

Le soir, elle ouvrit une bière, posa sur le poêle la marmite d'eau pour la cuisson des pâtes qu'elle assaisonnerait de maquereaux à l'huile – l'idéale recette d'altitude, simple, roborative. Voilà un moment déjà qu'elle doutait de la pertinence de sa mission, l'entretien avec François lui avait porté le coup de grâce. Elle en arrivait à remettre en cause le choix de son métier. Le récit qu'elle s'en était fait. Était-ce ça, le sauvage dont elle avait rêvé ? Des ours affublés de petits noms, suivis, filmés, contrôlés, sommés de se plier aux comportements jugés non problématiques par les humains ? Des animaux qui luttaient pour une portion congrue d'un territoire partout anthropisé ? Que restait-il des rêves d'enfant, des grandes émotions que lui avait procurées la fréquentation des immensités d'Alaska ou du Kamtchatka ? Et d'ailleurs, ces rêves de gosses ne reposaient-ils pas sur de pieux mensonges ? Les histoires de son père, les bouquins et les documentaires animaliers dont il l'avait abreuvée, et la fréquentation assidue de zones sanctuarisées. Ici, il lui semblait que les jeux étaient trop déséquilibrés – on avait déjà tout détruit ou presque –, que l'ours servait à racheter la bonne conscience collective. Un ours qui devenait le porte-étendard de militants, d'associations, de touristes et de politiques, qui n'avait plus grand-chose à voir avec la montagne. Et elle, qui se battait jour et nuit pour un individu, alors que les plaines, les montagnes, les forêts avaient cramé tout le mois de juillet, qu'on déversait encore du glyphosate dans les champs en toute légalité, que la France investissait massivement dans les énergies fossiles. N'était-ce pas un peu grotesque ?

Et pourtant, tant de fois ces dernières semaines – lorsqu'elle rentrait du terrain après avoir rencontré des isards, repéré un triton dans le ruisseau, trouvé des traces d'ours et collecté les images des caméras, observant le passage d'un chat des bois, ou les tergiversations d'une martre –, elle avait pensé que tout n'était pas perdu. Car il y avait dans la démarche, le regard, le corps en mouvement de ces bêtes, leur singularité, leur imprévisibilité, quelque chose qui échappait au contrôle, à la statistique, qui se déjouait des politiques publiques et des conflits territoriaux, une nécessité propre, une poésie, cette part sauvage qui avait résisté dans les interstices du monde.

Elle se leva, jeta les coquillettes dans l'eau frémissante, raviva le feu. Cette cabane était exiguë, réconfortante. D'ici, il suffirait de suivre les crêtes pour rejoindre le secteur d'Escobas. Seul un passage exposé demandait de la vigilance. Et, loin du village, au moins échapperait-elle un peu aux débats stériles et aux attaques répétées, et pourrait-elle se concentrer sur la bonne conduite du projet. Elle aurait tout le temps de remettre en question les choses à l'automne. Elle n'était pas la seule à être mise à rude épreuve. La semaine passée, elle avait croisé le berger à bout de nerfs. Il lui avait confié ne plus dormir, attendre un renfort pour le dernier mois d'estive. Ses angoisses affleuraient à chaque phrase. Plusieurs personnes avaient raconté à Alma l'histoire de l'aide-bergère, sa chute mortelle. Maintes fois, elle avait vu le petit monument à son effigie, au départ du chemin de randonnée qui permettait de réaliser l'ascension du mont Calme. Le regard sombre sur la photo, la moue décidée ne la quittaient pas. Car cette fille, c'était elle, c'étaient toutes celles qui, faisant le choix de la montagne, avaient accepté la part de risque, l'aléa, la possibilité de la chute, gardant la tête haute et allant d'un pas leste dans le brouillard, riant fort, souffrant parfois, car la liberté était faite de cette matière composite : un alliage de joie, de larmes et de vent glacé.

Ce matin-là, Gaspard lui avait communiqué ses dernières observations de traces. Il notait leur emplacement, prélevait le point GPS, avant que ses brebis ne piétinent tout. Sa collaboration était précieuse. Alma le sentait en difficulté, terrifié par le retour de l'ourse dans le secteur, mais il ne se laissait jamais aller à des discours simplistes. Il était tissé de douceur et d'inquiétude, cela transpirait dans ses gestes, ses phrases au débit rapide. Et lorsqu'il s'éloignait après leurs échanges, il progressait à vive allure, sans effort apparent, comme s'il glissait sur les montagnes. Pourquoi était-il remonté après ça ? Elle pensait connaître la réponse. Sans doute l'âpreté de ces territoires l'agressait-elle moins que le monde des humains. Et elle avait repensé à son père qui, lorsqu'elle n'était qu'enfant, avait déserté la maison durant des mois, année après année, pour réussir l'ascension hivernale du Nanga Parbat par une voie difficile. Il l'avait tentée quatre fois en binôme, avait perdu son acolyte dans un accident, était reparti, encore, malgré tout. Comment pouvait-il désirer si fort une montagne qui avait tué son grand ami Josh ? Désormais elle savait, elle avait aussi connu, ici et en Alaska, le sentiment addictif que provoque la fréquentation de ces mondes rugueux.

Elle sortit son ordinateur portable. Elle avait une dizaine d'heures d'autonomie et son chargeur solaire permettrait, si la météo s'améliorait, de le recharger. Elle se plongea dans les lectures qu'elle avait entamées les jours précédents. Il fallait qu'elle étaye son hypothèse, celle d'un lien entre les infanticides qui avaient affecté les portées de la Negra, sa proximité avec l'estive et les attaques du troupeau qui en résultaient. Un ancien de Fairbanks l'avait orientée vers une thèse soutenue à l'université des Sciences de Norvège. L'auteur démontrait que, dans des contextes de menaces pour leurs petits, les mères ours bruns développaient des stratégies préventives. Connaissant l'aversion de leurs congénères pour les humains, elles s'installaient à proximité de ces derniers. Elles vivaient alors à la dérobée, privilégiant les espaces arborés, pour cohabiter sans se faire voir et protéger les oursons des attaques des mâles. La thèse corroborait par ailleurs l'hypothèse posée par nombre de travaux : quand les ours étaient chassés, les reconfigurations territoriales qui s'ensuivaient favorisaient l'infanticide. Alma avait tenté de résumer ses trouvailles à l'équipe d'effarouchement : quand tu tires, certains mâles vont fuir le secteur et s'installer plus loin. Ils ne touchent pas leur propre progéniture. Mais si, sur leur nouveau territoire, vit une femelle avec des petits qui ne sont pas les siens, le mâle peut les tuer… La perte des oursons déclenche l'œstrus en quelques jours, il féconde alors la femelle. Sont quand même tordus, ces bestiaux, avait lâché Franck, après faut pas raconter aux gens des histoires de bisounours ! Elle avait poursuivi sa démonstration sans ciller : en gros, en tirant, tu perturbes les ours, tu participes à la reconfiguration de leurs domaines vitaux, ce qui augmente le risque d'infanticide des oursons par les mâles. Ouais, enfin, nous on fait juste notre boulot, on se pose pas tant de questions, avait tranché Éric.

Elle ferma l'ordinateur, elle était trop épuisée pour poursuivre sa lecture. Ce travail ouvrait un champ immense d'interrogations : y avait-il des différences selon les individus, certains seraient-ils plus enclins à commettre l'infanticide, ces comportements étaient-ils transmis ? L'ours était une espèce cryptique, l'observation de l'infanticide très rare, c'était pourtant la première cause de mortalité des oursons dans bien des territoires, avec des conséquences importantes sur la dynamique des populations. Et Alma postulait que l'infanticide n'était pas sans impact sur la prédation. Ici, l'ourse s'était approchée depuis deux ans des troupeaux, notamment pour se prémunir des agressions des mâles. Elle avait alors sous la main une réserve de viande facile, elle pouvait s'approvisionner sans s'éloigner de son petit. Le risque d'infanticide augmentait-il les occurrences de prédation ? Elle ne cessait de tourner en boucle mille hypothèses. Elle se leva pour préparer une tisane, il faisait chaud dans la petite cabane dont le hublot ouvrait sur une nuit d'encre. Elle se sentait hantée par ces histoires d'ours, elle perdait peu à peu la distance qu'elle aurait dû maintenir en tant que chercheuse. Mais les méthodes, les protocoles, les outils ne prémunissaient pas contre les émotions. Elle but lentement la tisane en cherchant à percer les mystères de la pénombre, s'imaginer les vies qui s'y déployaient.

Elle se sentit seule. Elle avait poursuivi l'existence nomade que ses parents lui avaient inoculée, plus qu'elle ne l'avait choisie. Le déracinement était un legs, qui la rendait tantôt légère, apte à se fondre partout, tantôt lourde des amis que l'on laisse en chemin. Son téléphone ne passait pas. Elle eut envie d'appeler sa mère, lui demander comment c'était de quitter sa terre natale tant d'années. Si elle avait fini par poser ses valises pour vieillir en Asturies, c'est que le geste du retour s'était imposé. Comment s'était-elle arrangée avec les absences de son mari durant les années américaines ? Sa mère lui avait toujours paru si forte qu'Alma ne l'avait jamais imaginée habitée par la solitude. C'était une femme désirable, désirée, elle peignait. Alma ne lui avait jamais demandé si la vie avait été vraiment heureuse avec son père. Et comment on survit à la perte. Elles avaient cheminé dans le deuil en parallèle. Elle avait été l'enfant sans père que l'on plaint, sa mère la veuve courage qui tient bon. Si elle avait pu joindre sa mère à ce moment précis, elle savait que les questions lui seraient restées sur le bout des lèvres. Elles auraient échangé des banalités, parlé de météo et de brebis, de livres. Pourquoi était-il si difficile de dire ce qui compte à ceux qui comptent ?

Quand elle se leva avant l'aube, le paysage n'était que brume et pénombre. De la bouillie, songea Alma, pas le moment de se paumer ou de se gameller. Elle longea près d'une heure et demie durant la crête, en équilibriste – une chute pouvait être fatale dans les passages exposés. Elle arriva au pas de l'Enfer par l'ouest quand le jour se levait, put éteindre sa lampe frontale et, d'un pas plus rapide, elle descendit vers l'estive, suivant l'une des drailles des brebis. Elle se posterait à flanc, entre le pas et le trou de l'Ours, d'où elle aurait une vue panoramique sur le secteur, si la brume continuait de se lever. Les images collectées en attestaient, l'ourse passait régulièrement ici avec son petit. Le mâle aussi avait emprunté ce chemin, ainsi qu'un autre spécimen, plus jeune. Les plantigrades avaient beau être des solitaires, ils passaient et repassaient par les mêmes chemins, et Alma se disait souvent qu'il y avait bien plus à comprendre dans le langage olfactif que constituaient les laissés, les urines et les poils, que ce que les humains y cherchaient, grâce notamment aux prélèvements ADN. Tu vois, pour moi, il y a une poétique de l'urine, lui avait dit Sam le plus sérieusement du monde un jour. Les loups se laissent des messages, ils communiquent, et nous ignorons ce qu'ils expriment. Et à le regarder, alors qu'il parlait ce matin-là, elle l'avait trouvé lupin lui aussi, son corps et son visage athlétiques, son esprit qui fusait, et cette manière furtive d'habiter le monde.

Elle avait installé la longue-vue depuis une bonne heure quand le soleil pointa pour la première fois de la semaine, entre deux épais nuages noirs. La brume nappait encore le mont Calme, le Valat, les sommets les plus proches qu'elle ne pouvait que deviner. Le flanc opposé était désormais à découvert et elle pouvait scruter le territoire où elle l'espérait.

Elle repensait à ses lectures de la veille. Et puis il y avait ces images, reçues la semaine passée, qu'un agent catalan avait filmées de l'autre côté de la frontière et qui l'obsédaient. Une ourse défendait farouchement un ourson contre un mâle, des corps entremêlés on devinait les blessures, et bientôt, ils étaient au bord d'un dévers rocheux, se frappaient et se mordaient encore, et les deux plantigrades de tomber, deux cent cinquante kilos à eux deux, lancés dans le vide. Le mâle était mort sur le coup, la femelle s'était traînée avec son ourson dans une grotte adjacente, grièvement blessée, et nul ne pouvait prédire si elle survivrait. Les gardes du parc national avaient été mandatés pour filmer la sortie de la grotte, où l'ourson allait et venait, en espérant voir réapparaître la femelle. Sans doute faudrait-il finalement la déclarer morte.

Elle éteignit son téléphone. François avait laissé plusieurs messages qu'elle ne voulait pas écouter, pas maintenant, se donner l'opportunité d'être pleinement à l'affût, pour une fois. Elle saurait bien assez tôt pourquoi il la harcelait ainsi, sans doute une réunion à la con de dernière minute qu'il valait mieux s'épargner.

Elle se concentre, et à force de scruter la montagne sans bouger, ses jambes fourmillent, elle songe à se déplier, entreprend un mouvement délicat pour se mettre d'aplomb, quand tout à coup ça bouge au niveau de la crête, une tête, petite – l'ourson, bien sûr. Elle se rassoit et, oubliant l'engourdissement, contemple l'apparition. C'est la première fois depuis le début du mois de juillet qu'elle le revoit vraiment. L'ourse, qui a surgi de l'autre versant, déambule désormais dans les éboulis, le petit à sa suite, qui joue avec une pierre à défaut de partenaire. Il s'arrête, alerte minimum. Alma note et consigne dans l'éthogramme qu'elle a attrapé en hâte, mais déjà l'ourson repart, "déplacement", puis s'arrête au pied d'une dalle lisse le long de laquelle coule un filet d'eau, qu'il lape. La mère, elle, fouine sous les rochers, gratte la terre, porte à sa bouche de probables larves, d'un geste délicat. Alma n'en perd pas une miette, "alimentation", et le petit imite la mère, qui bientôt semble se poster en vigie, flairer quelque chose. Le vent aurait porté son odeur jusque-là ? Alma suce son index et le place en l'air, la maigre brise ne peut pas amener ses effluves jusqu'à l'ours, mais peut-être y a-t-il des randonneurs ? Vraiment ? Dans ce secteur escarpé ? Ou le berger pas loin, une sonnaille parvenue aux oreilles de la Negra ? Les deux ours cheminent et se restaurent sur le flanc, qu'elle contemple, recevant leur présence comme un cadeau, ne sentant plus ses genoux torturés par l'immobilité, ni l'humidité qui a imprégné ses vêtements, ses fesses mouillées, la fatigue de la nuit trop brève, elle est absorbée par cette rencontre. Et bientôt l'ourse et le petit battent en retraite, se dirigeant vers l'estive plus bas, ou dans les bois, difficile à dire. Elle regarde sa montre, arrête le chronomètre qu'elle a déclenché au début de l'observation. Trente-huit minutes et quatorze secondes de partage. Et elle reste immobile encore, sans oser troubler le silence de la montagne, elle est revenue, voilà, murmure-t-elle. Elle s'est laissé revoir, enfin.

11

À force d'être plongé dans la montagne, il semble à Gaspard la voir changer de visage, ou peut-être est-ce son regard qui s'aiguise, saisissant peu à peu la complexité de ce monde mouvant, prenant la mesure des forces qui l'agitent. Parfois, il se concentre et distingue avec netteté chacune des couches géologiques, des lignes de failles qui la constituent, et il cherche à décrypter – mobilisant les souvenirs des lointains cours de géomorphologie – l'histoire qui se lit dans l'agencement des formes, des strates, des coulées, autant de signatures de ce qui s'est joué sur des échelles de temps autres qu'humaines, à imaginer l'intensité du choc des plaques qui, quarante millions d'années plus tôt – quarante millions… et dire que c'est une montagne jeune… – aurait provoqué l'orogenèse pyrénéenne, après celle hercynienne, et il articule à voix haute, voilà un truc qui remonte à ses années d'étude. Orogenèse. Mais soudain le regard est capté par un détail, bordel, elle fait quoi, cette agnelle ! Et ce ne sont plus les formes granitiques qu'il décrypte, mais la marge de manœuvre qui reste à la bête pour s'extirper de l'éperon rocheux où elle s'est nichée, sans se casser la gueule. Elle est suicidaire ! Et elle tend le cou, encore, vers ce buisson qui l'appelle, mais la gravité aussi, vers le bas… Vas-y continue connasse, tu vas basculer dans le décor, je pourrai même pas aller chercher ton numéro ! En estive, les morts sont des étiquettes de plastique orphelines, qui nagent dans un bocal, témoins des bêtes qu'elles ont désignées. Il jure. Trois tours de plus dans son estomac. Et la voilà, qui d'un bond leste se dégage, soulagement, elle chemine, et Gaspard ravale le vertige, qu'elle, l'agnelle, semble ignorer.

Et de nouveau, la montagne, les masses géologiques, ces fractales partout, qu'il imagine dans la ramure des buissons, les grains de sable, la forme des nuages gonflés au-dessus. Il en a le souffle court, et les alvéoles de ses poumons qu'il gonfle dans une grande respiration. C'est un mathématicien marcheur qui lui a expliqué ça, un jour, les fractales qui régentent la forme du monde… Le vieux randonnait, seul. Il garde l'agnelle à l'œil, elle a manqué la chute de peu, cette connasse. Fractales. Les boucles de ses cheveux. Et les mouvements de l'eau dans le torrent en contrebas. Fractales. Le monde, ce chaos, serait-il donc savamment ordonné ? Et bordel ! Deux brebis de plus à vouloir goûter au buisson défendu. Et même happé par le vertige, il ne peut cesser de les fixer, c'est sa raison d'être : garder. Fractales, la laine des agnelles qui jouent à narguer la mort au bord du vide. Et partout, il croit deviner la silhouette de l'ourse qui le surveille.

Les attaques et les orages avaient alterné durant tout le mois d'août. Parfois, la brume et le fauve agissaient de concert, il lui était arrivé de patauger dans ses traces, craignant qu'une brebis de plus n'y passe – le bilan était resté limité, elle ne lui en avait tué que cinq. Mais elle était là, à moins qu'un autre ours ne traîne aussi dans les parages ? Avec les orages, les brebis, qui en juillet s'étaient ruées vers les quartiers d'août pour chercher l'herbe, s'échinaient à redescendre prématurément. Le monde à l'envers. La formule était éculée, mais à propos. Et Gaspard avait passé son temps à ramasser, allant chercher les lots de rebelles qui se dispersaient vers le bois du Tars, celles qui zonaient en direction du village, dans le trou de l'Ours, et il les maudissait, ces bêtes, de l'emmener encore sur le lieu du drame. Il avait beau s'échiner à donner les virées dans l'autre sens, il fallait toujours que quelques agnelles aillent s'aventurer là-bas, dans ces cheminées pierreuses où la moindre attaque aurait pu être fatale.

Une sale chute avait eu raison la semaine passée des audaces d'une brebis aguerrie. Il n'avait pu l'atteindre que pour l'achever, suivant une dangereuse caminole à flanc. Elle était brisée, il fallait agir. Finir une bête au couteau n'était jamais agréable, la laisser agoniser inacceptable. Certains des amis de sa vie antérieure, urbains et végétariens patentés, circonspects quant à sa reconversion, lui avaient demandé comment on pouvait tuer les animaux dont on prend soin. Dans ces situations, il semblait à Gaspard que le cas de conscience répondait à la logique inverse. Ne pas tuer était moralement inacceptable, c'est en ôtant la vie que l'on remplissait son devoir de gardien. Le geste fatal était celui qui soulageait. Et il y avait quelque chose de déchirant dans le regard que la bête vous jetait alors. Les brebis ne luttaient même pas quand elles se savaient condamnées. Gaspard s'était fait la réflexion que

– contrairement aux chèvres, aux cochons, mais à l'égal des chevaux – les brebis ne pleurent pas, ne crient pas. À l'apogée de la douleur, tout juste émettent-elles parfois une respiration plus sonore. Et ce regard, oui, quand il avait planté le couteau dans la jugulaire. Il y avait dans les yeux des brebis quelque chose de doux et farouche à la fois, l'intense éclat d'un autre monde. Tout sauf la bêtise qu'on leur prêtait. Il faut être aveugle pour prendre les animaux pour des cons, se disait souvent Gaspard. La vieille brebis avait achevé sa vie dans ses bras, puis il l'avait laissée sur l'éperon rocheux, son corps offert aux charognards.

En rebroussant chemin, il avait essuyé ses mains ensanglantées sur les rochers, puis sur son pantalon, déjà constellé de matière organique – la terre, le suint des bêtes qu'il prenait à bras-le-corps pour faire les soins, des résidus de plantes, de laine et de poils de chiens. Il s'adonnait rarement à la lessive dans les quartiers hauts. Quand le soleil le permettait et que les brebis se tenaient calmes, il lui arrivait de faire tremper dans une bassine quelques vêtements, pour en extraire le jus, sans espérer leur restituer une propreté à jamais perdue. Et il lui semblait être lui-même, comme ces morceaux de coton crasseux, marqué à jamais par la montagne.

Les jours avaient coulé, l'épuisement s'était installé en cette fin août. Il ne parvenait plus à récupérer, se levait mécaniquement, tenait bon, mais il sentait sa confiance et ses facultés de jugement s'amenuiser de jour en jour. Et à mesure que les visites de l'ourse s'étaient succédé, les nuits trop courtes et les constats de perte d'une bête, le spectre d'Ilia était devenu de plus en plus envahissant. Il avait presque cessé de donner des nouvelles à Lucie, de communiquer avec quiconque. Il s'était convaincu qu'il fallait faire face seul avec les bêtes, ses brebis, ses chiennes, la vieille jument – une confrérie animale presque exclusivement féminine pour laquelle il se levait avant l'aube, dans un effort plus coûteux chaque jour. Jusqu'à cette nuit où, après avoir trop bu – le petit verre du soir se démultipliait dangereusement depuis quelques semaines –, les digues avaient cédé. Il avait pleuré, sa chienne contre lui, en finissant la bouteille de rhum par intermittence, entre deux sanglots. Et au matin, vaseux mais soulagé d'avoir expurgé cette tristesse immense, il s'était senti prêt à accueillir les filles pour leur dernière semaine de vacances. Il avait fait descendre le troupeau à la cabane principale qui pourrait héberger quatre personnes, laissant derrière lui les semaines de crête, son radeau d'altitude, les quartiers hauts.

Lucie arriva au terme d'une matinée froide, chargée d'un lourd sac de randonnée, suivie des petites, vaillantes. Elles avaient démarré l'ascension à l'aube, le soleil les avait escortées, baignant la vallée à mesure qu'elles progressaient. L'herbe jaune d'avoir tant brûlé en juillet luisait d'humidité avec le retour de la fraîcheur, et les pousses jeunes pointaient d'un vert puissant. C'est magnifique de vous voir là ! lâcha-t-il, venant à leur rencontre. Il les serra dans ses bras, les embrassa et ils entamèrent le dernier tronçon. Maëlle et Alice marchaient sans rechigner – ses petites guerrières – mais arriver à la cabane n'était pas une promenade de santé. Les dernières centaines de mètres s'effectuaient le long d'une sente raide, jalonnée de grosses pierres, il fallait redoubler d'énergie alors que le corps avait déjà accumulé plus de mille mètres de dénivelé. Poussant la porte de la cabane, il sentit qu'elles avaient toutes trois besoin de répit. Elles resteraient presque une semaine, il ne les avait jamais accueillies si longtemps à l'estive. Et il fut heureux, soudain, à l'idée de partager avec elles ce monde secret, le tempo singulier de la vie en haut.

— Installez-vous. Je vais vous faire ma recette de montagne ce midi pour vous requinquer. Le gratin de pâtes à la poêle ! Mon père me faisait ça en bivouac.

Gaspard songea que la montagne était l'une des seules choses qu'il avait vraiment partagées avec son père. Ils avaient tous deux l'altitude dans le sang. Et si son père avait un peu râlé – pour le principe – à l'annonce de son retour au pays, lâché qu'on ne vient pas s'enterrer ici quand on a une situation à Paris, il semblait cependant à Gaspard qu'une partie de lui avait compris la nécessité de ce retour. Maëlle le tira par la manche, son visage était maculé de sueur, ses cheveux en bataille.

— On pourra aussi faire des crêpes, papa ?

Il sourit. L'existence de Maëlle et Alice ne ferait jamais taire les angoisses, mais elle le rendait plus courageux, lui donnait une raison de faire face aux fantômes.

— Ah oui, bien sûr ! Des crêpes aux myrtilles, alors ! Il y en a encore plein en descendant vers le lac, je vous emmènerai, ça vous dit ?

— Oh oui. Des crêpes aux myrtilles !

Et toutes deux se mirent à sauter sur place puis, l'agrippant, elles l'escaladèrent en hurlant de rire, et bientôt il chancelait, deux fillettes arrimées à son dos et sa jambe. Lucie les regardait avec tendresse,

Gaspard sentit qu'elle était rassurée de les voir réunis. Les rares messages qu'il lui avait laissés en août transpiraient l'épuisement, elle avait dû s'inquiéter.

— Allez, petits singes, laissez votre père respirer !

— Du balai, les filles ! Laissez-moi avec votre mère, vous l'avez eue tout l'été !

Ils avaient très peu échangé depuis le début de la saison et Gaspard savait que Jean s'était fait l'écho de son état de fatigue – il lui en avait un peu voulu d'avoir trahi le secret de l'estive. Lucie l'avait appelé peu après la visite des éleveurs. Il avait alors pu parler, et elle avait tant insisté que Gaspard avait accepté un aide-berger pour le dernier mois. Il monterait le 5 septembre. Les attaques le justifient, ça sera pris en charge par le plan Prédateur ! Tu es sur une montagne qui nécessiterait un double poste. Et si ce n'était pas arrivé, l'été dernier, tu aurais eu un stagiaire cette année… Après l'accident, Gaspard avait refusé d'être de nouveau accompagné sur l'estive. Il se sentait coupable, il ne parvenait à ôter de sa tête l'idée qu'il aurait pu faire quelque chose. Lucie savait qu'il avait aimé Ilia, que sa mort n'en était que plus déchirante pour lui. Ils n'en avaient jamais parlé frontalement, mais même absente, la jeune bergère s'était immiscée dans leur couple.

Les filles entamèrent une course-poursuite dans l'espace exigu de la cabane. À quatre, ils remplissaient la minuscule pièce jonchée de sacs.

— Allez, allez, puisque vous avez encore de l'énergie, sortez jouer avec les chiennes pendant qu'on prépare le gratin de pâtes, ordonna Lucie aux filles qui s'ébrouèrent comme des agnelles.

— Elles ont l'air bien, qu'est-ce qu'elles grandissent vite ! dit Gaspard.

Lucie l'attira contre elle, il se tint d'abord un peu raide, puis elle sentit son corps se détendre et ils s'enlacèrent.

— Je suis contente que vous soyez montées.

Elle fixa Gaspard, son visage marqué par la saison, les nuits trop courtes, le soleil et le vent, la peau tannée, la barbe mal taillée ; il ressemblait à un berger, à n'en pas douter. Et ses cheveux avaient poussé, parsemés d'éclats argentés.

— Elle te rend beau, ta montagne. J'aimerais juste te voir avec moins de cernes… Quand l'aide-berger arrivera, tu pourras récupérer. Et puis, cette ourse va bien te foutre un peu la paix…

— C'est à la fin de la saison qu'ils sont les plus actifs. On a de bonnes chances de la voir encore traîner. Les chiens bossent bien, sans eux je ne sais pas combien on aurait perdu de bêtes. Mais le quartier haut, c'est compliqué. Il faudrait peut-être arrêter d'y monter ?

— Mais tu sais que si vous laissez ces quartiers vides, la montagne va être perdue pour les troupeaux. La lande va tout envahir. C'est ce qu'en dit Jean.

— Et alors ? Peut-être qu'il faut arrêter de s'acharner à vouloir garder là-haut, écouter les signaux. Vingt brebis au tapis en une nuit l'an dernier, une bergère morte. Ça pourrait être moins dur si on n'essayait pas de lutter. À l'époque de Jean, les ours n'étaient plus là, tout a changé avec eux.

Il s'était empourpré, elle lui prit la main. Il respira profondément, sourit.

— On a deux ogresses à nourrir, je vais leur faire un plat dont elles se souviendront !

Il sortit chercher le bidon d'eau. Maëlle et Alice étaient accroupies dans l'herbe, occupées à épouiller

Lunita et la Rousse. Les deux chiennes, sur le dos, ventre face au ciel, se laissaient manipuler sans broncher.

— Papa, tu n'as pas brossé Luna ou quoi ? râla Alice.

Elle avait un sens de l'ordre que ni Lucie ni lui ne lui avaient inculqué. Ils avaient toujours eu un rapport lâche au rangement, au matériel en général. La chambre d'Alice était la seule pièce de la maison d'Arpiet où rien ne traînait jamais.

— Brosser la chienne ? Mais ma chérie, c'est pas ma priorité en montagne, j'ai pas loin de mille bêtes à surveiller, soigner… Même moi, je n'ai pas pris de vraie douche depuis trois mois ! Mais faites-le, elles adorent, et puis il y a la jument aussi, quand vous aurez fini de démêler les chiennes !

— Oui mais quand même, regarde, c'est plus un chien, c'est un tas de nœuds !

— Beurk, tu pues, papa, lança Maëlle, hilare, en lui sautant dessus.

— C'est vrai que tu sens le bouc ! s'écria Alice.

— Plutôt le bélier, rétorqua Gaspard.

Les filles éclatèrent de rire. Elles avaient été longtemps distantes l'une de l'autre, mais elles trouvaient un terrain d'entente. Comme si devenir sœurs était un lent processus. Lui n'avait jamais réussi à bâtir de lien fort avec son jeune frère, ils échangeaient rarement. Loïc travaillait à la Commission européenne, vivait à Bruxelles et faisait la fierté de leur père. Se voir était une formalité plus qu'un plaisir. Et pourtant, Gaspard aurait aimé avoir un confident. L'automne dernier, Loïc n'avait pas eu un mot de réconfort. Et après ça, tu t'entêtes à continuer ? Gaspard lui en avait voulu de lui faire la morale quand il attendait un soutien. Il espérait autre chose pour ses filles, que l'estive, la montagne, ces moments leur permettraient de créer un lien solide. Il les laissa avec les chiennes et retourna dans la cabane.

Durant l'après-midi, il emmena les filles chercher le troupeau. Lucie s'était assoupie. Allez-y sans moi, je fais la sieste. Aux heures chaudes, on dit qu'elles chôment ou coument, expliqua Gaspard aux filles en arrivant à proximité des bêtes alanguies. Le matin, elles mettent plein d'herbe dans leur ventre, la panse, puis elles prennent le temps de mâcher en se reposant. C'est ça, la rumination, nous on ne peut pas remettre en bouche et remâcher ce qu'on a mis dans nos estomacs… Les brebis, si, les vaches aussi. C'est bien pratique, commenta Alice. Ils longèrent la crête et, arrivés au pied de la Dent de l'Enfer, Gaspard montra l'horizon. C'est l'Espagne, là-bas, dit-il, on ira ensemble un jour. Promis ? demanda Maëlle. Promis, rétorqua-t-il, sachant qu'une parole donnée à Maëlle ne pourrait qu'être honorée, elle avait le sens aigu de l'engagement et une mémoire phénoménale. Et, contemplant ses deux filles, qui lorgnaient vers l'Espagne, la Méditerranée, le Sud, échevelées et grisées par l'aventure, il se dit qu'elles auraient peut-être un jour envie de prendre le large à leur tour.

Ce jour-là, le soleil, les bêtes, les montagnes, tout semblait conspirer pour donner aux filles l'illusion d'un paradis. Le troupeau se trouvait précisément où il devait être, les bêtes étaient sereines, la météo clémente. Ils se posèrent en crête, en surplomb des brebis, Gaspard s'allumant une cigarette pendant que Maëlle et Alice faisaient la sieste dans l'herbe, têtes posées sur son manteau. Le soleil les enveloppait délicatement, la bise était fraîche, il les couvrit de son pull. Les bêtes étaient plongées dans leur rumination. Il savoura le répit. Au moment où les filles se réveillaient de leur somme, il aperçut un groupe d'éterlous sur le flanc d'en face. Il croisait régulièrement ces jeunes mâles dans le secteur, mais les voir avec les filles, dans la lumière dorée de la fin d'après-midi, quelle parfaite synchronicité. Regardez, ce sont des jeunes isards d'un an, ils vivent en harde après avoir quitté leur famille, comme vous, quand vous partirez faire des études ! Il y avait des jours, comme ça, où tout roulait, et l'on se prenait à rêver que la vie ait toujours ce goût d'évidence. Et longtemps, ils regardèrent jouer les jeunes ongulés, les filles suspendues à leurs cabrioles.

Le soir, Maëlle et Alice s'écroulèrent en quelques minutes après avoir englouti le reste de gratin de pâtes. Gaspard se retrouva dans la mezzanine, au-dessus d'elles, tout contre Lucie. Il n'y avait entre leurs corps et le plafond qu'un maigre espace qui ne permettait ni de s'asseoir ni même de se redresser. La cabane avait été dessinée par un étudiant en architecture mal inspiré. Le résultat était approximatif et peu commode à l'usage. Mais ce soir, l'exiguïté de la couchette prenait un tour tendre. Il était impossible de remuer le moindre centimètre de son corps sans toucher celui de l'autre. Ils passèrent une bonne partie de la nuit à se caresser, chuchoter et rire comme des adolescents en émoi. Et lorsque Lucie saisit finalement son sexe, Gaspard contint d'abord un éclat de rire, avant de laisser monter tout le désir retenu depuis quelques heures et de jouir contre son ventre en quelques secondes à peine.

Puis ce fut lui qui la caressa, la sentant provoquer de son bassin d'infinitésimaux mouvements qui lui soutirèrent des gémissements étouffés. Il essaya de sentir, aux vibrations de sa peau, le plaisir qui montait, déplaçant la pulpe de ses doigts à l'orée de son sexe. Ils s'endormirent quelques heures à peine avant le réveil, l'un contre l'autre, plus proches qu'ils ne l'avaient été depuis longtemps, repus de ce désir qui les avait envahis.

Le lendemain, Gaspard se prépara à tuer un des agneaux de Jean en fin de matinée. Il a insisté, c'est son cadeau pour les retrouvailles familiales, avait dit Lucie, il dit que tu peux choisir n'importe lequel. Gaspard avait prévu que Maëlle et Alice assistent à la mise à mort. Je veux qu'elles sachent, qu'elles l'affrontent, il n'y a pas d'âge pour ça, avait-il expliqué à Lucie, d'abord réticente. Au moins qu'elles soient à côté de moi. Après, bien sûr, si elles veulent fermer les yeux, libre à elles ! C'est aussi pour ça que je fais ce métier, parce qu'on fait partie de la chaîne alimentaire. On l'oublie et notre civilisation devient folle ! Lucie avait obtempéré, elle aimait quand il s'emportait ainsi, elle retrouvait le Gaspard fougueux qu'elle avait cru perdre l'hiver passé. Comme si une version atrophiée de lui avait erré dans la maison durant des mois, et que l'original était enfin de retour.

Gaspard leur expliqua le choix de l'agneau, la façon dont il serait prélevé dans le troupeau, tué, dépecé.

— On va en prendre un solide, un mâle parce que certaines femelles seront gardées pour la reproduction.

Les filles écoutaient avec concentration.

— Mais alors il vaut mieux être une fille chez les moutons ! s'écria Alice.

Elle n'avait pas tort, certaines brebis, bonnes reproductrices, avaient de longues vies. La plupart des mâles étaient tués à l'âge de quelques mois. Gaspard partit chercher le condamné du jour, revint une demi-heure plus tard, tenant par les deux pattes avant un agneau épais.

— Allez, on va faire les choses proprement.

Il adoptait un ton volontariste car tuer lui coûtait. Alice se cacha les yeux.

— Je ne regarde qu'à moitié, dit-elle, c'est trop horrible.

— Tu fais comme tu veux, ma chérie. Je veux qu'on soit ensemble, parce qu'on va le manger ensuite. C'est important que vous sachiez comment ça se passe. Mais si tu ne veux pas regarder, tu peux.

— Moi je veux tout voir, dit Maëlle, qui se tenait face à l'agneau, les yeux écarquillés.

Gaspard se saisit alors de l'animal, d'une poigne ferme mais douce, le couteau dans l'autre main. Il trancha la gorge d'un geste net. L'agneau fut agité d'un dernier soubresaut et il ne resta bientôt qu'un cadavre, une flaque de sang, le couteau souillé dans la bassine adjacente. Il se lava les mains et alla embrasser ses filles.

— On a le droit d'être triste, mes chéries, on a le droit de pleurer. On vit avec les bêtes, on les soigne, parfois elles nous donnent un agneau. C'est comme un échange entre le troupeau et nous, vous comprenez ?

Maëlle acquiesça et renifla, la morve coulait sur son visage bruni par le soleil. Elle avait regardé la scène sans mot dire, grave. Alice avait ôté les mains de ses yeux.

— Je n'ai pas pu regarder, papa. Et ce sang, c'est dégueulasse.

— Le sang, on va le donner aux chiens, c'est bon pour eux, on ne gâche rien ici.

Quand il se tourna, il vit que Lucie aussi avait les yeux humides, elle les regardait tous les trois, Gaspard sentit qu'elle avait été touchée. Il se demanda pourquoi il avait tant compartimenté sa vie. À quoi bon s'être échiné à expliquer à Lucie la puissance de l'expérience de l'estive. Il aurait dû lui proposer de passer plus de temps ici avec lui et les filles dès les premières années. Le soir, ils firent griller l'agneau sur un feu devant la cabane, les nuages obscurcissaient l'horizon. Le troupeau était rassemblé à proximité. Les brebis se tenaient serrées, calmes, les patous disséminés parmi elles, à l'exception de Nala, qui faisait son tour de garde avec nonchalance.

— On dirait qu'elles font des efforts pour me faciliter la vie quand vous êtes là ! dit Gaspard.

Mais ses filles ne l'écoutaient plus, absorbées par leurs conversations d'enfants. Il jeta un regard complice à Lucie qui avait tant déploré les tensions entre les deux sœurs.

— Tu sais qu'avec Alice, la semaine dernière, on est tombées sur une stèle au fond du verger, avec une inscription. On aurait dit une sépulture, raconta Lucie.

Elle avait consacré une partie de l'été à remettre en état un vieux verger. Elle s'était formée à la greffe de fruitiers, faisait le pari de revitaliser des arbres n'ayant pas été entretenus depuis des décennies. On doit tenter le coup, avait-elle expliqué à Gaspard au printemps, ces vieux pommiers, ces pêchers, c'est un patrimoine génétique perdu sinon, des souches anciennes, des arbres qui tenaient en altitude. Certains ont un demi-siècle, voire plus.

— Une sépulture ?

— Celle du montreur d'ours qui est né dans notre maison, tu sais, Jean t'en avait parlé, le vieux Serge aussi. Le type est mort en Amérique il y a plus d'un siècle. J'ai raconté aux filles ces histoires de montreurs d'ours, enfin le peu que j'ai trouvé. La vie de ces gars…

— Et ça raconte quoi, cette inscription ?

— Il y a juste une date de naissance et de décès, c'est écrit qu'il est mort tragiquement à New York. Il n'avait que trente et un ans. Je me demande bien ce qui a pu lui arriver. Je te montrerai, on l'a nettoyée, c'est la mémoire des lieux. Et puis c'est curieux, ces histoires d'ours qui se télescopent…

— Tu imagines ce que c'est de dresser une bête pareille ? On les a capturés, chassés, exploités, ils ont presque disparu. Il a suffi d'en réintroduire quelques-uns dans la zone et ils y restent. Peut-être qu'il serait temps de leur foutre la paix ?

— J'espère juste que tu n'auras pas d'autres attaques cette année, j'ai pas envie de te récupérer en lambeaux ! J'ai à peine l'impression de te retrouver.

Gaspard sourit. La présence de Lucie, des filles, lui faisait du bien, même s'il savait qu'il ne s'agissait que d'une accalmie et que les angoisses ressurgiraient aussi vite qu'elles avaient fait silence avec leur visite.

— Allez les filles, mangez un peu !

À la nuit tombée, alors que Lucie et les filles dormaient déjà, Gaspard fixa l'horizon assombri. Il s'était roulé un joint avec le reste d'herbe qu'Ilia avait laissé dans une petite boîte en août dernier, et étrangement, il ne se sentit pas triste en le fumant. Il se laissa divaguer, grisé par les longues bouffées qu'il tirait, il pensa à Ilia, elle était partout, il la sentait, et sans doute se serait-elle enorgueillie de peupler pour toujours les lieux. Elle disait, l'ourse, c'est un peu l'âme de la montagne. Une vieille âme. Elles étaient deux âmes désormais, il vivait en leur empire. L'herbe le rendait romantique et jovial, une bouffée d'optimisme l'envahit, et pour la première fois de la saison, il se dit que le temps ferait son œuvre, qu'il se relèverait. La lune éclairait le mont Calme, dont il connaissait parfaitement les contours. Et il ne savait plus, soudain, si ce qu'il observait, cette architecture de roches et de plis, était la manifestation d'une longue histoire géologique remontant à l'ère hercynienne ou s'il s'agissait d'un paysage intérieur, fait de songes, de visions. Mais peut-être étaient-ce les deux à la fois, une montagne réelle qui aurait sédimenté en lui.

12

Là-haut, elle avait perdu toute notion du temps. Après avoir revu la Negra, elle était rentrée à la cabane, avait noirci des lignes, des pages, dans son cahier, cette ourse l'obsédait, il fallait tout écrire, chaque geste, chaque attitude, les mouvements intérieurs provoqués par son apparition. Il fallait se souvenir de l'ondoiement de sa fourrure, de la grâce de l'ourson, de leur chorégraphie à la fois pesante et agile dans la rocaille, et du temps soudain aboli, en leur présence, ces trente-huit minutes – le chronomètre de sa montre en témoignait – qui avaient fusé comme une seconde, s'étaient étalées comme une éternité. Elle avait passé des jours, encore, là-haut, à la veiller, à l'attendre. En vain. Un cerf splendide s'était laissé voir dans le bois, des batraciens avaient égayé ses passages à la rivière pour se débarbouiller. Elle avait aimé regarder les chocards à bec jaune, ces athlètes capables de voler à huit mille mètres d'altitude, artistes aussi, dont le plumage homochrome pouvait se confondre avec leur milieu, caméléons des airs qui avaient illuminé ses journées de leurs visites. Le grand mâle était passé furtivement lors d'un affût, ours solide, solitaire, dont elle soupçonnait qu'il était responsable de la disparition d'un des oursons.

Mais elle, ne s'était plus montrée. Quelques jours plus tôt, l'équipe de prélèvement avait désespérément tenté de l'appâter avec une carcasse afin de l'équiper d'une balise, comme le prévoyait la procédure en cours. Elle n'avait pas pointé son nez, les équipements télémétriques étaient restés orphelins. Alma avait intérieurement jubilé. Cette bête si fascinante n'allait pas se faire prendre ainsi au piège ! Elle ne se laissait saisir par personne, décidément. Et l'on avait perdu sa trace, comme si l'ourse avait senti qu'il fallait se faire plus discrète. Même le berger n'avait relevé aucune trace de son passage depuis la dernière attaque enregistrée le 20 août. Les caméras étaient restées tout aussi muettes. Mais Alma s'était évertuée à la trouver, de l'aube au crépuscule, scrutant jusqu'à l'épuisement les roches, les flancs, la ligne supérieure des espaces boisés, espérant à chaque instant distinguer quelque chose, la voir. Et de jour en jour, la forêt commençait à se mordorer, annonçant la fin de l'été, les rencontres animales se succédaient mais l'ourse restait mystérieusement invisible.

D'abord, François avait multiplié les messages, auxquels elle ne répondait que par de brefs textos, assurant du bon déroulement de son affût. Il lui enjoignait de redescendre, de prendre part à des réunions, mais elle s'était obstinée à rester là-haut. Dans les derniers messages, François s'agaçait franchement. Au cinquième jour, Franck avait pris le relais. Au neuvième, il s'était pointé à la cabane et lui avait remis un courrier. On m'a chargé de vérifier que tu étais en bonne santé, même si personne n'en doutait vraiment. Et de t'apporter ta lettre de mise à pied provisoire. Elle avait reçu le document signé et tamponné comme une gifle. Depuis qu'elle s'était installée là-haut dix jours plus tôt, coupant les ponts, refusant d'obtempérer, pour une fois dans sa vie, elle s'était sentie légère, soudain débarrassée de la pression des résultats à fournir, des conclusions à tirer en hâte – la hâte n'avait rien à faire, d'ailleurs, dans l'observation du vivant. Elle avait contemplé les montagnes magiques alentour, se rappelant qu'il y avait d'abord eu la mer, ici, avant que la collision entre Ibérie et Eurasie ne fasse surgir des profondeurs la chaîne pyrénéenne. Elle avait rêvé, peu dormi. Elle atteignait un point de non-retour, elle le savait, mais quelque chose en elle ne se résolvait pas à plier ni à répondre à François, et encore moins à descendre au parking, où la carrosserie de sa voiture témoignait des injures et regards cruels de certains.

Les réserves s'étaient amenuisées. Au bout d'une semaine, il restait du riz et des noix de cajou. On peut tenir longtemps avec ça, avait-elle pensé, les ours tiendraient un hiver, eux. Et elle avait persévéré jusqu'à l'arrivée de Franck, l'annonce de sa mise à pied pour deux semaines. François me fait te dire qu'il n'ira pas plus loin si tu descends, tu te reposes et que tu reprends ton poste le jour indiqué. Il était en colère au début, mais on a autre chose à gérer, crois-moi. Et je pense qu'il est surtout inquiet pour toi. Puis il avait ajouté d'un air gêné : Alma, au bureau, personne ne comprend ce qui t'arrive, les autres pensent que t'as pété les plombs, tu devrais vraiment faire attention à toi… Elle était restée une nuit de plus, un peu par orgueil, il était hors de question de rentrer avec Franck, puis elle avait pris le chemin du village d'un bon pas, un matin ensoleillé. Et plus elle descendait, plus elle accélérait, comme entraînée par la gravité. Elle avait ri et pleuré en cavalant dans les pentes, son corps léger, et chanté fort, s'était tordu les chevilles – elle les avait souples, agiles, qui reprenaient toujours leur place même après avoir expérimenté d'étranges angles.

Au village, dans la vitrine d'une ancienne quincaillerie désaffectée, son reflet lui était apparu, cheveux pégueux entremêlés, joues brunies par le soleil, creusées, et un air sauvage qu'elle arborait sur les photos d'enfance.

Plus tard, elle avait tenté en vain de joindre Boris – l'ami, le frère, la seule personne qui pouvait comprendre. Non, Sam aurait compris aussi, mais avec lui, le lien était rompu depuis trop longtemps. Boris l'avait rappelée le soir. J'étais sur le terrain, désolé, je prenais mon bain de Loire ! Tu sais que j'en ai besoin, comme toi de te rouler dans les tanières à ours ! De te perdre dans la hêtraie sapinière ! Alors, *chica*, tu vas comment ? Elle avait raconté, les menaces des dernières semaines, le *Salope* sur la voiture, à deux reprises, les nuits sans sommeil à relire les rapports, puis le terrain, les altitudes, le téléphone qui sonne et François qui s'énerve, et elle, son obstination à rester, à retrouver l'ourse et son petit. C'est comme si je ne pouvais pas faire autrement, Boris, avait-elle conclu après la longue tirade. C'était sorti d'une traite, cela faisait des jours, des semaines qu'elle n'avait pas parlé ainsi à quelqu'un, ne s'était pas livrée. Alma, tu m'inquiètes, ma belle, faudrait peut-être que tu viennes prendre un peu de repos chez moi, ou ailleurs, là où tu seras entre de bonnes mains, tu ne veux pas ? Elle avait repris, ignorant sa proposition. Boris, j'étais bien là-haut, j'étais avec eux, avec toutes les bêtes, les oiseaux, les ours, j'étais bien. Ici, en bas, je me sens décalée… Mais tu es décalée, *bella*, c'est ça ta force ! Ils avaient parlé encore longtemps. À la fin, elle avait étranglé ses sanglots : Boris, peut-être que l'autre ourson est mort aussi ? Ou bien elle se cache pour éviter le mâle qui traîne ? Arrête de gamberger, Alma, tu es épuisée, je l'entends à ta voix. Il faut que tu dormes un peu, là, arrête avec cette ourse, tu es en train de vriller. Oui, avait-elle acquiescé, puis elle avait raccroché sans dire au revoir, s'était douchée, effaçant de son corps la couche de crasse que la montagne avait déposée, comme une carapace, et elle s'était endormie roulée en boule dans son peignoir et sous une pile de vieilles couvertures de laine.

Et maintenant, après une journée hagarde à ressasser les événements des dernières semaines, elle était là, dans le petit appartement – il lui semblait soudain vide, triste, étriqué – à s'apprêter pour la dernière fête de l'été. Samedi 31 août, le dernier bal, indiquaient les affiches qui recouvraient les murs d'Arbat. Le dernier bal. Se changer les idées, il n'y avait rien d'autre à faire. Rire, boire et danser, voilà le programme de la soirée. Elle se mit un peu de rouge aux lèvres, jeans propre, basket, et hop, le tour est joué, et elle sortit d'un pas conquérant, personne ne l'empêcherait ce soir de s'amuser, d'oublier l'été, de s'oublier.

Elle débarqua sur la place d'Arbat à l'heure où l'effet de l'alcool et de l'herbe commençait à se faire sentir sur les organismes. Le soleil déclinait et venait de passer derrière le clocher de l'imposante église du XVe siècle qui dominait cette population largement agnostique, occupée à s'enivrer de musique et de corps, de vin et de cochon noir grillé ou de tofu mariné. Les chiens zonaient partout, devant la scène où jouait trop fort un groupe d'inspiration klezmer, des enfants se déhanchaient, de ce mouvement un peu saccadé qui habite naturellement les petits en culotte – le soleil était revenu, après la longue séquence orageuse d'août, et il faisait de nouveau très chaud. Deux types cuvaient déjà, attirail punk de rigueur, crêtes, treillis, sacs dégueulant les effets qu'ils traînaient dans leur vie d'errance, contre un platane adjacent, insensibles au vacarme ambiant, sous l'œil nonchalant d'un ridgeback, un de ces chiens tueurs de lion, suffisamment sûrs de leur puissance pour n'avoir à en faire usage que si nécessaire.

Partout, on s'embrassait et engageait des conversations qui resteraient en jachère, certains dansaient pieds nus, les yeux fermés, comme seuls au monde, les corps se frôlaient, se cognaient pourtant en tous sens, s'agglutinaient devant le stand de bières artisanales, les verres passant de main en main, rapidement vidés, et d'immenses tables accueillaient le gueuleton collectif. Alma se sentait encore étrangère à cette énergie festive, et pourtant, elle avait envie de s'y plonger, manger, boire et danser jusqu'à l'aube et l'oubli. Il se trouvait sur la place des gens de tout âge et de tout type d'accoutrement. Foutre la paix aux autres semblait être la règle tacite de vie la mieux partagée ici. Il suffisait d'être souriant pour qu'on vous parle, on pouvait aussi se parer d'un silence monastique ou déblatérer seul, sans que grand monde n'y prêtât attention.

Les visages lui étaient pour certains familiers. Mais à force de traîner en montagne, elle n'avait pas pris le temps de savoir qui se nichait derrière les sourires. Elle salua Florence l'épicière, puis elle aperçut le jeune vacher de l'estive qui occupait la partie basse du flanc du mont Calme. Il devait profiter d'un de ses rares jours de repos pour s'adonner au bain de foule. Lui aussi avait l'apparence de ceux venus d'en haut, qui ont pris une douche de circonstance. Il semblait gauche, un peu perdu, avait un temps de retard sur les autres ; elle reconnut en lui au premier coup d'œil ce léger décalage que provoque la fréquentation des montagnes et des bêtes et qui ne se dissipe qu'après un temps de réadaptation. Il était un peu trop bien coiffé par rapport aux gars du village, le soin apporté à sa tenue dénonçait l'effort fait pour se fondre au paysage. Elle lui fit un signe de la main, il lui rendit un sourire de connivence. Elle eut envie de partir en courant, rentrer se coucher avec un livre, des poèmes de Pessoa auraient fait plus que l'affaire. Ou relire *Dalva* de Jim Harrison, sa madeleine de Proust. Mais elle alla se chercher une pinte et commença à boire. Le programme du soir était de faire société, elle allait s'y essayer, même si cela lui coûtait. Car sinon quoi ? Finir hirsute à vivre parmi les ours, n'être plus capable de supporter ni la foule ni le bruit ? Quand on avait connu ça, le grand dehors, la marginalité guettait. Elle songea à cet ermite qui vivait en lisière d'Escobas et qu'elle avait à peine croisé deux fois dans l'été, à Sam, dans sa cabane en Alaska. Elle avait une infinie tendresse pour ces êtres des forêts.

Elle finit sa pinte en un rien de temps et commença à danser. La musique tonitruait, il lui semblait parfois danser à contretemps – et dans sa tête résonnait la BO de *Magnolia*, ce film de Paul Thomas Anderson, qu'elle avait regardé compulsivement durant l'adolescence. Elle avait eu sa période cinéphile. Les absences de son père, l'expatriation, elle avait trouvé dans les livres et le cinéma des mondes imaginaires qui la sauvaient de la solitude. La musique s'interrompit, elle chercha des yeux une voie de sortie, rencontra le regard d'un garçon élancé. Ils se sourirent, elle l'avait vu quelque part, déjà, mais où ? Ce visage à la serpe, regard charbon, crinière d'ambre et souple qui n'avait pas dû voir un peigne depuis des lustres, et les longs muscles de ses bras. Il était bruni par le soleil, irradiait d'une beauté indiscutable, en rien tapageuse. Il s'approcha alors que reprenait le groupe, entamant une approximative version des tubes de Goran Bregović. Elle se laissa bercer par les effluves balkaniques qui montaient aux oreilles, quelque chose de chaud, festif, mais où pointait la mélancolie, de la musique poivrée ; elle se sentit onduler et déjà le garçon, dont elle n'avait cessé de soutenir le regard, était là, tout proche. Le ferronnier, mais oui, elle l'avait croisé un jour sur le marché. Ça lui revint, la galette libanaise dans laquelle il l'avait fait croquer, le *zaatar*, c'est un truc fou, je ne m'en lasse pas, avait-il lâché en mordant à pleines dents le pain chaud. Il lui avait raconté les compagnons, l'apprentissage de la ferronnerie sur les routes. Et puis les roses, il avait évoqué sa passion pour les roses anciennes. Elle éclata de rire, sans savoir pourquoi. Lui s'approcha d'elle, son corps délié, les gens autour remuaient plus vite. Prends ça, une main tendue, une bière. Tout s'accéléra, la musique, elle dansa encore, tentant de soutenir le verre sans en faire chavirer le contenu. Une grande gorgée fraîche, la trompette papada pada, papada pada, la voix de la fille et ce boum boum. Et tous qui sautaient au “Kalajnikov” iconique du serbe. Et danser sans retenue désormais, le garçon presque au contact.

— Je me souviens de toi, tu es le gars qui dompte l'acier, qui bouffe des roses !

Il lui avait dit que toutes les roses de son jardin étaient comestibles. Qu'elles feraient un condiment magique pour les galettes libanaises.

— Bien vu, toi t'es la fille-aux-ours !

— Voilà, on va dire ça…

La fille-aux-ours, comme une identité collée au corps, la *Salope à ours*, ils avaient écrit. Boum boum boum boum boum, la musique repartit. Elle était ballottée de gauche à droite par les quelques types à crêtes, que les sons d'Orient avaient sortis de leur torpeur éthylique. Oublier. Et puis silence de nouveau, les organismes se relâchèrent dans un soupir collectif. On trinque ? Le garçon se tenait toujours face à elle, un sourire immuable. L'absence de musique rendait soudain impudique leur proximité. Elle rit encore, l'effet de l'alcool. J'aurais dû manger un truc ! Il était plus jeune qu'elle, mais son visage était marqué. La vie y avait déjà laissé sa trace, le rendant plus attirant. Il vida sa bière : allez, on danse ? Il lui prit la main. Les musiciens entamaient un *Bella ciao* de circonstance, comme si en livrant un classique repris à l'excès, il s'agissait de faire résonner les corps, les sons, les énergies libérées sur cette place, à ce moment précis, avec toutes celles qui avaient traversé d'autres fêtes en d'autres lieux, de Rome à Sarajevo, d'un village pyrénéen à une plage d'Ibiza ; comme si les corps, s'abandonnant à la musique, exsudant, rompant toutes les limites, n'étaient de part et d'autre de la planète que les déclinaisons infinies, les incarnations d'une même énergie vitale.

Et Alma se remet à danser, tout contre le garçon blond, qui la tient par la taille, sans qu'elle sache à quel exact moment l'étreinte s'est opérée. Elle s'y abandonne, et leurs corps bougent en cadence, elle sent ses lèvres se poser dans le creux de son cou et le duvet de barbe légèrement abrasif au contact de sa peau : je peux ? Il y a chez lui une délicatesse qui fait tomber les dernières barrières ; elle ne voit plus personne autour, ne sent plus la sueur des autres, il n'y a plus que la peau caramel du garçon, le goût de sa peau, ses mains sur elle, eux deux, souples, qui flottent ensemble dans la musique. Elle se concentre sur ce contact, la rencontre d'un corps et d'un autre. Elle le sent gronder de désir, maintenant, quand elle passe sa main dans son dos, dansant tout contre lui. Elle le désire aussi, elle ne sait pas si elle se laisse aller à ce jeu pour le plaisir qu'il lui procure, s'il s'agit juste de reprendre le contrôle sur le cours des choses. Le sol sous ses pieds lui a semblé se dérober maintes fois durant cet étrange été. Oui, autour d'elle, le monde est friable, et le regard ardent du garçon lui procure un sentiment de puissance.

Elle accentue le mouvement de ses hanches, cherche l'abandon. Le garçon la tient par la taille, elle se retourne et l'embrasse encore. J'ai envie de toi, murmure-t-il, elle rit. Je l'avais bien vu ! Le groupe baisse l'intensité festive en lançant un rythme qui appelle à l'étreinte. Et les couples formés autour d'eux, mêlant les âges et les sexes avec indifférence, engagent un slow rieur. Les enfants ont déserté la piste, certains dorment sur des couvertures à même le sol, dans des recoins de la place. D'autres ont gagné des bras et, autour des tables, les conversations atteignent ce pic de milieu de soirée où l'alcool favorise l'embrasement. Alors, tandis qu'ici on se prend de tendresse, se berçant au son de la musique, d'autres refont le monde. Et l'on s'écharpe comme on s'aime, avec fougue. Alma a posé sa tête sur l'épaule du garçon, il sent bon, il la dépasse, n'est pas large en revanche, c'est plutôt un corps araignée, souple, musclé. Et pourtant l'acier, cette matière qu'il façonne chaque jour, doit requérir de la puissance. Elle aime ce contraste. Et la sensation de sa chevelure contre son visage. Il n'y a plus rien d'autre que la musique, ce corps à corps.

Plus tard, après d'autres bières, d'autres danses, des bouches et des mains qui se cherchent, ils se mêlèrent dans l'étroit lit du garçon – il occupait une grange-atelier dans l'arrière-cour d'une grande ferme à la sortie du village. Et le lit était un radeau de douceur au milieu d'un fatras de métal, les ouvrages de fer, les outils, étampes et marteaux amoncelés, et ce mobile gigantesque suspendu au milieu de la grange, figurant des animaux en fer forgé, parmi lesquels elle reconnut la silhouette d'un ours. À même le sol, plusieurs vases hétéroclites abritaient des bouquets de roses anciennes dont l'odeur supplantait celle, un peu poussiéreuse, de la pièce. Ce furent d'interminables caresses – il savait s'y prendre – puis il jouit en elle très vite, comme épuisé par ces embrassades, et il dormit, la tête sur son ventre, tandis qu'elle peinait à trouver le sommeil. Les cheveux d'ambre formaient un soleil sur ses seins. Elle avait oublié son prénom, mais l'odeur de son corps lui resterait. Je suis vraiment une bête, songea-t-elle en souriant. Il faudrait au matin, trouver un stratagème pour connaître son patronyme sans le vexer.

La sonnerie du téléphone la réveilla brutalement à l'aube, la lumière pénétrait par la verrière, irradiant d'or la poussière qui semblait s'immiscer partout ici. Elle sentit des fourmis dans son bras droit, sur lequel le garçon s'était endormi, et une barre sur son front. Elle se dégagea un peu brusquement de l'étreinte, qui l'appelait à cette heure-ci ? Il devait être tôt, on était dimanche. Elle savait sa voix pâteuse de lendemains alcoolisés, mais elle décrocha.

— Alma, c'est François…

— François ?

— Je suis désolé, je sais que tu es mise à pied, qu'il est tôt, mais je vais devoir te réquisitionner, on a un souci.

Elle sut tout de suite que souci n'était pas le mot juste, qu'on n'appelait pas un agent un dimanche matin à l'aube, pour un souci, qu'un souci, à cette heure-ci, c'était un drame qui taisait son nom.

— Tu peux être prête d'ici une demi-heure ? Je viens te chercher ?

La voix de François tremblait, elle ne l'avait jamais entendue ainsi.

— Mais qu'est-ce qui se passe ?

— Écoute, c'est Rodrigo, le collègue espagnol. Ils ont appelé, ils faisaient leur ronde de nuit côté français pour notre projet Gypaète… Et puis ils ont trouvé…

— Mais ils ont trouvé quoi, François, dis-moi !

Elle se tenait assise sur le bord du lit, le garçon s'était redressé aussi, il n'osait plus la toucher.

François souffla, un silence plana, puis d'une voix étranglée il dit :

— Ils ont trouvé une mare de sang. Et partout autour des traces d'ours, pas loin au-dessus de l'estive que tu suis. Vers la combe où tu as fait tes affûts.

— C'est un ours qui a été blessé volontairement ? Par un humain ? Tué ?

— Il y avait des douilles et beaucoup de sang… On va y aller pour prélever de l'ADN et puis voir si on trouve quelque chose, le cadavre… Ils sont déjà en recherche de leur côté. Et comme tu connais bien le secteur, j'aimerais que tu viennes nous aider.

— Je serai prête, passe me prendre chez moi.

Alma se leva brutalement, elle s'habilla en hâte. J'y vais. Et sans donner la moindre explication, elle partit en courant, laissant sur son lit le garçon aux paupières encore lourdes.

III

LES ORDRES DE LA NUIT

“[…]
Éternels nous sommes comme nos montagnes
Et vous passerez comme des vents fous.”

1

C'est maintenant que tout bascule, qu'il se sent perdre pied pour de bon, il court dans les bois, suivant une trajectoire erratique, comme les chiens qui flairent une piste et zigzaguent, nez au sol. Le halo de la lampe frontale éclaire les troncs, les filaments de mousse, les lierres et autres araliacées qui s'y sont arrimées et surgissent, les branches cassées, autant de bras qui veulent se saisir de lui, ont peut-être attrapé la chienne, déjà, l'ont avalée comme un comestible, et le sol sous ses pieds est irrégulier, il trébuche, les pierres le retiennent de leurs angles traîtres qui agrippent la pointe de la chaussure, les racines sont des pièges, les trous guettent pour l'avaler, ce n'est plus une forêt, c'est un cauchemar vert glauque que peuplent les fougères, les limaces, les renards, les ours. Où est-elle, bordel, où est-elle encore passée ? Il est bientôt à la clairière, tout proche de la cabane de l'ermite, le type, ou plutôt Ismaël, il veut qu'on l'appelle Ismaël, doit dormir à cette heure-ci. Lui aussi devrait. Mais la chienne n'est pas revenue, elle a filé vers les bois en fin de journée, sur les traces d'un lièvre, un chevreuil, ça lui prend parfois. C'est irrépressible, et il peut gueuler et s'époumoner, quand elle part ainsi, en chasse, rien à faire.

Il s'arrête, se tait, écoute, et il n'entend plus qu'eux, les oiseaux de nuit, la chouette chevêche, avec toutes ses voix, une virtuose, la Tengmalm, une femelle hulotte, ce kiwi kiwi qui résonne dans la pénombre, et puis un moyen duc. C'est Jean qui lui a appris à les reconnaître, à les écouter. La Tengmalm, encore, toute petite, il l'aime bien. Il respire, il faut se calmer, calme-toi Gaspard. Puis siffle et gueule encore, Luuuunnnaaaa, elle doit pas être loin, qu'est-ce qu'elle fout, bordel ?

Et puis ça revient d'un coup, la séquence maudite, les nuits de garde qui se succèdent, et le soir du drame, le troupeau qui prend peur, mais de quoi ? On ne saura jamais, l'ours, un chien, pas de preuve, les bêtes incontrôlables, qui se ruent, aveugles, vers la falaise. Et vingt-trois brebis au tapis, dérochées dans un mouvement de panique. Vingt-trois, ils ont fait les comptes le lendemain matin, mais dans la nuit, il lui avait semblé qu'il y en avait plus encore, des dizaines à basculer par-dessus bord et s'écraser dans les éboulis. Il se souvient des corps désordonnés, les bêlements comme des cris d'effroi, lui qui courait pour rassembler d'autres lots, avant que ça tombe encore, et Ilia partie voir s'il y avait des survivantes dans le cirque. Pour les finir, si besoin, avait-elle précisé avec le sang-froid des fortes filles. Des survivantes ! Mais on ne survit pas à cent mètres de vide. On se brise, on s'émiette, cent mètres de vide, ce sont des corps diffractés, des organes explosés, c'est un carnage !

Mais je ne lui ai pas demandé de rester, songe Gaspard.

Et les cris rauques de la dernière bête, coincée sur un éperon dix mètres sous la draille, colonne pétée, qui attend l'agonie. Les minutes qui sont longues à mourir, et l'entendre mourir. Parce qu'on ne peut rien faire pour elle. L'impuissance.

Et le corps de Gaspard tremble, mais ce n'est pas le froid, ce n'est pas la peur, dans la touffeur de la nuit, c'est l'effroi. Et il se souvient encore, lui cavalant quelques centaines de mètres derrière Ilia, le long du sentier à flanc, dans le noir, ou plutôt le gris. Et le trou de l'Ours, comme un piège qui se referme. Le vertige, la rejoindre, ne pas paniquer. En dessous, les corps des bêtes éparpillés. Au-dessus, d'autres lots de brebis, à deux doigts de la chute, et chanter, doucement, en espérant les calmer, se calmer. Si j'étais arrivé cinq minutes plus tôt, je l'aurais retenue, il répète, se repassant l'histoire, seul dans les bois. Et toute sa vie restée arrimée à ces cinq minutes, ces minutes qui tuent. Et essayer de comprendre, comment, pourquoi, elle, la fille-chèvre qui courait les montagnes sans faillir, comment, pourquoi, elle a soudain trébuché, basculé, fait ce pas de trop ou de pas assez, comment, pourquoi, son corps s'est retrouvé, pour quelques centimètres – millimètres peut-être ? – quelques kilos de trop portée vers l'avant, entraînée dans le vide, comment, pourquoi elle est tombée ?

Mais un accident, est-ce que ça s'explique ? Il suffit d'un pas de trop… lui avait-on dit après. Pour le consoler. Et mon poing dans la gueule, tu le veux, s'était-il retenu de hurler. Un pas de trop. De pas assez. Mais il n'y a pas d'explication, bordel. Ça arrive, Gaspard, avait dit un autre. La montagne nous en prend, parfois, des collègues. Comme si elle avait un droit de prélèvement. Mais ça n'explique rien. Et il s'est souvent demandé s'il ne s'agissait pas juste de l'éclatante manifestation du désordre du monde ? De sa cruauté ? Sa splendeur et sa cruauté ? Un pas de trop, de pas assez. Et puis la deviner chuter de loin, ne pas la voir mais la sentir, l'imaginer rejoindre les brebis dans le grand vide. Juste un petit cri dans la nuit. Oh ! Comme si elle avait cassé un verre au sol, comme une simple maladresse. Ce oh, il s'en souvient, qui avait résonné au moment où il devinait le corps qui bascule. Ilia. Tombée de la falaise. Une nuit d'été. Comme si quelque chose l'y avait poussée. Qu'elle avait été appelée, exigée par les ordres de la nuit. Une déchirure dans les tripes, ravivée chaque fois qu'il y pense. Il se tenait à deux cents mètres, à flanc, lui aussi s'est senti tomber, en la voyant.

Et il y pense tout le temps. Ça ne guérit pas. Le petit matin s'annonçait presque. Il avait fallu prévenir les secours, courir au pied de la falaise, et puis trouver le corps, ce qu'il restait du corps. On n'oublie pas, un être en miettes au pied d'une falaise. Un corps diffracté dans la boue. Et ceux des bêtes, vingt-trois, qu'il avait fallu aller compter le matin, après que celui d'Ilia avait été hélitreuillé, après le ballet de l'hélicoptère et des flics, des voyeurs et des enquêteurs, aller compter les brebis crevées. Et les nuits, les jours, à se repasser la scène en se demandant par quel enchaînement de faits et de gestes, ça avait pu survenir. À n'avoir pas de réponse. L'enquête avait conclu à une simple chute. Mortelle. De trente-trois mètres – un éperon avait retenu le corps. Aucune chance de survie.

Puis ç'avait été vite. Il avait fallu faire comme si la vie reprenait, sans transition, comme si elle pouvait poursuivre sa course après un choc si violent.

Gaspard avait su que c'était un grand mensonge, une fiction, mais il y participait en continuant de tenir debout. À l'intérieur, il n'était que brisures. Ilia avait été inhumée dans son village d'origine, quelque part dans les Alpes du Sud, un autre pays rebelle. Il n'avait pu s'y rendre, les bêtes à garder, il avait fallu se lever chaque matin. Jour après jour, feindre de faire aller, quand il ne faisait que couler. La presse s'était un peu fait l'écho du drame, les bergers du coin en avaient parlé quelques mois, autour de derniers verres qui s'éternisaient, ça les hantait tous, cette histoire, la possibilité de chuter eux aussi, et puis on avait évité de mentionner son nom, comme si l'évoquer devenait gênant – personne ne voulait être le mec qui plombe l'ambiance en fin de soirée. Et Gaspard s'était enlisé dans le silence, les regards de pitié des autres l'accablaient, il avait la sensation d'être le seul désormais à porter la mémoire d'Ilia. Car de sa famille, ses amis, de ses vies antérieures, les hommes qu'elle avait aimés, il ne savait rien.

Lunita, Luuuunitaaaa, sa voix déchire la nuit, déchire ses cordes vocales, lui déchire l'âme, car il entend résonner l'enfant insomniaque en lui. Luunitaaaa… Mais pourquoi elle s'est barrée ce soir ? La journée avait été belle, sereine, un soleil roux, doux, presque caressant avait couru sur les formes des montagnes, et elles lui semblaient plus hospitalières, soudain, teintées d'ambre et de rouille, dans la tiédeur de l'été indien. Et elles ne l'agressaient plus comme certains jours, leurs formes inquiétantes perçant le rideau de brume, s'élevant partout comme des murs. Ici, on disait que la troisième année était souvent pour les nouveaux arrivants celle de la crise de la verticalité. Les montagnes devenaient murailles, le ciel était trop haut et les entrailles de la terre, dévoilées par les mouvements tectoniques qui avaient érigé le relief, n'étaient plus que viscères, tripes et visions d'effroi. Et chaque effort coûtait alors, chaque déplacement, dans ce monde sans horizontale. Il n'avait pas connu ce point de saturation durant sa troisième année, c'était encore l'époque heureuse, celle d'avant l'accident. Peut-être que ça m'arrive maintenant, que je ne peux plus supporter ces pentes, que j'ai besoin de plat. Et marcher sans risque de me casser la gueule, lutter tout le temps. Lunita ! Luna ! Elle peut être loin, déjà, emportée par la course-poursuite, la fuite effrénée.

Et puis il les entend, trois coups, distincts. Et trois autres, il jurerait qu'il y en a trois de plus, des coups de feu, oui, qui percent le silence.

Et les oiseaux de nuit se sont tus, trois, puis trois, et bam, et bam, et bam, ça a claqué comme ça, il n'a pas rêvé, non, il n'est pas encore complètement fou, qui a tiré alors, qui ? Ça ne sonnait pas comme les tirs d'effarouchement, pas vraiment. Et puis les deux gars sont pas censés être là, ce soir, on le prévient, quand ils montent – que tu ne prennes pas une balle au cul, tu l'as moins gras que celui de l'ours, s'était marré le plus baraqué des deux. Éric ? Non, Franck, c'était Franck. Six coups, trois, puis trois, il a entendu six coups de feu. Alors qui ? Des braconniers venus de Catalogne se faire un isard, ou ceux de la vallée qui s'offrent un chevreuil hors saison, parce qu'après tout, c'est notre montagne, qu'ils la vivent comme ça, comme s'ils la possédaient, et ces gars-là n'aiment pas trop que leurs montagnes soient peuplées. Et s'ils tolèrent les bergers, ils prennent un malin plaisir à effrayer le chaland en saison de chasse, parce que la randonnée, c'est un truc de gonzesse, en vrai, de gonzesse et de Parisien, lui a expliqué un jour Titi. Et encore, lui, il est bien, c'est un chasseur parcimonieux, qui connaît les bêtes, les respecte. Chasse à la loyale, sans chien, seul dans la montagne, porté par sa connaissance méticuleuse du territoire.

Mais qui alors ? Lunita ! Où est passée la chienne, qu'est-ce qu'elle fout, bordel. Il trébuche, encore une racine. Puis il s'arrête quelques minutes dans le silence total. Putain, et si ça avait tiré pas loin de la couchade, ça a pu effrayer les brebis, manquerait plus de les trouver dispersées partout, ou pire, en vrac en bas de la falaise. Mais qui vient tirer sur l'estive de nuit ? Il a peur maintenant, le pressentiment que quelque chose ne tourne pas rond. Et si c'était Julien ? Ce petit con de Julien… Le fusil dans la cabane. Il le voit, posé contre la bibliothèque, le fusil de chasse de Kevin, est-ce qu'il aurait pu ?

Julien avait débarqué quelques jours plus tôt, un jeune au physique de colosse, flanqué d'un double canin – un beauceron nommé Dark. Il devait l'aider pour le dernier mois sur l'estive. Gaspard s'était tout de suite méfié de son assurance, cette manière de prétendre tout savoir et ne rien écouter. Mais les autres lui avaient dit, répété, laisse-lui sa chance. Et puis t'as besoin de repos, laisse-lui sa chance. Sa chance.

La chouette reprend son conciliabule. Kiwi kiwi. Peut-être qu'elle gueule, qu'elle pleure, qu'elle se marre ? On prête aux oiseaux des chants romantiques, on ne les écoute pas, pense Gaspard. Peut-être qu'ils sont vulgaires, violents, désespérés parfois ? Puis silence, il va falloir remonter, voir si c'est pas trop le chaos, là-haut, avec ces coups de feu étranges. Et si c'était un dingue ? Ça ne sert à rien de s'enfoncer plus dans la forêt de toute façon, se foutre une cheville en l'air, se perdre. Et dans la nuit, un froissement de feuilles capte son attention, une bête qui perce la dense futaie de hêtres jeunes, et elle est là, penaude, tirant la langue, éreintée par les bornes avalées. Luna, mais qu'est-ce que tu faisais, ma fille, et il n'est plus que tendresse et embrassade, parce que sa chienne, parce que sans elle, il ne tiendrait pas. Elle est tout, il en est là, complètement fou d'elle. Faut remonter, là, c'est bizarre, ces coups de feu. Et il rebrousse chemin dans la nuit, la chienne sur ses talons, remonte lentement en direction de la couchade. Rester calme, peut-être juste un con de braconnier, ou Julien qui aura voulu effrayer l'ourse. Pourvu que les bêtes n'aient pas pris peur.

2

Les premiers signes de la chute adviennent au plus fort de sa gloire, et sans doute les lumières du succès, la clameur des applaudissements, l'alcool, les filles faciles aux corps blancs et doux, et la ferveur des bars, le soir, les dancings, sans doute la notoriété grandissante, les honneurs du petit peuple des nuits new-yorkaises, et son ourse devenue une tête d'affiche dans certains cabarets, tous ceux qui se pressent pour les voir, sans doute tout ce lustre a-t-il déjà entamé ses facultés de jugement, mis à mal l'instinct de survie, dont il avait pourtant fait mille fois usage sur la route, les années de vaches maigres. La faim avait été bonne conseillère. Tant qu'il l'avait nichée au creux du ventre, il était vigilant, alerte. Et désormais repu, confiant, il ne voit pas les signes qui constellent son ciel étoilé, les signes du danger, ou peut-être, plutôt, ne veut-il pas en tenir compte.

Et pourtant, s'il cessait de boire quelques jours seulement, dormait un peu, laissant son corps abîmé prématurément reprendre des forces, s'il regardait en face l'ourse dont le pelage est devenu terne à force d'alcool et de sucre en guise de nourriture, dont le regard est vide, s'il prenait garde aux signaux qu'elle lui a envoyés ce soir-là, peut-être pourrait-il encore sauver sa peau. Et celle de l'ourse.

Quand l'incident a lieu, l'hiver s'apprête à se jeter sur New York, où il a pris une petite chambre – la ville est rouge et brun de feuilles mortes et les nuits froides déjà. L'ourse demeure au zoo de Central Park avec d'autres congénères, tout proche du rocher des Ariégeois, où ils se retrouvent entre collègues. Lui est une figure de proue de ce petit monde, avec son ourse. Leur notoriété a grandi, d'année en année, de Montevideo à Caracas, de Montréal à Québec, de Boston à Saint-Louis, si bien que lorsqu'ils sont revenus à New York l'hiver d'avant – après y avoir débarqué misérables près d'une décennie plus tôt –, leur réputation les précédait : celle d'un petit homme et sa bête, un couple presque fusionnel qui réalise les tours les plus subtils et drôles, effrayants et émouvants.

Ils se sont produits sur toutes les places du continent, dans les cabarets, avec des cirques, et pour la première fois depuis le départ d'Europe, Jules a décidé de poser ses valises quelque part, pour un temps, et puis on verra bien. C'est que, si les voyages les ont forgés, Jules ressent une lassitude face aux départs intempestifs, les amitiés éphémères, l'incertitude des lendemains. Et puis, il aime New York – sa ferveur, son bouillonnement –, il aime qu'elle ne dorme jamais, soit si canaille, comme ils disent entre Pyrénéens, se retrouvant autour d'un verre les samedis soir. Il se sent ici appartenir à un monde d'artistes, de saltimbanques ; il y a tout ce dont il a besoin pour être heureux, quelques restaurants européens, ce qu'il faut de familiarité au cœur de cette ville de démesure. Tout ici est plus grand, plus lisse, plus rapide que là d'où il vient. Il a quitté un pays d'herbe pour un univers de béton, un monde sauvage pour un espace dont chaque recoin est occupé, régenté, organisé par l'homme. Une foule bigarrée, venue des quatre coins du monde, des élégants, des misérables, le monde entier semble s'être retrouvé ici, à fréquenter les échoppes, les bars, les cabarets. C'est une ville qui n'a pas sommeil, pas de scrupule, on y brille et y sombre en un rien de temps. Elle est brutale, mais elle lui a donné sa chance, il y est devenu quelqu'un, courtisé, admiré. L'espace mis à disposition des montreurs au zoo, moyennant un menu loyer, lui a permis de perfectionner son spectacle. Plus qu'un amuseur de rue, il devient jour après jour un artiste. Il en a désormais l'apparat, quelques chapeaux et tenues élégantes, des cannes et une moustache savamment entretenue par le barbier indien de la rue. Et qu'il aime rouler entre son pouce et son index, pour l'étirer à la mode. Et en cet hiver 1899, le dernier d'un siècle finissant, le froid est mordant, les gens craignent le retour du grand blizzard de 1888 – la ville avait été paralysée, prise en otage par des tempêtes de neige, la couvrant d'un épais manteau. Et nombreux furent ceux qui, de froid, périrent.

Pour passer l'hiver, il a décidé d'étoffer encore la palette du jeu. Car s'il a aimé se produire dans les rues, sur les places, il est désormais invité dans les cabarets, les cirques, les salles de concert, le public y est plus exigeant : il ne s'agit plus de divertir des péquenots du Limousin ou du Wisconsin, les gens de la rue, mais d'amuser des foules accoutumées au spectacle et à l'exotisme. Il est ici en concurrence avec des acrobates chinois aux corps-guimauve, des danseuses slaves éblouissantes, avec des mimes, des chanteuses noires, des intellectuels flamboyants. Le marché du divertissement est immense. Alors, voir un ours entamer une petite danse ou jongler avec une balle ne suffit pas ; à fréquenter les nuits américaines, la splendeur de ses scènes, il sentirait le ridicule lui monter aux joues s'il se contentait des recettes de gitans. À eux la manche, avec leurs ours mités aux dents cassées, se dit-il.

Lui est le comparse d'une étoile, son ourse se distingue au zoo de ses compagnons d'infortune par sa stature imposante, l'épaisseur de sa fourrure, et surtout cette manière de regarder le monde avec distance – une *lady*, comme dit le directeur. Le jour de l'arrivée de Jules, il s'était d'ailleurs étonné :

— C'est un grizzly ou quoi ? Non mais franchement, jamais vu une femelle de souche européenne aussi grande ! Elle vient d'où ?

— Pyrénées, je l'ai capturée dans sa tanière, j'étais gosse encore, mais je n'avais pas froid aux yeux, moi, avait crânement répondu Jules.

— Non mais tu l'as nourrie avec de la viande de bison ! Elle est massive, vraiment, et ce poil…

Le directeur, fier d'avoir une si belle ourse dans son zoo, avait alors fait à Jules un bon prix pour la location de l'espace. L'entraînement avait pu reprendre.

Durant des années, Jules a gagné sa croûte avec les numéros traditionnels, ses classiques : la danse, la bicyclette, la scène du pâtre. Il y a ajouté au fil des ans des intermèdes théâtraux, dans lesquels l'ourse tient un vrai rôle, comme si elle était une femme velue, monstrueuse. Et la confusion produite par la présence d'un animal ayant cessé de l'être tout à fait, pour incarner un humain avec une vérité sidérante, remue toujours les foules. Il lui arrive qu'on crie au diable, que des spectateurs quittent la salle – ce qui fait toujours une bonne publicité, ici, mieux vaut être scandaleux qu'insignifiant – surtout depuis qu'il a ajouté des scènes un peu osées.

Ainsi en est-il de la scène du baiser fatal de l'ourse, que tout un cérémonial subtil précède. Il annonce le tour dix minutes avant, et bientôt mesdames et messieurs, *ladies and gentlemen*, avec l'accent occitan – il n'a jamais fait son palais à l'anglais, cette langue barbare que les Américains parlent comme s'ils avaient du pudding en bouche – ce sera bientôt l'heure du baiser fatal de l'ours, *the fatal kiss* ; et il laisse s'étaler le *ssss* sur sa langue, pendant qu'au tambour, le petit Josh fait monter la pression.

Il a recruté l'adolescent pour ses spectacles new-yorkais, un pauvre gosse qui traînait dans les rues. Il l'a rencontré un matin d'hiver, rentrant d'une nuit de liesse et de débauche. Le petit a tenté de lui voler sa besace. Jules s'est retourné brutalement, lui a administré un coup violent de *bastoun* sur la tête, le petit a valsé au sol et, alors qu'il gémissait, Jules eut soudain pitié de la créature sale et misérable qui se trouvait à ses pieds. Il s'est souvenu à quel point, lui aussi, devait avoir l'air frêle et nécessiteux en embarquant à Calais un matin de 1889, au terme d'une première saison sur les routes de France, à vivre de pain et de pommes, des restes qu'on voulait bien lui donner contre quelques clowneries. Depuis, il a fait sa route, vieilli et forci, l'alcool a donné à son visage une épaisseur et une coloration rougeâtre, sa chevelure s'est éclaircie. L'Amérique lui a offert une vie en accéléré, en une décennie à peine, elle a eu raison de sa misère et de sa jeunesse.

— Alors gamin, comme ça, tu comptes sur le vol pour t'en sortir ?

— Désolé, monsieur, désolé, j'avais faim, a lâché le gamin, se tenant toujours la tête, de laquelle s'écoulait un filet de sang qui souillait sa chemise élimée.

— Bon, tu sais faire quoi, à part agresser les braves gens ? a baratiné Jules dans son anglais toujours approximatif.

— Je peux porter des choses, j'ai été messager, je sais cuisiner et jouer du tambour, aussi... a bégayé le garçon, les yeux encore mi-clos.

— Jouer du tambour ? Eh bien, c'est parfait, ça, tu viens avec moi. Je vais t'en faire jouer du tambour, moi, je vais te montrer qu'on peut faire autre chose qu'agresser les honnêtes gens... Tu veux être artiste ?

— Artiste... Oui... a grommelé le jeune garçon, en tentant de se relever.

Même si à cet instant précis, ce mot ne semblait revêtir aucune forme de réalité pour lui, Jules l'a embarqué à sa suite. Le gamin l'accompagne désormais dans chacune de ses représentations, donnant un tour théâtral aux intermèdes entre les numéros, créant des effets de crescendo, d'attente, et ainsi le petit a-t-il participé au perfectionnement de son spectacle, *The show*, disent-ils en riant. Il vit dans une pension, non loin de Central Park, avec d'autres adolescents de son acabit, chez une logeuse qui leur fait payer un prix modeste pour le gîte et une nourriture roborative. Jules a appris un jour que le gosse était polonais, débarqué ici avec ses parents, morts de tuberculose depuis ; il n'en sait pas plus, mais à sa manière insatiable d'avaler ses repas, on voit bien que la faim a été longtemps compagne de son existence.

Josh tambourine à s'en user les paumes quand, à l'acmé du spectacle, le moment tant attendu du baiser fatal arrive enfin, et maintenaaannnt, le *fataaalll kisss*, crie Jules, et la foule applaudit à tout rompre. C'est toujours la même chose, un petit haut-de-forme sur la tête, une canne élégante de notable à la main, vêtu d'un complet-veston, il fait mine de déambuler dans une rue, tournant autour de l'ourse en jupe, une corolle nouée autour de son cou épais, qui minaude, singeant les femmes que Jules a observées dans les rues de New York et dont il a reproduit au mieux les mimiques pour les lui enseigner. C'est l'interprétation que Jules fait de la gestuelle féminine, une version outrée, que l'ourse imite.

Et bientôt, voilà que l'ourse se met la patte devant la figure, feignant d'être gênée par le ballet de son courtisan, et la foule se tord déjà de rire. Jules déambule encore un peu, fait durer le plaisir, puis il finit alors par se camper devant la bête et feint d'engager la conversation. Il fait des manières, complimente l'ourse-femme, vous êtes charmante, vous vivez chez vos parents ? Il laisse le temps s'étirer un peu et le public s'impatienter, ça commence à jaser – la foule est si prévisible – avant de prendre à partie les spectateurs et de leur demander : vous savez comment on fait avec les filles timides ? Une première fois en français, pour l'exotisme. Et, roulement de tambour de Josh, puis il répète : *Do you know, guys, how to seduce a shy girl?* Ça ricane désormais dans le public. *Don't ask her out, just kiss her!*

Les hommes s'esclaffent alors, les femmes bouchent les oreilles des enfants, c'en est beaucoup trop déjà, quel spectacle pour la jeunesse ! Et Jules, sans leur laisser de répit, saisit la nuque puissante de l'ourse de sa main – l'animale toujours dressée sur ses pattes arrière le dépasse légèrement, accentuant le potentiel comique de la scène –, et la foule frémit et rugit et scande, *just kiss her, just kiss her*, au rythme des percussions, jusqu'à ce que l'ourse dépose sur le visage de Jules (ou peut-être est-ce l'inverse) un baiser de bête, à l'haleine puissante, qu'elle passe sa langue râpeuse sur la bouche, les moustaches de son dresseur, et ouvrant grand sa mâchoire, laisse Jules y poser son visage. Et voilà, le baiser de l'ours. Un frisson parcourt alors les spectateurs, qui ne savent jamais où s'arrête le jeu et où commence le péril.

L'ourse grogne un peu, les battements de tambour s'accélèrent, on entend des frémissements d'indignation et des rires d'effroi étouffés dans la foule, va-t-il se faire arracher la tête par son ours sous leurs yeux, vraiment ? C'est la possibilité de la dévoration, qui donne tout son sel à ce morceau de bravoure, d'amour et de folie, qui galvanise la foule. Puis Jules se dégage de l'étreinte de la mâchoire, doucement, belle inconnue, dit-il alors à l'ours, calme tes ardeurs – et le public se déchaîne en rires et applaudissements. Alors tout cela, même le grognement, même le tressaillement de la mâchoire du fauve sur le visage de son dresseur, tout cela était bel et bien du spectacle ? Qu'ils sont forts ces Français, et lui, le Jules et l'ourse, on ne leur a pas menti sur la marchandise. Josh fait alors le tour du cercle de spectateurs et il collecte le pécule du jour, des dollars s'amassent, et pleuvent aussi dans le chapeau des bonbons, des biscuits, des cigarillos et des chewing-gums – encore une de ces inventions fascinantes du Nouveau Monde, ces choses inutiles et pourtant si désirables qui prolifèrent ici, un morceau de caoutchouc parfumé que l'on mâchouille.

Puis chacun veut toucher la bête, Jules autorise ceux qui donnent un dollar – en dépend l'équilibre économique de leur petite troupe. Il s'inspire de l'enfance. Il raconte aux Américains les scènes de village, les cadavres d'ours exhibés par les chasseurs, fiers d'avoir débarrassé le secteur du "fléau", et les ours bien vivants des montreurs, dont on disait que toucher la fourrure permettait la guérison. Et les mains sales, grasses, rêches, les mains douces, infantiles, celles ridées s'abattent, se posent avec délicatesse, empoignent l'ourse, et chaque fois ce sont cris, rires et bousculades, malgré les imprécations de Jules, doucement, doucement.

C'est comme ça que Thomas Edison l'a repéré à l'automne, un vieux monsieur déjà et assez élégant, qui voulait lui aussi apposer sa main sur l'ourse. Jules l'avait remarqué, au premier rang du cabaret où il se produisait, à son air grave et un peu perdu. À la fin du spectacle, on lui a présenté l'inventeur de génie, et bien que son nom ne lui soit pas familier, Jules a compris qu'il s'agissait d'une célébrité et que le côtoyer lui serait avantageux. Ainsi fonctionne la société new-yorkaise, il faut se tenir près de ceux qui brillent. L'assistant d'Edison a relevé son adresse, ils cherchaient des montreurs d'ours pour un petit film, M. Edison avait trouvé qu'il excellait dans son art, si, si, vraiment, bien au-dessus du lot, et ils en avaient vu, des rustres, des maladroits, mais là, la grâce et l'humour, c'était bien ce qu'il faisait, un vrai artiste. Jules en aurait presque rougi, et pourtant, il n'avait aucune idée de l'identité de son interlocuteur ; il ne savait pas encore qu'il avait face à lui l'un des plus grands inventeurs de cette fin de siècle, un homme à qui la postérité devrait le phonographe et l'ampoule électrique.

— Il s'agira de faire danser aux ours une farandole, a précisé l'assistant, mais quelque chose d'un peu sophistiqué.

— Très bien, oui bien sûr, a répondu Jules avec assurance.

— Évidemment, vous serez payé et apparaîtrez au générique, a encore ajouté l'homme, sans que Jules ne sache ce qu'était un générique.

Ainsi l'ourse et le Jules ont-ils figuré dans l'un des premiers très brefs films de l'histoire du cinéma, deux minutes neuf secondes pour *Trick Bears*, tourné en novembre 1899, avant que dans son village natal quiconque pût soupçonner la possibilité même de faire s'animer des images. C'était ça l'Amérique, vivre dans le futur de l'Europe, avait songé Jules quand on lui avait expliqué le procédé pour la première fois.

À partir de ce jour, Jules entre partout, y compris dans les soirées et les restaurants huppés qui lui fermaient jusque-là leurs portes ; son univers s'est encore élargi, il fait partie de l'histoire de New York, de l'Histoire tout court, celle du cinéma, du divertissement, du monde neuf qui se dessine ici. Il est grisé. On l'invite toujours, son verre est inlassablement rempli par des hôtes qui se régalent de ses histoires de trublion, de dresseur. Plus qu'un saltimbanque à succès, il devient un amuseur mondain. Et bientôt, il est plus connu pour ses excès d'alcool et la verve avec laquelle il raconte la capture de son ours, la scène de la ferrade, la traversée de l'Atlantique, ses saillies graveleuses sur les filles de Caracas, ses récits exaltés de bagarres avec des Bulgares et des Tziganes sur toutes les places d'Europe et d'Amérique, que pour son spectacle. Il se produit moins, gagne plus – l'équation paraît gagnante – mais il s'étiole dans l'alcool et les plaisirs faciles. Et l'ourse avec lui, dont le pelage ternit. Elle renâcle à entrer en scène, alors il la fournit en whisky et en vodka pour la faire danser et jouer encore. Bientôt, l'animal ne peut plus jouer autrement que sous l'emprise de l'alcool, ainsi en est-il de Jules, désormais lourd, gras, jaunâtre.

Mais il n'a ni vrai ami ni famille dans ce théâtre mondain qui est devenu son quotidien, personne pour lui dire en face ce qui saute pourtant aux yeux, qu'il va à sa perte, en continuant ainsi. Au contraire, son entourage de paillettes se repaît de ses excès, la descente aux enfers fait partie de la dramaturgie des vies d'étoiles, appelées à briller fort et s'éteindre à toute allure : New York a inventé la vitesse, elle s'applique aussi à la chute des êtres. Et Jules bientôt perd la joie et l'émerveillement que lui avait procurés la pratique de la route, de l'errance de ville en ville. Il a oublié.

L'ourse est la seule à lui envoyer des signes, rechignant d'abord à aller au spectacle, et puis un soir, durant la scène du baiser que Jules exécute pour la millième fois dans les salons feutrés d'un ambassadeur, au cours d'une soirée privée, elle refuse de desserrer sa mâchoire. Jules sent d'abord une légère résistance, elle serre un peu, oh pas grand-chose, sans doute n'exerce-t-elle sur son visage qu'une infinitésimale pression, à l'échelle de la force qu'elle pourrait déployer ; mais la canine contre la peau de sa joue, l'haleine suffocante de l'animale dont les dents ont pourri à force de sucre, et le foie gorgé d'alcool : Jules, soudain et pour la première fois en treize années de compagnonnage, sent la peur le submerger. Des gouttes de sueur perlent le long de son front, il tremble et l'ourse relâche son étreinte.

Cela n'a duré que quelques secondes, à peine, au cours desquelles il a entrevu la possibilité du drame. Il feint de clore son numéro comme d'ordinaire, c'était le baiseeeeeer de l'ourse, mes amis, et Josh de tambouriner, qui a compris, lui, il le sait au regard inquiet du gamin, mais sinon, personne n'a rien vu, applaudissements, quelle scène ! Vous êtes fabuleux, Edison nous l'avait dit, et les compliments faciles, les cajoleries. La soirée se poursuit, les invités sont aussi richement ornés que le salon ; dans le brouhaha, on s'échange des bons mots et se séduit, une courtisane lui passe la main sur la joue, mais il n'est pas là, il y a encore au fond de son estomac cette peur tenace, il a cru y passer, alors il boit de plus belle. L'orchestre fait danser les mondains, le champagne coule à flots, dont l'ourse elle aussi est abreuvée.

Mais il sait, ce soir-là, que l'animale ne joue plus le jeu, son jeu.

De rage, il la fait envoyer à l'attache au parc en compagnie de Josh, et au lieu de prendre acte de l'avertissement donné par la bête, il persévère dans l'ivresse et le déni. Il s'oublie dans la fête. Au matin, il se réveille dans la rue, le sol est couvert de givre, il ne sent plus son bras gauche, et dans sa bouche, le goût métallique du sang, quelques traces de vomissures sur son complet déchiré. A-t-il été tabassé en rentrant, s'est-il battu ? Il n'a aucun souvenir de la fin de la nuit, quelques embrassades avec une femme aussi abîmée que lui par la ville, le rouge avait bavé sur ses lèvres, des danses et trop d'alcool. Mais il ne se dit pas, titubant vers sa chambre, qu'il est déjà en train de sombrer, il ne décide pas de repartir pour s'émanciper de cette ville qui se referme sur lui comme un piège, d'une gloire qui l'éteint à petit feu. Il s'écroule sur son lit tout habillé et se laisse aller à la chute qui s'amorce avec le siècle nouveau.

3

Alma avait toujours eu l'humeur atmosphérique, se laissant bercer et envahir par les lumières, les vents, les cieux, la densité du couvert végétal. Dans les plateaux minéraux, elle se sentait ramenée à l'essentiel, les pluies torrentielles la plongeaient dans l'euphorie, les cieux d'hiver la rendaient nostalgique ; en cet automne la mélancolie dominait, ce sentiment radieux et douloureux à la fois, à la texture malléable, et elle se sentait couler dans cette émotion soyeuse, passer d'un rire doux à une larme au coin de l'œil. C'était un vague à l'âme rêveur qui variait d'un moment à l'autre, se déplaçait imperceptiblement à chaque instant, comme les feuilles mortes sur les arbres se paraient d'ocre et d'écarlate ou de teintes marron et grises, selon la densité de la lumière. Cette sensibilité s'était exacerbée au fil des mois sur le terrain, parmi les ours, une ourse, comme si en glissant ses pas dans ceux du fauve, elle avait dû se fondre tout à fait dans la montagne, devenir montagne. Et chaque nouvelle averse la replongeait dans la découverte macabre survenue une semaine auparavant. Ça la hantait, ce matin-là.

Après le coup de fil de François, elle avait couru chez elle, s'était débarbouillée, tentant d'ôter de son visage les stigmates d'une nuit de fête et d'abandon, et l'odeur éthylique des matins de cuite, puis elle avait enfilé en hâte l'uniforme du CNB, serré trop fort les lacets de ses chaussures de randonnée, à s'en couper la circulation du sang, comme si elle avait besoin de se sentir tenue, soudain, plus qu'à l'ordinaire, et que, tout s'effondrant, s'effritant, la gaine constituée par les chaussures rigides le long de sa cheville lui donnait la sensation de pouvoir affronter ce qui l'attendait. Car elle savait, elle avait su tout de suite, qu'il s'agissait de l'ourse, qui d'autre ? Elle savait qu'un drame s'était produit. Elle l'avait senti dans la voix de François, dont l'émoi répercutait celui des deux gardes espagnols qui avaient trouvé les traces de sang.

Ils avaient rejoint les gardes catalans grâce au point GPS que ces derniers envoyaient pour se localiser, suivant la coulée de sang, à flanc de montagne, jusque dans la combe d'Ourdouas, où l'ourse avait ses habitudes. Et, arrivant dans ce secteur, Alma marmonnait, c'est elle, si un ours s'est traîné par ici, c'est forcément elle. Attends, Alma, et le grand mâle du secteur, ça peut pas être lui ? Non, pas dans la combe, lui, il circule plus par les crêtes. Je les connais, je la connais, et elle parlait vite en retenant ses larmes. Marius les accompagnait. Une fois sur place, elle avait presque défailli mais s'était tenue droite, les lèvres serrées. Les épaisses traces de sang ne laissaient que peu de doute. Et au bout de la traînée poisseuse, noire, du chemin de croix, ils avaient trouvé rapidement le corps, reposant sur le flanc, la lourde tête face contre sol. Et Alma s'était étonnée qu'elle paraisse si petite, ainsi aplatie, elle qui semblait colossale quand elle se déplaçait. Et la couleur sombre du pelage – désormais terni par l'hémoglobine –, le collier plus clair, elle ne pouvait pas se tromper, elle l'avait guettée, observée, rêvée, visitée, cherchée ; elle l'avait eue dans la peau tout le printemps, tout l'été, cette ourse : c'était elle, à n'en pas douter.

— *Es la Negra, por cierto, se lo confirmo*, s'entendit-elle dire machinalement aux deux Espagnols, et eux de hocher la tête, contrits.

— *Que peina, es que era la más vieja del sector, hija de Pacha, otra osa bien bonita*, commenta le garde.

— Qu'est-ce qu'il dit ? demanda François.

— C'était une fille de Pacha…

— La dernière de douze descendants, c'est vrai… Elle était née il y a seize ans, versant espagnol. Et cet ours Pacha, c'était un peu leur mascotte de l'autre côté…

— Ils l'ont pas ratée… marmonna Alma.

— Elle a pris deux balles : tête et thorax, quelqu'un qui sait viser…

Et tous de suivre le doigt de François et de regarder le corps inerte avec sidération. Et la fourrure constellée de sang séché, l'odeur de la mort qui déjà se dégageait de la dépouille. L'une des balles était entrée par le thorax, de sa pointe fuselée, et ressortant, elle avait percé dans le corps un large trou.

— Mais qui a pu faire ça ?

Marius formula tout haut ce que les autres ruminaient.

— Un criminel, c'est tout. Alma sentit les larmes lui couler sur les joues alors qu'elle parlait. *Un hijo de puta también podemos decirlo así…*

— *Vamos a dejarles hacer el constato*, dit doucement l'un des Espagnols. Il posa sa main sur l'épaule d'Alma, en signe de sollicitude, *Pero es que sos española ?*

— *Por mi madre, si… He trabajado bastante con el parque de Somiedo*… Elle n'était pas d'humeur à converser, elle se tourna vers François. Ils disent que c'est à nous de faire le constat.

— En effet. On a des accords qui leur permettent de venir ici faire leurs observations… Ce sont des gars du programme Bouquetin, expliqua François. Et les bouquetins se moquent des frontières. C'est pas une crête qui les empêche de passer d'un bord à l'autre. Mais pour une enquête, ça nous regarde nous.

— Les ours aussi s'en moquent, des frontières…

Elle serrait les dents, il fallait aller au bout de la procédure, de cette journée sans s'écrouler. Mais la fatigue, la tension nerveuse accumulée, elle se sentait à bout. François soutint son regard, lui aussi ému, et il reprit :

— Vu la localisation du corps, on va aller voir le berger, mais je vais aussi demander un hélitreuillage de la dépouille. Dans ce contexte de sabotage, avec les menaces qu'on a reçues, il faut qu'on fasse une vraie autopsie.

— Marius, tu remplis la fiche que je t'ai donnée, et puis fais des prélèvements, sang et poils, s'il te plaît, plus les relevés d'empreintes, même si on n'a pas trop de doute sur l'identité de l'individu…

— Et l'ourson ? demanda-t-il.

Personne ne répondit, il pouvait être partout, probablement terré quelque part, s'il avait réchappé à la tuerie. Mais nulle trace à proximité du corps de la mère.

Tout s'était enchaîné ensuite au cours de cette interminable journée : la visite des gendarmes, les longs interrogatoires une fois de retour au bureau. On avait averti Alma dans l'après-midi qu'une équipe investiguait sur l'estive, un fusil de chasse avait été retrouvé dans la cabane du berger. Vu le passif de ce dernier, y a quand même de fortes présomptions sur sa pomme, avait lancé, docte, un vieux gendarme à moustache. On se croirait dans une mauvaise série B, s'était dit Alma. Elle ne voyait pas Gaspard tirer sur un ours, il ne lui semblait même pas capable d'élever la voix sur sa chienne. Mais le connaissait-elle ? La fatigue, l'exaspération, et cette fille morte l'an dernier, il aurait pu péter les plombs ? Et elle avait dû retracer point par point la séquence des derniers mois, les insultes, les tags, expliquer son travail, et les heures passant elle sentait l'épuisement la gagner. Une enquête est ouverte par le parquet pour destruction non autorisée d'espèce protégée, tout le monde va être entendu, avait expliqué François aux membres de l'équipe réunis en hâte au bureau en début de soirée. Personne n'est censé se balader armé hors de la saison de chasse, même si on connaît tous les pratiques du coin, et tirer sur des ours, encore moins. J'espère juste que le coupable sera trouvé, puni, que ça calmera un peu ceux qui veulent faire la loi ici… Va bientôt falloir qu'on se balade avec un flingue pour se protéger de ces demeurés, avait lâché Adam, une jeune recrue, avant d'ajouter c'est bien comme ça qu'ils font dans les parcs africains… Sauf qu'on n'est pas dans les Virunga mais dans les Pyrénées. François l'avait mouché, pas la peine de laisser chacun proposer des solutions miracles.

Le lendemain, Alma avait été mandatée pour superviser l'enlèvement de la dépouille, avec Marius, qui ne la lâchait plus. Et elle trouvait du réconfort à sa présence, soudain. Elle l'avait sous-estimé au début, peut-être était-ce son air naïf, un peu gauche, mais elle découvrait jour après jour une vraie sensibilité naturaliste chez ce jeune homme, doublée d'une application qui lui permettait d'apprendre très vite. Je suis désolée que tu assistes à un truc aussi glauque pour une première saison, on est là pour observer les animaux, les comprendre, enfin essayer, pour mieux les protéger, on devrait pas se retrouver à gérer ce genre de boucherie… Ça me désespère. Elle se sentait en échec.

Ils s'étaient hissés en un temps record sur la combe d'Ourdouas, Marius cavalait désormais, comme Alma l'avait prédit ; en quelques mois, il s'était forgé un équilibre bien meilleur qu'au printemps, où chaque descente un peu raide semblait mettre au supplice ses articulations, et l'on sentait que les muscles de son cœur s'étaient affermis, sa respiration était fluide. Elle aussi avait retrouvé l'endurance de la grande époque, à force de courir derrière la Negra. Elle était épuisée mentalement, mais son corps se défendait bien, il répondait dans la pente, en élève docile. Courant presque, ils avaient avalé le dénivelé, puis ils avaient intuitivement tous deux infléchi le pas dans les dernières centaines de mètres, comme si le cadavre de l'ourse ne pouvait être approché qu'avec délicatesse, sur la pointe des pieds.

En voyant la masse sombre dans la roche, Alma avait tout de suite remarqué que quelque chose clochait, mais quoi ? La dépouille était au même endroit que la veille, les roches alentour immuablement disposées, et le silence des altitudes régnait, mais soudain elle comprit. La tête. La tête de l'ours avait été redressée et calée contre une pierre, elle semblait désormais regarder l'horizon, fixer le lointain, alors que la veille, elle avait la face contre terre. Comment cela se pouvait-il ? Elle s'est redressée, s'écria Marius, et il sembla à Alma qu'il y avait dans ce cri plus que de la naïveté, un aveu poétique. Car cette bête, même sa dépouille, n'avait rien d'ordinaire, on pouvait la croire investie d'une force supérieure, de pouvoirs magiques. Mais qui a fait ça ? Alma regarda tout autour. Quelqu'un devait être venu, ce n'était pas possible autrement. Autour de l'ourse, les roches étaient maculées de carmin, les traces poisseuses de l'hémorragie, mais personne, rien, aucun signe. Ils restèrent figés quelques dizaines de secondes, à regarder l'animale alanguie, immobile, sa tête orientée vers le panorama des crêtes qu'elle avait parcourues durant des années.

Plus tard, alors qu'ils attendaient en silence, assis à côté du corps inerte, ils entendirent l'air vibrer de cette pulsation si reconnaissable, le tchakatchak des pales d'hélicoptère, et en quelques secondes, le volatile était au-dessus de leurs têtes, faisant du surplace dans un vacarme assourdissant, qui couvrait tout, il cachait le soleil de son ossature métallique – vibrionnant, tanguant, tout proche désormais. Bouge-toi ! hurla Alma à Marius, sa voix étouffée par le bruit de l'hélicoptère, les cheveux dressés dans un souffle puissant. Les deux pilotes jetèrent au sol le large filet qui devait servir à prélever la dépouille de l'ourse, puis ils atterrirent un peu plus loin. À quatre, aidés de sangles, il fallut rivaliser d'efforts pour faire basculer le corps pesant dans le filet, et le refermer autour. Les pilotes rejoignirent aussitôt le piton qui leur servait de piste d'atterrissage et de nouveau, le tintamarre aérien, l'insecte géant au-dessus d'eux, la sangle jetée depuis le ciel, rapidement arrimée à ce paquet étrange : un corps d'ours enroulé dans un grand filet. Plus vite, encore quelques secondes, l'hélicoptère stationnaire, et 1, 2, 3, charivari métallique dans les airs – les bêtes devaient avoir déserté la montagne à des kilomètres à la ronde –, un grand souffle, encore, qui fouette le visage, les pales accélèrent, puis le monstre volant se hisse, la sangle se tend, le colis mortuaire décolle du sol, et mètre après mètre, le filet chargé du corps de l'ourse de s'élever dans un mouvement de balancier. La masse brune, hélitreuillée, bientôt n'est plus qu'un point qui ballotte sous l'engin volant et qu'on dirait issu d'un rêve d'enfant ; un point noir qui s'éloigne dans le ciel horizon, évaporé dans le bleu, et Marius et Alma, seuls au chevet de la mare de sang séché. Silence, un grand bourdonnement dans les oreilles.

Il faudrait qu'on fasse une sépulture, non ? demanda Marius, en regardant Alma de ses grands yeux ahuris. Elle le serra alors dans ses bras, sans réfléchir, et ils pleurèrent. Puis elle s'essuya les yeux, rit nerveusement. Mais qui est venu lui redresser la tête ? Elle était bien face au sol, hier ? Oui… Allez, on redescend, va, ça nous a tous tapé sur le système, cette histoire, peut-être qu'on délire…

Les jours suivirent, confus. L'ourse avait emporté avec elle l'envie d'Alma, ses espoirs. La saison avait été marquée par les difficultés, les oscillations d'humeur et de motivation, mais aussi portée par le désir brûlant de comprendre cette animale. Sa mort signait non seulement l'échec de sa mission – un échec collectif, avait précisé François, qui savait qu'il n'y avait nul besoin de remuer le couteau dans la plaie –, mais elle l'interrogeait. À quel prix se jouait le maintien des ours dans ces montagnes ? La partie n'était-elle pas perdue ? La réconciliation un doux mirage ? Pourquoi fallait-il que les choses soient si violentes ? Elle n'avait la force de parler à personne, pas même d'appeler Boris, pour lui raconter. Il aurait pourtant été un des seuls à pouvoir comprendre le sentiment de deuil et de défaite qui l'habitait.

Après avoir pris part aux premières étapes de l'enquête, Alma avait été longuement entendue par la police et la direction régionale du CNB, puis elle avait posé une semaine de congé et, une fois chez elle, elle s'était écroulée. Elle n'avait alors pas quitté son lit durant trois jours, ou si peu, lisant quelques lignes, reposant les livres qui s'étaient amoncelés autour d'elle, sous ses oreillers, comme des créatures protectrices, *La Montagne magique*, des poèmes, rien ne parvenait à l'arracher au sommeil, ou plutôt à l'apathie qui l'avait gagnée. Elle s'était réfugiée dans la musique des jours tristes, avait écouté en boucle toute l'œuvre de Leonard Cohen, elle se baignait dans cette voix basse et profonde, et repassait sans fin les enregistrements des dernières années, où une gravité somptueuse habitait chaque syllabe, l'économie de moyens était au sommet. Et elle sombrait encore, après avoir mangé quelques tranches de pain d'épice – aliment indispensable pour les sorties en montagne, le seul qui restait dans ses placards.

Au quatrième jour, elle se leva, prit une douche, révulsée par l'odeur que son corps commençait à dégager : il ne s'agissait pas de la sueur produite par les efforts en montagne, mais d'une sueur âcre de fatigue et de lassitude, une sueur de défaite. Et une fois douchée, elle décida de rendre visite au garçon aux cheveux d'ambre. Il lui fallut marcher vingt minutes jusqu'à sa grange-atelier pour se souvenir de son prénom. Livio, il avait dit, car mon père est italien. Il lui avait parlé d'un jardin de roses anciennes qu'il cultivait depuis quelques années. La nuit ensemble avait été joyeuse. Et puis il y avait eu ce coup de téléphone tragique, elle était partie en courant, ne l'avait pas revu. Quand elle arriva devant le terrain sur lequel se trouvait la grange, elle l'aperçut au loin, poussant une brouette. Il s'arrêta, la fixa un bon moment, comme pour s'assurer de la reconnaître, puis il lui fit un grand signe de la main. Elle traversa le terrain boueux. Un vieux chêne avait commencé à tapisser le sol de ses feuilles. La chute était précoce, sans doute les fortes chaleurs de juillet étaient-elles en cause.

— Alma !

Il s'avança et la serra dans ses bras avec une joie non feinte.

— Livio, comment vas-tu…

— On m'a raconté, tout le monde en parle ici… Tu dois être effondrée. Moi, la montagne, j'aime bien la voir d'ici, et il indiqua de la main les Trois Reines qui dominaient, le cirque, mais crapahuter seul là-haut, je pourrais pas… Mais comment tu te sens ?

— Je ne sais pas, j'ai passé la moitié de la semaine à dormir, je crois que j'en avais besoin, elle sourit.

De larges cernes maquillaient ses yeux.

— Je te sers un café, ou bien on va d'abord voir les rosiers ?

— Les roses d'abord !

Il l'escorta jusqu'à l'arrière du terrain, où se déployait un potager croulant sous les cucurbitacées. Il marchait d'un pas tonique, ses cheveux ondulaient, il dégageait une impression de souplesse et d'énergie. Elle aimait observer la chorégraphie de chaque être, les corps disaient beaucoup. À force de fréquenter les animaux, elle s'était accoutumée à décrypter ce langage, et elle se disait souvent que les mots étaient vains face à la puissance des signaux physiques. Livio se tenait maintenant droit, fier, au milieu de son œuvre. Les courges, potirons, potimarrons grimpaient sur des structures métalliques aux finitions arabesques, leurs fruits replets dégoulinant de tous côtés dans une profusion de teintes orange. Le sol était au-dessous tapissé d'herbe drue. Et de part et d'autre, des rangées de rosiers affichaient les dernières fleurs de l'été indien. Certains grimpaient le long de tuteurs métalliques, qui étaient autant d'œuvres d'art, chacun arborant à son extrémité une courbe particulière. D'autres rampaient au sol, croulant sous les fleurs fanées desquelles se dégageait un parfum de putréfaction délicat.

— Voilà, ce sont mes petits ! Que des rosiers anciens qui résistent à cette altitude. J'ai fait des essais par dizaines pour trouver les bons pieds… Toutes ces roses sont comestibles, ajouta-t-il.

— C'est merveilleux, souffla Alma.

Il cueillit une rose marbrée de différentes teintes d'orange et de chair, et dont les pétales étaient si densément tissés autour des pistils qu'il était impossible de les apercevoir. Il lui tendit l'un d'eux.

— Goûte, celle-ci, elle a un parfum de pamplemousse.

Elle mangea le pétale, un goût de fleur et d'agrume lui chatouilla la langue. Il faisait doux, elle se dit que ce garçon – le mot homme ne lui venait pas tant il avait l'air juvénile, et pourtant, ces pattes-d'oie au coin des yeux, les rides au front, il devait avoir son âge – était infiniment poétique.

— Je dis que c'est mon jardin d'amour ! Des roses et des potirons, voilà. Il sourit. Je te fais un café pour fêter ta sortie d'hibernation ?

— Oui, avec plaisir.

Ils retournèrent vers la grange, il lui sembla que c'était un embrasement dans le soleil du matin, les couleurs d'automne l'assaillirent, elles étaient du côté de la joie, cette fois-ci. Devant la grange, un four solaire déployait ses pétales d'aluminium, comme une fleur gigantesque. Elle ne l'avait pas remarqué la dernière fois, arrivant de nuit, ivre, et repartant précipitamment.

— Allez, on se le fait, ce café ! Si le soleil le veut bien. Au-dessus de leurs têtes, les nuages naviguaient sans boucher l'horizon. Ce que j'aime bien avec ce four, c'est l'incertitude, quand le temps est changeant comme ça, tu te demandes, est-ce que mon eau va bouillir ? Il m'en faut peu pour avoir de grandes émotions, moi. Mais rassure-toi, j'ai aussi un petit réchaud pour les jours d'hiver… L'autre fois, je n'ai pas eu le temps de te faire un café.

— Je suis désolée, répondit Alma.

— Et pourtant c'est mon truc, j'ai vécu dans un bistrot, à Naples, mon père le tenait… J'ai grandi dans cette odeur.

— Mais tu cuisines avec ça ?

— Tout ce que je peux faire dehors avec le soleil, je le fais, reprit-il.

— C'est toi qui l'as fabriqué ?

— Oui, avec des tutos en libre accès. J'aime bien faire mes trucs... Il sourit encore. Gamin, j'étais dyslexique, nul en classe, on m'a expliqué que je ne servirais à rien, je le pensais aussi... Mes mains m'ont sauvé !

Alma les regarda, il avait les doigts longs, les ongles très courts, ornés d'une lune de terre, la peau légèrement craquelée sur le dessus de la paume, à force d'être exposée. Elle lui sourit, ils étaient proches et elle reconnaissait son odeur, son haleine. Il la serra dans ses bras, délicatement, puis il relâcha son étreinte et se retourna pour aller récupérer la cafetière qui sifflait au cœur de la fleur métallique.

— On dirait que le soleil est avec nous, ce matin.

En rentrant après le café chez Livio, elle traversa le village en hâte. Elle n'avait pas envie d'affronter les autres, ces gens qui allaient lui manifester sollicitude ou agressivité. Elle savait ce que certains pensaient de la mort de l'ourse, que c'était une bonne chose, au fond, de lui avoir mis une balle dans la tronche, à cette bestiole. D'autres au contraire la déploraient avec des excès de compassion, s'adressant à Alma comme si elle avait perdu un enfant. Elle n'était pas en mesure de s'y confronter, pas encore. Hormis aux gendarmes et avec ses collègues, elle n'avait pas envie de parler de l'affaire. Sans doute ne retrouverait-on pas les coupables. Le berger avait été disculpé tout de suite, le fusil dans la cabane ne correspondait pas au calibre des balles trouvées. Et pourtant on saurait, on saurait vite, qui avait fait le coup. Mais elle connaissait l'omerta qui régnait dans les vallées. Le tueur d'ours avait peut-être déjà fanfaronné auprès des autres, exaltant une chasse héroïque. Tout le monde savait déjà sans doute de qui il s'agissait, mais elle ne se sentait pas une âme de justicière. Et puis, à quoi bon ramer à contre-courant, on n'allait pas protéger les ours avec des brigades armées ? Peut-être que les gens n'étaient pas prêts à ça, plus capables.

Plus tard, elle repensa à Livio, à son jardin, au réconfort que lui avait apporté ce moment passé avec lui un matin d'automne. Avant qu'elle ne prenne congé, il lui avait remis un pot de confiture de pétales de rose. Elle la goûta et sourit en sentant les fleurs en bouche. Elle mit la cafetière italienne sur le feu, elle avait besoin de beaucoup de café aujourd'hui. Elle installa quelques coussins sur le canapé, rangea la pile de livres éparpillés, et se prépara à l'appeler. Le moment était venu de parler avec elle. Comme toujours, quand elle allait mal, elle avait donné très peu de nouvelles depuis le début du mois d'août. Les quatre sonneries lui parurent interminables. Puis elle entendit la voix légèrement rocailleuse, profonde, chaude, et l'accent chantant de sa mère.

— *Holà ?*

— Maman. C'est Alma.

— Alma ! Mon âme, *corazoncita, hace mucho tiempo. Te echaba de menos !*

Sa voix chantait. Elle aimait l'entendre l'appeler ainsi, mon alma, mon âme.

— Oui…

Elle laissa le silence se prolonger.

— Mais, Almacita, *qué pasa, cuéntame porfa ?*

— L'ourse, tu sais…

— L'ours, quel ours, s'impatienta sa mère. Et Alma pouvait l'imaginer agiter ses mains et porter les yeux au ciel avec cette manière théâtrale d'être au monde. Il y a des ours partout dans ta vie, mon âme ! Toi-même tu es ours, je crois.

— Non mais, sérieusement, sa voix commençait à se briser, elle ne voulait pas pleurer alors qu'elle n'avait pas eu sa mère au téléphone depuis des semaines. Celle dont je fais le suivi, tu sais… Je t'avais raconté, une grande ourse noire !

— Eh bien Alma, *cuéntame, te digo, hija !*

— Elle a été tuée.

— Tuée ? Comment ça ?

— Par balles, je te raconterai un autre jour, c'est trop frais, ça me fait trop de mal. Il y a un ourson orphelin maintenant, dans la montagne.

Un silence se fit au bout du combiné, elle avait réussi à faire taire tout à fait sa mère, de stupeur. Et elle entendit le son d'un fado, derrière, le genre de musique que sa mère écoutait pour peindre. Elle disait n'avoir plus d'énergie créatrice depuis quelques mois.

— Maman, tu repeins ?

— Oui mon âme, beaucoup, je peins beaucoup… *Te contaré*. Mais Almacita, *qué tal, que peina esa historia de osa !*

— J'aimerais venir te voir.

— Viens mon Alma, *venga !*

Elles raccrochèrent peu après, sa mère avait répété, ce serait une grande joie de t'avoir ici. Et Alma sentit qu'un séjour en Asturies lui ferait du bien. Elle aurait bientôt de plus longues vacances à prendre, pour rattraper toutes les heures supplémentaires et les nuits de travail de la belle saison. Elle prendrait la route de l'Espagne, passerait par Bayonne, Bilbao, longerait la côte, puis s'enfoncerait dans le vert des monts Cantabriques, dépasserait les Picos de Europa souverains, et irait se nicher quelque temps dans le village maternel.

4

Chance était morte ce matin, un 15 septembre. Année après année, elle montrait tant d'impatience, chaque printemps, quand s'annonçait la transhumance, qu'il eût été impossible de partir sans elle. Mieux vaut mourir là-haut, disait Jean, et il la laissait suivre le troupeau, librement – elle ne portait plus aucune charge depuis longtemps déjà. Au printemps, elle avait encore réussi à franchir le col, presque une heure après les brebis, elle connaissait le chemin. Elle s'était beaucoup interrompue dans la montée pour se régaler de pissenlits ou de bourgeons. Elle profitait. Elle avait passé l'été à se gaver d'herbe, sans remplumer son corps maigre. Il s'affaissait même, de jour en jour, laissant apparaître les côtes, saillir un garrot toujours plus proéminent, au-dessus de la colonne convexe qui soutenait son vieux dos – il avait désormais la forme d'un sourire – et la croupe décharnée. Elle dormait de plus en plus, restait couchée au soleil de longues heures, peinait à se hisser sur ses jambes, chancelante. Et ce matin, au réveil, elle n'était pas devant la cabane, à attendre qu'il vînt lui prodiguer une caresse. C'était pourtant leur rituel, Gaspard s'approchait, il appliquait la paume sur le chanfrein de la jument et glissait le plus lentement possible sa main jusqu'à l'espace de peau veloutée, entre les deux naseaux, y posait parfois ses lèvres, que râpaient les vibrisses du vieil animal, lui soufflant délicatement sur le nez. Ils fermaient alors tous deux les yeux, profitant de ce peau à peau. La jument ne s'éloignait pas de la cabane le matin tant qu'elle n'avait pas salué Gaspard.

Il était parti avec Lunita la chercher, pressentant la fin. Alors qu'il marchait, il avait secrètement espéré qu'elle serait morte, la trouver agonisante aurait été un calvaire. Il aurait fallu l'achever, l'idée le terrifiait. Il se souvenait d'avoir vu un Kirghiz trancher la jugulaire d'un cheval qui s'était brisé la jambe. Il n'oublierait jamais le geste sûr, précis, du jeune garçon, la larme qui avait pointé au coin de son regard et le râle du cheval. Le Kirghiz avait accompagné son agonie d'une brève prière à Allah et d'une caresse délicate sur l'encolure. Cela n'avait duré que quelques secondes. Gaspard avait embarqué la trousse vétérinaire d'urgence, qui contenait de quoi anesthésier un cheval. Il n'aurait jamais eu la force de l'achever au couteau sans l'endormir au préalable, il le faisait pourtant pour les brebis. Mais la jument avait un autre statut, elle était sœur, mère, compagne, une égale.

Il la repéra et la découvrit derrière le vallon en suivant le nuage de vautours fauves qui avaient largement entamé le travail de nettoyage de la carcasse. Une bise s'était levée, qui faisait voler quelques crins du toupet. Chance reposait sur le flanc, où ce qu'il en restait. Les yeux avaient été évidés, et pourtant Gaspard se sentit serein en contemplant la dépouille. Il s'accroupit, caressa une dernière fois la peau de soie entre les deux naseaux, toujours intacte. La vieille jument avait décidé de mourir ici, après s'être enivrée des fleurs et des horizons de l'estive, comme si elle avait choisi son lieu et son moment. Il songea à Jean, qui serait aussi heureux que triste, de la savoir partie ainsi. Il lui dirait qu'il l'avait trouvée déjà entamée par les rapaces, reposant au milieu d'un tapis mauve de crocus éclos dans les derniers rayons de l'été. Il rentra à la cabane en pleurant, laissant les vautours, auxquels succéderaient les gypaètes, faire disparaître l'enveloppe charnelle de la jument. Il se plut à penser que son esprit allait désormais résider en ces lieux, dans l'herbe qui s'agitait sous la brise d'été, les rochers, les nuages, disséminés un peu partout, veillant l'estive. Cette mort-là était gracieuse, il en parlerait à ses filles, elles verseraient une larme mais elles comprendraient.

Celle de l'ourse survenue deux semaines plus tôt était en revanche brutale, contre-nature. L'animale avait agonisé, s'était vidée de son sang, elle avait été abattue lâchement. Elle lui avait mené la vie dure, il l'avait haïe parfois, avait plongé dans les tréfonds sombres de ses névroses, vacillé, mais jamais il ne l'aurait touchée, jamais il n'aurait songé à l'éliminer. Deux balles, la première dans la tête, qui n'avait fait qu'arracher un morceau de l'oreille et ricocher, lui avait dit le gendarme venu l'interroger, et la seconde dans le thorax. Celle-ci était entrée de sa pointe fuselée dans le poitrail de l'animale, qui devait s'être dressée pour flairer l'assaillant – preuve qu'elle ne l'avait pas chargé – et était ressortie en perforant largement le dos, les morceaux de balle s'éparpillant dans le corps au moment de l'impact. Elle avait manqué de peu le poumon, car l'ourse n'était pas morte sur le coup. Elle avait réussi à se traîner jusqu'à la combe où elle avait été retrouvée, à quelques centaines de mètres du lieu du crime comme en attestait le sang. C'est pas une manière de finir une bête… Il n'y avait rien de digne ou d'honorable dans cette fin-là, c'était un massacre et il avait eu lieu dans ses montagnes.

Il se souvenait de la nuit de la mort de l'ourse de manière parcellaire. Certains détails lui apparaissaient avec une grande précision, les coups de feu qu'il avait entendus résonner, sa chienne retrouvée dans les bois, comment, haletant, il avait rejoint la cabane, et trouvé Julien, hagard, terrorisé, répétant qui a tiré putain, qui, ce moment où il avait compris avec soulagement qu'il ne s'agissait pas de lui, avant d'être saisi d'une autre peur : mais qui, alors, se baladait armé à deux pas de l'estive, une nuit d'été ? Et de ces instants, il conservait la mémoire photographique. Les autres souvenirs de la nuit étaient plus confus, les longues heures à récupérer les bêtes dispersées, apeurées par les coups de feu qui avaient retenti, la draille empierrée que la lune refusait d'éclairer, les chevilles qui s'y tordaient, encore et encore, sous l'effet de la fatigue et de la précipitation – de mauvaise compagnie pour cavaler en montagne dans la pénombre –, Julien au loin qui gueulait sur son chien, et le jour qui tardait à poindre alors que ni l'un ni l'autre ne savait d'où étaient venus ces coups de feu, pourquoi ils avaient été tirés.

Au matin, on leur avait appris la mort d'un ours, l'équipe du CNB était passée sur l'estive. Alma en était, c'est la Negra, avait-elle lâché, on en est presque sûrs, elle viendra plus vous déranger. Le chef d'équipe avait jeté à Gaspard un regard lapidaire et il avait compris qu'on les suspectait. Et l'ourson ? avait-il demandé. Seule une minorité survit à un sevrage très précoce et à la mort de leurs parents, se débrouille, mais peut-être qu'il est déjà mort ? On ne sait pas, tant qu'on ne comprendra pas ce qui s'est passé… Et il avait fallu expliquer le déroulé de la nuit, puis tout le monde était parti, il s'était écroulé quelques heures. Il n'avait même pas songé à se débarrasser du fusil de Kevin : tout se savait ici, tout le monde connaissait l'existence de cette arme, chercher à la faire disparaître, c'était s'accuser à tort.

Elle était morte, l'ourse. Au matin, la nouvelle ne percolait pas tout à fait. Comme si la disparition de cette bête était placée sous le sceau de l'impossibilité. Dans l'après-midi, mû par une force qui le dépassait, un mélange de curiosité et de fascination pour l'animale qui l'avait poussé dans les recoins les plus sombres de son âme, il avait fait route vers la combe d'Ourdouas, laissant le troupeau à Julien. La dépouille lui avait paru bien moins imposante que ce qu'il aurait imaginé, c'était une enveloppe désincarnée, qui ne recelait plus rien de la superbe de l'ourse. La fourrure était terne déjà, les yeux vitreux, l'enveloppe corporelle était encore intacte, les charognards tardaient à venir. Il avait fixé les pattes épaisses, les immenses paumes des postérieures, rappelant les traces qu'il avait vues imprimées tant de fois au sol. Il avait passé son doigt sur le cuir noir des coussinets d'une patte avant, sentant la matière de cette peau qui avait foulé d'abrasives surfaces, une peau épaisse, et pourtant douce au toucher. Qui avait tué cet animal ? La colère, la peur, une rage sourde, la fascination – elle avait convoqué chez lui des émotions puissantes, mais la tuer, de quelques balles tirées à distance, faire basculer ce grand corps, il n'aurait jamais pu, même pour se défendre, même en cas d'attaque, il en était désormais convaincu.

Il était resté quelques minutes encore auprès de l'ourse, gisante, face contre terre, une angoisse irrationnelle, immense, l'avait alors envahi. Elle peut pas rester comme ça, non, c'est pas possible, il faut qu'elle voie au loin.

Et il s'approche, saisit l'ourse au cou, sent les poils contre sa peau, la fourrure épaisse, et tente de redresser la tête, qui retombe au sol. Alors il regarde autour, avise une grosse pierre un peu plate, la soulève, ploie sous le poids de la roche, puis il la dépose juste à côté de la bête, et délicatement, se saisissant de nouveau de l'ourse au cou, il pose la tête contre la pierre, de telle sorte qu'elle soit redressée et que ses yeux soient orientés vers l'horizon, le lointain, un animal comme ça a besoin des panoramas, et en face, le versant du mont Calme, les prairies jaunes de la fin de l'été, et la ligne de crête, le Valat derrière, les autres sommets que l'on devine, le ciel azur piqueté de nuages, et le ballet des charognards qui déjà s'approchent, vont et viennent, et bientôt feront un sort à la dépouille. Il se releva, l'ourse regardait désormais au loin, la tête calée contre sa pierre, il se sentit presque soulagé, comme s'il avait donné à la bête un peu de dignité, l'avait accompagnée dans ce passage entre la vie et la mort qui ne pouvait se résumer, se concentrer, dans le bref instant du décès clinique, l'arrêt total des pulsations cardiaques.

Quand il arriva à la cabane une heure plus tard, Julien l'attendait, escorté de trois gendarmes. Deux d'entre eux étaient intervenus l'an dernier suite à la chute d'Ilia, il les reconnut immédiatement, vit une gêne traverser le regard du plus jeune. Il fallut encore s'expliquer et raconter. On devrait vous épingler pour détention illégale d'arme, monsieur, avait avancé un grand blond. Alors vous avez de la chance que ce fusil soit pas du même calibre que celui qui a servi à tuer l'ours, sinon c'était pour votre pomme, que vous ayez fait le coup ou non, je vous le dis franchement… Gaspard avait opiné, soulagé de ne pas être mis en cause. On va vous interroger, l'enquête le veut. Bien sûr. Mais on est sur la piste de braconniers espagnols qui arrivent par le col de Salva Vida, au pied de l'Infierno, ils ont peut-être même prélevé l'ourson… Mais pour quoi faire ? avait demandé Julien. Y a un réseau en ce moment, ils ont déjà tapé un ourson dans le Béarn après avoir tué la mère… Vous savez, y a des mafieux qui trouvent ça sympathique d'avoir un ours en cage à la maison, ou un tigre. Mettent des photos sur Instagram, et tout, et on finit par les choper, ces débiles. Mais en attendant, les bestioles on peut plus les relâcher. C'est à la mode, les bêtes sauvages… Sauf que c'est compliqué, d'en faire rentrer dans les frontières de l'Europe, alors kidnapper un ourson en montagne, pourquoi pas… Ça se négocie cher au marché noir, plusieurs dizaines de milliers d'euros… Enfin, on n'en sait rien, ça peut aussi être des chasseurs d'isards qui braconnent hors saison, qui se sont fait charger… Mais vous, vous monsieur, vous auriez jamais dû avoir ce fusil. Je sais, je… Alors bon, on connaît le contexte, on sait ce qui s'est passé sur votre estive et pour cette fois on va dire qu'on n'a rien vu. Gaspard détesta la compassion qui pointait dans le ton presque mielleux du gendarme. Mais ramenez cette arme d'où elle vient dès que possible. Vous étiez à deux doigts de l'arrestation, là, et le trafic ou l'atteinte à des espèces protégées, c'est sérieux…

Le soir, Julien et lui avaient longuement échangé, comme si les mots avaient le pouvoir d'expurger un peu de la sidération provoquée par cette nuit. Julien avait rejoint l'estive quelques jours plus tôt pour l'appuyer le dernier mois, comme décidé par l'ensemble du GP. Les financements dédiés à la cohabitation avec les grands fauves le permettaient, alors pourquoi s'en priver, avait demandé Lucie, inquiète à l'idée qu'il refuse. Elles étaient multiples, les raisons de dire non, selon Gaspard : la solitude rompue, la cohabitation imposée avec quelqu'un dont il ne savait rien, et ce lien si puissant, animal avec le troupeau qui se trouverait perturbé par l'introduction d'un nouvel élément, ou plutôt deux, le binôme chien-berger. Mais épuisé, à bout de forces, il avait accepté et renoué avec la tradition des longues siestes. Ils avaient décidé de répartir équitablement les temps de garde. Et lorsque les bêtes lorgnaient vers les crêtes, Julien montait y dormir, pour éviter d'avoir à les ramasser. Il investissait alors la cabane d'appoint. Le reste du temps, Gaspard l'évitait au maximum – certaines idées bien arrêtées de Julien sur les étrangers, la politique, lui faisaient froid dans le dos –, il s'en tenait aux échanges professionnels, lui dispensait quelques conseils, que l'autre n'écoutait que d'une oreille. Julien gueulait fort, sa conduite des bêtes était imprécise, le chien malhabile et trop lourd pour le travail à flanc. Mais il s'efforçait. Et maintenant qu'il l'avait fait monter, il fallait assumer.

— Tu dois être soulagé quand même, j'veux dire, elle te bouffera plus tes bêtes, avait lâché Julien.

Gaspard s'était saisi d'une bouteille de rhum, cadeau d'arrivée de l'aide-berger, la dernière de la cantine métallique dans laquelle il rangeait les précieux stocks alimentaires, et il était revenu s'asseoir sur le petit banc de bois, face à Julien. Il avait posé deux verres sur la table.

— Tiens, j'ai besoin de boire. Tu vois, c'est plus compliqué. Bien sûr, quand elle prenait les brebis, je la maudissais, mais qu'on l'ait butée comme ça, ça me dégoûte…

— Bah, t'y es pour rien.

— C'est une bestiole qui venait à la loyale, on n'arrivait pas à s'en protéger, et c'est ça qui me rendait dingue, mais là, elle est pas morte dignement…

— Ça reste un putain d'ours, mec, moi mon père y dit qu'en plus sont pas d'ici, et qu'on en relâche plein sans nous prévenir, j'veux dire, ça devait arriver un truc comme ça, faut pas s'étonner que les gens soient vénères.

— Eh bien, tu vois, malgré ce que j'ai vécu ici, je penserai jamais comme toi.

— Ah ouais, tu penses quoi ?

Il but cul sec son rhum, les resservit.

— Je l'ai vue plein de fois, cette bête, elle avait un truc, c'était pas n'importe qui, et moi, ce qui me fait le plus chier, c'est de pas avoir été à la hauteur.

— Tu te prends vachement la tête, toi, mec. Et puis pourquoi t'avais un fusil alors, hein, si c'est pas pour t'en défendre ?

— C'est Kevin qui… enfin, laisse tomber.

— Tu sais, les mecs comme toi, les rêveurs, ils restent pas, il dit mon père, avait ajouté Julien. Tu peux pas plaindre un ours qui t'a dégommé tes bêtes, mec !

Gaspard songea que leur rapport au métier différait radicalement. Lui s'était inventé berger, investissant un monde lointain, y jetant ses idéaux. Julien était fils d'éleveur, il allait hériter d'un troupeau et reproduisait le schéma paternel. Il était sorti prendre l'air et, depuis le pas de la porte, il avait dit à Julien, je vais dormir quand même avec le troupeau cette nuit, à la belle, ça me fera du bien, je te laisse la cabane. Et il s'était enroulé dans son duvet, un peu plus tard, sur un replat juste au-dessus des brebis. Les patous étaient venus l'un après l'autre l'identifier et chercher une caresse, puis la Rousse, Lunita et la grosse Nala s'étaient enroulées à leur tour, contre lui ou presque, et il avait sombré dans le sommeil, son sarcophage entremêlé aux corps canins.

L'humidité l'avait réveillé avant l'aube, qu'il avait guettée, assis dans son duvet, cherchant à identifier les silhouettes d'animaux sauvages sur la crête adjacente. Elle ne peuplait plus ces montagnes, le danger était moindre pour ses bêtes, mais il n'avait guère mieux dormi qu'à l'ordinaire. La veille était la condition du berger. Dans le silence qui précède le réveil des oiseaux, il avait décidé ce matin-là de congédier Julien. Il avait besoin d'être seul avec la montagne pour les dernières semaines. Après une discussion houleuse, ce matin-là, Julien s'était préparé pour prendre la route du village, furieux d'être ainsi renvoyé au moment même où un hélicoptère passait au-dessus de leur tête, hélitreuillant un chargement imposant, une masse sombre, inerte, qui ne pouvait être autre chose que la dépouille de l'ourse. Gaspard l'avait regardée, ballottée dans l'air comme un vulgaire colis. Au moins, elle a vu le jour se lever une dernière fois sur la montagne. T'es vraiment un grand malade, toi, avait balancé Julien en partant, après que Gaspard lui avait raconté son escapade de la veille auprès de la dépouille de l'ourse et la manière dont il avait replacé sa tête. Et il était parti en courant, flanqué du beauceron, laissant Gaspard seul avec sa montagne.

L'étrange vision de l'ours volant dans le bleu l'avait poursuivi tout le jour. Qu'on ne la laissât pas se décomposer ici lui semblait contre-nature. Mais il fallait bien comprendre ce qui était arrivé. Autopsier la dépouille. L'empailler ? Qu'allaient-ils en faire ? Le soir, Gaspard avait fini la bouteille de rhum. Il s'était écroulé en écoutant un peu de musique – chose qu'il faisait rarement, préférant concentrer son attention sur les bruits du monde. Il avait sombré dans le sommeil aux dernières notes de *Perfect Day*, les mots de Lou Reed le berçaient.

Après le départ de Julien et le passage de l'hélicoptère, il avait connu une de ces journées de garde sur laquelle tout coulait. Les bêtes allaient sereines dans l'exact biais qu'il leur avait indiqué. Il n'avait identifié aucune blessée, la 53403 récupérait d'une méchante fracture qu'il avait plâtrée un mois plus tôt, les 03476 et 23249 ne présentaient plus de traces de piétin – après avoir fait passer tout le monde au pédiluve un nombre incalculable de fois en août, il s'était débarrassé du problème –, la 46809, mordue à la cuisse, probablement par un chien, cicatrisait parfaitement, encore un peu d'argile en cataplasme et la plaie serait définitivement propre. Il avait alterné des temps de marche et des pauses au soleil, mâchouillant des fleurs, cherchant dans chacun des brins la micro-goutte de nectar qui allait réveiller une papille, et le soleil rasant de l'été indien lui caressait le visage. Tasse après tasse, il avait vidé son litre de café, s'était octroyé un casse-croûte de luxe, pain-saucisson-chocolat, comme il l'avait fait tant de fois avec Jean, sur le plat du Taus, et l'après-midi, il avait piqué une tête dans le lac. *A perfect day*, peut-être, s'il le considérait isolément de son contexte, des jours passés, de ceux à venir, vécu seconde après seconde, en quelque sorte, oui, un jour parfait, et le corps pesant de Lunita sur ses pieds en s'endormant dans la cabane surchauffée, il avait chargé le poêle à fond.

Deux semaines s'étaient écoulées, jour pour jour, entre la mort de l'ourse et celle de la jument. Et la découverte du corps de Chance avait secoué Gaspard. Cette montagne était le tombeau d'êtres précieux ; mais il n'y avait rien de macabre dans ce constat, les disparus étaient bien présents, les brebis dévorées, celles basculées dans le vide, les agneaux mort-nés, les petits mammifères dont les restes laissés par les renards jonchaient la montagne, et ce chevreuil qu'une conjonctivite avait poussé à la chute, et Ilia, tombée de la falaise, l'ourse, la jument, la liste des morts était infinie, et ils appartenaient à la montagne autant que les vivants, la constituaient, il ne s'agissait que de ça, de matière organique en décomposition, et les prairies d'été se mourant, l'herbe qui sécherait, et bientôt les feuilles tombées des arbres qui pourriraient et abonderaient l'humus.

Accepter, cela faisait partie du pacte qu'on nouait avec la montagne, c'est ce que lui avait dit Jean lorsqu'il l'avait appelé au matin pour lui annoncer que Chance était partie. Il n'avait pas pu le dire autrement, se sentant mièvre soudain, même si les précautions oratoires n'avaient pas lieu d'être. Et Jean, après un long silence, avait répondu d'une voix qui laissait transparaître un grand sourire, Gaspard, elle n'aurait jamais réussi à monter l'an prochain, elle voulait rester là-haut. Il faut que j'en prenne de la graine, moi aussi je saurai choisir mon moment. Et dans le cahier, d'une main tremblante, comme chaque jour, écrire.

Soleil et vent frais, repousse d'herbe.

Cent brebis ramassées au pas de la Galère, redescendues par les crêtes.

Fracture de la 56007 rétablie.

Identifié un abcès énorme au cou de la 00303, non douloureux.

Deux disparues (la vieille noire de Jean).

Mort de Chance. Pas la force de rassembler tout le monde en bas.

Froid qui s'installe. Tristesse.

5

Les gypaètes offrirent ce jour-là à Alma un ballet amoureux. Le mâle et la femelle, enchâssant les trajectoires concentriques de leur vol dans le ciel – on pouvait s'imaginer la large calligraphie qui aurait habillé l'azur s'il y avait laissé la trace de leur passage. Leurs vastes ailes couvraient éphémèrement le soleil-feu des prémices d'octobre. Elle les observa, elle avait apporté la longue-vue et ils volaient si près qu'elle distinguait leur œil cerclé de rouge. Les gypaètes aussi avaient été persécutés au début du XXe siècle. Les humains, terrifiés par ces mangeurs d'os gigantesques, les avaient éradiqués jusqu'au dernier. Leur réintroduction dans les Alpes était un cas d'école. Les individus sauvages d'origine asiatique, relâchés dans les années 1970, avaient tous péri. Échec de la première tentative, on avait réitéré avec des oiseaux issus de zoos. La population actuelle de gypaètes était donc en partie férale, héritière d'oiseaux nés en volière. Étaient-ils pour autant moins pleinement sauvages ? Leur réintroduction était-elle plus artificielle que leur éradication ? Alma s'était posé toutes ces questions en tant qu'étudiante, elle les avait considérées depuis le terrain en travaillant avec les ours. Et elle s'étonnait de l'intensité des affects que ces derniers réveillaient, elle mesurait désormais ce que leur retour bouleversait. C'était plus que l'organisation des estives, un certain ordre du monde qui était remis en cause. Après avoir vécu sans prédateur, ceux d'ici devaient faire face au grand omnivore, discret mais pas froussard, suffisamment puissant pour leur tenir tête en cas de nécessité.

L'ours, il est capable de bouffer un humain, et même si ça n'arrive jamais avec les ours bruns qu'on a en France, contrairement aux grizzlis, cette idée les rend dingues, avait-elle expliqué à Boris lors d'une de leurs dernières conversations téléphoniques. Et, disant cela, elle avait mesuré à quel point, chez elle, la possibilité de la dévoration avait, au contraire, été un puissant catalyseur de sa passion pour l'ours. L'idée de pouvoir faire face à un animal avec lequel les rapports proie-prédateur pouvaient être inversés à tout moment, un adversaire, un partenaire, un égal.

Elle était fascinée, adolescente, par le personnage de Timothy Treadwell, le Grizzly Man de Werner Herzog. Avec son père, ils avaient regardé maintes fois ce documentaire qui narrait l'histoire de cet homme dévoré par les grizzlis. Il avait les cheveux jaunes, une voix nasillarde, le grandiose et le pathétique coexistaient chez lui à parts égales. Il passait sa vie dans les territoires à ours d'Alaska, porté par l'espoir fou de s'intégrer à leur société. Elle avait souvent repensé à son histoire lors de son premier séjour à Fairbanks. On lui avait appris à se comporter à l'extrême inverse de Timothy, à conserver une grande distance avec les ours. Lui avait vécu à leurs côtés, s'en approchant, cherchant à créer des liens affectifs, au mépris de toute règle de sécurité et de tout précepte naturaliste. Un jour, il avait franchi la ligne rouge – sa fiancée et lui avaient été retrouvés dévorés. Dans le film d'Herzog, une biologiste esquissait une hypothèse : les grizzlys ne dévoraient qu'extrêmement rarement les humains, mais entre eux, les meurtres et pratiques cannibales étaient répandues. Timothy aurait été tué, à demi dévoré, car il était devenu ours aux yeux des plantigrades. Et deux ours mâles pouvaient s'affronter à mort.

Elle se souvenait qu'elle-même, lors des premiers terrains dans ces latitudes, s'était sentie plus vivante que jamais, dans un milieu où les humains constituaient un potentiel gibier. Fréquenter l'ours, c'était ressentir la peur tripale qui vous saisit dans une traversée de crête engagée, une sortie en mer par gros temps, on maîtrisait certains des paramètres de risque, mais il y avait toujours une part d'imprévu, la possibilité de la mort. Et Alma avait besoin de cette confrontation avec ce qui échappe, résiste, de se heurter à une forme de transcendance. Et malgré l'inconséquence des comportements de Treadwell, il y avait quelque chose de touchant dans sa quête de fusion. La rationalité et les protocoles scientifiques avaient protégé Alma de cette folie, ainsi qu'un instinct de vie prononcé, mais pour elle, ce lien presque mystique qu'elle avait ressenti avec cette ourse existait.

Et voilà qu'elle se trouvait à attendre l'ourson, à l'espérer, bivouac installé, comme si sa mission l'avait absorbée tout entière, qu'elle s'était laissé dévorer, elle aussi, par ces animaux qui peuplaient ses jours, ses nuits, ses angoisses, ses joies. Elle aurait dû partir à la mer, en ville, en vadrouille, et elle dédiait ses congés à les guetter, encore. Boris lui avait enjoint de ne pas remonter, Alma, on t'a demandé expressément de quitter ce secteur, tu as besoin de repos, qu'est-ce que tu fous ? Viens me voir, on ira naviguer un peu en Loire, ça te changera de tes pentes… Ou je viens et on randonne, comme des petits vieux ! Elle avait ri, décliné la proposition. Il faut que je le retrouve, il le faut… Et elle le savait, cette imprécation n'avait rien de rationnel, il s'agissait d'autre chose, un appel, une pulsion. Elle remonterait.

Après avoir réintégré l'équipe deux semaines plus tôt – à la mort de l'ourse, sa mise à pied avait été annulée –, elle avait demandé à François l'autorisation de mener un travail d'affût pour identifier l'ourson survivant. Il avait été catégorique, toi, tu vas passer un peu de temps au bureau. Déjà, tu es épuisée, et puis tu t'es trop exposée, tu vas te griller, les gens d'ici ne te pardonneront pas de t'acharner. Alors, avec ce qui s'est passé, tu vas te concentrer sur l'analyse des données. On a un paquet d'images en retard à décortiquer, y a plein de matière que tu peux travailler au chaud. Et puis si ça se trouve, ton ourson, tu l'identifieras comme ça… On relancera des protocoles de terrain ambitieux l'an prochain, quand on aura pris du recul sur ce qui s'est passé cette année. Et que l'émotion sera retombée. Tout juste lui avait-il concédé la possibilité de définir le bon emplacement des caméras dans le secteur d'Escobas.

L'équipe avait poursuivi le travail, le quotidien reprenant ses droits, quelques journaux avaient traité de l'affaire ponctuellement, s'émouvant – “Un ourson orphelin dans nos montagnes ?” – ou s'emballant – "Le tueur d'ours toujours dans la nature", "L'impossible cohabitation". Et puis jour après jour, la mort de la Negra avait été reléguée au second plan. Au bureau, François tentait de remobiliser les troupes, le bilan de la saison n'était pas si mauvais, répétait-il à l'envi. Et les statistiques lui donnaient raison. Les naissances avaient été nombreuses, la population d'ours se portait bien, les chiffres moyens de prédation sur les troupeaux étaient stables, des données qui tempéraient le choc de la mise à mort de l'ourse. Alma avait failli s'étrangler lorsque François avait déclaré en réunion de service : c'est terrible à dire, mais peut-être que les choses vont être plus simples, maintenant. Il y avait trop de tensions autour de cette ourse. Alma s'était écriée qu'on ne pouvait pas passer comme ça sur la mort d'un individu, un délit, même un crime. François l'avait rabrouée. On était des scientifiques, des agents territoriaux, on travaillait à l'échelle globale, le suivi individuel n'avait de valeur que dans le cadre d'un processus de recherche, il n'y avait pas de place pour l'affect.

Et, observant ses collègues qui évitaient son regard, Alma s'était sentie bouillir intérieurement. Elle savait ce qu'ils pensaient, qu'elle était trop impliquée, que ses émotions mettaient à mal son intégrité de chercheuse, son éthique professionnelle. Elle aurait voulu se défendre, mais elle n'en avait plus l'énergie. Et elle savait qu'ils n'avaient pas tout à fait tort. Elle s'était laissé déborder. En sortant de la réunion, elle avait annoncé à François qu'elle demanderait une mise en disponibilité cet hiver. Pourquoi ne pas retourner un peu en Alaska, ou sur le terrain en Asturies, si une des universités avec lesquelles elle travaillait acceptait de la mandater sur place ?

Trois jours plus tôt, François avait de nouveau convoqué le noyau dur de l'équipe pour échanger sur les résultats de l'autopsie de l'ourse. C'est pas comme si on se permettait ce genre de chose tous les jours, autant qu'on en débatte. Tous s'étaient assis, elle et Marius dans un coin, Franck, Patrick, Éric, l'équipe en charge du traitement des données, une douzaine de personnes.

— Alors cette autopsie, outre les informations balistiques, nous en dit pas mal sur la vie de cette ourse.

— Ils ont pris leur temps… avait murmuré quelqu'un.

— Et déjà, ce qu'on sait, c'est qu'elle est bien morte des suites des deux balles qu'elle a reçues, pas sur le coup, elle avait fait un bout de chemin. C'est la balle au thorax qui s'est avérée meurtrière, elle a provoqué l'hémorragie.

— L'enfer, dit Marius…

— On a le calibre, il correspond pas au fusil qui a été retrouvé sur l'estive – je vous le dis en off, ils l'ont pas mis dans le PV, mais on est tous au courant que certains bergers sont armés. Mais d'après les gendarmes, c'est pas eux.

— Et la piste espagnole ?

— Ah, la piste espagnole ! Ça, ce sont nos amis gendarmes qui regardent trop la télé, qui s'imaginaient des types de la Costa Brava qui trafiquent de la coke et des oursons… Eh bien pour l'heure, on n'a rien à se mettre sous la dent de ce côté-là.

François marqua une pause.

— Bah, c'est les chasseurs du coin, c'est tout, lança Patrick, le doyen de l'équipe.

— Sauf que les chasseurs du coin, ils sont nombreux, ça fait un paquet de suspects… ajouta Luc, le statisticien. Et évidemment les gendarmes sont allés voir le vieux Titi, parce qu'il traîne toujours vers Escobas. Enfin, vous le connaissez, Titi, il traîne partout, il sait tout de la montagne, mais il n'a aucune arme de ce genre…

— Ouais, et en plus, si vous voulez mon avis, ce mec-là toucherait pas à un ours. Alors qu'il y en a d'autres qui se gênent pas et qui s'en vantent, reprit Patrick.

— Bon, bon, c'est pas le café du commerce, là, tempéra François, je vous fais un retour sur l'autopsie, point. Donc, pour résumer, concernant le coupable, on a zéro piste à ce stade.

— Merveilleux…

— Franck, une remarque, ça a l'air de te faire sourire ?

— Non, rien.

— Par contre, si vous me permettez de revenir aux infos balistiques, on a découvert que cette ourse, elle avait pris du plomb plus d'une fois dans sa vie. On lui a retrouvé des éclats de balle dans le corps, antérieurs à ceux qui ont causé sa mort. Ça a pu être fait avec des 22 longs rifles, à l'époque tout le monde en avait.

— Et après on s'étonne que ça cohabite mal, marmonna Alma.

— Oui, Alma ?

— Rien, je disais que ça ne fonctionnera jamais si les mecs se sentent autorisés à tirer sur les ours qu'ils croisent, et surtout s'ils le font impunément…

— Ça démontre en effet que ce n'est pas la première fois que quelqu'un lui tire dessus… Pour nous, l'enjeu maintenant, c'est donc de continuer de collecter des éléments, mais aussi d'essayer d'identifier l'ourson, s'il est en vie. C'est un cas d'école intéressant d'ourson orphelin. Donc on espère que les captations vidéo et les indices sur les parcours parleront…

— Et les affûts ? demanda Marius.

— Eh bien, je sais que tu y as pris goût avec Alma, mais notre travail se fait surtout sur des itinéraires, de l'analyse de datas, on n'a pas les moyens de passer notre vie en bivouac.

Alma lui avait jeté un regard noir. Le protocole expérimental qu'elle menait n'avait pas été reconduit au-delà de la fin septembre. C'est trop dangereux, faut qu'on fasse un peu profil bas. Tu retourneras sur le terrain quand tout ça se sera tassé. Elle s'échinait à produire un article à partir des données réunies mais elles étaient trop maigres. François avait poursuivi son exposé, déclinant le bol alimentaire de l'ourse.

— Cette autopsie nous confirme bien qu'en cette saison, les légumineuses et les fruits constituent l'essentiel des ressources alimentaires. Cette ourse, comme les autres, ne fait pas exception. La part carnée est minoritaire dans son alimentation.

— Et on nous dit que ce sont des bouffeurs de viande… commenta Patrick.

Alma avait cessé d'écouter, rêvant à ses congés qui allaient démarrer le soir. Elle avait un programme. Elle était têtue, bornée, elle remonterait et elle tenterait d'identifier l'ourson. Elle avait son idée sur le secteur où il pouvait se trouver. Il faudrait partir de la combe, là où l'ourson avait dû abandonner la dépouille de sa mère.

Trois jours après cette réunion absurde, elle y était, hors des contraintes de l'institution. Personne ne l'appellerait pour lui demander des comptes, elle s'était délestée de ses fiches comportement, n'avait pris que le petit cahier rouge, celui où elle mêlait songes et observations éthologiques. La montagne était à elle, désormais. Elle avait installé son bivouac sur un petit replat sur le flanc du pic de l'Infierno. Elle savait que les ours aimaient se gaver en cette saison des faines de hêtre et de fruits secs, notamment les châtaignes que recelait le bois juste au-dessous. Il leur arrivait alors, pour passer d'un secteur à un autre, de circuler à découvert sur le flanc du mont Calme qui lui faisait face. À la longue-vue, elle pouvait observer sans être vue. Ici, perchée sur la montagne, elle se sentait de nouveau sereine après cet étrange mois de septembre. Avant de monter, elle était passée à l'épicerie. Florence lui avait délivré les dernières histoires avec sa prodigalité habituelle, la brouille dans le GP, le voisin qui s'était fait voler une vache, la manifestation du mardi suivant pour le sauvetage de la ruralité face au harcèlement écolo.

— Je pense que tu ferais mieux d'éviter Arbat ce jour-là, avait-elle ajouté en riant, c'est pas trop ta came, toi, cette ruralité-là ?

— Je serai en montagne de toute façon…

— Ah oui, la montagne ! Tu pourrais quand même profiter des vacances pour te reposer, voir l'amoureux.

Alma avait éclaté de rire. Ses escapades chez Livio devaient déjà avoir fait le tour de la vallée. Évidemment, tout le monde avait dû jaser.

— Il n'y a pas de secrets ici. Je devrais le savoir.

— Ah ma belle, les secrets, bien sûr que si, ce qui se passe dans ta tête, ce que tu vis avec tes ours, les humains et les autres, hein ! Tout ça, personne ne peut te le prendre. Les ragots, je pratique depuis toujours, ça n'est que la surface des choses...

— Et moi on m'a parlé d'une histoire avec le vieux Jean, c'est vrai ça ? lança Alma, soudain taquine.

— Le vieux Jean, le vieux Jean, ah mais les histoires de vieux, ça, c'est vraiment secret !

Alma n'avait pas insisté, elle avait embarqué son pain d'épice, du fromage de chèvre, quelques pommes et fruits secs, et elle avait marché jusqu'en haut, jusqu'au silence, à la solitude, dont elle avait plus que jamais besoin. Elle songea qu'il faudrait passer plus de temps avec Florence. On lui avait dit qu'elle avait pratiqué l'alpinisme dans sa jeunesse, puis enseigné un temps. Les gens d'ici semblaient avoir tous connu plusieurs existences. Elle pensa à Sam, elle avait fini par lui écrire. Un soir, la semaine précédente, elle en avait ressenti le besoin. Elle lui avait envoyé une longue missive. Elle y racontait les affûts, la rencontre avec l'ourse, jusqu'à la catastrophe, prenait des nouvelles d'Alaska, ça me manque, tout me manque, le froid terrible, l'immensité, et la cabane, et nos bivouacs, travailler ensemble, et nos silences. Elle avait tenté de juguler l'émotion qui se déversait en s'adressant à lui, relisant à plusieurs reprises son mail avant de l'envoyer. Elle voulait reprendre contact avec l'université de Fairbanks, il était inenvisageable de le faire sans le prévenir, avait-elle conclu. Elle s'était demandé, après avoir envoyé le message, comment Sam le recevrait, s'il répondrait. Elle était partie si brutalement d'Alaska. D'abord, il lui avait écrit, jour après jour, puis il avait abdiqué. Elle n'avait répondu qu'une seule fois, pour l'avertir de son nouveau poste, qu'elle allait bien. Mais le temps faisait son œuvre et depuis peu, il lui arrivait de sourire en pensant à Sam.

Et maintenant, installée là-haut, elle espérait revoir l'ourson, et peut-être le mâle subadulte, quatre ans probablement, qu'elle avait observé une fois en lisière d'estive et qui semblait se préparer aussi à hiverner par ici. Le premier des oursons de la Negra avait disparu durant l'été. Le second, s'il était encore en vie, se retrouvait orphelin. Réussirait-il à passer l'automne, puis à engraisser suffisamment pour survivre à l'hiver ? Passerait-il le cap et réapparaîtrait-il au printemps ? Une large partie de son éducation était encore à faire, et s'il était en vie, il devrait désormais se former seul à l'hiver, à la montagne. À Somiedo, Alma avait mené un travail avec deux collègues sur la séparation mère-ourson, qui intervenait entre leur seconde et quatrième année, c'était variable. Ils avaient eu la chance d'observer cette phase cruciale et rare de la vie d'un ours. La femelle, courtisée par un mâle durant quelques jours, avait peu à peu délaissé deux jeunes frères de deux ans. Les oursons avaient d'abord mené une existence indépendante, sans s'éloigner de la mère, la gardant dans leur champ de vision, mais en évitant les contacts, puis jour après jour, la distance entre les corps s'était accentuée et, un matin, ils se trouvaient sur deux versants différents de la montagne. Les frères avaient vécu ensemble un an de plus avant de prendre chacun leur chemin. Ce processus d'émancipation lent et volontaire qu'elle avait observé semaine après semaine, l'ourson de la Negra en était privé et il n'avait pas un an. Ses chances de survie étaient faibles.

À la nuit tombante, le second jour d'affût, une mer de nuages roses déferla, avant de céder face à la nuit. La lune était énorme et, dans sa lueur blanche, Alma fixa longtemps les montagnes, espérant des présences animales. Un groupe de juments apparut tout proche, les dernières estivantes qui allaient bientôt gagner les basses terres. Brebis et vaches avaient été descendues, seuls quelques chevaux subsistaient en altitude. Les trois lourdes mères, suivies de poulains opulents, se posèrent non loin de son bivouac, sur le promontoire, et somnolèrent sur trois jambes, tandis que les petits s'allongeaient au sol. Alma les regarda, leurs têtes grosses, les croupes imposantes, ces physiques faits pour porter. Ces chevaux avaient accompagné des générations d'humains, ils avaient acheminé le bois, les pierres nécessaires aux constructions, contribué aux labours ; ils avaient mené les petits à l'école, les malades au docteur, acheminé la nourriture. La plupart d'entre ceux qui estivaient étaient désormais destinés à la consommation.

L'une des juments souffla, puis, d'un mouvement lent mais concomitant, elles s'ébrouèrent toutes et quittèrent en file indienne le replat – leurs corps lourds, lestes pourtant – pour aller plus bas, chercher les repousses des beaux jours de l'été indien. Et Alma s'imagina le goût relevé d'une herbe automnale. La procession quitta la scène, car la montagne était bien un théâtre, un grand théâtre antique, où se jouait la tragédie de la vie, la maladie, l'amour, à chaque instant, tantôt à de minuscules échelles

– deux bourdons s'accouplant – tantôt avec grandiloquence – la mort de l'ourse. Et elle se trouva seule, de nouveau, s'enfonçant au fil des heures dans des rêveries sans queue ni tête, au cours desquelles surgissaient des figures animales. Au petit matin, elle se roula en boule dans la tente et dormit quelques heures plus profondément. L'ourson n'avait pas daigné pointer le bout de son nez, mais elle était sereine. Quelque chose, une intuition pure, lui disait qu'en dépit des probabilités statistiques, il survivrait. Qu'elle survivrait, car elle en était également convaincue, il s'agissait d'une femelle.

6

Les montagnes baignaient dans la brume dont les mouvements, la variation de la densité agissaient sur son âme, la coloraient. En ce jour gris, elle était diffuse et homogène, elle sculptait les cimes, faisant douter de la réalité même des reliefs, qu'elle avalait, puis recrachait, passant et repassant dans le champ de vision que ménageait la fenêtre de la cabane. Et c'était chaque fois un nouveau tableau qui s'offrait, d'une minute à l'autre. Au creux d'une vague de brume, il crut distinguer le vol du percnoptère. Un retardataire ? Ils étaient déjà partis vers l'Afrique à cette époque de l'année. Un vieux vautour qui n'avait plus la force du grand voyage ? Son intuition du début de saison avait été juste, cette montagne était un tombeau, un tombeau superbe pour les esprits d'altitude, mais aussi une matrice qui engendrait la vie. La nuit ne tarderait pas à tomber, les jours raccourciraient. Il s'apprêta à sortir voir les bêtes rassemblées dans le parc. Les derniers jours, il les y contraignait la nuit, afin d'éviter d'avoir à courir la montagne en long et en travers. Le soleil déclinait derrière l'opacité nuageuse, tout était brun alentour. L'automne avait commencé à déshabiller les arbres, annonçant la fin du temps de l'estive.

Il douta un instant de la certitude du printemps, de la possibilité même de cette résurrection. Et du retour des percnoptères de leur retraite africaine, de la sortie de tanière des ours, du bourgeonnement des hêtres, comme si questionner ces éclosions leur restituait une valeur magique, et que, à l'égal des Mayas, il eût pu douter du retour du soleil chaque matin, de la course des saisons.

La brume s'était dissipée, le dernier rayon de soleil caressa le sommet du mont Calme. Il regarda le cirque. Il se sentit appartenir très fort à ces lieux. Ici, il avait aimé et pleuré, connu des siestes paisibles et des orages vigoureux, les éclairs avaient déchiré le ciel, il y avait eu des matins mauves, des soirées orange, des feux ardents, des bains transis dans les torrents, il avait connu les naissances et les morts, goûté le recommencement éternel des saisons ; et même si elle avait été jouée mille fois, si on en connaissait les ressorts narratifs, les ficelles, les trucs, les effets de style, l'histoire de la vie était toujours aussi spectaculaire. Et le cirque était tout à la fois un monde clos et une porte ouverte, un cul-de-sac, le début d'une aventure ; il ne savait pas, plus, il naviguait entre l'épuisement et l'extase, les certitudes et le doute, le corps de Lucie et le fantôme d'Ilia, ce qu'il transmettrait à ses filles et ce que sa mère ne lui avait pas dit avant de s'évaporer, il se sentait puissamment vivant et la seconde d'après, les contours de son corps, ses pensées, son existence même lui semblaient incertains.

Jean était monté la veille, ils avaient prévu de passer les derniers jours de la saison ensemble et ils avaient parlé, encore, comme toujours, de longues flopées de mots entre deux silences. Jean savait qu'évoquer la mort de l'ourse était inutile, qu'elle occupait l'esprit de Gaspard du matin au soir, et la nuit. Il avait débarqué chargé d'une cueillette miraculeuse de coulemelles, on va se les faire à la poêle avec plein d'ail et une bouteille de pinard ! C'est cadeau de l'automne ! Il s'était mis au fourneau, jovial, et sans laisser à Gaspard le temps de rétorquer, il avait raconté son idylle avec Florence, l'épicière.

— Tu vois, pendant des années, j'ai cru qu'il n'y aurait plus d'amour dans ma vie. Je ne me suis jamais marié, mais j'ai connu de ces femmes ! Il y a eu Maria, une des rares bergères de ma génération, une Espagnole. Elle avait un don avec les bêtes… Elle gardait à Puguerès, comme Sarah. Mais je te parle d'il y a trente ans. À l'époque, une femme qui garde, ça se faisait pas… C'est un vieux du village qui l'avait recrutée, à cause du don qu'elle avait avec les bêtes. Et belle, belle comme tu ne peux pas t'imaginer… Ces yeux noirs, qu'elle te lançait !

— Ça, je connais avec Lucie…

— Incroyable, ce caractère. Et ce lien avec les bêtes… On s'est aimés terriblement, on a fini par garder nos troupeaux rassemblés. Et à la fin de la saison, des bêtes que j'approchais pas à dix mètres lui bouffaient dans la main. Elle marchait en chantant, *venga venga, venga, chicas*, et une, deux, trois bestioles la suivaient, puis tout le troupeau.

— Ilia aussi avait un don, avec les chiens, les brebis, avait murmuré Gaspard.

Jean avait marqué un bref silence, puis avait repris.

— Avec Florence, c'est autre chose. À nos âges, c'est la tendresse. Et nous, on est comme de vieilles branches ! Comme le vieux hêtre, là-haut, auprès duquel je resterai. Il penche, il est tordu, noueux, il est magnifique.

— Je croyais que tu tenais le lieu secret…

— C'est entre toi et moi. Tu sauras par où me trouver.

Jean avait continué à lui parler de plis, de nœuds, de vieux arbres et de la mort qu'il se donnerait, puis il s'était fait grave.

— Tu vois, souvent j'ai peur de n'avoir pas assez transmis. Alors oui, tu es là, mais est-ce que tu resteras ? Les jeunes, vous venez, vous partez. Qui va garder les histoires des anciens ?

Gaspard avait tenté de le rassurer.

— Moi, je crois que tu as transmis bien plus que tu ne le crois, malgré toi parfois, des savoirs. Pas juste avec tes mots, mais ta manière d'être, de te tenir.

Il s'interrompit. L'émotion l'avait gagné. Jean lui avait appris un métier, mais il lui avait surtout appris à regarder le monde, à rester debout dans les tempêtes, à accepter de pleurer parfois puis repartir par tous les temps. Et face à lui, ce n'était pas un héros ni un vieux sage, mais un homme au crépuscule de sa vie, qui retrouvait le goût de la chair passé quatre-vingts printemps.

— J'y ai repensé, Gaspard, tu dois reprendre mes brebis. Tant que tu seras employé du GP, que t'auras pas tes bêtes, tu pourras pas vraiment habiter cette montagne.

— Je ne sais pas si j'en suis capable, c'est un engagement.

— Réfléchis, Gaspard.

Au soir, ils avaient siroté une bière tiède en regardant la montagne, tes derniers jours vont être beaux, ça n'appelle pas la pluie, un ciel comme ça, avait dit Jean. Et Gaspard avait souri, la proposition de Jean lui trottait dans la tête, ils en avaient déjà parlé maintes fois. Avoir son troupeau, ses bêtes, les faire naître, les accompagner jusqu'à leur mort. Jean les lui céderait à un prix symbolique, mais c'était une responsabilité immense.

Gaspard mettait les brebis au parc à l'approche de la transhumance, pour les fixer près de la cabane. La semaine précédente, il avait dû en chercher plusieurs lots dans le bois du Tars. Elles étaient allées se gaver de faines de hêtre, de glands et de châtaignes qu'offrait l'automne. Sur ce versant ombragé, la densité de branches enchevêtrées, couvertes de mousses et de lierre, l'épaisseur du tapis de ronces et du matelas de feuilles tombées et la pente vertigineuse donnaient l'impression d'un univers impénétrable, où l'on pouvait s'égarer à jamais. Et pourtant, il s'y orientait sans trop de peine, se surprenant lui-même, reconnaissant chaque combe, chaque ru, chaque paroi rocheuse dans laquelle il s'agissait de ne pas envoyer le troupeau. Et quand il parvenait à s'extraire de cet antre végétal, que surgissait soudain le ciel au-delà de la ligne de frondaison, l'existence même du soleil était un miracle, et il marchait gaillard sur la couche d'herbe moelleuse de la clairière, sachant que l'estive était proche. Et bientôt, s'élevant au-dessus du bois, les rayons l'éblouirent comme une toile extraordinaire, qui contenait toutes les nuances de brun, de rouge, d'ocre, ce qu'il restait de vert, un éblouissement, encore. Et le lot de rebelles devant lui, qu'il fallait guider avec les chiennes.

La montagne n'était jamais aussi belle qu'à la toute fin de l'estive, ce moment étrange où coexistait en lui l'envie de quitter cet océan d'altitude, de gagner la terre ferme – comme ces navigateurs au terme de longues traversées océaniques – et la nostalgie d'un monde auquel il fallait s'arracher, le spleen du retour que partageaient bergers, marins et voyageurs. Et même après avoir affronté les pires tempêtes, manqué la mort de peu, songé mille fois à abandonner, tous ceux qui avaient connu le grand large, océanique ou montagnard, fréquenté les déserts ou les abysses, n'avaient de cesse d'y retourner, de s'y enfoncer, et les autres ne les comprendraient jamais tout à fait, et ils diraient encore, mais pourquoi tu t'infliges ça ? À quoi bon ? Et les marins, les errants, les bergers répondraient toujours à côté, parce qu'on n'explique pas avec les mots à quel point la montagne peut suffire à un homme, remplir toute son existence, la déborder, même, envahissant ses rêves.

La veille du départ, il fallut compter les bêtes une à une, les faisant passer dans le parc. Les agneaux du printemps avaient grandi, forci. C'est votre dernier jour, les gars… Son cœur se pinça en songeant au sort qui les attendait, l'abattoir – il préféra l'éluder. Quatre agneaux étaient nés la semaine passée, la pleine lune en appela trois autres l'avant-veille de la transhumance. Il se leva à l'aube, ça expulsait de tous côtés, les brebis poussant en émettant quelques râles. Allez, allez, les filles, sans savoir si ses encouragements avaient la moindre vertu. Puis elles léchaient la créature, nettoyant le placenta, dégageant les voies respiratoires, réchauffant, stimulant le nouveau venu, et tout en passant la langue sur son corps, le marquant de leur odeur, le reconnaissant comme leur, avant de lui indiquer la voie pour téter. Et les agneaux, vacillant sur des pattes immenses, dépliaient leur corps fragile, le soleil faisait sécher leur laine jeune, alors qu'ils cherchaient le chemin de la mamelle, s'emplissant du colostrum nécessaire à leur survie. Lunita et la Rousse s'étaient partagé un placenta, que les patous n'osèrent pas disputer.

Vous m'auriez écouté, on serait descendus avant la pleine lune et on n'aurait pas eu à se trimbaler tout ça ! avait râlé Jean en découvrant au matin l'épidémie de mise bas qui s'était emparée des brebis. Gaspard opina. Marco et Yves n'avaient rien voulu entendre, ils avaient leur raison, la sécheresse, les prix du foin, tout poussait à garder les bêtes là-haut le plus longtemps possible.

Ils passèrent en revue tout le troupeau, lot après lot, comptage, état des lieux de la santé de chaque bête, tout avait été consigné dans le cahier de Gaspard. Les pertes étaient moindres qu'imaginé. Sur les huit cent quarante bêtes montées, vingt-huit ne descendraient pas. Une douzaine étaient légèrement blessées, des fractures en voie de consolidation, petites blessures, sauf pour la 45006 qui avait encore une sérieuse entaille au niveau de l'oreille, des myiases, il avait fallu cureter, c'était moche à voir. Faudra la surveiller de près, celle-là, avait dit Gaspard, surtout qu'elle a perdu de l'état avec ces saloperies. Il y avait les mangées par l'ourse, les disparues, les tombées de la falaise et quelques accidents stupides, mais les éleveurs étaient soulagés – 3,33 % de pertes, annonçait la calculette, c'était pas mal. Le bélier bouffé par l'ourse restait la plus grosse perte aux yeux de tous. Kilo, c'était une génétique de rêve, avait dit Marco, l'ourse a dû le voir.

Ce dernier les avait rejoints avec une bouteille de whisky, je me disais bien que notre Gaspard n'aurait pas laissé une goutte d'alcool, enfin t'as des circonstances atténuantes, mon gars, à mon époque j'ai pas gardé avec l'ours, avait complété Jean. Kevin et Yves étaient restés en bas, pas besoin d'être cinq, on se démerdera mieux à trois, avait dit Gaspard. Les deux acolytes avaient été chargés de préparer le banquet d'après démontagnage qui se tiendrait chez Yves.

Au matin du départ, le soleil d'automne était rasant, soyeux. Ils chargèrent leurs sacs de matériel. On remontera avec une mule ou deux la semaine prochaine pour descendre les poubelles et le reste de matos, avait dit Jean, alors qu'ils mettaient de l'ordre dans la cabane. Le vieux avait récuré la gazinière couverte d'une épaisse couche de crasse, le sol, les vitres : une fois par an, ça fait du bien, disait-il en riant. Et Gaspard se demanda si Florence pouvait expliquer à elle seule l'humeur radieuse du vieux, où s'il s'agissait d'autre chose, une étape de sa vie qu'il franchissait.

Ils se répartirent les sept agneaux. Par chance, tous avaient été reconnus par leur mère, ils avaient tété, été léchés, ces gestes des premières minutes, primordiaux à leur survie. Les débuts pouvaient être tragiques ou plus difficiles. La semaine dernière, Gaspard avait trouvé une agnelle à l'ombre de sa mère, qui semblait morte. Née un matin gelé, elle n'avait pas réussi à se mettre debout suffisamment vite pour avaler la ration de colostrum nécessaire à sa véritable mise au monde. Il l'avait découverte posée dans l'herbe figée, luisante de gel. Elle respirait à peine, entre la vie et la mort, ses pattes étaient glacées, la mère lui faisait de l'ombre croyant la protéger, lui cachant le mince rayon de soleil qui aurait pu faire monter sa température de quelques degrés. Gaspard s'était saisi de la petite créature, presque inerte, il l'avait posée contre lui, entre sa chemise et son pull de laine, et, escorté de la brebis inquiète, il avait rejoint le troupeau. Une heure plus tard, l'agnelle avait commencé à bouger, la chaleur d'un torse la ramenait lentement à la vie. Elle était parvenue à se dresser sur ses pattes et à téter à midi. Le lendemain, elle cavalait maladroitement, pareille aux autres.

Gaspard hissa l'énorme sac de randonnée sur son dos, en arrima un autre devant, dans lequel il glissa deux agneaux de la veille, qui s'enroulèrent et s'endormirent instantanément. Il posa le troisième agneau, âgé d'une semaine, autour de son cou, les longues pattes coulaient sur chacune de ses épaules. L'animal moucheté de blanc et de noir se mit à lui téter l'oreille. Jean et Marco étaient également chargés, Jean avait insisté pour porter lui aussi un sac, il fut impossible de lui résister. À quoi bon tenter de le préserver, de toute façon ? Il avait vécu sans s'économiser jamais, ainsi en serait-il jusqu'à la fin. Jean avait encore parlé de sa mort, la veille, ça revenait en boucle, et le jour où tu l'apprendras, tu peux pleurer, mais je veux aussi que tu te réjouisses. Parce que j'aurai bien vécu et que je serai mort pareil. Et Gaspard devinait de quelle exacte manière, après avoir bu beaucoup d'une liqueur de sa fabrication, Jean choisirait d'en finir, comme les oiseaux qu'il aimait tant, rejoignant le peuple des corbeaux, des gypaètes, des vautours, moineaux, étourneaux, éperviers, tichodromes et pics.

Il y avait cette petite corniche avec son belvédère, juste après le bois où se trouvait le vieux hêtre noueux ; la vue portait loin, personne ne passait jamais par là. Le lieu idéal pour s'envoyer en l'air, littéralement.

On est partis ? Jean donna le signal, ils ouvrirent les portes du parc métallique. Doucement, Luna, gueula Gaspard, la chienne était hystérisée par le départ. Le troupeau s'engouffra au-dehors, escorté par les patous et les chiens de conduite, suivant Jean qui avait pris la tête du cortège, tenant par les deux pattes avant un agneau juste né pour que la mère puisse le renifler et le suivre à la trace. Allez, allez, répétait-il, deux de ses plus vieilles brebis chefs de file, parées de cloches pour l'occasion, sur ses talons. Allez, allez, pour sa soixantième transhumance. Il n'y renoncerait que lorsque ses jambes ne le porteraient plus. Marco chantait à tue-tête, Gaspard fermait la marche avec Luna, progressant avec précaution, obsédé par l'idée de protéger les trois nouveau-nés qu'il tenait contre lui, ne surtout pas chuter.

Ils traversèrent ainsi l'estive d'Escobas, après avoir passé la combe de Maria, dont Gaspard connaissait désormais l'origine du nom – Maria *la bruja* que le vieux avait tant aimée. Jean lui avait transmis un à un tous les noms des lieux : ceux qui apparaissaient sur les cartes, les noms des sommets, des bois, et tous les autres, que l'on connaissait sans savoir d'où ils venaient. La toponymie se transmettait de berger en berger, comme un legs auquel chacun ajoutait des bouts de sa propre histoire. Ainsi, cette cartographie sensible que racontait la combe de Maria, le pas de la Chance, le pas de l'Enfer, la draille des Loups, le couloir des Framboises – celui-là même où Gaspard s'était esquinté les côtes – constituait-elle un livre majuscule, une grande épopée, faite des liens que chacun avait tissés avec ces lieux, de ce qui s'y était joué, les peurs, les chutes, les baisers, les rencontres, les engueulades, les joies et les drames. Un récit collectif, réécrit mille fois, auquel chacun ajoutait sa pierre, comme ces cairns jalonnant les chemins mal balisés du secteur.

Ils gagnèrent ensuite les bois, traversèrent des rivières, avant de débouler sur la piste forestière qui annonçait la vallée, le monde des hommes ; les brebis marchaient d'un bon pas – grasses, laineuses, vives. T'as sacrément bien bossé, gars, lâcha Marco à Gaspard, cheminant un temps à ses côtés, les broutards n'ont jamais été aussi beaux, ajouta-t-il, montrant deux agneaux du printemps qui caracolaient dans le ravin adjacent au chemin. Gaspard lui sourit, ses épaules tiraient sous le poids des sacs, mais il marchait à pas vifs, entraîné par les bêtes, qui accéléraient. L'agneau enroulé autour de son cou se débattit vigoureusement, on est bientôt arrivés, murmura-t-il, se repaissant du parfum laiteux de la minuscule créature. Dans une heure à peine, ils seraient à la ferme d'Yves, et il faudrait se défaire de l'écheveau des vies animales auxquelles la sienne s'était mêlée durant des mois, cesser de penser brebis, comme disait Jean, pour penser humain, et refaire famille, société, un projet qui chaque fois lui faisait un peu peur. Mais il pensa à Maëlle, Alice, Lucie, et une joie délicate l'envahit.

Et le soir, ils sont tous autour de la table, les chaleurs additionnées du poêle, du four, des corps, de la gazinière sur laquelle frémissent des oignons, du plat à tarte brûlant posé sur la desserte ont fait monter la température de la pièce de quelques degrés supplémentaires, et les visages ont rougi, les corps s'affaissent, l'étuve anesthésie un peu, l'alcool achève de faire tourner les têtes. C'est fini, déjà, Gaspard regarde la grande tablée réunie, les assiettes de charcuterie et de fromages qui passent de main en main, dans un chassé-croisé, les verres qui s'emplissent, se vident. C'est fini, ça lui vient à la tête, il y croit à peine, mais dans le tintamarre de couteaux raclant le fond d'un plat de rillettes, d'assiettes qui claquent, de verres qui tintent et de voix qui s'élèvent, il se le répète encore, et c'est une évidence, soudain. Fini, l'estive. Chaque saison est ainsi, elle s'étire, le temps coule, avant de brutalement se contracter, et puis plus rien, sauf ce constat, que c'est fini. Qu'une saison de plus a passé, là-haut, reprends un peu de vin, mon gars, t'as l'air perché, et Marco de le resservir, il boit mécaniquement. Et l'hiver qui peut s'installer, bientôt, de nouveau.

— À quand des femmes dans le GP ?

Lucie est à ses côtés, elle balance ça d'une voix forte, l'air taquin. Elle a la joue rouge, elle rit et boit beaucoup. Il lui prend la main.

— Moi je veux bien si tu m'en trouves une, de femme, lance Kevin.

— Bonne idée, ça, faudrait le caser, le petit, t'as pas des copines, Lucie, qui cherchent un petit gars ? Il est bien notre Kevin.

Et Maryse, l'épouse d'Yves, d'ajouter :

— Nous les femmes, on est peut-être pas dans le GP, mais qui fait bouillir la marmite ?

Et de poser sur la table l'énorme cocotte de fonte dans laquelle a mijoté le ragoût de sanglier de fin d'estive. Un verre encore, qui le lui emplit, il ne sait même pas, il faudra remonter, songe Gaspard. Et il caresse machinalement la main de Lucie, la peau douce du dos de sa main, et il devine l'odeur de sa peau en la touchant. Autour, on se passe le plat de sanglier, les assiettes circulent, pleines, fumantes, exhalant une odeur de bête et de bois.

— Ça, c'est cadeau de Titi, les gars ! Le premier de la saison, il l'a chassé tout seul, un vieux mâle, énorme, il touche pas aux jeunes, Titi… lance Yves.

— Et dire qu'on l'a suspecté d'avoir tué l'ourse !

— Ça aurait pu ?

— Mais non, Yves s'énerve maintenant. Moi j'l'aurais vu, j'lui aurais tiré le cul à c'te bête, j'vous l'ai dit, mais pas Titi. Lui, il chasse à la loyale.

La vaste pièce résonne, la conversation a monté d'un ton. Gaspard a encore dans le nez l'odeur de l'agneau, le lait et la peau de l'agneau, sa laine contre son cou, son urine qui lui coulait dans le col – il a fallu se doucher avant de dîner, enfiler les vêtements propres que Lucie avait apportés. C'est Maëlle et Alice qui t'ont choisi ta chemise, je leur ai dit qu'on faisait une soirée entre grands mais que dès demain tu serais tout à elles… Et, vêtu de la chemise de coton épais, beige, immaculée, manger à grandes bouchées le sanglier, éponger ainsi le vin qui ne cesse de remplir son verre, à mesure qu'il le vide pourtant.

— Une goutte encore pour mon Gaspard, meilleur berger du secteur. Marco a la main leste, et déjà, il a rempli trois autres verres et repris part à la conversation. Mais vous savez ce qu'il dit, le Titi, justement ? Et bah que c'est un des mecs de l'équipe du CNB qu'a fait le coup, le Franck, vous voyez ?

— Qui c'est, Franck ?

— Le fils à Roger. Il est venu avec l'équipe d'effarouchement.

— Ah, sacrée famille de chasseurs…

— Qu'est-ce qui fout au CNB, lui ?

— Bah, c'est un bon taf quand t'aimes être dehors, t'es fonctionnaire au chaud l'hiver, le reste du temps, t'es payé à être en montagne. Et c'est pas comme berger, si les bêtes elles crèvent, tu constates mais t'es pas responsable.

— Ouais, mais c'est des dingues d'animaux au CNB…

— Bof, tu sais, le Franck, c'est comme les chasseurs : il aime pister, puis ça le gêne pas de tirer de temps en temps.

Maryse s'assoit enfin, allez, bon appétit, les gars. Et elle aussi de s'emplir un verre de vin. T'as l'air fatigué, mon Gaspard ? Et lui n'est plus là, il ne veut pas entendre parler de balles et d'effarouchement, d'ours et de coups de feu, il songe au soleil soyeux du matin, la dernière marche avec Jean, il en est certain, oui, maintenant, qu'ils ne marcheront plus ensemble en montagne. Que c'était sa dernière transhumance, au vieux.

— Moi, ça me paraît pas clair votre histoire avec Franck, j'aurais plutôt cru à la piste espagnole, ils ont pas de respect, certains.

— Ils nous ont déjà piqué des bêtes, pas vrai Yves ?

— Bof, on n'a jamais été trop sûrs. C'était peut-être déjà l'ours qui venait nous les tirer, sauf qu'on n'était pas au courant… Ils ont dû faire des lâchers bien avant de nous avertir, de toute façon…

— Cette bête, elle était dangereuse, ajouta Kevin. Ils nous bassinent que les ours tuent pas les gens. Y a des histoires, pourtant, la fille qu'a disparu au col de Portès…

— Oh, mais c'est des ragots, ça !

À peine entend-il Lucie protester, car Gaspard n'écoute plus, il ne sait plus qui parle, ça tourne, il fait chaud, ça sent l'oignon grillé et la viande chaude, la brebis et le savon dont il s'est frotté le corps, et le parfum de Lucie, celui qu'elle met pour sortir, et qui l'agresse un peu, après ces mois de montagne, d'odeurs organiques – c'est un parfum qui sent le monde d'en bas. Mais elle rit, elle est belle. Il l'embrasse dans le cou, lui si pudique d'ordinaire, et il boit encore. Gardez un peu de place pour mes poires au vin ! Les filles, ses filles qui lui manquent. Le verre est toujours plein devant lui. Bah, mon gars, t'es vraiment à l'ouest, le sel je te dis, merci Lucie. Sa main qui serre la sienne, cette main fine, délicate, la peau douce, dans laquelle il se coulera cette nuit, s'il en a encore la force… Il mâche un morceau de pain frais, ça faisait longtemps, le pain sorti du four…

Puis il regarde Jean, qui mange son sanglier avec appétit, assis face à Florence, le vieux est rouge d'alcool, de chaleur, de joie, son visage craquelé par la montagne, cette peau parcheminée, devenue presque rugueuse au contact du monde. Oui, sans doute qu'ils viennent de passer leurs derniers moments en montagne ensemble. C'est ainsi. Est-ce qu'il reprendra son troupeau ?

Impossible de décider là, maintenant, sous le coup des tristesses et des joies, de la fin de l'estive.

Il sauce le jus de sanglier, sort de sa torpeur : j'en veux bien une cuillère de rab, Maryse, c'est délicieux ! L'hiver portera conseil. Florence et Jean se parlent à l'oreille et rient comme deux enfants. Ils sont deux enfants. Il y a sans doute un âge où on retrouve cet état de l'enfance, non ? Un grand âge… Ils sont beaux, ainsi, ridés, noueux, riants. Moi, je me dis que ce connard du CNB, ouais, ça pourrait bien être lui ! La discussion s'enflamme à l'autre bout de la table, parce que ces mecs qui te regardent de haut en faisant la morale, ben c'est les pires, en fait ! Il finit le verre, pose sa main dessus mécaniquement, mollo, sinon demain… demain…

Et Gaspard songe qu'il remontera encore, il n'y a pas d'autre vie possible que celle-là, la vie grande et brute là-haut, et mener de nouveau les brebis à travers les estives, et de nouveau les en descendre. Car tout recommence, et il y aura d'autres ours, le petit de cette grande ourse brune, peut-être, qui reviendra, des sécheresses encore, des étés orageux. Et s'il suit les conseils de Jean, s'il marche à l'instinct, il se forgera, lentement, il deviendra berger. Dix ans sur la même estive, avait dit Jean. Peut-être faut-il accepter l'idée que la montagne décide à sa place.

Mange, mon Gaspard, faut que tu te remplumes… Les poires au vin. Tiens, bois, mon gars. Ça va, amour ? Sors-nous une prune, Maryse, et poing sur la table, verres qui choquent, clic, bang, et les mots jetés trop fort dans l'air chaud. Sanglier, parfum, oignons, des jappements au-dehors, dans sa tête, l'estive.

Et soudain, il les voit tous, comme s'il s'était élevé au-dessus de la table, mais il ne lévite pas, c'est l'alcool, il le sait, Lucie a reposé sa main sur la sienne, et entre les deux assiettes, ce sont deux mains serrées. Et il se voit l'air hagard, au milieu d'une tablée avinée, les mots s'élèvent, les conversations s'emballent, les plats circulent, les histoires courent. Marco allie le geste à la parole, et il gueule coexistence en ouvrant grand les bras, cognant Maryse au passage, qui s'agace, ressert les uns et les autres, et les regards amoureux de Florence et Jean, les verres éternellement remplis.

À la fenêtre, les chiens se sont agglutinés, pressentant qu'il y aura des restes.

Quand il remonta la semaine suivante pour finir de ranger la cabane, une neige précoce tomba en fine couche durant la nuit, et au matin, le blanc avait mangé le paysage, la brume escamotait les cimes des montagnes, comme amputées, et tout flottait dans une ouate gelée. Les chiennes, rendues ivres de joie par la poudreuse, s'y roulaient, en mangeaient. La Rousse semblait avoir rajeuni d'un coup. Tu la gardes, bientôt tu auras mes brebis aussi, avait lancé Jean. Gaspard acheva les dernières vérifications des équipements qui passeraient l'hiver ici, ferma les malles. Il avait commencé à échanger avec Lucie sur la proposition de Jean. Il faudrait sortir du GP, repenser tout son modèle. Lucie y était favorable, elle voulait développer son projet d'arboriculture en plus du cabinet, qu'elle ne lâcherait pas pour l'instant. Elle lui avait lui : vas-y, je peux nous assurer un revenu de base les prochaines années, t'auras qu'à me filer un coup de main l'hiver… Juste sur quelques dossiers, et tu te lances dans l'élevage en parallèle ? Puis il sortit, et depuis le pas de la porte, il contempla le paysage monochrome sous un ciel pâle. Et pour la première fois depuis le début de l'année, il lui sembla que la montagne s'était tue complètement.

7

La nuit est tombée sur le rocher des *orsalhers*, lui est resté auprès de son ourse. Il se plaît parfois à dormir là, sur une simple couche de laine à même le sol, celle que lui a remise sa mère au moment du départ, sans croire qu'il irait si loin, par-delà les montagnes, puis les terres basses, par-delà les villes énormes, puis l'océan, jusqu'aux Amériques ; sans savoir que ce morceau de laine grossière, qui sent encore le mouton, serait une consolation, sa seconde peau. S'y enroulant, il se sent chez lui n'importe où. Et chaque fois qu'il s'allonge ainsi, il pense à la mère, à la maison de pierre, il pense aux paysages verticaux de sa jeunesse, aux Trois Reines, au mont Calme, géants traités avec respect, là d'où il vient.

Et il se demande s'il les reverra un jour, un doute l'étreint. Alors il se repaît de la chaleur du drap de laine, cherchant à se consoler de la nostalgie et de la pénombre qui pointent.

Après tant d'années en exil, il est seul. Et s'il n'y avait pas l'ourse à veiller, nourrir, protéger, l'ourse qui lui assure son pain quotidien et le comptant de sourires, d'applaudissements, de bruit et de fureur, d'alcool et de caresses, il aurait maintes fois abdiqué, traversé l'Atlantique en sens inverse, pour rejoindre ses montagnes. Il sait, pourtant, qu'on ne revient pas de pareille existence, du luxe et des applaudissements, des aventures. Mais la solitude, ce soir, l'écrase. Il sait sa vie consumée, les amitiés fausses, il sait l'alcool qui le ronge dans cette cité où tout brille fort et tout brûle, il y a cramé ce qu'il restait de sa jeunesse.

C'est la fin de l'été, et bientôt, l'embrasement des platanes dans le grand parc. Il aime la voûte au-dessus de sa tête, prendre un bain d'étoiles, auprès de l'animale dont il libère la mâchoire du carcan de fer chaque soir. Alors que les autres *orsalhers* s'empressent, une fois leurs ours rassasiés, de les remuseler, lui la laisse libre pour la nuit, il fait confiance à leur lien, un compagnonnage de quinze ans. Cette ourse, il l'a élevée, dressée, il en a fait une étoile, nul doute qu'elle prend plaisir au succès, comme elle a pris goût à l'alcool et aux sucreries que les spectateurs lui offrent.

Pourtant, il voit jour après jour le poil de la bête qui ternit, l'appétit qui s'amenuise. Et, lui ouvrant la gueule pour le baiser de l'ours, les ravages du sucre sur la dentition, désormais brune, cariée de la bête. Il sait qu'elle va mal, mais il feint de l'ignorer, comme il feint d'ignorer le succès en berne, les modes qui passent – les nouveaux acrobates venus de Corée font sensation, les Indiens avec leurs gibbons –, les Ariégeois, on les a bien assez vus à NYC, lui a lancé un type l'autre soir avec dédain. Et même le baiser de l'ours ne fait plus recette.

Le Nouveau Monde rêve de neuf.

Alors cette ville lui semble sale désormais, brutale, ses halos de lumière, ses vitrines tapageuses. Et l'ourse – chercher auprès d'elle le réconfort. Car il n'y a guère d'humains sur qui compter. Tous deux forment un étrange couple sous le ciel américain.

Ce soir, il guette les étoiles filantes. Il ignore qu'elles ne sont que les traces d'astres déjà morts, il se laisse éblouir par ces éclats fugaces, sous la lune presque pleine. Il ne voit pas l'ourse s'agiter d'une étrange manière, grogner, remuer. Les frémissements de ce grand corps animal. Il songe que, lui aussi, n'a été qu'une fugitive trace de lumière. Car c'est foutu déjà, la route a cessé d'ouvrir ses méandres. Elle est devenue une *dead end*, ces impasses où traîne la pègre new-yorkaise, dont l'on ressort dépouillé, plus mort que vif.

Et la ville, trop haute, se referme sur lui comme un piège, les buildings qui poussent l'écrasent. Et jour après jour, il creuse les dettes, boit trop, joue de moins en moins.

Pour oublier, il rêve d'autres gloires, comme si tout était encore possible. Après tout, l'enfant d'Arpiet a rêvé d'Amérique et il a gagné l'Amérique. Maintenant l'Asie ? On parle de bateaux pour la Chine. Edison, peut-être, lui financerait le voyage ? Il s'égare, allongé sur le dos, encore vêtu de son costume – tiré à quatre épingles, même dans la déchéance –, il songe qu'il faudra s'acheter un nouveau complet pour le départ, un feutre neuf aussi.

L'ourse est tout près, qui respire fort, de son haleine pestilentielle, lui souffle presque sur le visage.

Et il se fait des plans sur la comète. L'Asie. Il faut être pionnier, comme il l'a été à Montevideo. Leur en mettre plein la vue. Sûr qu'aucun Ariégeois n'a gagné la Chine avec un ours, qu'il ferait recette là-bas, de quoi rembourser les créanciers, ou leur dire d'aller au diable, oui, car il pourrait disparaître. L'Amérique, il en a fait le tour, au Nord, au Sud. Il sait, la fausseté des gens derrière les sourires et les accolades, les *beautifuulll*, *fantastiiic*, *amaaazing*, leur enthousiasme de toc.

L'ourse remue encore, dors un peu, calme-toi, mais qu'est-ce qu'elle sent fort, une odeur de mort.

Il a froid, il rêvasse. Il faut qu'il rende son petit appartement. On va l'en chasser, sinon. Et organiser le départ. Peut-être encore participer à quelques soirées, si on veut bien de lui. Elle est galeuse, ta bête, lui a dit l'autre soir la tenancière d'un cabaret où il avait ses entrées, avant. Faut la soigner, ça vend pas du rêve, un fauve moribond. *Moribund*, elle a dit dans son anglais inarticulé, mais il a compris, bien compris, ça l'a touché au cœur, percé au cœur. *Moribund*, l'est-il lui aussi ?

Il ne voit pas l'ourse toute proche, qui le fixe avec insistance. Et ce n'est pas le regard éteint des jours de spectacle, mais un regard vivace, comme si elle le découvrait.

Il ne voit pas le corps tendu, la bête.

Il regarde le ciel encore, il en a traversé d'autres, des épreuves. Il faut s'accrocher, ou plutôt s'arracher, prendre le large avant qu'il ne soit trop tard.

Le bouffer, ce petit homme, le secouer, en faire des chiffons de chair, enfin. Elle s'est redressée.

Est-ce qu'ils tiendront le voyage ? Il se souvient, la traversée depuis l'Angleterre, les nuits de mer grosse à vomir ses tripes, le potage maigre et les semaines entassées dans des cabines ignobles, les fonds de cale. Est-ce qu'ils vont y arriver ?

Il ne voit rien. Tout juste l'haleine fétide de la bête malade l'agresse-t-elle.

Et déchirer la chair et briser les os, rage, rage, et tout décharger sur ce corps malade, les années de servitude et les coups, et le bruit, et les foules, rage, rage, d'un coup de dents, lui broyer la nuque.

Il ne faut qu'un instant.

De son corps solide, plus de cent kilos, elle a soudain couvert le petit homme. Est-ce que c'est maintenant que tout s'arrête ? Il pense à Arpiet, une douleur inouïe le transperce.

Chair, sang, os, tendons, sucs, glaires, tout faire jaillir de sous la peau claire et molle, la peau du petit homme, d'un premier coup de griffes, la lacérer au niveau du bras, rage, rage, et goûter ce sang aigre.

Il hurle, d'abord, comme un cochon qu'on égorge. L'ourse est sur lui. Et défilent les images de leur exil : les navires, les pistes de cirques, les cabarets, les places, les bars, les salons, les maisons closes, des centaines de visages, et toujours, la figure pâle de sa mère.

En quelques morsures à peine, elle a ouvert l'abdomen. La stridence des cris perce ses tympans. Ça remue, elle voit mal, mais elle sent, ce goût âcre.

Il hurle plus fort, ça fait du bruit, un bonhomme qu'on perce de ses dents, de ses griffes qui entrent dans l'abdomen comme dans un morceau de viande. Puis les cris animaux s'étranglent.

L'odeur humaine, tripes, cheveux, sang, sueur, tout se mêle à la fourrure. Fini les tours, et les cabrioles, et fini les coups de *bastoun*.

C'est un dernier sursaut, il est en train de crever, il le sait. Il voit tout. Montagne, mer, ville, les images s'enchâssent, le goût du lait de vache et celui du sang, et bientôt, il ne sent rien d'autre que les coups sur son visage encore, les pattes tricotant l'épiderme, comme un fragile voile.

Lui taillader la face à coups de griffes, effacer cette figure, le nez, la bouche, rage, rage, le réduire au silence, les hommes sont bavards. Si bavards, et leurs cris, tant d'années, ont retourné ses tripes.

Il sent son corps se vider, les viscères au-dehors, une vibration dans sa tête, il a chaud. Ça ne dure que quelques dizaines de secondes, mais la mort est longue à venir, un coup de plus contre sa tête, qui rebondit sur le sol.

Elle farfouille, goûte la tripe, le pantalon est ouvert en deux, croque une cuisse, le visage est confus, le nez lorgne du côté de la joue, elle goûte à peine, il a la chair rance. Plus jamais danser. Plus jamais les coups et les cris.

Vide, silence après le fracas. Il n'y a plus d'image, il n'y a plus de souvenirs, c'est une épopée qui s'efface en quelques dizaines de secondes. Le voyage s'arrête au rocher des Ours, à Manhattan, une nuit d'automne. Il râle une dernière fois.

Elle respire plus doucement maintenant, s'interrompt, le sang barbouille la fourrure. C'est si fragile, un corps humain. Dégoût. Encore un peu de chair à pleine gueule. Et plus jamais le bâton et la chaîne, plus jamais jouer les jeux des hommes.

Il sait qu'il meurt. Maintenant. Et son ourse, qui, année après année, a répété les mêmes tours et cabrioles, fait le pitre devant tant de spectateurs, des contreforts des Pyrénées aux rues de New York, de Liverpool et de Montréal, de Montevideo et de Caracas, cent fois, mille fois, dansé devant ces bipèdes qui lui jetaient des quignons de pain, visages grimaçants, rires bruyants, et le vacarme des voitures à chevaux sur les chaussées, des foules, et les rires toujours quand elle montait sur la bicyclette, mille fois, répétant cet autre tour, et le baiser de l'ours, mille fois ; elle est redevenue fauve.

L'homme n'est plus que charpie. Viande. Cadavre. Tissu. Bouillie.

La fureur passée, l'ourse s'en désintéresse, dérangée par les deux gardes du parc qui ont accouru en entendant les hurlements.

Quand ils arrivent, Jules, déjà, n'est plus qu'un corps disloqué sur la terre ensanglantée. Le silence de la nuit a repris le dessus, l'ourse est immobile, calme, redevenue animale, souveraine. Le sang luit sur son pelage.

Elle est abattue le lendemain d'un coup de fusil par les services du jardin zoologique : ordre de la police municipale ayant qualifié le fauve de dangereux.

8

Jules, Jules, ils devaient tous s'appeler Jules, à l'époque. Et ce nom, Piquemal, y en a encore plein la vallée. Gueule de bois, ça lui tape la figure. Non, la gueule, le mot est juste, ça cogne, comme des petits coups dans le front, et cette légère nausée qui le saisit, qui lui agite les tripes, percute le plexus, les remugles d'alcool, la nostalgie qui lui ferait presque couler une larme, presque. Envie de gerber. Lendemain de démontagnage, normal, toujours. Ou bien c'est l'en-bas. Il faudra remonter. Il se le dit encore. Jules… 1902. Comment on vivait ici en 1902 ? Combien de jours, de semaines, d'années ont-ils dû attendre la nouvelle de la mort du gus à l'autre bout de la terre. Et qu'est-ce qu'il foutait là-bas, à New York ? Jules, le Jules. *Montreur d'ours dansant*, des ours déjà, encore. Il en a plein la tête. Dansant ? Bah voyons…

— Tu crois que l'ours l'a mangé, papa ?

— Mais non, Maëlle, les ours d'ici font des dégâts, mais ils tuent pas les gens…

La petite le regarde, perplexe. Mais qu'est-ce qu'il en sait, est-ce qu'on sait ? Qu'est-ce qu'il est dans ces montagnes, il ne fait qu'y passer, il s'y cogne, il y hurle, de joie, de désespoir, il y est en rage, en paix. Mais qu'est-ce que je sais, bordel ? Des ours, des roches, du ciel ? Si peu.

Tragiquement ? Est-ce tragique de mourir ? Qu'est-ce qui lui est arrivé ?

— Bah, l'ours s'est peut-être vengé.

— C'est pas un truc que les animaux font, Maëlle, eux ils sont dans le présent.

— Je veux monter avec toi l'an prochain.

— Tu viendras passer un peu de temps, oui…

— Papa, t'as pas l'air bien…

Pas l'air bien, nausée, oui. Il regarde la petite, elle tient le *bastoun* que Jean lui a offert cet été, paraît qu'elle veut devenir bergère, la môme, paraît qu'il faut encourager les vocations, a dit le vieux. Lucie a râlé, un peu, pour la forme, mais pas tant que ça, elle passe tout à Jean, parce que c'est Jean… Qu'il est presque aussi éternel que les montagnes, que les bêtes, en apparence, du moins… Ramasse des pommes, maman a dit qu'il en fallait le plus possible, on va faire des compotes, et la petite de se pencher et enfourner dans le sac les fruits, irréguliers, grumeleux, ces pommes qui, pourrissant, dégagent une odeur organique et puissante. Allez, quelques kilos de plus, et la tête lui tourne. Il regarde encore cette stèle, la pierre gravée, couchée, abrasée par les ans, que Lucie et les filles ont déterrée cet été.

Jules PIQUEMAL (1867-1902)
Fils de Maurice et Josette PIQUEMAL
Montreur d'ours dansant
Né le 12 mars 1867 à Arpiet
Il connut la gloire.

Il mourut tragiquement à New York le
2 novembre 1902

Gloire, c'est quoi la gloire, bordel. Soleil mordoré sur les crêtes. Feu. Derrière, c'est son royaume, celui où il n'est rien, où il vit si fort. Ça tangue, même les cimes tanguent, et dansent, et ondoient dans la bise d'automne. Le champ en contrebas est couvert de coulemelles, poêlée pour ce soir, une pomme pourrie s'écrase dans sa main, laissant s'échapper un jus brun. La gamine fixe aussi le lointain, chevelure brouillonne, décidée.

Tu sais, Maëlle, on ne saura peut-être jamais ce qui lui est arrivé. Mais on peut l'imaginer.

“Nous étions en paix comme nos montagnes
Vous êtes venus comme des vents fous.
Nous avons fait front comme nos montagnes
Vous avez hurlé comme les vents fous.
Éternels nous sommes comme nos montagnes
Et vous passerez comme des vents fous.”

HOVHANNÈS CHIRAZ, *“Impromptu”*.

REMERCIEMENTS

Ce texte doit beaucoup à celles et ceux qui m'ont accueillie dans leurs estives pyrénéennes, Sophie Pluquet, Jean-Marc, Maxime Cain, Sylvain Agnes, Valentin, Mariette Peinchaud, Florence Debove.

Celles et ceux qui ont partagé avec moi autour de leurs vies de bergers, d'éleveurs, en particulier Édith Nicol, Violaine Bérot, Mathias Chevillon, Maxime Lataste, Eudes Jouët-Pastré, Rémi Leconte, Virginie Ponchon.

À ceux qui inlassablement cherchent à comprendre les ours, Pierre Boutonnet, grâce à qui j'ai pu les observer dans la cordillère Cantabrique, Alain Reynes, Rémy Marion, Farid Benhammou, Jean-Jacques Camarra, Rémi Huot, Sophie Bobbé, aux volontaires du réseau Ours brun et employés l'OFB, qui se reconnaîtront.

À Barbara Réthoré et Julien Chapuis, pour leur précieux regard sur la pratique de l'éthologie.

Mais achevant ce roman, c'est à Francis Chevillon que vont mes pensées, sans qui ce texte serait tout autre chose, ainsi qu'à Gila Chevillon.

Merci à tous. Puisse ce livre restituer un peu de ce que vous m'avez transmis.

Merci à Olivier Espaze et Bertrand Py pour leur précieux accompagnement dans l'écriture.

OUVRAGE RÉALISÉ
PAR L'ATELIER GRAPHIQUE ACTES SUD
REPRODUIT ET ACHEVÉ D'IMPRIMER
EN MAI 2023
PAR NORMANDIE ROTO IMPRESSION S.A.S.
À LONRAI
POUR LE COMPTE DES ÉDITIONS
ACTES SUD
LE MÉJAN
PLACE NINA-BERBEROVA
13200 ARLES

DÉPÔT LÉGAL
1re ÉDITION : AOÛT 2023

N° impr. : 2301818

(Imprimé en France)